# DIE ARCHITEKTEN DES KRIEGES

ANDREW WATTS

*Übersetzt von*
MARTIN ENTENMANN

Severn River
PUBLISHING

# EBENFALLS VON ANDREW WATTS

Die Bücher sind für Kindle, als Printausgabe oder Hörbuch erhältlich. Um mehr über die Bücher und Andrew Watts zu erfahren, besuchen Sie bitte:
AndrewWattsAuthor.com

# 1

---

„Im Krieg ist die Wahrheit das erste Opfer.“

—*Aischylos*

*Gegenwart*

Sie klingelten abends, gerade als David von der Arbeit nach Hause gekommen war. Ohne Vorwarnung. Zwei kräftige Männer in Anzügen und mit ernsten Mienen standen direkt vor seiner Haustür.

„Kann ich Ihnen helfen, Gentlemen?“ Er hielt die Tür einen Spalt breit auf.

„Sie sind David Manning.“

„Der bin ich.“

„Liebling, wer ist denn da?“, rief Davids Frau, Lindsay, aus der Küche.

Einer der beiden Riesen hielt einen Ausweis hoch. „Wir sind hier, um Sie zu begleiten.“ Seine Stimme klang, als wollte er David an etwas erinnern, das diesem schon längst hätte bekannt sein sollen.

„Wie bitte?" David sah das CIA-Emblem auf dem Ausweis und öffnete die Tür ein Stück weiter. „Wohin wollen Sie mich denn begleiten?"

Die Männer warfen sich einen kurzen Blick zu. „Hat man Sie nicht angerufen?"

„Nicht dass ich wüsste."

„Sie hätten bereits einen Anruf erhalten sollen."

David sah sie fragend an. „Weswegen?"

„David?" Seine Frau erschien hinter ihm. Sie sprach leise. Mit besorgtem Gesicht beäugte sie die beiden Männer vor der Tür. Sie hielt David mit ausgestrecktem Arm sein Dienst- handy entgegen.

Es summte. *Unbekannte Nummer.*

David nahm das Handy entgegen und sah die beiden Hünen an. „Entschuldigen Sie mich bitte." Beide nickten ihm zu.

„Hallo?"

„Mr. Manning? Guten Abend, Sir. Hier spricht First Sergeant Wallace. Ich arbeite für das schnelle Eingreifteam des Verteidigungsministeriums. Es ist meine Pflicht, Sie darüber zu informieren, dass die gemeinsame Red Cell Nummer Achtzehn Delta aktiviert worden ist. Und Sie stehen auf der Einsatzliste, Sir. Ihre Begleitung sollte jeden Augen- blick bei Ihnen eintreffen –"

„Sie sind bereits hier."

„Sehr gut, Sir. Es tut uns sehr leid, dass das alles so kurz- fristig ist. Aber es ist jemand ausgefallen, und Sie sind der Ersatzmann. Bitte denken Sie daran, dass Ihr Einsatz bei einer gemeinsamen Red Cell-Einheit streng vertraulich zu behan- deln ist."

Die Red Cell-Einheit. Darum ging es also.

„... sollte Sie jemand nach dem Grund Ihrer Reise fragen, werden Sie angeben, dass Sie unerwartet auf Geschäftsreise gehen müssen. Ihre beiden Begleiter eskortieren Sie nach –"

„Moment. Warten Sie. Ich soll *jetzt gleich* aufbrechen?"

„Das ist korrekt, Sir." Der Sergeant am Telefon gab ihm noch die Anweisung, er solle lediglich seinen Ausweis mitnehmen und erklärte, er werde ungefähr zwei Wochen unterwegs sein. David hatte Schwierigkeiten, sich zu konzentrieren. Er konnte es immer noch nicht glauben und hatte Gewissensbisse, seine Frau einfach so zu zurückzulassen.

„Mr. Manning? Hallo? Sir, haben Sie Ihren Befehl verstanden?", fragte der Sergeant schließlich.

*Befehl?* Dieses Wort hatte David schon lange nicht mehr gehört. Seine Militärzeit lag Jahre zurück und die letzten empfangenen Befehle hatten mit seiner ehrenhaften Entlassung zu tun.

Ihre neugeborene Tochter weinte in der Küche. Lindsay, immer noch vollkommen verwirrt, ging nach ihr sehen. Der Jack-Russell-Terrier saß bellend in seinem Korb, in den David ihn auf dem Weg zur Haustür gescheucht hatte. Er konnte hören, wie seine dreijährige Tochter Maddie ihre Mutter fragte, was passiert sei.

„Nichts, Liebling. Alles ist in Ordnung ...", antwortete Lindsay und sah ihren Ehemann mit besorgter Miene an.

„Gibt es einen zeitlichen Spielraum?", fragte David ins Telefon. „Ich meine, das kommt aus heiterem Himmel. Und *zwei Wochen* ..."

„Ich fürchte nicht, Sir. Dies ist eine dringende Angelegenheit. Es geht schließlich um die nationale Sicherheit."

Sein Pflichtbewusstsein gewann die Oberhand. „Ich verstehe, vielen Dank für Ihren Anruf." Er beendete das Gespräch. „Bitte geben Sie mir einen Moment", sagte er, an die beiden Männer vor der Tür gewandt.

Erneut sahen sie einander an. „Wir müssen in zwei Minuten aufbrechen, Mr. Manning", antwortete einer von ihnen.

David schüttelte den Kopf und atmete frustriert aus. Dann ging er zu seiner Frau, die gerade das Baby auf dem Arm hatte. Ihr Blick sprach Bände. Sie hatte genug mitbekommen, um zu wissen, dass er eine Weile verreist sein würde. David war in letzter Zeit viel geschäftlich unterwegs gewesen, was für eine Familie mit kleinen Kindern eine enorme Herausforderung darstellte.

„Das ist doch verrückt", flüsterte Lindsay, als sie in der Küche waren. David konnte die Blicke der beiden Regierungsbeamten in seinem Rücken fühlen. „Keine Ankündigung? Du darfst kein Gepäck mitnehmen? David – du arbeitest mittlerweile für In-Q-Tel, nicht mehr für, na ja, du weißt schon."

Er konnte nur mit den Achseln zucken. „Ich habe mit der CIA letztes Jahr nun mal einen Vertrag für derartige Einsätze unterschrieben. Streng genommen können Sie das also machen."

„Musst du nicht deinen Arbeitgeber anrufen?"

„Der Typ am Telefon meinte, er würde sich um alles kümmern."

David bemühte sich, gute Miene zum bösen Spiel zu machen, auch wenn er innerlich genauso verärgert war wie seine Frau. Er umarmte Maddie und streichelte dem Baby über den Kopf. Dann gab er seiner Frau einen Abschiedskuss.

„Ruf an, wenn es geht."

„Versprochen. Denk daran, das ist eine Geschäftsreise." Ihre Blicke trafen sich. Sie verdrehte genervt die Augen.

Ein paar Minuten später saß er auf dem Rücksitz eines dunklen SUV, der ihn durch die Straßen von Vienna, Virginia, fuhr. Wohin sie unterwegs waren? Das wusste Gott allein.

Der Abend hatte eigentlich gut begonnen. David hatte

Pizza von seinem Lieblingsrestaurant Joe's in der Nutley Street geholt. Lindsay hatte von dem neuen Mutter-Kind-Kurs in ihrem Fitnessstudio geschwärmt. Das Einzige, worüber sie sich beschwerte, war, dass sich mit dem Doppelkinderwagen nun alles etwas umständlicher gestaltete. Derweil hatte Maddie den Hund durch die Küche gejagt.

Und jetzt war David plötzlich mit zwei mysteriösen Regierungsbeamten unterwegs. Einer von ihnen ließ gerade die Radiosender durchlaufen und hielt inne, als er bei NPR angelangt war. Es ging um die Story, die David bereits am Morgen gehört hatte. China hatte damit begonnen, einen Großteil seiner US-Schulden zurückzuzahlen. Chinas Stahlproduktion war gesunken. Die US-Märkte waren nervös. Es wurden die üblichen Experten zitiert, die ihre Einschätzung dazu abgaben, ob eine Katastrophe vor der Tür stand. Dann schaltete der Mann auf dem Fahrersitz das Radio aus.

Es herrschte dichter Verkehr. Der Regen begann die Sicht auf die Rücklichter des Wagens vor ihnen zu verwischen. Der Verkehrsfluss auf dem I-66 war zäh. Wenig später fuhren sie auf die Dulles Toll Road.

„Wir fahren zum Flughafen?", fragte David.

Keine Antwort. *Nette Jungs.*

Er dachte darüber nach, was so dringend sein konnte, dass eine Red Cell-Einheit aktiviert wurde. Und warum brauchten sie ausgerechnet ihn dazu? Sein Job. Es musste an seinem Job liegen. Der Typ vom Militär am Telefon hatte doch erwähnt, dass jemand ausgefallen sei. Aber es gab nicht viele, die über Davids Expertise verfügten.

Er arbeitete bei In-Q-Tel, einer Art ungewöhnlicher Beteiligungsgesellschaft. Nur, dass In-Q-Tel ein gemeinnütziges Unternehmen mit Sitz in Arlington, Virginia, war, dessen einziger Zweck darin bestand, in die fortschrittlichsten IT-Lösungen zu investieren und diese für die CIA und andere

US-Geheimdienste zu sichern. Davids Job war es, neue Technologien zu identifizieren und evaluieren, die dann von der
Regierung gekauft und genutzt werden konnten.

Die Leute, die die Red Cell aktiviert hatten, brauchten
wohl Informationen zu einem seiner Projekte. Es ging sicher
um irgendeine Technologie. Aber David arbeitete alle paar
Monate an einem anderen Projekt. Und er war jetzt schon seit
einigen Jahren bei dem Unternehmen. Sie konnten also hinter
Informationen zu Dutzenden hochgeheimer Projekte her sein.
Aber die Red Cells kamen normalerweise zum Einsatz, wenn
Terroristen oder andere Nationalstaaten die USA bedrohten.
Auf diesem Gebiet war David nicht wirklich ein Fachmann. Er
war nur ein Technologieexperte.

Die ersten paar Jahre nach der Navy hatte er als einfacher
Sachbearbeiter im Bereich Technologieforschung bei In-Q-
Tel gearbeitet. Vor Kurzem war er befördert worden. Damit
einher gingen viele Geschäftsreisen und die Arbeit an
Projekten mit höherer Priorität. Trotzdem war er noch immer
im Forschungsbereich tätig. Sämtliche Informationen, die
David über Terroristen und Spione hatte, stammten aus
Büchern, Filmen und gelegentlichen Nachrichtenreportagen.

David dachte an seine Familie. Er erinnerte sich daran,
wie er Lindsay an diesem Morgen gesagt hatte, dass er sie
liebte, bevor er zur Arbeit gegangen war. Er hatte ihr einen
Kuss auf die Wange gedrückt, während sie ihre jüngste
Tochter Taylor stillte. Lindsay hatte mit halb geschlossen
Augen im Schaukelstuhl gesessen, aber gelächelt. David war
oft geschäftlich unterwegs, während Lindsay sich um das
Haus und die Kinder kümmerte. Eigentlich zog sie die Kinder
allein groß. Sie war die perfekte Partnerin. David schuldete ihr
viel, und seine Liebe zu ihr wurde jeden Tag größer, sofern
das überhaupt möglich war.

Er wusste nicht warum, aber plötzlich musste er an seine

Mutter denken. David versuchte, sich an seinen letzten Besuch bei ihr zu erinnern. Es musste etwa ein Jahr her sein, dass er in dem großen Haus am See gewesen war, das seine Eltern in der Nähe von Annapolis, Maryland, bewohnten. Was war das Letzte, was er zu ihr gesagt hatte? Er fiel ihm nicht ein. Vermutlich ging es dabei um seine Arbeit. Sie erzählte ihm immer, dass er zu lange und zu hart arbeitete. Und dass er doch besser für die Regierung arbeiten solle. Der Sohn von Mrs. Green tat nämlich genau das, und der war jeden Tag pünktlich um 16 Uhr zu Hause und musste nie verreisen.

Er hoffte, seine Antwort darauf war nicht herablassend gewesen. Sie hatte es ja nur gut gemeint. Wäre sie noch am Leben, würde er sicherlich mehr Zeit mit ihr verbringen ...

Fünfunddreißig Jahre lang hatte ihr Mann Dienst in der Navy geleistet, während sie sich ihren drei Kindern gewidmet hatte. Ähnlich wie Lindsay war auch seine Mutter hart im Nehmen und hatte ihn und seine Geschwister praktisch allein erzogen. David wünschte sich, sie hätte Taylors Geburt noch erlebt. Sie wäre trotz ihres nahenden Endes so glücklich gewesen, ein weiteres Enkelkind zu haben. Aber in einer Militärfamilie wie den Mannings gehörten Entbehrungen und Aufopferung einfach dazu.

David wurde in die Realität zurückgeholt, als der Geländewagen langsamer wurde und in eine Straße in der Nähe des Dulles Airport einbog. Große Flugzeuge starteten und landeten im Regen.

Vor einer Sicherheitsschranke außerhalb des Flughafengeländes kamen sie schließlich zum Stehen. Ein düsterer Hangar befand sich auf der anderen Seite des Zauns. Die Schranke öffnete sich, und sie fuhren weiter, bis sie neben einer Gulfstream G-V anhielten.

Davids Tür wurde geöffnet, und kühle Luft schlug ihm entgegen. Die beiden Männer bedeuteten ihm, ihnen zu

folgen, und gemeinsam stiegen sie die steile Treppe hinauf,
die in die Kabine des Flugzeugs führte. Kaum dass sie in der
Maschine waren, heulten auch schon die Motoren auf.

Die Regierungsbeamten signalisierten ihm wortlos, sich
zu setzen. Dann verließen sie den Jet, und David war allein.
Durch die geöffnete Cockpittür hindurch konnte er erkennen,
wie die Piloten ihre üblichen Kontrollen vor dem Start durch-
führten.

Plötzlich tauchte ein weiterer SUV neben dem Flugzeug
auf, dem drei Personen entstiegen. Durch den Regen auf der
Fensterscheibe war es David unmöglich, sie klar auszumachen. Ein Mann ging gerade auf seine Begleiter zu, die eben
das Flugzeug verlassen hatten.

„Ist alles bereit?", fragte eine Stimme.

„Ja, Sir. Wir heben in fünf Minuten ab."

„Roger. Danke, meine Herren. Das wäre dann alles."
Davids Eskorte verschwand im Regen.

Die drei Neuankömmlinge bestiegen das Flugzeug. Alle
trugen dunkle, nasse Jacken. David sah, dass unter ihnen eine
Frau war. Daneben ein großer, brutal aussehender Kerl, der
den beiden Regierungsbeamten von vorhin nicht unähnlich
war. Ein zweiter Mann sprach gerade mit den Piloten,
während ein Mitarbeiter des Flughafens die mobile Treppe
wegschob.

Die Motorengeräusche wurden leiser, sobald die Kabinentür geschlossen war.

Eine Welle der Erleichterung gepaart mit unerträglicher
Neugierde überkam David. Der Mann, der mit den Piloten
gesprochen hatte, war Tom Connolly, einer der Abteilungs-
leiter in seiner Firma. David war ihm nicht direkt unterstellt,
aber er kannte ihn aus diversen Besprechungen. *Was zur Hölle
machte er hier?*

Tom sah ihn an. „Einen Augenblick noch, David. Wir

werden Ihnen alles erklären, sobald wir in der Luft sind. Tut mir leid, dass wir Sie so überfallen haben. Das ist suboptimal gelaufen."

Alle taumelten kurz, als sich das Flugzeug in Bewegung setzte.

David entspannte sich etwas und sah sich um. Er war im großzügigen Innenraum eines noblen Privatjets. Er war riesig – und fast leer. Es gab zehn luxuriöse Sitzplätze, einschließlich der cremefarbenen Ledercouch, auf der David gerade saß.

Tom trug einen zerknitterten Anzug und sah müde aus. Die Frau war klein und rundlich. Er schätze sie auf Anfang vierzig, mit einer leicht ausgewaschenen Haartönung und einem verschämten Lächeln, das ihm in Anbetracht der Umstände seltsam vorkam. Sie wirkte irgendwie kleinlaut, als schien sie zu hoffen, dass David nicht sauer auf sie war.

„Was zum Teufel ist los, Tom? Warum sind Sie hier?", fragte David und blickte zwischen seinen Mitreisenden hin und her.

In diesem Moment fuhren die Triebwerke hoch und übertönten jedes Gespräch. Als die Maschine wenig später abhob und in den nächtlichen Himmel aufstieg, wurden alle in ihre Sitze gedrückt.

Tom lehnte sich zu ihm und rief: „Tut mir leid, Dave! Es ging einfach nicht anders. Wir mussten schnell handeln!"

Der unangenehme Druck in Davids Ohren nahm zu, als das Flugzeug rasch an Höhe gewann. Es war gar nicht so einfach, auf der Couch aufrecht sitzen zu bleiben. Mit Erreichen der Reisehöhe wurden die Motorengeräusche dann endlich leiser. Die vier Passagiere starrten sich gegenseitig an.

„Sind Sie in Ordnung?", fragte Tom.

David nickte. Er beschloss, vorsichtig zu sein. Er kannte Tom nicht wirklich gut, aber sein Ruf eilte ihm voraus. Er wurde landläufig als *überheblicher Arsch* bezeichnet und war angeblich einer dieser Männer, die sich grundsätzlich für die schlaueste Person im Raum hielten; ganz egal, ob er wirklich Ahnung von einem Thema hatte oder nicht. Er tendierte dazu, andere wie geistig Minderbemittelte zu behandeln. In einem Unternehmen, das bemerkenswert viele Überflieger beschäftigte, war er daher nicht sonderlich beliebt. David hatte nur ein paar Mal mit Tom zusammengearbeitet, aber jedes Mal hatte seine herablassende Art den Ingenieuren und Analysten suggeriert, dass sie lediglich seine kostbare Zeit verschwendeten.

„Sind Sie hungrig? Oder durstig?", erkundigte sich Tom.

„Gibt es hier eine Toilette?"

Tom grunzte. „Klar. Dort hinten. Gehen Sie nur. Ich erkläre Ihnen alles, wenn Sie zurück sind."

David stand auf und ging an der Frau vorbei zum hinteren Teil des Jets. Toms Assistent – der Gorilla – beobachtete ihn argwöhnisch.

„Lassen Sie die Tür offen", befahl der Scherge.

Nachdem David sich erleichtert hatte, wusch er sich Hände und Gesicht. Anschließend ließ er sich in den weichen Ledersitz Tom gegenüber sinken.

Dieser sprach gerade an dem weißen Telefon, das an seinem Sitz befestigt war. Er sah grimmig drein.

Die Frau streckte ihre Hand aus und sagte: „Hi, ich heiße Brooke Walters." Sie lächelte David höflich an.

„David Manning", stellte er sich knapp vor.

Tom war immer noch am Telefon. „Ist das bestätigt? Er ist weg? Okay. Verstanden. Ja, wir sind in der Luft. Walters und einer von In-Q-Tel. Nein. Wir mussten jemand anderen nehmen. Manning. Ja. Ich erkläre es später. Ja. Das sind alle von der Liste. Ja, ja, okay. Bis später." Er legte auf, sah David an und stieß einen tiefen Seufzer aus.

David schloss die Augen und versuchte, sich durch eine

bewusste Atmung zu beruhigen. Dann sah er Tom direkt an und fragte: „Tom, was wird hier gespielt?"

Tom neigte leicht den Kopf und sah ihn an. David konnte den kalten Zigarettengeruch in Toms Atem riechen. Eine offene Packung roter Marlboro lag auf dem Tisch.

„Wir mussten unser Team in letzter Minute umstellen und Sie an Bord holen. Sorry. Aber es musste sein."

Die Frau schien in ihrem Sitz in sich zusammenzusinken.

„*Das ist mir klar*. Aber warum? Was ist so wichtig, dass eine Red Cell-Einheit so kurzfristig aktiviert werden musste? Und was haben Sie damit zu tun?"

Tom runzelte müde die Stirn. „Würden Sie uns bitte eine Minute allein lassen?", fragte er den großen Kerl.

Der Gorilla nickte und setzte sich in den hinteren Teil des Flugzeugs. Tom wartete, bis er außer Hörweite war. Dann nahm er eine Akte zur Hand und blätterte darin.

„Hier steht, Sie waren in Annapolis. Genau wie Ihr Dad. Und Ihr Bruder und Ihre Schwester waren auch dort. Die gute alte Naval Akademie, hm?"

„Was lesen Sie da?"

„Ihre Akte."

„Meine Akte?"

„Ihr Dad war also ein Admiral."

„Er *ist* ein Admiral. Könnten Sie mir jetzt bitte endlich erklären, um was es hier geht?"

Tom zog seine Augenbrauen hoch und sagte: „Und Ihr Bruder war ein SEAL. Aber jetzt arbeitet er für – oh, das hatte ich noch gar nicht gesehen. Er ist einer von uns?"

David legte die Stirn in Falten. „Nein. Er arbeitet nicht für In-Q-Tel."

Die Frau lachte. Tom sah von der Akte auf und lächelte ebenfalls.

„In Ordnung, Dave. Wir sollten ein paar Dinge klarstellen.

Ich bin nicht bei In-Q-Tel angestellt. Nicht wirklich. Das ist eher eine Art Teilzeitbeschäftigung für mich. Mein wirklicher Arbeitgeber ist dieselbe Behörde, die auch indirekt die Rechnungen von In-Q-Tel bezahlt. Die Central Intelligence Agency. Mein Spezialgebiet ist die Spionageabwehr."

David sah ihn ungläubig an. „Was reden Sie da?"

Tom ignorierte ihn. „Es fing alles vor ein paar Wochen an. Wir sind auf einige sehr verstörende Informationen gestoßen. Es gab natürlich bereits im Vorfeld Gerüchte. Aber bis man es von einer vertrauenswürdigen Quelle hört, tendiert man doch dazu, solche Dinge als Verschwörungstheorien abzutun. Solche Gerüchte – scheinen einfach zu verrückt, um wahr zu sein."

Tom schien kurz nachzudenken, und wandte sich dann wieder an David. „Eine Infiltration dieses Ausmaßes – noch dazu in der oberen Führungsebene. Eigentlich undenkbar." Er seufzte. „Aber es sieht so aus, als sei es tatsächlich geschehen. Und dieselbe Quelle hat uns noch etwas viel Schlimmeres berichtet." Er blätterte erneut in der Akte. „Wir haben noch einen langen Flug vor uns. Ich verspreche Ihnen, Ihre Fragen zu beantworten. Aber ich war selbst überrascht, dass wir *Sie* auf diese kleine Urlaubsreise mitnehmen. Also sehen Sie es mir bitte nach, dass ich zuerst Ihren Lebenslauf studieren möchte."

David massierte seine Schläfen und versuchte, nicht die Geduld zu verlieren.

„ Tom. Wenn es hier um eine Bedrohung der nationalen Sicherheit geht, dann werde ich natürlich in jeder erdenklichen Weise mit Ihnen kooperieren. Aber ich verstehe immer noch nicht, warum es erforderlich war, mich von jetzt auf gleich aus meinem Zuhause zu reißen. Und was wird hier überhaupt von mir erwartet?"

Tom ignorierte ihn weiter. „Ihre Schwester ist Pilotin bei

der Navy? Hm. Das ist ja mal eine Familie. Und Sie – mussten also die Flugschule aufgeben. Dann sind Sie wohl das schwarze Schaf der Familie? Das war sicherlich keine sehr angenehme Unterhaltung mit Ihrem Vater." Tom warf ihm einen kurzen Blick zu. Gerade lange genug, um den Ärger in Davids Augen zu registrieren.

„Es hatte medizinische Gründe. Ich sehe zu schlecht."

Tom winkte ab. David beschloss, dass die überhebliche Art keine Tarnung war. Dieser Wesenszug war definitiv echt.

„Dann haben Sie also 2008 bei In-Q-Tel als Analyst angefangen und sind seitdem dabei. Ihr aktuelles Projekt ist ARES, korrekt?"

David sah kurz zu Brooke und dann wieder zu Tom hinüber.

Dieser bemerkte sein Zögern. „Entspannen Sie sich, Sie können reden. Sie ist von der NSA."

David sah die Frau überrascht an. Sie lächelte vergnügt.

Das Telefon neben Tom klingelte. „Connolly hier."

David wandte sich an Brooke und flüsterte: „Okay, können *Sie* mir vielleicht sagen, was hier vor sich geht?"

„Natürlich. Zuerst möchte ich sagen, dass es mir leidtut, wie diese Typen Sie einfach abgeholt haben. Ich hatte damit nichts zu tun. Ich weiß auch erst seit gestern ..."

Tom beendete sein Gespräch, stand auf und ging nach vorne. Brooke und David sahen zu, wie er die Cockpittür öffnete und kurz mit den Piloten sprach. Dann kam er zurück und setzte sich wieder. Der Jet zog nach rechts, und Davids Magen krampfte sich kurz zusammen. Was auch immer Tom ihnen gesagt hatte, die Piloten hatten eine Kursänderung vorgenommen.

„Wir ändern die Flugroute?", fragte David

„Wir hatten bislang noch gar kein konkretes Ziel. Das

wurde mit erst eben durchgegeben. In sechs Stunden werden wir in Kalifornien landen."

Waren sie wirklich einfach ins Blaue gestartet? In was war er hier hineingeraten?

„Also, ich höre zu", meinte David fordernd.

Toms Stimme klang harsch. „Wir haben jemanden verloren. Die Bestätigung habe ich eben erst am Telefon erhalten. Er wurde seit einer Woche vermisst. Jetzt hat man anscheinend die Leiche identifiziert. Ein Agent, der in China stationiert war. Er war es, der uns vor ein paar Wochen gewarnt hatte – war wohl auf etwas Großes gestoßen. Größer, als wir uns das vorstellen konnten. An Gerüchten ist eben immer auch was dran."

David seufzte. „Es tut mir leid wegen dieses Agenten. Um welche Gerüchte geht es?"

„Dave, haben Sie die Nachrichten über die wirtschaftliche Lage in China verfolgt?", fragte Tom.

„Na ja, ich habe die Nachrichten gesehen. Die Wirtschaft in China geht den Bach runter, oder? Und unser Aktienmarkt hat dadurch auch ziemlich was abbekommen."

„Genau. Der chinesische Aktienmarkt fällt. Aber bedeutsamer ist, dass die Arbeitslosigkeit in China steigt. Und das mittlere Einkommen sinkt. Was Sie vermutlich nicht in den Nachrichten gesehen haben, ist, dass es mehrere Arbeiterstreiks gab. Und Proteste. Die chinesische Regierung vertuscht das Ganze. Sie ist gut im Zensieren. Aber früher oder später wird es bei *60 Minutes* oder auf CNN landen."

„Ich verstehe immer noch nicht, warum mich das in dieses Flugzeug bringt."

„Weil wir Grund zur Annahme haben, David, dass China eine Invasion der Vereinigten Staaten plant."

Jetzt verstand David die Dringlichkeit.

Tom fuhr fort. „Einige hochrangige Parteiangehörige haben bereits Pläne ausarbeiten lassen. Unser Agent dort sollte herausfinden, wie die Verantwortlichen in China das „wirtschaftliche Problem" zu lösen gedenken. Wir dachten, es wäre mit etwas mehr Zensur oder einer Ausweitung der Geldpolitik, die der Fed so sauer aufstößt, getan. Aber da lagen wir offenbar falsch."

David war wie betäubt; er musste seine Gedanken sortieren. Eben noch hatte er sich Sorgen gemacht, weil er mir nichts dir nichts aus seinem Alltag herausgerissen und in diesen Jet nach Nirgendwo verfrachtet worden war. Und nun hatte man ihm erklärt, dass der Dritte Weltkrieg kurz vor dem Ausbruch stand. Er verstand immer noch nicht, was das alles mit ihm zu tun hatte, aber angesichts der Tragweite der Situation hörte er einfach weiter geduldig zu.

„Der innere Zirkel der chinesischen Führung hat letzte Nacht eine bestimmte Lösung vorgeschlagen. Und jetzt erzähle ich Ihnen, warum Sie hier sind. Am Horizont breitet sich gerade ein Lauffeuer aus. Ein paar meiner Kollegen und ich versuchen, diesen Brand zu bekämpfen. Wir müssen das Feuer entweder vor Ort ersticken, oder es löschen, wenn es uns erreicht. In beiden Fällen sind Sie ein aktiver Teil der Gruppe, der dazu beitragen wird. Ich bringe Sie an einen Ort, an dem Sie uns bei der Entwicklung einer Verteidigungsstrategie unterstützen können. Wir wollten ursprünglich jemand anderen mitnehmen, aber da gab es in letzter Minute ein Problem. Außerdem besteht die Möglichkeit, dass ich überwacht werde. Wir mussten alles daransetzen, unbemerkt in dieses Flugzeug zu gelangen. Niemand darf wissen, dass Sie hier sind. Niemand darf von diesem Flug erfahren. Daher musste ich Sie kurzerhand abholen lassen, ohne Ihnen zuvor

Bescheid zu geben. Um alles geheim zu halten. Einfacher kann ich es Ihnen nicht erklären."

David starrte Tom an und versuchte, seine Emotionen in Schach zu halten. Er wusste nicht, was er davon halten, was er fühlen sollte. Wut? Misstrauen? Pflichtbewusstsein war nur eines der Gefühle, die ihn übermannten. Eine Million Dinge gingen ihm durch den Kopf. Eines jedoch hatte oberste Priorität.

„Was ist mit meiner Familie, Tom?"

„Ich sorge dafür, dass man Ihren Angehörigen mitteilt, dass es Ihnen gut geht. Leider können Sie eine Weile nicht mit Ihrer Familie kommunizieren."

„Meine Frau wird mich umbringen. Ich habe nicht einmal –"

„Okay. Einen Augenblick. Hören Sie mir zu, David. Hören Sie ganz genau zu. Der Grund Ihres Hierseins ist wichtiger als jeder Streit mit Ihrer Frau. Kommen Sie damit klar. Es geht um die nationale Sicherheit auf höchster Ebene. Ich möchte, dass Sie das verstehen. Ihr Land muss nun an erster Stelle stehen. Und hören Sie auf, wegen der Art und Weise Ihrer Abholung zu meckern. Ich sagte schon, es tut mir leid. Aber ganz ehrlich, es ist mir scheißegal, ob das die ein oder andere Unannehmlichkeit für Sie mit sich bringt. Es gibt wichtigere Dinge, um die ich mich kümmern muss. Die Zusammenfassung ist: Wir brauchen Sie, und wir mussten es so tun, wie wir es getan haben."

David errötete und antwortete nicht. Eine Weile saßen sie schweigend da. Nur das Dröhnen der Motoren war zu hören. Brooke schaute interessiert zu, versuchte aber, unbeteiligt zu wirken.

„Wir fliegen also nach Kalifornien?", fragte David schließlich.

Toms Lächeln bereitete David Unbehagen. „Zunächst, ja. Danach? Ich wünschte, ich wüsste es."

David blickte Tom ein paar Sekunden lang an. „Wie lange werde ich unterwegs sein?"

„Ein paar Wochen. Höchstens vier."

David verdrehte die Augen.

„Schauen Sie mich bloß nicht so an, mein Freund. Ich sagte doch schon, dass ich Ihrer Frau Bescheid sagen werde. Ich übernehme das. Leider können Sie sie nicht selbst anrufen. Wenn wir gelandet sind, geht es für Sie mit weiteren Mitgliedern des Teams in einem anderen Jet weiter. Ich werde nicht mitkommen. Ich habe noch eine andere Sache zu erledigen. Nicht einmal *ich* weiß, wohin die Reise geht. Aufgrund der Vertraulichkeit dieser Mission weiß jeder nur so viel, wie er unbedingt wissen muss. Aber wenn Sie an Ihrem Einsatzort ankommen, erhalten Sie ein Briefing mit allen Einzelheiten. Ich weiß nur, dass dies ein Projekt von enormer Wichtigkeit ist, um die nationale Sicherheit zu gewährleisten. Und es wird jemand mit Ihrem Hintergrund gebraucht."

„Und welcher Hintergrund wäre das?"

„Sie werden perfekt ins Team passen. Ihre Kenntnisse über die Navy sollten auch hilfreich sein. Aber – hauptsächlich geht es wohl um Ihre Kenntnisse bezüglich ARES."

„Was hat das alles mit ARES zu tun?"

ARES war der Codename für eine Cyberwaffe, an der David vor zwei Monaten noch geforscht hatte. Die NSA war stark daran interessiert, und David wurde damit beauftragt, diese Technologie für die US-Regierung zu evaluieren und zu beschaffen.

„Das werden Sie erfahren, wenn Sie dort sind. Sie kennen das Projekt besser als jeder andere, ausgenommen diese Kids vom MIT, die es entwickelt haben. Soweit ich weiß, verfügt jeder aus dem Team über spezifisches Know-how, das er oder sie beisteuern soll. Die Leute, die diese kleine Party organisiert haben, haben zwar die Gefahr erkannt, aber jetzt müssen die Experten zusammenkommen, um das Problem zu durchleuchten. Und das ist gar nicht so einfach. Zu viele Augen und Ohren überall. Daher der abgelegene Ort."

David sah aus dem Fenster. Am westlichen Horizont ging die Sonne unter. Er nippte an seinem Kaffee und versuchte, mit der neuen Situation klarzukommen. Was sollte er davon halten? Er konnte nicht klar denken, die Ereignisse hatten ihn zu sehr aufgewühlt. Er machte sich Sorgen um seine Frau. Wie würde sie reagieren, wenn sie erfuhr, dass er vier Wochen unterwegs sein würde und nicht mit ihr telefonieren durfte?

„Sie werden meine Frau bald anrufen, ja?"

Tom nickte. „Großes Pfadfinderehrenwort."

„Tom, wenn ich ehrlich bin, klingt das alles mehr als verrückt. Gibt es noch irgendetwas, dass Sie mir über meine Aufgabe erzählen können?"

„Ich habe Beweismaterial gesehen", antwortete Tom. „Die Bedrohung ist real. Ein CIA-Agent hat bereits sein Leben geopfert, um uns Information zukommen zu lassen. Und überhaupt vertrauenswürdige Partner zu finden, hat sich in letzter Zeit als ziemliche Herausforderung erwiesen."

„Wie meinen Sie das?"

Tom blickte zwischen Brooke und David hin und her. „Es gibt – *Schwachstellen* – an mehreren Schlüsselpositionen der Regierung."

„Was?", fragte Brooke. Offensichtlich war David nicht der Einzige, der hier Neuigkeiten erfuhr. „Welche Organisationen und Behörden sind davon betroffen?"

„Es wurden leider in mehreren Organisationen Schläfer aktiviert. Daher auch die strenge Geheimhaltung und die unorthodoxen Methoden, die wir nun anwenden müssen.

Glauben Sie mir, wenn wir das Ganze in der Nähe von D. C. veranstalten könnten, würden wir es tun."

„Die NSA? Gibt es Spione innerhalb der NSA?"

„Es tut mir leid, darüber darf ich nicht mit Ihnen sprechen. Das Protokoll, Sie verstehen. Sie werden eingewiesen, wenn Sie am Einsatzort ankommen. Zum Teufel, sogar die Auswahl eines sicheren Ortes war verdammt schwierig. So viel *kann* ich Ihnen verraten: Sie werden gemeinsam einen Plan entwickeln, um diesen Krieg zu verhindern. Eine Frau trägt die Verantwortung für dieses Projekt. Ein hohes Tier im Geheimdienst. Sie ist wirklich ausgezeichnet und bestens vernetzt. Erzählen Sie ihr, was sie wissen will. Sie sind autorisiert, mit ihr über alles zu reden, an dem Sie in der Vergangenheit gearbeitet haben. Deswegen hat man Sie ausgewählt."

David tat sich schwer damit, das Gehörte zu verarbeiten. „Warum sollte China einen Krieg mit den USA beginnen?"

„Das kann ich nicht mit Sicherheit sagen. Die Chinesen haben sich nicht die Mühe gemacht, es mir zu erklären."

Brooke mischte sich nun auch ein. „Warum ziehen Länder in den Krieg? Nationale Sicherheit, Expansion, Wirtschaft, Religion, Politik."

„In China ändert sich gerade vieles. Wollen Sie meine Meinung hören? Ein Krieg wird nur dann angezettelt, wenn er den aktuellen Machthabern nützt. Die Verantwortlichen in China haben Angst, ihre Macht zu verlieren. Also handeln sie. Die Entscheidungsträger, die wir im Visier haben, sind skrupelloser als einfache Menschen – also wir. Für sie ist jede Option denkbar. Sogar Krieg.", erklärte Tom.

„Und was werde ich tun, wenn wir am Einsatzort angelangt sind?", wollte sie wissen.

„Die Red Cell-Einheit wurde aktiviert, um bei der detaillierten Ausarbeitung von potenziellen Angriffsszenarien zu helfen. Damit wir vorbereitet sind. Mehr kann ich wirklich nicht sagen. Wahrscheinlich habe ich schon zu viel gesagt."

David nickte. „Ich verstehe." Er war sich nicht sicher, ob er das wirklich tat. Aber er fing zumindest langsam an, klarer zu sehen.

„Dave, kann ich auf Sie zählen?", fragte Tom. „Ich weiß, das klingt kitschig, aber Ihr Land braucht Sie. Das meine ich ernst."

Er hasste es, wenn Leute ihn Dave nannten. „Ja, Tom. Natürlich. Sorry, dass ich mich so angestellt habe."

Tom nickte und sah auf seine Uhr. „Ich muss mich eine Weile hinlegen. Die letzten Tage waren verdammt lang. Sind Sie hungrig?"

Tom bedeutete dem Hünen, sich zu ihnen zu setzen. Er brachte eine Kühlbox mit und verteilte Softdrinks und Sandwiches. David entschied sich für eines mit Truthahn und Schinken und eine Diät-Cola. Nach nur einem Bissen legte er den Rest weg. Nein, er war nicht hungrig. Und der unruhige Flug tat sein Übriges. Das fühlte sich noch immer nicht richtig an. Aber wenn es tatsächlich alles der Wahrheit entsprach, würde er selbstverständlich alles tun, um seinem Land zu helfen.

*China.* Mehr als eine Milliarde Einwohner. Der einzige Militärapparat auf der Welt, der es mit dem der Vereinigten Staaten aufnehmen konnte. Das war das Weltuntergangsszenario, über das seine Ausbilder in der Marineakademie gesprochen hatten. David hatte einmal gehört, dass im Falle eines Krieges mit China jeder Verteidigungsplan den Einsatz taktischer Atomwaffen vorsah. Der Grund: Es gab einfach zu viele Chinesen.

Wenn dies wirklich geschah, würde die Navy ihn dann wieder einziehen? Er war nur wenige Monate im aktiven Dienst als Offizier gewesen. So lange eben, wie die Mediziner an der Flugschule gebraucht hatten, um herauszufinden, dass seine Augen zu schlecht waren. Aber wenn man einmal dabei war, war man doch sein Leben lang dabei, oder? Würden ihm in einem Jahr an Bord eines Kriegsschiffs chinesische Seezielflugkörper um die Ohren fliegen? Es war zu unglaublich, um wahr zu sein.

David mochte Tom noch immer nicht, aber wenn er recht hatte, könnte sich die nächste Zeit als Schlüsselereignis der Geschichte erweisen. So wie Pearl Harbor. Oder die Tage, bevor Deutschland im Zweiten Weltkrieg Polen überfiel. Und ein Großteil der Welt würde einfach so weitermachen wie bisher und gar nicht mitbekommen, welch massiver Konflikt sich gerade anbahnte. Über sechzig Millionen Menschen waren im Zweiten Weltkrieg gestorben. Könnte tatsächlich erneut ein Krieg dieser Größenordnung bevorstehen?

David betrachtete die beiden Männer, die nun in ihren zurückgeklappten Sitzen schliefen. Er selbst würde wohl kaum Schlaf finden.

Brooke stand auf und setzte sich auf den leeren Sitz ihm gegenüber. Sie lächelte und hob ihre Augenbrauen an, als ob sie zum Sprechen ansetzte.

„Wie geht es Ihnen jetzt?", fragte sie freundlich.

„Na ja, man hat mich quasi entführt, und jetzt fliege ich weiß Gott wohin, um in einer geheimen CIA-Operation das Land vor einem möglichen Dritten Weltkrieg zu retten. Also, mir geht es gut. Und Ihnen?"

„Es ist sicher kein Fehler, sich etwas Humor zu bewahren."

„Ja, vermutlich haben Sie recht."

Brooke redete offenbar gerne. Sie erkannte, dass David einer Unterhaltung momentan nicht abgeneigt war, und legte los. „Mir hat man auch erst vor vierundzwanzig Stunden Bescheid gegeben", begann sie. „Mein Boss hat mich außerhalb der Arbeitszeit nach Fort Meade einbestellt. Er hat mir

Tom vorgestellt und ebenfalls nur das Nötigste erzählt. Ich kann es auch nicht glauben. Ich arbeite im Bereich Aufklärung. Man könnte auch sagen, ich verdiene mein Geld damit, die Chinesen zu belauschen. Davor war ich dem Iran-Team zugeteilt. Jetzt also China. Ich bin bei der Cyberabwehr. Wir hacken uns in ihre Computer, sie hacken sich in unsere. Es ist wie im Kalten Krieg, nur über das Internet. Aber genau wie im Kalten Krieg, gibt es auch hier bestimmte Regeln. Während der letzten Wochen sind mir aber Dinge aufgefallen, die sehr ungewöhnlich sind. Einige der Regeln wurden gebrochen."

„Was genau meinen Sie damit?"

„Na ja, zum Beispiel wurde dieser CIA-Agent umgebracht. Tom hat Ihnen nicht gesagt, worauf er angesetzt war. Sein Auftrag war Teil einer Operation, an der ich auch arbeite. Haben Sie jemals von der CCDI in China gehört?"

„Nein."

„Das ist die Abkürzung für Central Commission for Discipline Inspection, also die Zentrale Disziplinarkommission der Kommunistischen Partei Chinas. Eine Organisation, die unter anderem damit beauftragt ist, Korruptionsfälle in der chinesischen Regierung zu untersuchen. Vor ein paar Monaten hat diese Kommission einen neuen Vorsitzenden bekommen. Einen Typ namens Jinshan. Cheng Jinshan. Schon mal von ihm gehört?"

„Hm. Nein."

Sie lachte kurz auf. „Sorry, natürlich haben Sie nichts über ihn gehört. Manchmal vergesse ich, dass nicht jeder den ganzen Tag lang verdächtige chinesische Geschäftsleute und Politiker beobachtet. Jinshan hat sehr gute Verbindungen. Er ist ein äußerst erfolgreicher Unternehmer, mischt aber angeblich mit einigen seiner Internetfirmen auch bei der staatlichen Cyberkrieg-Abteilung mit. Wir wissen, dass er eng mit der

Regierungsbehörde zusammengearbeitet hat, die für die Zensur des Internets in China verantwortlich ist."

„Und was hat er mit unserem Projekt zu tun?", fragte David

„Es hat sich herausgestellt, dass er mittlerweile sehr tief in die Cyberkrieg-Aktivitäten der Regierung involviert ist. Er ist praktisch für das chinesische Cyberkrieg-Programm *verantwortlich*. Dieser Mann war von Anfang an bei allen Cybermissionen dabei. Wie dem auch sei, jetzt wird Jinshan also die Leitung der CCDI übertragen. Das ist eine Position, die normalerweise mit einem Politiker besetzt wird. Aber dieses Mal fällt die Wahl des chinesischen Präsidenten höchstpersönlich auf Jinshan, einen Geschäftsmann."

„Es dreht sich also um Cyberkrieg?"

„Nein. Warten Sie ab. Jinshan ist sehr einflussreich. Ihm gehören viele Unternehmen. Mindestens eines davon ist für die technisch anspruchsvolle Spionage-Offensive durch chinesische Hacker verantwortlich. Wenn Sie also irgendetwas über Cyberangriffe aus China in den Nachrichten hören, steckt höchstwahrscheinlich eine seiner Firmen dahinter. Aber in seinem neuen Job bei der CCDI hat er nichts mehr mit dem Cyberkrieg zu tun. Die CCDI soll *eigentlich* korrupte Politiker überführen. Und eines ist sicher, in China – so wie in fast allen anderen Ländern – gibt es davon genug."

„Sie sagten eigentlich. Und was macht Jinshan wirklich?"

„Wir denken, dass der chinesische Präsident Jinshan und die CCDI benutzt, um die politische Spitze Chinas zu schwächen, und nach seinen Wünschen zu formen. Das kleine Einmaleins eines jeden Despoten: Alle, die gegen ihn sind, werden ausgemerzt."

„Und was haben Sie und Ihre Kollegen dagegen unternommen?"

„Na ja, wir bei der NSA überwachen ihn noch engmaschi-

ger. Ich habe mich in Jinshans gesicherte Dateien und
Computer gehackt –"

„Ist das denn legal?"

Sie sah leicht verärgert aus. „Sind Sie etwa Jurist?"

„Nein."

„Gut. Ich auch nicht. Lassen wir doch die Frage nach der
Rechtmäßigkeit unserer Handlungen einfach mal außen vor,
okay? Jedenfalls ist er ein viel größerer Fisch, als wir zunächst
glaubten. Wie ich schon sagte, er hat nahezu überall seine
Finger im Spiel. Er hat Verbindungen in höchste militärische
Kreise und spielt regelmäßig Golf mit vielen Mitgliedern des
Politbüros. Einige sind sogar der Meinung, dass er dem aktuellen chinesischen Präsidenten zu seinem Amt verholfen hat.
Deshalb überwachen wir ihn mittlerweile sehr genau. Der
getötete CIA-Agent war unser Mann vor Ort. Aber bis gestern,
als Tom mich informierte, hatte ich keine Ahnung, was er
wirklich herausgefunden hatte."

„Okay. Also was genau hat Jinshan mit einem möglichen
Angriff auf die USA zu tun?", erkundigte sich David.

„Ganz genau weiß ich es auch nicht. Aber unser Agent war
dabei, Beziehungen zu einigen Angestellten der CCDI zu
knüpfen. Er hatte erfahren, dass ausgerechnet die Organisation, die Korruption bekämpfen soll, dazu missbraucht wird,
politische Spitzenämter mit Leuten zu besetzen, die von
Jinshan persönlich ausgewählt werden.

„Bis zum Zeitpunkt seiner Übernahme der CCDI wussten
wir fast nichts über Jinshan. Bei den Leuten, die er für die
diversen politischen Ämter auserkoren hat, sieht das aber
schon ganz anders aus. Sie stammen alle aus dem Umfeld des
Militärs oder der chinesischen Geheimdienste. Es ist beinahe
so, als wollten sie sämtliche Regierungsposten militarisieren.

„Unser Agent hatte den Auftrag, eine Festplatte sicherzu-
stellen, die uns Aufschluss über die strategische Ausrichtung

gegeben hätte. Aber jemand ist ihm wohl auf die Schliche gekommen ...“

„Aber warum macht das nicht schon weltweit Schlagzeilen?“

„Denken Sie daran, was Jinshan außerdem noch kontrolliert – den Informationsfluss. Die chinesischen Medien sind staatseigen. Es wird nur das publik, was ihm genehm ist. Und es ist ja auch noch nichts Großartiges passiert, was internationales Medieninteresse auf sich hätte ziehen können. Aber wenn man eins und eins zusammenzählt, dann tut sich dort so einiges.“

„Wer innerhalb der NSA weiß sonst noch Bescheid über das, was Tom uns erzählt hat?“

„Über die Angriffspläne? Nicht viele Leute. Mein Vorgesetzter hat mit Tom und ein paar anderen bei der CIA gearbeitet. Aber innerhalb der NSA wussten nur mein Vorgesetzter und ich davon. Zum Glück sind die Informationsketten bei uns streng voneinander getrennt. Wenn es wirklich Schläfer in der NSA gibt, dürfen wir nicht zulassen, dass sie mitbekommen, woran wir arbeiten. Mit etwas Glück können wir diese Sache vielleicht noch abwenden.“

Brooke und David unterhielten sich noch eine weitere Stunde. Sie kam aus Maryland, hatte an der UMBC studiert und sich auf Mathematik und Informatik spezialisiert. Noch während sie am College war, hatte sie ein Praktikum bei der NSA gemacht und war nun seit fünfzehn Jahren dort beschäftigt.

Irgendwann deutete David höflich an, dass er ein Nickerchen machen wollte. Er war sich sicher, dass sie den gesamten Flug über weitergeredet hätte, wenn er sie gelassen hätte. Stattdessen beendeten sie ihr Gespräch und David blickte aus dem ovalen Fenster in den endlos weiten Abendhimmel.

Er musste wieder an seine Familie denken und machte

sich Sorgen wegen der unmittelbaren Zukunft; um seine Frau, die nun so lange allein mit den beiden kleinen Mädchen zurechtkommen musste. Und natürlich machten ihm auch die langfristigen Aussichten Kopfzerbrechen – wie ihre Zukunft wohl aussähe, falls Amerika tatsächlich in einen Krieg mit China hingezogen würde? Davids Familie würde es härter treffen als andere.

Wenn man einen Admiral zum Vater hatte, wurde auch von dessen Kindern erwartet, dass sie ihr behagliches Zivilleben aufgaben, um ihrem Land zu dienen. Seine beiden Geschwister waren diesem Ruf anstandslos gefolgt. Davids Schwester Victoria war eine aufstrebende Hubschrauberpilotin und lebte in Jacksonville, Florida. Sein Bruder Chase war ein ehemaliger SEAL. Jetzt arbeitete er im Bereich äußere Sicherheit für das US-Außenministerium. Zumindest hatte David das bisher angenommen. Was hatte Tom damit gemeint, als er sagte, Chase arbeitet für *uns*? David war der Einzige in der Familie, der keine militärische Karriere angestrebt hatte.

Abgesehen von ein paar Urlauben, hatte David seine Geschwister und seinen Vater in den letzten Jahren nur selten gesehen. Seit den Ereignissen des II. September bedeutete eine Karriere im Militär viele lange Auslandseinsätze. Aktuell war sein Vater Kommandeur der modernsten US-Flugzeugträger-Flotte. Es würde wohl Admiral Mannings letzter Einsatz auf See sein.

David realisierte, dass er die drei zum letzten Mal bei der Beerdigung seiner Mutter gesehen hatte. Sie war vor mehr als einem Jahr gestorben. Es war eine grausame Ironie des Schicksals, dass diese so ungemein liebevolle Frau im Alter von nur einundsechzig Jahren an Herzversagen verstorben war. David dachte jeden Tag an sie; es hatte Wochen gedauert, bis ihm bei der Erinnerung an sie keine Tränen mehr in die Augen stiegen.

Nun waren sein Vater und seine Geschwister im Auftrag der Vereinigten Staaten auf der ganzen Welt verteilt. Bahnte sich tatsächlich ein weiterer Weltkrieg an? Vor wenigen Stunden hätte David diesen Gedanken noch als lächerlich bezeichnet.

Es war alles nur schwer zu glauben. Wie sagte man doch gleich? Die einfachste Erklärung war für gewöhnlich die richtige. Das Problem war nur, dass diese Situation nicht einfach zu erklären war.

Das Gespräch mit Brooke hatte ihm gutgetan. Bereits nach fünf Minuten mochte er sie, und er vertraute ihr instinktiv. Sie war klug. Wenn er etwas an der Naval Akademie gelernt hatte, dann war es, dass man sich stets an kluge Menschen halten sollte. Dieser Rat hatte sich bewährt. Fast immer.

David sah einen Stift und ein Blatt Papier auf dem Tisch liegen und beschloss, eine Nachricht an seine Frau zu verfassen. Er schrieb nur das auf, von dem er dachte, dass er es ihr mitteilen durfte. Eigentlich ging es ihm hauptsächlich darum, ihr zu sagen, dass es ihm gut ging. Danach lehnte er sich an die kühle Plastikscheibe des Fensters und schloss die Augen. Aber der Schlaf wollte sich nicht einstellen. Seine Gedanken schweiften ab. Wie würde ein Krieg mit China wirklich aussehen? Und in welcher Welt würden seine Kinder aufwachsen?

---

David wurde von einem unsanften Schütteln geweckt. Es war der Gorilla, der nun einen Kampfanzug trug.

„Wir sind da. Aufstehen."

Schläfrig sah David sich um. „Okay. Wo sind wir?"

„Wir müssen los", war die einzige Antwort des großen
Kerls.

Die Motoren standen bereits still. Die Erschöpfung hatte
David am Ende übermannt, obwohl er eigentlich hatte wach
bleiben wollen. Sogar die Landung hatte er verschlafen. Er
ging schon in Richtung Kabinentür, als ihm die Nachricht an
seine Frau einfiel. Schnell nahm er sie vom Tisch, bevor er das
Flugzeug verließ.

Der ausklingende Tag malte graue und violette Schatten
in den Himmel über der stillen Start- und Landebahn. Ein
identisch aussehendes Flugzeug parkte direkt neben dem
ihrem. Ansonsten war der Flugplatz wie leer gefegt. Das
schwache Pistenfeuer war das einzige künstliche Licht weit
und breit.

Tom tauchte von der anderen Seite des Jets auf und reichte
David einen großen schwarzen Seesack. „Hier. Was zum
Anziehen und Toilettenartikel. Es sind zwar nicht Ihre
Sachen, aber sie sollten passen. Ihr Telefon und Ihre Briefta-
sche bekommen sie wieder, wenn der Einsatz vorbei ist. Sorry
für die Unannehmlichkeiten."

David bemerkte Stimmen, die aus dem zweiten Flugzeug
drangen. Er duckte sich unter den Flugzeugrumpf, blickte
hinüber und sah einige Leute aussteigen.

„Wer ist das?", fragte er.

„Ein paar weitere Berater. So heißt ihr offiziell: Berater. Sie
werden sie im Flugzeug kennenlernen", erklärte Tom. „Wir
müssen los. Wie ich schon sagte, ich gebe Ihrer Frau Bescheid.
Und machen Sie sich keine Gedanken wegen Ihres Arbeitge-
bers. Das ist alles geregelt."

Tom grinste, aber seine Augen blieben ernst. David hatte
kein gutes Gefühl dabei.

Er reichte Tom den Brief an seine Frau. „Hier. Bitte geben
Sie das meiner Frau."

Tom warf einen Blick auf das Papier, dann nickte er. „Natürlich. Geht klar."

„Mr. Manning?", rief eine Stimme. David drehte sich um und sah einen Mann in einer albern aussehenden Flugbegleiter-Uniform mit einer schief sitzenden Kappe auf dem Kopf.

„Das bin ich."

„Bitte folgen Sie mir, Sir."

Tom winkte kurz und sagte: „Viel Glück. Denken Sie daran, dass dies eine der wichtigsten Aufgaben ist, die Sie je übernehmen werden. Also geben Sie Ihr Bestes und versauen Sie es nicht." David warf ihm einen missmutigen Blick zu. *Was für eine motivierende Ansprache.* Auf dem Weg zu dem anderen Flugzeug bezweifelte er noch immer, ob das alles eine so gute Idee war. Dort angekommen, holte er tief Luft und stieg die Stufen zur Kabine hinauf.

Ein paar Minuten später standen Tom und sein Assistent auf der Rollbahn und beobachteten, wie der Jet mit den Beratern an Bord in Richtung Westen abhob. Tom schloss die Augen und nahm einen tiefen Zug von seiner Zigarette. *Jetzt gab es kein Zurück mehr.*

„Wollen Sie wirklich seine Frau anrufen?", fragte der Gorilla im Kampfanzug.

Tom starrte ihn an, ohne zu antworten. „Kommen Sie. Das Flugzeug wartet. Wir haben noch Arbeit vor uns." Er schnippte die noch glühende Zigarette auf den Asphalt und erklomm die Stufen zur Kabine des anderen Jets.

## 2

---

„Unsere historische Dominanz ... schwindet ... Wir alle wissen,
dass China aufsteigen wird. [Aber] wie wird sich China
verhalten? Das ist die Schlüsselfrage."

*–Admiral Samuel J. Locklear III, US-Navy,*
*Befehlshaber des US Pacific Command im Januar 2014*

Der Flug war lang und ungemütlich. Bartstoppeln bedeckten
Davids untere Gesichtshälfte, und seine Augen waren
aufgrund des Schlafmangels blutunterlaufen. Außerdem
brauchte er eine Dusche. Dringend. Auch wenn der Jet
genauso luxuriös ausgestattet war wie der erste: Es war prinzi-
piell einfach ausgschlossen, einen neunstündigen Flug zu
genießen.

Kurz nachdem sie das Flugzeug betreten hatten, über-
reichte ihnen ihr „Flugbegleiter" – der, da war sich David
sicher, garantiert nicht für irgendeine Fluggesellschaft arbeitete – einen zwanzigseitigen Bericht zum Durchlesen. Er hatte

auch für Essen und Getränke gesorgt, blieb aber ansonsten während des gesamten Fluges stumm.

Außer David und Brooke waren noch zwei weitere Passagiere an Bord, die ihm recht sympathisch waren. Es stellte sich bald heraus, dass diese über noch weniger Informationen verfügten als er selbst. Alles, was die beiden anderen Männer wussten, war, dass ihre Red Cell aktiviert worden war, und dass es um die nationale Sicherheit ging.

Bill Stanley war als Selbstständiger in der Rüstungsbranche tätig und lebte in Nevada. Er war verheiratet, hatte zwei erwachsene Söhne, und war vor mehr als einem Jahrzehnt aus der Luftwaffe ausgeschieden. Er arbeitete an Drohnen und „ein paar Jets, deren Existenz Sie mir nicht abnehmen würden, wenn ich Ihnen davon erzählte". David erfuhr, dass Bill jeden Tag mit einer US Air Force Boeing 767 zur Arbeit pendelte. Er stieg am McCarran International Airport in Las Vegas ein und flog danach zur ehemals Area 51 genannten Militärbasis. Ein paar Minuten lang rissen sie Witze über Ufos und Aliens, konnten aber angesichts eines drohenden Dritten Weltkrieges nicht wirklich darüber lachen. Bill tüftelte für gewöhnlich den Großteil seines Arbeitstages an der Weitverbindungs-Satellitenkommunikation zu und von Hightech-Flugzeugen und Drohnen des US-Militärs.

Henry Glickstein bezeichnete sich selbst als „Macher". Er war ein Telekommunikationsguru, der für verschiedene große Technologieunternehmen gearbeitet hatte. Während sie sich unterhielten, ging er ununterbrochen lächelnd in der Kabine umher, um alles haargenau zu inspizieren. Er hatte in seinem Berufsleben sogenannte Datenfarmen konzipiert und die Entwicklung von Glasfasernetzen koordiniert. Auf David machte er den Eindruck eines typischen Workaholics: Ein Ingenieur, der pausenlos versuchte, sämtliche Probleme zu lösen, die ihm begegneten. Er war ein Spaßvogel, wirkte aber gleichzeitig extrem kompetent und ehrgeizig. Sein Verstand arbeitete anscheinend so schnell, dass er ab und an witzige Bemerkungen einwerfen musste, damit ihm nicht langweilig wurde.

Alle Anwesenden standen auf der streng vertraulichen Einsatzliste der Red Cell-Einheit. Sie erhielten eine jährliche Pauschale, damit sie abrufbar waren, falls ihre Dienste benötigt wurden. Normalerweise wurden Red Cells bereits Monate im Voraus zusammengestellt und die Teilnehmer frühzeitig darüber informiert. Dieses Mal war es anders.

Die anderen waren erstaunt, als sie hörten, dass David im Gegensatz zu ihnen ohne Vorankündigung zuhause eingesammelt worden war. Ebenso wie Brooke, waren sie vierundzwanzig Stunden vorher von einem Weisungsbefugten kontaktiert worden. Diese wiederum hatten ihren Befehl von den Organisatoren der Red Cells bei der CIA erhalten. Als Tarnung war eine Geschäftsreise anberaumt worden. Sie wurden angewiesen, mit niemandem darüber zu reden und für mehrere Wochen zu packen.

Sie alle sahen es als ihre Pflicht an, bei diesem so wichtigen Projekt mitzuwirken. Die beiden Männer erfuhren erst durch David und Brooke von dem Zusammenhang mit einer möglichen chinesischen Invasion. Sie waren schockiert. Einen Großteil der ersten Flughälfte verbrachten sie mit einer Diskussion darüber, warum China etwas Derartiges tun würde.

Je mehr David darüber nachdachte, desto mehr wurde ihm bewusst, wie schwer es Amerikanern fallen würde, ein solches Szenario auch nur ansatzweise zu glauben. Amerikaner waren in der Regel bequem. Ein Mensch, der sich wohlfühlte, war selten proaktiv: er reagierte, anstatt zu agieren. Jemand, der seit Jahren keinen Orkan mehr erlebt hatte, nahm es mit den Vorbereitungen auf einen solchen nicht ganz so ernst. Und genau das war es: ein heraufziehender Sturm monumentalen Ausmaßes. Seit David auf der Welt war, hatte es keinen Weltkrieg mehr gegeben. Würden sich die Leute also auf einen solchen Sturm vorbereiten? Oder würden sie den Nachrichten von ihrem Sofa aus ungläubig zuhören und einfach abwarten?

Das Briefing, das sie alle erhalten hatten, enthielt nur wenig neue Informationen. Sie waren als Berater für die US-Regierung in einer Red Cell-Einheit unterwegs. Das Dokument besagte, dass Red Cells von der CIA eingesetzt wurden, um „gebrauchsfertige Annäherungen zu analytischen Fragen zu entwickeln und alternative Gesichtspunkte anzubieten." *Was auch immer das bedeutete.* Jeder Berater brachte seine persönlichen Erkenntnisse und das Fachwissen aus den jeweiligen Spezialgebieten ins Team ein. Allerdings warf das Dokument mehr Fragen auf, als es beantwortete. Trotzdem wurde auch jetzt die zweite Hälfte des Fluges zum Schlafen genutzt.

Im Gegensatz zum ersten Jet waren bei diesem hier die Fenster verdunkelt. Aus Sicherheitsgründen, wie ihr Flugbegleiter ihnen berichtete. Tageslicht bekamen sie erst nach der Landung an ihrem Ziel wieder zu sehen. Dort war später Nachmittag. David fragte sich, wie viele Zeitzonen sie durchflogen haben mochten. Durch die offene Kabinentür strömte schwere Tropenluft in den Jet, und der Himmel war strahlend blau.

Mit großen Augen sahen sie sich an ihrem Ankunftsort um. Wasser, so weit man blicken konnte. Es erinnerte David an eine dieser Pazifikinseln, auf denen im Zweiten Weltkrieg Luftstützpunkte gebaut worden waren. Die Insel – oder der Stützpunkt – war winzig, auch wenn Sie nur etwa die Hälfte des Eilands sehen konnten. Es schien gerade groß genug für die Landebahn, die auf drei Seiten von schwarzen Sandstränden und türkisblauem Ozean umgeben war. Auf der vierten Seite befanden sich ein paar Betonbauten, die vom tropischen Regenwald durch einen Stacheldrahtzaun getrennt waren. Dahinter erhob sich ein mächtiger, mit dichter, grüner Dschungelvegetation bewachsener Berg.

Anscheinend war heute der Ankunftstag mehrerer Beratergruppen. Ein weiterer Jet war soeben gelandet. Er schien eine Ebenbild der Maschine zu sein, die sie hergebracht hatte. David beobachtete, wie die anderen Passagiere ihre Seesäcke und Taschen über einen sandigen Weg in Richtung der Gebäude trugen. Ihr Flugbegleiter wies sie an, es ihnen gleichzutun.

David und seine neuen Kollegen schnappten sich ihre Sachen und gingen los. Bei den Gebäuden angekommen, wies ihnen ein uniformierter Major der Air Force ihre Unterkünfte zu.

„Name?", fragte er, als David an der Reihe war.

„David Manning."

„Manning. Yep. Raum 214. Die Treppe hinauf. Hier ist Ihr Schlüssel. Verstauen Sie Ihre Sachen in Ihrem Zimmer. Wir treffen uns in einer Stunde im Hörsaal. Er befindet sich in dem großen Gebäude auf dem Hügel mit Blick auf die Piste."

„Verstanden, danke." David wollte dem Major eine Million Fragen stellen, aber da die anderen hinter ihm standen, beschloss er, zu warten. Es klang schließlich so, als würde in einer Stunde eine Lagebesprechung stattfinden.

Eine Stunde später saß David in dem großen Hörsaal, der einem Amphitheater ähnelte, und bewunderte durch dessen Panoramafenster die sich im Wind wiegenden Palmen und das klare, blaue Wasser. Er hatte eine Dusche genommen und auch Rasierzeug in dem Seesack gefunden, den Tom ihm überlassen hatte. Er fühlte sich besser, wenn auch immer noch erschöpft von der langen Reise.

Er dachte an seine Töchter und an seine Frau. Lindsay war

wahrscheinlich bereits den Tränen nahe. Er konnte nur hoffen, dass sie ihm vergeben würde. Aber wenn das alles wirklich gerade passierte, hatte er keine andere Wahl gehabt. Warum hinterfragte er die Situation nur pausenlos? So, als wäre alles nicht real. Lag es daran, dass ihm ein Krieg mit China unvorstellbar erschien? Oder war da noch etwas anderes, das ihm Unbehagen bereitete?

Die untergehende Sonne tauchte die Wasseroberfläche in ein Farbenmeer von hellorange bis dunkelviolett. Nur zu welchem Gewässer diese Oberfläche gehörte, wusste niemand so genau. Aufgrund der Flugzeit und des Klimas tippte David stark auf den Südpazifik. Aber warum hätte man sie alle so weit wegbringen sollen?

Der Raum war gefüllt mit neugierig wirkenden Männern und Frauen aus offenbar unterschiedlichen Bereichen. Einige trugen Anzüge. Andere hatten Bürstenhaarschnitte und waren in Militäruniformen erschienen. Wieder andere waren leger in eng anliegenden Jeans und T-Shirts gekleidet. David schloss aus mehreren lockeren Begrüßungsgesprächen, dass die Hintergründe der Anwesenden so unterschiedlich waren, wie ihre Kleidungsstile vermuten ließen. Sie waren Programmierer und Wissenschaftler, Ingenieure und Psychologen, Offiziere und politische Berater. Alle waren gut ausgebildet und unglaublich intelligent. David zählte insgesamt zwanzig Personen. Ebenso wie Henry und Bill, war auch den anderen gesagt worden, dass ihre Anwesenheit im Rahmen der nationalen Sicherheit erforderlich war. Weitere Einzelheiten hatten sie im Vorfeld ihrer Reise nicht erhalten. Es schien, als hätte Tom als einziger Details ausgeplaudert. Davids Mitreisende hatten bereits begonnen, die Rolle Chinas in Bezug auf diesen Einsatz publik zu machen, was allseits für Aufregung sorgte.

David überhörte eine Unterhaltung zwischen zwei Männern, die direkt neben ihm saßen.

„Du denkst, wir sind in der Nähe von Diego Garcia?
Niemals, Mann. Wir sind bei Guam."

„Wie kommst du darauf?"

„Die Flugzeit. Und ich weiß, dass wir einen geheimen CIA-
Stützpunkt in der Nähe von Guam haben. Das muss er sein."

„Aber warum sollten sie uns ausgerechnet hierher
bringen?"

„Das hat nichts mit uns zu tun. Vermutlich wollten sie ihre
in China, Japan und Korea stationierten Experten zusammen-
führen. Für die jeweiligen Stationsleiter und Einsatzoffiziere
ist die Anreise so kürzer. Die Insel liegt günstig."

Das Geplauder erstarb, als eine groß gewachsene, sehr
attraktive Asiatin ans Rednerpult trat. Ihre schlichte
schwarze Hose war mit einer ärmellosen Seidenbluse
kombiniert. Sie ließ ihren Blick über die nun verstummte
Zuhörerschaft schweifen, welche die Frau ihrerseits
betrachtete.

„Meine Damen und Herren, willkommen bei der Red Cell.
Es gibt zwei Gründe, warum Sie hier sind. Zuerst einmal
müssen wir das hier im Raum vorhandene Wissen über einen
möglichen Angriff Chinas auf die Vereinigten Staaten
bündeln."

Eine Mischung aus Schock und Skepsis breitete sich im
Saal aus. Ein paar Fragen wurden laut, aber die Frau bat mit
einer Handbewegung um Ruhe, bevor sie fortfuhr:

„Ich weiß, dass dies für die meisten hier schwer zu
glauben ist. Aber ich versichere Ihnen, die Gefahr ist real. Ich
bitte Sie, sich Ihre Fragen bis zum Schluss aufzusparen. Viele
dieser Fragen dürften während meines Vortrags bereits beant-
wortet werden. Außerdem werden Sie heute im Laufe des
Abends noch weitere detaillierte Informationen erhalten.
Aber ich wiederhole noch einmal: Wir haben Grund zur
Annahme, dass China plant, die USA im Rahmen einer groß-

angelegten Militäroperation innerhalb der nächsten zwölf bis achtzehn Monate anzugreifen."

Wieder wurde es laut, und erneut hielt die Frau abwehrend ihre Hände hoch, bis Ruhe eingekehrt war. David bewunderte ihre Souveränität.

„Wir werden alle Fragen zu gegebener Zeit beantworten. Der zweite Grund, warum Sie alle hier sind: *um Pläne für einen Angriff Chinas auf die USA zu entwickeln.* Ich weiß, das klingt zunächst absurd, aber lassen Sie mich ausreden. Das ist das Hauptziel dieser Red Cell-Einheit. Da wir nicht genau wissen, was der Feind unternehmen wird, müssen wir uns auf das vorbereiten, was der Feind unternehmen *könnte.* Während der nächsten Wochen werden Sie von der Außenwelt abgeschnitten sein. Sie werden von früh morgens bis spät nachts arbeiten. Und es wird verdammt wichtige Arbeit sein."

Noch während sie sprach, verließ sie das Rednerpult und schritt die einzelnen Ebenen des Hörsaals ab. Dabei achtete sie darauf, mit jedem der Anwesenden Blickkontakt herzustellen.

„Wir möchten, dass Sie alle an einem Strang ziehen und kreativ sind. Tun Sie das, was Sie am besten können – finden Sie Lösungen für komplexe Problemstellungen. Jeder und jede Einzelne von Ihnen wurde ausgewählt, weil Sie zu den besten Köpfen auf Ihrem jeweiligen Fachgebiet zählen. An diesem Programm nehmen wirklich nur die Besten teil. Alle hier Anwesenden verfügen über bestimmte Fähigkeiten, die für dieses Projekt relevant sind. Sie sollten stolz darauf sein, Ihrem Land auf diese Weise dienen zu können, auch wenn Sie dieses Projekt natürlich niemals in Ihrem Lebenslauf erwähnen können."

David beobachtete, wie sie die Treppe hinunter und wieder in Richtung Rednerpult schritt. Sie hatte eine perfekte Haltung, einen sanft gebräunten Teint und sah durchtrainiert aus – und wirklich groß für eine Frau. Er schätzte sie auf 1,80 m. Da sie obendrein noch eine äußerst charismatische Rednerin war, fiel es ihm schwer, seine Augen von ihr abzuwenden.

„Viele von Ihnen hatten Zugang zu als streng geheim eingestuften Verschlusssachen der Regierung oder des Militärs. Für alle anderen haben wir im Schnellverfahren eine vorläufige Freigabe für diese Sicherheitsstufe erwirkt. Normalerweise dauert das ein Jahr oder länger. Aber dies hier ist eine Ausnahmesituation, und wir haben unsere Hausaufgaben gemacht. Alle Anwesenden wurden einer raschen aber gründlichen Sicherheitsüberprüfung unterzogen. Wenn ich hier fertig bin, werden Sie alle im Nebenzimmer einige Formulare sowie eine Geheimhaltungsvereinbarung unterschreiben. Nichts von dem, was hier passiert, darf jemals an die Öffentlichkeit gelangen. Wir unterliegen dem höchsten Geheimhaltungsgrad."

Sie verharrte regungslos, und jede Pause schien das Gewicht ihrer Worte zu unterstreichen.

„Geheimhaltung ist aber nicht unsere einzige Priorität. Wir erwarten, dass Sie Arbeit von allerhöchster Güte abliefern. Ausnahmslos. Sie sind von höchster Regierungsebene autorisiert, sämtliche Erfahrungen und Kenntnisse aus Ihrer vergangenen Tätigkeit preiszugeben und in dieses Projekt einzubringen. Sie unterliegen keinerlei Sicherheitsbeschränkungen und können alles offen diskutieren. Alles wird unserem ultimativen Ziel untergeordnet: die Vereinigten Staaten zu schützen."

David bemerkte, wie sich bei diesen Worten einige Personen aufrechter hinsetzten. Sie waren offensichtlich stolz darauf, für eine so wichtige Aufgabe ausgewählt worden zu sein. Bei anderen jedoch löste der Gedanke, in einem ungewohnten Umfeld geheime Informationen zu teilen, Unbehagen aus.

„Mein Name", fuhr die Frau fort, „ist Lena Chou. Ich bin normalerweise als CIA-Offizier für verdeckte Operationen im Einsatz. Auf dieser Insel repräsentiere ich jedoch eine gemeinsame Task Force von insbesondere NSA, CIA, FBI, Homeland Security sowie allen Teilstreitkräften und einigen weiteren Organisationen, einschließlich der DARPA. Ja genau, das sind die Freaks, die das Internet erfunden haben."

Lenas strahlendes Lächeln löste im Raum nervöses Kichern aus.

„Ich werde für die kommenden drei Wochen diese Einheit leiten. Ich habe das bereits zwei Mal gemacht. Auch bei vergangenen Red Cell-Einsätzen haben wir so unterschiedliche Experten wie Sie zusammengeführt, um theoretische Angriffsszenarien auszuarbeiten. Wir haben sogar schon Autoren von Technothrillern damit beauftragt, fiktive terroristische Anschlagspläne zu entwerfen. Auch wenn wir dieses Mal keine Autoren unter uns haben, versuchen wir dennoch, neue Weg zu gehen. Natesh Chaudry ist der Geschäftsführer einer Beratungsfirma mit Sitz im Silicon Valley. Natesh, möchten Sie etwas dazu sagen?"

Ein junger Mann Ende zwanzig stand auf. Er trug Designerjeans und ein Poloshirt von Lacoste.

„Hallo zusammen, ich bin Natesh. Es freut mich, Sie alle kennenzulernen. Genau wie Sie bin auch ich erst heute hier angekommen. Und auch ich wusste nicht, wohin die Reise ging und was meine Aufgabe sein würde. Vor einer halben Stunde hat Lena mir einen kleinen Vorgeschmack gegeben. Ich muss Ihnen wohl nicht sagen, dass ich immer noch unter Schock stehe. So wie vermutlich viele von Ihnen. Aber ich bin froh, dass ich die Gelegenheit bekomme, etwas zu diesem wichtigen Projekt beizutragen."

Auf David machte dieser junge Mann einen etwas überforderten Eindruck. Er schien nervös zu sein, was David gut nachvollziehen konnte. Trotzdem klang Natesh entspannt, und wirkte auf Anhieb vertrauenswürdig.

Jetzt fuhr er fort: „Wie Lena bereits sagte, arbeiten mein Team und ich in Kalifornien mit einer Vielzahl an Firmen zusammen. Wir helfen einigen der führenden Unternehmen weltweit, ihr Innovationsniveau zu erhöhen und neue Produkte und Dienstleistungen zu entwickeln. Normalerweise bringe ich immer ein paar meiner Teammitglieder mit. Aber aufgrund des sensiblen Charakters dieses Projekts bin ich allein hier.

Kurz gesagt – ich bin der mit den Ideen. Der Erfolg meines Unternehmens beruht darauf, dass ich anderen geholfen habe, erfolgreiche Ideen zu entwickeln. Ich bin hier, um als Moderator meinen Teil zum Gelingen dieses Projektes beizutragen. Mein Plan ist es, Sie in Teams aufzuteilen und selbst als eine Art Springer zu fungieren. Wenn ein Team an einem Thema arbeitet, zu dem ich etwas beitragen kann, werde ich das tun. Ehrlich gesagt, habe ich im Bereich militärische Invasionen keinerlei Erfahrung ", erklärte er mit einem ungläubigen Lächeln, „aber ich bin von Grund auf Stratege. Ich denke, ich bin in der Lage, Ihre individuellen Kenntnisse zusammenzuführen, um das Beste aus unseren bereichsübergreifenden Ideen zu machen."

Die Zuhörer lächelten höflich, wenn auch angespannt. David konnte an ihren Gesichtsausdrücken erkennen, dass viele erst jetzt begriffen, worum es hier eigentlich ging.

„Also bitte nutzen Sie Ihre Expertise, wo es möglich und erforderlich ist. Aber seien Sie auch flexibel und aufgeschlossen gegenüber neuen Ideen. Vergessen Sie den Satz ‚das wird nicht funktionieren', soweit es geht. Instrumentalisieren Sie die Fähigkeiten ihrer Kollegen, um neue Ansätze zu entdecken, die funktionieren *könnten*. Denken Sie darüber nach, was Sie verbindet; und suchen Sie nach dem gemeinsamen Nenner und möglichen Lösungsansätzen. Ich werde Ihnen dabei helfen. Vielen Dank. Ich freue mich darauf, mit Ihnen zusammenzuarbeiten."

Er übergab das Wort wieder an Lena. „Vielen Dank, Natesh. Heute werden wir uns, als Vertreter unseres Landes, mit den zu diesem Zeitpunkt gesicherten Erkenntnissen befassen. Unser Hauptziel für Woche eins ist es, potenzielle Schwachstellen zu identifizieren. In Woche zwei werden wir uns überlegen, wie wir aus diesen Schwachstellen das größtmögliche Kapital schlagen können."

Aus dem hinteren Teil des Raums erhob sich eine tiefe Stimme. „Werden wir auch konkrete Verteidigungsmaßnahmen planen?"

Lena neigte den Kopf leicht zur Seite. Der gelassenen Art, wie sie sprach, konnte man entnehmen, dass sie bereits unzählige öffentliche Reden gehalten hatte. „Würden Sie bitte zunächst Ihren Namen und Ihr Fachgebiet nennen?"

Der Mann räusperte sich. „Natürlich. Entschuldigen Sie bitte. Mein Name ist Bill Stanley. Ich arbeite in der Verteidigungsindustrie. Genauer gesagt, an Satellitenverbindungen zu Drohnen und Aufklärungsflugzeugen. Davor war ich bei der Air Force."

Lena antwortete: „Sehr gut, Mr. Stanley. Willkommen auf der Insel und danke, dass Sie gedient haben. Um Ihre Frage zu beantworten – wir möchten, dass Sie einen potenziellen chinesischen Angriffsplan ausarbeiten, und in diesem Rahmen Ihre Kenntnisse bezüglich der zu erwartenden Reaktion der USA einsetzen. Wir möchten, dass Sie mit diesem Wissen im Hinterkopf so planen, als ob Sie den Krieg für China tatsächlich gewinnen wollten. Einige von Ihnen haben bereits an Plänen zur Abwehr von Terrorangriffen gearbeitet.

Einige haben sich mit Szenarien wie einem möglichen nord-
koreanischen Einmarsch in Südkorea beschäftigt. Oder einer
Intervention Chinas in Taiwan. Aber, meine Damen und
Herren, das hier wird anders sein."

Sie betätigte eine Fernbedienung, woraufhin auf dem
großen Flachbildmonitor an der Wand hinter dem Pult eine
Karte des pazifischen Raums erschien.

„Die kurze Antwort auf Mr. Stanleys Frage lautet: nein.
Wir sind nicht hier, um konkrete Verteidigungsmaßnahmen
zu entwickeln. Einige von Ihnen haben diesbezüglich sicher
gute Ideen und könnten sogar als Experten auf diesem Gebiet
angesehen werden – aber deshalb sind sie nicht hier. Wir
möchten, dass Sie die Rolle des Aggressors übernehmen.
Konzentrieren Sie sich auf die Entwicklung von Angriffsplänen. Sie erzielen bessere Ergebnisse, wenn Sie sich nicht
gleichzeitig um Probleme und deren Lösungen kümmern.
Zumindest ist das die Meinung unserer Psychologen." Sie
nickte einem grauhaarigen Mann in der zweiten Reihe zu, der
daraufhin ebenfalls nickte. Offensichtlich einer dieser
Psychologen.

Mithilfe der Fernbedienung rief sie eine schwarze Karte
der USA auf, die mit unterschiedlich großen blauen Punkten
übersät war.

„Weiß jemand, was das ist?", fragte sie.

„Das sind unsere Militärbasen", antwortete Bill.

„Das ist korrekt." Auf einen weiteren Tastendruck hin
erschienen Symbole für Schiffe, Panzer, Soldaten und Flugzeuge neben den Stützpunkten, daneben jeweils Zahlen. „Und
was ist das?"

„Das ist unsere Schlachtordnung", kam es aus den
hinteren Reihen.

„Richtig", bestätigte Lena. „Weiß jeder, was das bedeutet?"

Nicht wenige schüttelten den Kopf. „Eine Schlachtordnung informiert uns über die Anzahl der zur Verfügung stehenden Waffentypen und Kampfmittel. Sehen wir uns ein paar Statistiken an."

Ein weiterer Klick, und eine Übersicht erschien.

Schiffe
USA: 473
China: 520

Panzer
USA: 8.325
China: 9.150

Flugzeuge
USA: 13.680
China: 2.788

„Was lernen wir daraus?", fragte Lena.

David sah sich das Ganze aus der letzten Reihe an und hielt sich zurück. Er hatte ihm schon immer widerstrebt, vor einer Klasse oder mehreren Leuten zu sprechen.

Ein junger Mann in Jeans, der ganz vorne saß, meldete sich zu Wort: „Sieht für mich aus, als könnten wir China einen Tritt in den Hintern verpassen, denn unsere überlegene Luftflotte würde wahrscheinlich alles in die Luft sprengen, bevor China irgendeinen Schaden anrichten könnte."

„Okay", meinte Lena. „Sehen wir uns ein paar weitere Zahlen an."

. . .

Militärpersonal
USA: 2,3 Millionen
China: 4,5 Millionen


Militärdiensttaugliches Personal
USA: 120 Millionen
China: 618 Millionen


Arbeitskräfte
USA: 155 Millionen
China: 798 Millionen


„Hat jemand eine Meinung dazu?"

Ein Raunen ging durch den Saal. Das Missverhältnis war eindeutig. Jeder wusste, wie groß China war. Aber falls es wirklich zu einem Bodenkrieg kommen sollte – diese Zahlen waren durchaus beunruhigend.

Natesh meldete sich: „Das ist verdammt viel Manpower. Und die Produktionskapazitäten übersteigen die der USA deutlich."

Einer der uniformierten Offiziere sagte: „Okay, Lena. Das ist schön und gut. Aber China wird nicht plötzlich vor der Tür stehen und uns in einen Nahkampf verwickeln. So funktioniert Kriegsführung nicht mehr. Bevor es dazu kommt, würde es diverse Luft- und Seeschlachten geben. Tatsache ist, dass wir den chinesischen Plattformen in puncto Technologie weit überlegen sind."

„Wenn China uns also angreifen würde, wäre unser Militär in der Lage, diesen Angriff abzuwehren?"

Der Mann rutschte auf dem Stuhl herum. „Ich denke,

davon ist auszugehen – ja. Vermutlich schon."

Lena sprach ihn direkt an:„Okay. Es ist unsere Aufgabe als Gruppe, diese Frage schnellstmöglich auf der Grundlage der uns vorliegenden Daten zu beantworten. Viele von uns fragen sich gerade, *ob* China uns besiegen könnte. Aber das ist der falsche Ansatz. Wir möchten, dass Sie sich fragen: *Wie* könnte China uns besiegen? Gehen Sie einfach davon aus, dass sie es können. Finden Sie heraus, wie sie vorgehen müssten. Nur dann können wir unsere Verteidigung darauf ausrichten. Genau diese Denkweise schützt uns schon seit vielen Jahren vor einem erneuten 11. September. Darum wird sich jeder von Ihnen mit den Fähigkeiten Chinas vertraut machen, und das kollektive Wissen nutzen, um die Schwächen Amerikas aufzuzeigen. Basierend auf unseren Ergebnissen wird ein zweites Expertenteam einen Verteidigungsplan erstellen. Aber erst in ein paar Wochen, die meisten von Ihnen werden daran nicht beteiligt sein. Für uns gilt es nun also, die effektivsten Strategien und Taktiken für einen Krieg gegen die USA zu entwickeln. Sind Sie soweit einverstanden?"

„Jawohl, Ma'am", antwortete der Offizier.

Lena fuhr fort: „Die Red Cell wurde nach dem 11. September ins Leben gerufen, um weitere Terroranschläge zu verhindern. Typischerweise ist die gegnerische Armee bei einer Militärübung durch die Farbe Rot gekennzeichnet, die verbündeten Kräfte sind hingegen blau dargestellt. Eine Zelle – für diejenigen unter Ihnen, denen das nichts sagt – ist die Einheit, die die Pläne macht. Dementsprechend ist die Red Cell dafür zuständig, die Pläne des Feinds vorherzusehen. Seit dem 11. September nutzen wir diese Organisation, um alternative Denkansätze zu entwickeln und dadurch unseren Gegnern einen Schritt voraus zu sein. Damals haben wir uns auf Terroranschläge konzentriert. Die gewonnenen Erkenntnisse haben uns enorm dabei geholfen, zu erkennen, welche

Abwehrmechanismen verstärkt werden müssen und welche Ziele keine angemessene Verteidigung aufweisen."

Ihr Blick wanderte über die Gruppe. Das Publikum hing an ihren Lippen.

„Jeder von Ihnen wurde sorgfältig ausgewählt, weil Sie Fähigkeiten und Kenntnisse besitzen, die für unser Vorhaben äußerst wichtig sind. Aber Sie sind auch aus einem weiteren, sehr wichtigen Grund ausgesucht worden. Sie alle sind vertrauenswürdig. Besser gesagt, die meisten von Ihnen haben Vorgesetzte, denen wir vertrauen können. Und Letzteren verdanken wir dieses handverlesene Team. Diese Gruppe wurde nicht kompromittiert. Ein anderes Team arbeitet gerade daran, chinesische Spione zu enttarnen. Mehr dazu später. Die Berater in dieser Red Cell müssen herausfinden, was auf uns zukommen könnte. Konzentrieren Sie sich auf Folgendes: Laufen bereits Vorbereitungen? Auf welche Art und Weise könnte China die Vereinigten Staaten angreifen? Der Rest ist rein hypothetisch. Was wären ihre Angriffsziele? Und wie genau würden sie diese angreifen? Jeder von uns weiß etwas, das entscheidend zum Erfolg unseres Projektes beitragen kann. Je effizienter wir zusammenarbeiten, desto besser werden wir vorbereitet sein."

Während David Lena zuhörte, begannen sich seine Zweifel langsam zu zerstreuen. Alles fing an, einen Sinn zu ergeben. Waren nicht chinesische Hackerangriffe von jeher ein Thema bei In-Q-Tel gewesen? Cyberangriffe zwischen Ost und West gab es schließlich jeden Tag. Es war eine moderne Form des Kalten Krieges. Lena war eine exzellente Rednerin. Je mehr David ihr zuhörte, desto realistischer erschien ihm ein Krieg mit China. Entweder das, oder Lena war eine bemerkenswerte Lügnerin.

„Wir werden Sie nach dem Abendessen in Teams aufteilen. Wir möchten wissen, was *Sie* alle als die größten

Schwachstellen unserer Verteidigung ansehen. Auf den
11. September und Pearl Harbor war unsere Nation nicht
vorbereitet. Wir haben die Angriffe nicht kommen sehen, weil
wir gewohnheitsmäßig in die falsche Richtung geguckt haben.
Wir sind hier, um solche Angriffe zu verhindern. Wir sind
hier, um über all die Mittel und Wege nachzudenken, mit
denen eine fremde Macht den USA ernsthaft schaden kann.
Einige von Ihnen sind Experten auf den Gebieten Atomkraft
und Stromversorgung. Andere wissen, wie die amerikanische
Bevölkerung auf Propaganda oder psychologische Kriegsführung reagieren könnte."

Dieser Punkt erweckte bei den Anwesenden besondere
Aufmerksamkeit.

„Ja, Sie haben richtig gehört. Wir konzentrieren uns nicht
nur auf einen einmaligen kinetischen Angriff. Wir sehen uns
auch an, auf welche Weise China eine Invasion durchführen
und unser Land besetzen könnte. Das ist das Thema in Woche
drei. Was würden die Chinesen in diesem Fall tun? Wie
würden sie vorgehen? Furcht und Schrecken verbreiten? Oder
die Köpfe und Herzen der Einwohner für sich gewinnen? Hier
kommt die Psychologie ins Spiel. Wir wollen schließlich nicht,
dass das Verteidigungsteam im Anschluss an unsere Arbeit
nur einen großen Wassergraben zieht, und das war es. Sie
müssen sich auch vorstellen, wie China die besetzte Burg
kontrollieren könnte. Nur dann können unsere Verteidigungs-
strategen auch reagieren und die Burganlage ausreichend
befestigen."

Im Raum machte sich Unruhe breit.

„Viele von Ihnen bezweifeln, dass es wirklich dazu
kommen könnte. Dass China einen Angriff planen könnte,
können Sie sich vielleicht noch vorstellen. Aber Sie denken
auch, *jeder* weiß doch, dass die USA das mächtigste Land der
Welt sind, und über den besten Militärapparat der Welt verfü-

gen. Lassen Sie Gedanken dieser Art bitte außen vor, während Sie hier sind. Wir haben die Pflicht, neue und andere Wege zu finden, wie China unsere Vorteile aushebeln könnte. Wir müssen alle Schwachstellen unserer Nation offenlegen und uns dieser Haltung der offensiven Planung gegen die Vereinigten Staaten verpflichten. Nur so können wir unsere Verteidigungsplaner wirklich unterstützen: Indem wir ihnen eine Blaupause für eine chinesische Invasion an die Hand geben."

Einige der Zuhörer nickten, das Gesagte leuchtete ihnen ein. In Davids Büroalltag fanden Besprechungen meist an Tischen statt, an denen viele Leute mit geöffneten Laptops und mit Handys saßen. Es beeindruckte ihn, wie es Lena gelang, sich die ungeteilte Aufmerksamkeit ihrer Zuhörer zu sichern. Zugegeben, niemand hatte ein Laptop oder ein Handy dabei. Aber sie hatte etwas Besonderes an sich. Mit ihrem Charisma und ihrer Selbstsicherheit zog sie die Blicke der Anwesenden auf sich. Das einzige Geräusch, das außer ihrer Stimme zu vernehmen war, kam aus den Lüftungsschächten der Klimaanlage.

„Diese Bedrohung erfordert schnelles Handeln und neue Ideen. Wir können uns nicht auf das verlassen, was vor zehn Jahren als Antwort auf den 11. September entwickelt wurde; denn heute versuchen wir nicht mehr, uns vor Terroristen zu schützen, sondern vor dem Land mit der größten Wirtschaftsleistung und der größten Streitmacht der Welt", erklärte Lena weiter.

Es wurde still im Raum. David konnte spüren, wie sich die Gruppe langsam an diese neue Realität gewöhnte.

„Vor ein paar Wochen brach der Kontakt zu einem unserer Agenten in Schanghai ab. Zuvor hatte er aber noch eine Nachricht geschickt, die zwei wichtige Dinge enthüllte. Das Wichtigste war das, was wir eben besprochen haben: China plant, die Vereinigten Staaten anzugreifen. Nur sehr wenige in der politischen Führung Chinas sind in diese Pläne eingeweiht. Und sie sind entschlossen, alles unter Verschluss zu halten. Das zweite wichtige Detail, das unser Agent herausgefunden hat, ist der Grund, warum Sie hier sind – und sich nicht etwa ein Team *aus* dem Pentagon *im* Pentagon dieser Sache annimmt. Unser Land wurde von den chinesischen Geheimdiensten infiltriert. Und nicht zu knapp. Die Chinesen haben Spione, die sie mit Informationen aus nahezu jeder wichtigen Regierungsorganisation versorgen. Schläfer wurden aktiviert. Weitere Agenten wurden eingeschleust. Sie bereiten sich auf einen Krieg vor."

Ein Raunen ging durch den Raum.

„Das Ganze hat etwas von einem Katz-und-Maus-Spiel. Das auf dieses Projekt angesetzte Team ist überschaubar. Wir halten diese Operation geheim, sogar vor unseren eigenen Geheimdiensten, bis wir wissen, wem wir vertrauen können. Gleichzeitig ist uns bewusst, dass wir auch unsere Verteidigung planen müssen. Wir wissen zwar, *dass* die Chinesen einen Angriff planen, aber noch nicht, *wie* dieser aussehen wird. Unsere Informationslage ist recht dürftig. Und deswegen sind Sie alle hier. Das hier ist kein gewöhnliches Beratungsprojekt. Seien Sie bei der Entwicklung möglicher Strategien skrupellos und berechnend. Wir werden Sie darüber unterrichten, welche potenziellen Ziele wir aufgedeckt haben. Aber bevor unser Mann getötet wurde – und, ja, er wurde getötet ..."

Ein Teil der Gruppe schnappte hörbar nach Luft. Die meisten starrten Lena schockiert an. Sie klang nüchtern und distanziert. Das Publikum hörte ihr gebannt zu.

"... konnten wir keine detaillierten Pläne ausschleusen. Wir haben die Jagd auf Maulwürfe in der Regierung und beim Militär intensiviert. Wir müssen in den nächsten Monaten jeden einzelnen chinesischen Spion aufspüren, damit wir unsere Ergebnisse an die relevanten Stellen

weitergeben können. Unsere Operation darf auf keinen Fall
auffliegen, weil wir damit unvorbereitet einen Krieg anzetteln könnten. Wenn die Chinesen mitbekommen, was wir
vorhaben, ändern sie vielleicht ihren Zeitplan und atta-
ckieren uns, bevor unsere Vorbereitungen abgeschlossen
sind. Außerdem hätten wir in diesem Szenario ihre Agenten
noch nicht ausgeschaltet. Das darf unter *keinen Umständen*
geschehen."

Lena sah sich im Besprechungsraum um.

„Ich weiß, dass das vermutlich ein Schock für viele von
Ihnen ist. Vielleicht klingt es auch unglaublich. Aber ich versichere Ihnen noch einmal: Die Gefahrenlage ist absolut real.
Unsere Welt könnte sich schon bald drastisch verändern. Uns
könnte ein Krieg bevorstehen, wie ihn unsere Generation
noch nicht gesehen hat. Also bitte ich Sie, Ihr Bestes zu geben.
Arbeiten Sie hart. Treffen Sie die bestmöglichen Entscheidungen. Helfen Sie uns, unser Land auf das Schlimmste vorzubereiten. Viel Glück dabei. Und lassen Sie uns jetzt mit der
Arbeit beginnen."

Alle saßen wie erstarrt auf ihren Stühlen. Nur langsam
erhoben sich die Ersten und gingen in Richtung des Raumes,
in dem die zu unterzeichnenden Formulare warteten. Der Air
Force-Major stand bereit, um bei dem Papierkram behilflich
zu sein.

Wenig später stand David in der Schlange, um die
Geheimhaltungsvereinbarung zu unterschreiben und seinen
Sicherheitsausweis entgegenzunehmen. Das alles kam ihm
ein wenig albern vor. Wenn diese Insel wirklich mitten im
Nirgendwo lag, dann wüssten Lena und die anderen Verantwortlichen doch ganz genau, wer alles hier war. Diese Sicherheitsausweise waren also nur Show. *Aber wem galt diese Show?*

„Vielen Dank für Ihre Teilnahme, Mr. Manning."

David hatte nicht bemerkt, dass Lena hinter ihm stand.

Aus der Nähe war sie sogar noch attraktiver. Ihre dunkelbraunen Augen blickten ihn aufmerksam an.

„Ich bin froh, dass ich helfen kann."

„Ich bin sehr daran interessiert, mehr über ARES und das Potenzial dieses Programms zu erfahren. Und über die Männer, die dieses Projekt ins Leben gerufen haben. Wir sind gespannt auf Ihr ausführliches Briefing zu einem späteren Zeitpunkt."

David war überrascht, dass sie darüber Bescheid wusste. Aber wenn Tom ihn deshalb hierher geschickt hatte, war das wohl zu erwarten gewesen.

Er antwortete:„ARES. Ja. Nun, ich bin mir nicht sicher, ob man sie wirklich als Männer bezeichnen kann. Alle drei waren zu dem Zeitpunkt Anfang zwanzig, also eher Jungs."

Sie schüttelte den Kopf. „Bemerkenswert. Aber ich denke, viele unserer stärksten Technologieunternehmen wurden von abenteuerlustigen jungen Menschen gegründet. Um die Welt wirklich zu verändern, bedarf es eines messerscharfen Verstands. Natesh ist ein gutes Beispiel."

Sie deutete mit dem Kopf in Richtung des jungen Mannes, der sich außer Hörweite am anderen Ende des Raums befand.

„Nach Ihrem Vortrag bin ich sicher, dass wir genau solche klugen Köpfe brauchen. Hoffentlich haben wir genug davon auf unserer Seite", erwiderte David.

„Genau deshalb haben wir Sie alle hergebracht, David. Um ihre intellektuellen Fähigkeiten zu bündeln. Und genau das werden wir tun."

Sie nickte ihm kurz zu, drehte sich um, und verließ den Raum.

Während David ihr hinterher sah, meldete sich eine leise, unheilvolle Stimme in seinem Kopf. Es war dieselbe Stimme, die er auch vernommen hatte, als Tom im Jet mit ihm gesprochen hatte. Lena und Tom hatten beide überaus überzeugend argumentiert. Aber das Flüstern war hartnäckig. Sein Vater hatte es das Flüstern genannt, als David noch ein Junge war. Der weise Rat seines Vaters hatte ihn stets vor größeren Schwierigkeiten bewahrt: *Wenn das Flüstern dir rät, der Herde nicht zu folgen, dann stell dir das Flüstern wie einen lauten Schrei vor.*

## 3

___

„Die höchste Kunst des Krieges besteht darin, den Feind kampflos zu unterwerfen."

—*Sun Tzu*

Natesh saß auf seinem Bett, seine feuchten Handflächen auf das weiße Baumwolllaken gepresst. Am ersten Tag war er immer besonders nervös. Wenn ihn all diese intelligenten und versierten Menschen zum ersten Mal unter die Lupe nahmen. Er war davon überzeugt, dass die Mehrheit seiner Zuhörer in den ersten 30 Minuten ein Urteil über den Wert oder Unwert seiner Dienstleistung fällte. Wie jeder gute Verkäufer musste er sie also in diesem entscheidenden Moment überzeugen. Was ihm ein ums andere Mal gelang.

Auf diese Weise hatte er seine Millionen verdient. Nicht dank seiner intellektuellen Fähigkeiten. Kluge Menschen gab es wie Sand am Meer. Nateshs Reichtum beruhte darauf, dass er sich gut verkaufen konnte. Seinen Kunden lieferte er

sowohl eine exzellente Darbietung als auch die Früchte seiner
geistigen Arbeit. Aber er musste ihnen für ihr Geld auch eine
überzeugende Show bieten.

Wie gesagt, er war vor jedem Auftritt angespannt, aber die
heutige Nervosität übertraf alles bisher da gewesene. Er
musste ruhig bleiben. Alles machen wie immer. Er musste
vergessen, dass das Endprodukt, um das es hier ging, gar kein
Produkt, sondern Blutvergießen war. Er versuchte, sich damit
zu trösten, dass es weniger Blutvergießen geben würde, wenn
er seinen Job gut machte.

Natesh hielt sich an ein Schema. Seine Geschichten vari-
ierten je nach Projekt, aber die Grundformel war stets
dieselbe. Zuerst die Einleitung. Dann eine kurze Geschichte,
die sein Publikum fesseln und gleichzeitig als Inspiration für
den Entwurf einer Strategie dienen sollte. Für dieses Projekt
wollte Natesh die Geschichte eines professionellen Taschen-
diebes aus New York City erzählen. Die machte sich immer
gut. Danach verglich er normalerweise die Wettbewerber
miteinander, wobei es sich im Regelfall um zwei Großkon-
zerne handelte. Heute waren es zwei Supermächte. Dann ging
es langsam ans Inhaltliche. Er erläuterte die Projektziele und
machte ein erstes Brainstorming, um Wettbewerbsvorteile
herauszuarbeiten. Die Betriebswirte standen für gewöhnlich
auf derlei Dinge. Bei seinem heutigen Publikum war er sich
da nicht so sicher.

Es war sehr wahrscheinlich, dass die in diesem speziellen
Projekt ersonnenen Maßnahmen zu Massentötungen führten.
An so einer Sache hatte Natesh noch nie gearbeitet. Er hoffte,
es würde ihm gelingen, seine Gabe für analytisches und stra-
tegisches Denken für einen tatsächlichen Kampf zu mobilisieren. Im Grunde genommen war es ja mit einem
Unternehmenskampf vergleichbar, oder? Derjenige, der ihn

für diese Mission auserkoren hatte, schien jedenfalls davon auszugehen.

Aber die Kehrseite seiner genialen Fähigkeiten war der Drang, alles zu hinterfragen. Und die raue Wirklichkeit sah durch eine Lupe betrachtet nicht unbedingt freundlicher aus. Natesh dachte darüber nach, wie sich die Leute gefühlt haben mussten, die im Rahmen des Manhattan-Projekts an einer Massenvernichtungswaffe gearbeitet hatten. Der Abwurf zweier Atombomben auf Japan war von so vielen mit einer reinen Nutzenabwägung gerechtfertigt worden: Bei einer Invasion des japanischen Festlandes wären wahrscheinlich viel mehr Menschen ums Leben gekommen. Ging dieses Projekt in dieselbe Richtung? Sie entwickelten einen höcheffizienten Kriegsplan. Hoffentlich würde am Ende das Gute triumphieren.

Jemand klopfte dreimal energisch an seine Tür.

Er öffnete sie und sah sich Lena gegenüber.

Nateshs Eltern waren Inder. Obgleich er es in einer Gesellschaft, die von politischer Korrektheit dominiert wurde, niemals zugeben würde, bevorzugte er Frauen mit demselben ethnischen Hintergrund. Er musste jedoch zugeben, dass Lena umwerfend schön war. Sie stellte seinen Frauentyp ernsthaft auf die Probe. In ihren dunkelbraunen Augen lag Intelligenz, Selbstsicherheit und – was noch? Da war noch etwas anderes. Leidenschaft? Nein. Rücksichtslose Entschlossenheit. Sie wirkte, als wäre sie in ihrem ganzen Leben noch nie gescheitert, als käme Scheitern für sie einfach nicht infrage. Mit ihren vollen Lippen und dem wohlgeformten, athletischen Körper sah sie aus wie ein Model für eines dieser Fitness-Magazine. Natesh überlegte, ob es an ihrem Aussehen lag, dass sein Blutdruck immer leicht anstieg, wenn sie in der Nähe war. Nein, es war ihre Entschlossenheit.

„Guten Morgen, Lena. Wir haben noch zwanzig Minuten, bis –"

„Wir sollten uns in meinem Büro unterhalten. Komm bitte mit."

Mit diesen Worten drehte sie sich um und ging den Korridor hinunter. Natesh griff nach seinem Schlüssel, schnappte sich seine Notizen für die Präsentation und beeilte sich, mit ihr Schritt zu halten. Jetzt war er froh, dass er schon so früh aufgestanden war. Sie verließen die Baracke und gelangten über einen etwa dreißig Meter langen Kiesweg zu dem kleinsten Gebäude des Stützpunktes. Alle gingen davon aus, dass sie sich auf einem US-Stützpunkt befanden, obwohl Lena wahrscheinlich die Einzige war, die dies mit Sicherheit wusste. Tropische Bäume beschatteten den Pfad.

Nateshs Schritte knirschten, als er über die kleinen Steine und Muscheln schritt. Die Morgensonne warf ein wunderschönes Licht auf den Strand hinter der Landebahn. Er wollte innehalten und diesen monströsen, dicht bewachsenen Berg im Zentrum der Insel bewundern, aber Lena hielt das Tempo hoch. Schweiß lief ihm über die Stirn, als er ihr hinterher trottete.

Der kleine Betonbau hatte Satellitenschüsseln und ein paar Antennen auf dem Dach, das mit Stacheldraht eingezäunt war. Jedes der schmalen Fenster war mit massiven Metallgittern gesichert, die es wie ein Kleinstadtgefängnis aussehen ließen. Lena gab schnell den Zugangscode in den Türöffner neben der Stahltüre ein. Natesh hörte ein leises Piepen, bevor sich diese mit einem klickenden Geräusch entriegelte.

„Dies ist die Kommunikationszentrale. In den nächsten Wochen werden Sie sicher einige Zeit hier verbringen", erklärte Lena, als sie das Gebäude betraten.

Sie standen in einem kleinen Raum mit zwei Monitoren

und zwei Drehstühlen. Durch die hoch gelegenen recht-eckigen Fenster drang grelles Morgenlicht und beleuchtete die gegenüberliegende Wand. Sie bedeutete ihm, sich zu setzen, blieb selbst aber stehen.

Lena sah ihn hoch konzentriert an. Diesen Blick kannte Natesh von vielen erfolgreichen Unternehmern aus dem Silicon Valley. Er sprühte vor Intensität und Selbstvertrauen und wurde mit Raubkatzen assoziiert. Natesh erschien dieser Vergleich absolut passend. Lena hatte viel von einem Raubtier.

„Also – bist du bereit?“, fragte sie ausdruckslos.

Er spürte, wie sich auf seinen Handflächen Schweiß bildete. „Ja, ich bin bereit.“

Seinen Versuch, ruhig und gefasst zu klingen, durch-schaute sie sofort. „Machst du dir Sorgen?“

„Es ist nur alles ein bisschen viel. Das ist alles.“

„Okay.“ Sie nickte.

„Mir geht es gut. Ich habe solche Dinge schon öfters gemacht. Das wird schon“, versicherte er ihr.

Für einen kurzen Augenblick lag Missbilligung in ihren Augen, aber ihre Stimme blieb sanft. „Natesh. Wir beobachten dich schon seit einiger Zeit. Du bist sehr kompetent. Ich weiß, dass du noch *niemals* etwas *Vergleichbares* gemacht hast. Aber um ehrlich zu sein, das hat noch niemand. Mach einfach alles wie immer. Arbeite dich ein, und kanalisier die Informationen für die anderen Teilnehmer.“

Er nickte. „Okay. Alles klar. Das werde ich tun. Danke.“

„Ich bin hier, um dir zu helfen.“

Sie deutete auf die Computermonitore. „Major Combs und du werdet die Einzigen sein, die Zugang zu diesem Raum haben. Außer mir natürlich. Auf diesem Zettel hier steht der Code für die Tür. Lern ihn auswendig. Du kannst diese Notiz nicht mitnehmen. Ihr habt über diese Computer eine Verbindung zur Außenwelt. Die Rechner sind Teil eines zensierten und überwachten Netzwerks. Ihr könnt also nicht auf das ganze Internet zugreifen. Wenn ihr weitere Informationen oder Zugriff auf Webseiten benötigt, wendet ihr euch per E-Mail an meinen Kollegen, der dann die externen Recherchen durchführen wird. Alle E-Mails landen bei dieser einen Person. Um den Prozess simpel und sicher zu gestalten, werden du und der Major für den Rest als eine Art Informationsvermittler fungieren. Wenn die Berater also Zugriff auf externe Daten brauchen, werdet ihr diese hier beschaffen. Verstanden?"

Natesh nickte. „Ja." Er sah sich im Raum um. Die Computer waren größer und sperriger als diejenigen, die er gewohnt war. Militärbestand, vermutete er. Auf der anderen Seite des Raums befand sich eine weitere Stahltür. Genau wie bei der Eingangstür befand sich daneben ein Codeschloss.

„Funktioniert der Code auch bei dieser Tür?", fragte Natesh.

„Nein.".

„Was ist hinter dieser Tür?"

„Meine Unterkunft."

„Du brauchst also eine Stahltür mit Zahlencode für deinen Wohnbereich?"

„Wir sollten besser zu den anderen gehen", antwortete sie nur.

Natesh ging voraus, und Lena schloss die Tür hinter ihnen. Wieder gingen Sie nebeneinander über den Schotterweg. Dieses Mal in Richtung des zweitgrößten Gebäudes, in dem sich der Hörsaal befand.

Da es auf einem kleinen Hügel lag, konnte man von dort die Landebahn überblicken; auf der anderen Seite des Gebäudes erstreckte sich ein unberührter, dunkler Sandstrand. Der Klang der Meeresbrandung vermischte sich mit dem Kreischen der Möwen.

Es war beinahe acht Uhr. Natesh musste nur diese erste Präsentation hinter sich bringen. Dann hätte er den nötigen Schwung, um den ersten Tag zu überstehen. Und dann die erste Woche. Und dann – nun, man würde sehen, wie es lief. Natesh versuchte, nicht daran zu denken, wie wichtig seine Rolle hier war.

Als ob sie seine Gedanken lesen konnte, meinte Lena: „Atme einfach tief durch. Gestern haben wir ihnen ja bereits das Wichtigste erzählt. Die Leute verstehen also, was hier auf dem Spiel steht. Denk daran: Jeder der hier Anwesenden will helfen, die Vereinigten Staaten zu verteidigen. Du bist ein sehr talentierter Mann. Und du leistest großartige Arbeit." Sie legte ihre Hand auf den Muskel zwischen seinem Nacken und seiner Schulter und drückte leicht zu. „Ich weiß, dass du noch einiges verarbeiten musst. So wie wir alle. Aber du musst dich entspannen, Natesh. Das wird schon alles klappen."

Sie standen vor der doppelflügeligen Glastür des Gebäudes.

„Danke", antwortete er. Es gab wenig, was das Ego eines verunsicherten Mannes so stärken konnte wie die aufmunternden Worte einer attraktiven Frau. Lena schien besonderes Talent im Umgang mit Menschen zu haben.

Wenige Augenblicke später stand Natesh am Rednerpult des Auditoriums und blickte in die Gesichter seiner Zuhörer. Seine Nerven beruhigten sich, denn jetzt war er in seinem Element. Etwa die Hälfte der Plätze war besetzt. Weitere Red Cell-Teilnehmer betraten nach und nach den Raum. Viele tranken Kaffee aus Styroporbechern.

Das laute Dröhnen eines Flugzeugmotors vor den großen Panoramafenstern zog die Aufmerksamkeit vieler Teilnehmer auf sich. Eine große Propellermaschine war eben gelandet.

Dieses Flugzeug würde nun jeden zweiten Tag kommen und sie mit Vorräten versorgen. Woher auch immer. Lena und der Major hatten dies bereits am letzten Abend während der Einführung erklärt. Das war die erste Lieferung.

Des Weiteren hatte man sie über alle Gebäude der Insel aufgeklärt; es gab Waschmaschinen und eine Art Kantine. Die Infrastruktur war sehr überschaubar. Eine Handvoll asiatisch aussehender Frauen und Köche wohnte auf der Rückseite der Cafeteria. Keiner von ihnen sprach Englisch, was letztlich keine Rolle spielte. Der Major hatte Gespräche mit ihnen strengstens untersagt. Sie hatten zwar eine Arbeitserlaubnis für den Stützpunkt, aber jegliche Unterhaltungen waren außerhalb ihrer Hörweite zu führen.

Es gab strikte Sicherheitsregeln, die befolgt werden mussten. Lena hatte diese Regeln deutlich erklärt. Es war verboten, den umzäunten Bereich der Basis zu verlassen, der die Gebäude und die Landebahn einschloss. Die andere Hälfte der Insel lag außerhalb des Zauns: nichts als dschungelbedeckte Berge. Jegliche Kommunikation mit der Außenwelt war ebenfalls verboten. Natesh wusste nicht, wie irgendjemand dagegen hätte verstoßen sollen. Schließlich gab es kein Satellitentelefon. Bei medizinischen oder anderweitigen Notfällen war Lena sofort zu informieren. Niemand erhob Einwände.

Natesh betrachtete die Szene auf der Landebahn. Männer mit Helmen und Schutzbrillen sprangen von der ausfahrbaren Laderampe am Heck der Maschine. Nachdem sie diverse Kisten entladen und neben einer der Rollbahnen abgestellt hatten, sprangen sie sofort wieder an Bord. Innerhalb weniger Minuten war das Flugzeug in der Luft. Kurz darauf war das asiatische Küchen- und Reinigungspersonal zur Stelle, und transportierte die Kisten in den Lagerraum der Cafeteria. Wo waren sie hier nur gelandet?

Alle hatten sich nun hingesetzt. Natesh platzierte sich vor dem Podium und sah auf seine Armbanduhr – 8:01 Uhr.

„Guten Morgen. Ich hoffe, Sie haben besser geschlafen als ich."

Seine Zuhörer hatten dafür nur ein müdes Lächeln übrig.

„Nun – zumindest wissen wir nun alle, warum wir hier sind. Lassen Sie uns also unser Bestes geben. Je detaillierter wir mögliche chinesische Angriffsstrategien und -taktiken ausarbeiten, desto besser kann sich unsere Nation auf diese vorbereiten."

„Amen", kam eine Stimme aus der Tiefe des Raums. Einige Leute nickten zustimmend mit dem Kopf. Bei den meisten waren die anfänglichen Zweifel mittlerweile einem patriotischen Eifer gewichen: Sie wollten ihren Beitrag leisten.

„Also ..." Er versuchte, mit allen Anwesenden Augenkontakt herzustellen, und sah Lena hinten der letzten Sitzreihe oben am Fenster stehen. Sie schenkte ihm ein ermutigendes Lächeln und nickte ihm zu, als wolle sie ihn anspornen.

Natesh räusperte sich. „Sehen wir uns die Fakten an. Wir haben gestern bereits einige Zahlen betrachtet. Auf ihren Tischen finden Sie einen offiziellen Bericht, der einen Vergleich zwischen China und den USA enthält. Es handelt sich um eine Bewertung der Bedrohungslage, die letztes Jahr gemeinsam von der CIA und dem Pentagon erstellt wurde. Etwas Ähnliches werden wir in den kommenden Wochen formulieren. Es ist eine SWOT-Analyse. Für diejenigen unter Ihnen, denen dieser Begriff nichts sagt, SWOT steht übersetzt für Stärken, Schwächen, Chancen und Risiken. Aber wofür die CIA und das Pentagon mehr als sechs Monate brauchten, kann ich in zwei Sätzen zusammenfassen. Erstens: China ist verdammt groß. Und zweitens: Die Vereinigten Staaten haben einen Vorsprung im Bereich Militärtechnologie. Lassen Sie mich Ihnen eine Frage stellen. Wenn

jeder von Ihnen zehn Männer hätte, und ich nur einen
einzigen – aber meiner besäße ein Gewehr, während Ihre
Männer nur Schwerter hätten – wie würden Sie mich
angreifen?"

„Ich würde Sie überrennen", sagte ein junger Mann in der
ersten Reihe.

„In Ordnung. Den Mann mit dem Gewehr zu überrennen,
wäre eine Taktik, die wir anwenden könnten. Wenn wir die
Chinesen wären, könnten wir so viele Truppen wie möglich
aufstellen und die Rüstungsproduktion erhöhen. Wir könnten
amerikanische Brückenköpfe besetzen und die US-Armee mit
unserer Übermacht bezwingen. Aber ich kann Ihnen aus
meiner Erfahrung im Bereich Unternehmensstrategie sagen,
dass dies vermutlich nicht die beste Taktik ist, wenn sie nicht
von anderen Maßnahmen flankiert wird. Unsere Strategie
muss auch auf unsere Langzeitziele abgestimmt sein. Unsere
Strategie wird uns also dabei helfen, die besten Handlungsoptionen zu ermitteln. Im Anschluss können wir dann unter
Berücksichtigung unseres Endziels eine Reihe taktischer
Entscheidungen treffen."

Natesh ließ seinen Blick über sein Publikum schweifen.
Einige der Militärs schauten skeptisch drein. Sie sahen einen
jungen Mann mit indischem Hintergrund, der ihnen einen
Vortrag über Militärstrategie hielt. Aber das war in Ordnung
für Natesh. Sollten sie ruhig denken, was sie wollten. Er
lockerte seine Kiefermuskulatur und warf Lena einen Blick
zu, die ihm den Daumen hoch zeigte. Sie war ein wirklich
netter Coach.

Natesh Stimme festigte sich. „Was kann China besser als
die USA? Und wenn Sie darüber nachdenken, behalten Sie
bitte auch die von unserem Spion enthüllten Ziele im Auge.
Wir haben sie gestern Abend bereits besprochen. Ziel
Nummer eins: Invasion und Besetzung der USA. Was wären

die Folgen? Inwiefern schränkt dieses Ziel Chinas Handlungsoptionen ein?"

Brooke meldete sich zu Wort. „Wenn China US-Territorium langfristig kontrollieren will, werden sie so wenig Schaden wie möglich verursachen wollen. Wer ein Auto stehlen will, verbeult es vorher nicht absichtlich. Was wiederum bedeutet, dass sie auf Nuklearwaffen verzichten würden, um die Infrastruktur zu erhalten."

David hob die Hand. „Wenn sie die USA langfristig besetzen wollen, bedeutet das auch, dass sie versuchen müssen, die Herzen und Köpfe der Bevölkerung zu gewinnen. Ähnlich wie wir es im Irak versucht haben."

Natesh zeigte auf die beiden. „Exakt. Jetzt gehen die Gedanken in die richtige Richtung. Welche Vorteile hat China, und wie könnten sie diese Vorteile nutzen?"

Die Leute begannen, Ideen wild durcheinander zu rufen. Jeder wollte sich plötzlich beteiligen, und die Dynamik riss alle mit. Nathesh ließ die Gruppe eine Weile untereinander diskutieren. Er wollte, dass sich jeder wohlfühlte und keine Bedenken hatte, seine Ideen einzubringen und offen zu reden. Es gab einige gute Ansätze, wie China seine Größe und seine Ressourcen noch gewinnbringender einsetzen konnte.

Nach etwa zwanzig Minuten sah Natesh auf seine Armbanduhr. „Okay. Das sind gute Ergebnisse. Fassen wir kurz zusammen. Wir haben über die Vorteile Chinas diskutiert: seine Größe, der Vorteil des ersten Zuges, das Überraschungsmoment, industrielle Kapazitäten und die Quantität bestimmter Mittel. Wir haben auch besprochen, dass die meisten der US-Waffensysteme technologisch überlegen sind. Jemand von Ihnen erwähnte, dass man versuchen könnte, aus dieser Schwäche Chinas eine Chance abzuleiten. In der Geschäftswelt ist dies eine bewährte Methode, um sich Wettbewerbsvorteile zu verschaffen. Wenn es tatsächlich möglich ist, eine vermeintliche Stärke in eine Schwäche umzuwandeln, sollten wir uns intensiv damit beschäftigen. Wie werden später darauf zurückkommen. Okay, fassen wir die ersten paar Ideen zusammen: Erstens, wie könnte ein chinesischer Überraschungsangriff aussehen, mit dem das Land den technologischen Vorteil Amerikas ausschalten und die quantitative Übermacht seiner eigenen Streitkräfte ausnutzen kann? Zweitens, wie gelingt es China, die USA langfristig zu besetzen, ohne dabei ihre Infrastruktur zu zerstören oder eine Widerstandsbewegung zu provozieren? Stimmen mir alle zu, dass wie uns mit diesen Fragen näher beschäftigen sollten?"

Zögerliches Nicken war die Antwort. Es war schwer, sich patriotisch zu fühlen, wenn man die Invasion des eigenen Landes plante.

„Okay, lassen Sie uns fünf Minuten Pause machen."

Einige erhoben sich, um die Toiletten aufzusuchen, andere bedienten sich aus den gefüllten Kühlschränken. Natesh nahm einen Schluck aus einer Wasserflasche, während er langsam wieder zum Podium zurückkehrte. Bill und David warteten dort auf ihn.

„Hey, Sie machen das bislang wirklich gut", sagte David.

„Danke, David. Schön, dass Sie dabei sind."

„Ja, ich denke, diese Gruppe wird sehr gute Arbeit leisten. Ich wünschte nur, man hätte mir gesagt, dass es so lange dauern wird", meinte Bill.

„Oh? Haben Sie noch anderweitige Verpflichtungen?", fragte David.

Man sah Bill an, dass er mehr gesagt hatte als beabsichtigt. „Na ja. Um ehrlich zu sein, Allison ist krank."

Davids Blick wanderte zu Natesh und dann zurück zu Bill. „Oh. Das tut mir sehr leid."

„Ach, es ist schon okay. Das geht schon seit ein paar Jahren so, es kommt und geht. Ich habe diesen Trip mit meinem

Vorgesetzten vereinbart, kurz bevor wir ihre neuen Untersuchungsergebnisse bekommen haben. Die kamen erst wenige Stunden vor meiner Abreise. Ich wollte meine Teilnahme absagen, aber sie meinte, die Chemo würde erst nach meiner Rückkehr losgehen."

Natesh sah betreten zu Boden. Er war noch in seinen Zwanzigern. Und er kannte niemanden, der Krebs hatte. Aber er wusste durchaus, wie es war, ein Familienmitglied zu verlieren. „Bill, das tut mir wirklich leid. Bitte lassen Sie es mich wissen, wenn ich Ihnen irgendwie helfen kann."

Bill sah aus, als wäre er gerade aus einem Traum erwacht. „Oh, aha, danke, Natesh. Machen Sie sich mal keine Sorgen um mich. Ich hätte es nicht ansprechen sollen. Ich muss nur so oft daran denken. Lassen Sie uns weiterarbeiten, damit wir vorankommen." David und Bill begaben sich wieder auf ihre Plätze, während Natesh seine Notizen durchblätterte.

Als alle wieder auf den Stühlen saßen, begann er: „Ich komme ursprünglich nicht aus Kalifornien. Ich bin in New York zur Schule gegangen. Ich erinnere mich an einen Ausflug, als ich siebzehn war. Wir haben einen professionellen Taschendieb besucht – unglaublich aber wahr. Dieser Typ hatte sein Handwerk von seiner Familie gelernt, wollte seine kriminelle Laufbahn aber beenden. Also beschloss er, Seminare zu geben und anderen zu zeigen, wie ein Dieb arbeitet. Er holte ein paar Leute auf die Bühne und sagte, ‘Hi, mein Name ist so und so, und in weniger als drei Minuten werde ich dir deine Brieftasche klauen.' Und genau das hat er dann auch gemacht. Es war unfassbar. Und die Leute auf der Bühne haben es nicht bemerkt."

Natesh fühlte sich immer wohler. Er verließ das Rednerpult in ging im Raum umher, so wie Lena es am Tag zuvor getan hatte. Dort hinten stand sie, immer noch gegen die Wand gelehnt. Ihre Aufmerksamkeit galt nicht ihm. Natesh sah, dass sie Leute beobachtete und sich in einem Buch Notizen machte.

„Dieser Mann hat sein Handwerk verstanden und hätte davon gut leben können. Aber er hatte sich für ein ehrliches Leben entschieden, und wollte seinem Publikum und den Seminarteilnehmern zeigen, wie sie sich schützen können. Wie gesagt, er war unglaublich. Ich habe gesehen, wie er einem Mann seine Geldbörse, sein Handy und sogar seine Armbanduhr entwendet hat, ohne dass dieser es mitbekam. Aber das war noch nicht alles. Er hat dem Mann sogar die Brille von der Nase geklaut. *Die Brille.* Ich weiß, es fällt schwer, das zu glauben. Ich würde es selbst nicht glauben, wenn ich es nicht mit eigenen Augen gesehen hätte."

Natesh grinste breit. „Meine Damen und Herren, ich arbeite seit einigen Jahren im Bereich Strategieentwicklung. Mir ist bewusst, dass ich jünger bin als die meisten von Ihnen. Aber nachdem ich die Erkenntnisse des gestrigen Tages untersucht und mit meinen Erfahrungen im Privatsektor verglichen habe, denke ich, dass das eine mögliche Variante wäre: Wie können wir Amerika die Brille von der Nase klauen, ohne dass es das mitbekommt?"

„Sie möchten, dass sich die Chinesen als Taschendiebe betätigen?", fragte Bill.

Natesh lächelte noch immer. „Genau das. Dieser Taschendieb hat uns seine Vorgehensweise im Detail erklärt. Er hat uns erzählt, wie viel er üben musste, um seine Geschicklichkeit auszubauen, dass die Leute nichts mitbekamen. Aber das war noch nicht einmal die Hälfte des Tricks. Es hat sehr viel mit kognitiven Fähigkeiten zu tun. Unser Gehirn kann nicht unendlich viele Informationen gleichzeitig verarbeiten. Wenn es zu viel wird, ist es gezwungen, Prioritäten zu setzen. Durch die Macht der Suggestion lenkt der Taschendieb die Aufmerksamkeit seines Opfers auf etwas anderes. Das Gehirn muss priorisieren, und der Dieb nur noch eine für ihn vorteilhafte Prioritätenfolge vorgeben. Wenn er Ihre Brieftasche stehlen will, lenkt er Ihre Aufmerksamkeit auf Ihre Armbanduhr. Während Sie auf Ihre Uhr am linken Handgelenk sehen, klopft er Ihnen mit einer Hand auf die Schulter und ergreift mit der anderen Ihre Geldbörse. Er kommt Ihnen dabei immer näher, damit Sie weniger Zeit haben, zu reagieren. Bevor Sie sich versehen, passiert so vieles gleichzeitig, dass Ihr Gehirn diese Dinge nicht alle schnell genug verarbeiten kann."

„Sie sind also der Meinung, China sollte mehrere Ablenkungsmanöver starten?", fragte David.

„Noch einmal, wir sind hier, um den Angriff zu planen. Ich denke, die hier Anwesenden sind in der Lage, die Vereinigten Staaten mithilfe diverser Täuschungsmanöver so zu beschäftigen, dass sie es nicht merken werden, wenn ihnen jemand die Brille abspenstig macht."

Brooke hob ihre Hand. „Natesh, ich mag Ihre Geschichte. Aber da ich aus dem Bereich signalerfassende Aufklärung komme, weiß ich, dass wir die Überwachung Chinas ganz gut im Griff haben. Was schlagen Sie –"

„Ich sage nicht, dass Sie oder Ihre Kollegen Ihre Arbeit schlecht machen, Brooke. Aber ich denke, wir müssen Ablenkungsszenarien entwickeln, die effizient genug sind, um einen Großteil der Aufmerksamkeit und Ressourcen der USA zu binden. Noch besser: Überlegen wir uns ein paar Ablenkungsmanöver und fassen diese zu einer Taktik zusammen. Dabei konzentrieren wir uns aber nicht auf China. Wenn die USA ihre Augen auf die Geldbörse und das Handy gerichtet haben, achten sie nicht mehr auf die Brille."

„Und wie genau sollen wir das anstellen?", fragte Brooke.

„Einen separaten Krieg anfangen. Indem wir die Vereinigten Staaten dazu bringen, mit einem anderen Land in den

Krieg zu ziehen. Das bindet Ressourcen und lenkt ab", antwortete David. „So würde ich es angehen."

Henry fügte hinzu: „Okay, mit welchem Land können wir uns anlegen, um möglichst viele militärische Mittel zu mobilisieren? Kanada? Ich hasse dieses Volk und seine höfliche Art."

„Iran? Nordkorea? Russland?", warf Brooke ein. Andere taten ebenfalls ihre Meinung kund. Die Gruppe brachte für jede der genannten Nationen vernünftige Argumente vor.

„Es muss der Iran sein", erklärte schließlich Major Combs. „Wenn wir einen Krieg gegen Russland oder Nordkorea führten, wären wir mit unseren Truppen bereits nahe an China. Wenn ich ein Chinese wäre, würde mir das nicht gefallen."

„Das stimmt. Die USA müssen abgelenkt und zeitgleich in einer schlechten Position sein, um zurückzuschlagen", warf jemand aus den vorderen Reihen ein.

„Wie fangen wir also einen Krieg mit dem Iran an? Und zwar so, dass die USA nicht merken, dass China der Drahtzieher ist?", fragte David.

Natesh übernahm. „Okay. Lassen Sie uns Folgendes machen. Wir haben Plastikeimer mit Haftnotizen und Textmarkern im Raum verteilt. Es sollten genug für alle da sein. Schreiben Sie ein paar Vorschläge auf, wie wir plausibel einen Krieg zwischen dem Iran und den USA anzetteln könnten. Zur Erinnerung, wir nehmen dabei die Position Chinas ein. Wie kann China einen amerikanisch-iranischen Krieg fördern, ohne damit in Verbindung gebracht zu werden? Bringen Sie dabei Ihre eigenen Fachkenntnisse ins Spiel, soweit möglich. Schreiben Sie Ihre Ideen auf und heften Sie diese dann an die Whiteboards hinter mir. Brooke, würden Sie mir bitte helfen? Wir werden die Ideen anschließend kategorisieren. Okay, Sie haben zehn Minuten."

Die Whiteboards am Kopfende des Saals füllten sich in kürzester Zeit. Mit einem Kreidestift schrieb Brooke verschiedene Kategorien auf die Tafeln, und ordnete die Zettel mit den Vorschlägen darunter in geraden Spalten an. Natesh kam das alles sehr bekannt vor. Es hatte diese Übung eine Million Mal mit amerikanischen Unternehmen durchgeführt. Nur drehte es sich bislang um Dinge wie Konsumentenverhalten, Software-Vorteile, Hardware-Designs und zahllose andere Dienstleistungen oder Produkte. Er blickte auf die bunten Haftnotizen und dachte, wie unschuldig diese Einfälle aussahen. Und dass es sein konnte, dass eine dieser Ideen innerhalb eines Jahres in ein weltweites Blutvergießen mündete.

Die Sitzung nahm den ganzen Tag in Anspruch. Zum Mittagessen gab es Sandwiches im Hörsaal, während die Gruppe Chinas Kapazitäten und Militärstrategien besprach. Am Nachmittag stellten dann mehrere Berater Informationen aus ihrem Fachbereich zur Verfügung. Brooke erklärte, was sie über die Operation in Schanghai wusste. Ein Experte für Sicherheitspolitik im asiatisch-pazifischen Raum äußerte sich zur chinesischen Aufrüstung in der letzten Dekade. Henry erklärte, dass mehrere der Telekommunikationsunternehmen, für die er in den letzten Monaten gearbeitet hatte, nachweislich gehackt worden waren. Man munkelte, dass die Chinesen deren Sicherheitsvorkehrungen austesten wollten.

Um 17 Uhr war Natesh erschöpft vom vielen Reden. Die Grundidee nahm Gestalt an. Die beste chinesische Angriffsstrategie wäre es, zunächst irgendwie den technologischen Vorteil der USA auszuhebeln. Aber die Gruppe hatte sich noch nicht einigen können, wie das am besten zu bewerkstelligen wäre.

Bill ergriff mit hochrotem Kopf das Wort. „Es gibt immer noch fünftausend Gründe, warum die Chinesen uns nicht

angreifen können. Und jeder davon hat einen Atomspreng-
kopf. Onkel Sam hat U-Boote, die jederzeit einsatzbereit sind,
und ihre ballistischen Raketen innerhalb weniger Sekunden
abfeuern können – und die können sie unmöglich alle geortet
haben. Die Bomber der US Air Force und verschiedene Rake-
tenstützpunkte sind noch immer im Kalten Krieg-Modus, der
da heißt: Abschreckung. Es spielt keine Rolle, dass China
keine Atomwaffen einsetzen will. Wenn sie versuchen, uns an
Land anzugreifen, werden *wir* das nämlich tun und ihre
Truppen vernichten. Sogar unser momentaner scheißliberaler
Präsident würde Atomwaffen einsetzen, wenn jemand sein
Haus angreifen würde. Ist doch wahr."

Ein paar Leute grinsten. Die meisten ignorierten den politischen Seitenhieb.

„Er hat recht", sagte Brooke. „Und nicht nur das. Die
amerikanische Kommunikations- und Navigationstechnologie
ist die beste überhaupt. Wir verfügen über technologisch fort-
schrittlichere Schiffe, Flugzeuge und Waffen, die auf weite
Entfernungen echten Schaden anrichten können."

„Man nennt es Hyperkrieg", erklärte einer der Offiziere.
„Geschwindigkeit ist der Schlüsselfaktor. Wir können endlos
darüber diskutieren, wie China uns und die Welt mit einem
losgetretenen Iran-Krieg hinters Licht führen könnte, aber
Fakt bleibt, dass die USA jederzeit einen globalen Militär-
schlag durchführen könnten, der den Großteil der chinesischen Militäranlagen innerhalb von vierundzwanzig Stunden
ausschalten würde."

Natesh rieb sich die Augen. „Aber ich dachte, das hätten
wir bereits besprochen. Der Einsatz dieser Technologien
hängt davon ab, dass gewisse Schlüsselaktivitäten stattfinden,
richtig? Wenn also diese Aktivitäten verhindert werden, ist der
große Vorteil dahin. Das –"

Ein anderer Offizier aus der ersten Reihe unterbrach ihn.

„Natesh, hören Sie zu. eine Militärstrategie kann man nicht mit einer Unternehmensstrategie vergleichen. Wir sprechen hier nicht über neue Apps für Ihr Handy. Wir reden über komplexe, miteinander vernetzte Technologien wie die Navigationssysteme in einer F-18 und die GPS-gelenkte Munition, die diese mitführt. Wir haben Technologien wie den sicheren Datenlink, der alle Teilstreitkräfte miteinander verbindet, um aus allen verfügbaren Sensordaten ein detaillarteres Gefechtsbild zusammenzusetzen. Es gibt keine Wunderwaffe, mit der Sie den technologischen Vorteil und die nukleare Bedrohung auf einen Schlag eliminieren können. Ich begrüße es, dass wir alle hier zusammenarbeiten, um einen Krieg zu verhindern. Und China darf man sicher nicht unterschätzen. Aber wir haben uns nun einen ganzen Tag lang über verschiedene Optionen unterhalten, und mir will nicht einleuchten, warum die Bedrohung mehr sein soll, als genau das: eine Bedrohung."

Einige nickten, während andere ebenfalls die Überlegenheit Amerikas betonten. „Es gibt keine Möglichkeit für China, den Technologievorsprung und den atomaren Vergeltungsschlag der Vereinigten Staaten auszuschalten", sagte Brooke

Lena hatte den ganzen Tag kein einziges Wort gesagt. Sie stand aufrecht im hinteren Teil des Raums und im Gegenlicht konnte man nur ihre Silhouette erkennen. Aber nun klang ihre Stimme entschlossen.

„Doch, den gibt es ..."

## 4

---

„Tricks, Fallen, Hinterhalte und andere Bestrebungen, um den
Gegner zu überraschen, sind in der chinesischen
Kriegsführung gang und gäbe, seit es Aufzeichnungen
darüber gibt."

—*Militärhistoriker David A. Graff*

Die Gruppe saß da wie betäubt und wartete darauf, dass Lena
fortfuhr.

„Wie meinen Sie das?", fragte Bill schließlich.

„Die Chinesen haben die Möglichkeit, die amerikanischen
Satelliten zu zerstören. Mit einer neuen und sehr schlagkräf-
tigen Cyberwaffe, die in Amerika entwickelt wurde. Wir
wissen nicht, wie und wann die Chinesen sie in die Hände
bekommen haben, aber unseren jüngsten Geheimdienstinfor-
mationen zufolge testen sie sie gerade."

David wurde leichenblass, als er realisierte, warum er für

diesen Einsatz ausgewählt worden war. „Sie haben ARES?", fragte er, obwohl er die Antwort bereits kannte.

„Ja", bestätigte Lena.

„Was ist ARES?", fragte Brooke.

David setzte zu einer Erklärung an. „Wie Lena bereits sagte, es ist eine Cyberwaffe. Ich arbeite für ein Unternehmen, das – ein Auge auf neue Technologien hat, die für unsere Nachrichtendienste nützlich sein könnten. Vor ungefähr einem Jahr entwickelten ein paar Studenten am MIT einen Computerwurm, der alle bekannten Sicherheitsvorkehrungen in diversen wichtigen Kommunikationskanälen umgehen konnte. Er war für den Einsatz bei Datenfarmen und den meisten Militär- und Kommunikationssatelliten gedacht. In Verbindung mit anderen Programmen, die das Verteidigungsministerium bereits verwendete, stiegen die Wirksamkeit und die Anwendungsmöglichkeiten des Wurms ins Unermessliche. Er kann Satelliten deaktivieren, ihre Signale abfangen oder sie sogar in die Erdatmosphäre stürzen lassen. Er kann die Stromversorgung von Serverfarmen, auf die ein Großteil der heutigen Cloud-basierten Welt angewiesen ist, so lange unterbrechen, dass die Server überhitzen und ernsthaft beschädigt werden. Diese MIT-Studenten haben einen Großteil des Codes von STUXNET verwendet, mit dessen Hilfe die NSA vor ein paar Jahren die iranischen Uran-Zentrifugen manipuliert hat. Aber dieser Wurm kann noch so viel mehr. Was sich diese Kids ausgedacht haben, ist wirklich unglaublich."

„Und das haben die Chinesen?", fragte Henry.

Lena nickte. „Davon gehen wir aus."

„Na großartig. Schön, dass meine Steuern für einen guten Zweck verwendet werden." Henry blickte nachdenklich zur Decke. „Sagen wir mal, dass es aktuell zwischen fünfzehnhundert und zweitausend aktive Satelliten gibt. Die meisten sind

Kommunikationssatelliten. Etwa ein Drittel sind Militärsatelliten. Das ist inklusive ausländischer Satelliten. Außerdem kreisen noch zwei- bis dreitausend inaktive Satelliten um die Erde. Ich denke, die effektivste Methode, um uns fertigzumachen, wäre es, alle aktiven Satelliten auf Absturz zu programmieren."

Im Raum herrschte Totenstille.

„Können sie das wirklich tun?", fragte Bill.

Brooke antwortete: „Das wäre sicher nicht einfach zu bewerkstelligen. Es gibt viele Sicherheitsmechanismen. Aber letztendlich kommt es auf zwei Ding an: Haben sie fähige Hacker und die erforderliche Hardware? Russland und China sind wahrscheinlich die einzigen Nationen, die so etwas hinbekommen könnten. Wenn auch nur für einen sehr kurzen Zeitraum. Ich bin möglicherweise nicht befugt, das zu erzählen, aber China hat 2008 tatsächlich die Kontrolle über zwei unserer Satelliten übernommen – einen Landsat 7 und einen Terra AM-1. Sie konnten die beiden zwölf Minuten steuern. Leute wurden gefeuert. Aber es ist ein schwieriges Unterfangen, und für den Betrieb der Bodenstation bedarf es einer enormen Leistung, ich schätze fünf bis zehn Millionen Watt."

„Wie viel ist das?", fragte jemand.

Henry übernahm das Wort. „Vergleichbar mit dem Verbrauch einer wirklich großen Fernsehantenne oder eines kleinen afrikanischen Landes. Es ist jedenfalls sehr viel, und das für nur einen Satelliten. Aber wir reden hier nicht über einen Brute-Force-Angriff. Mit diesem ARES – wenn ich es richtig verstehe – könnten sie sich mehr als nur einen Satelliten nebst Schüssel unter den Nagel reißen. Richtig?"

David nickte. „Ja, stimmt. Der Wurm ändert die Spielregeln, da er die Sicherheitssysteme umgeht und den Satelliten durch einen Cyberangriff übernimmt. Es ist keine rohe Gewalt mehr erforderlich, um den Satelliten zu hacken. Sie klauen einfach unseren Benutzernamen und das zugehörige Passwort und ersetzen es; damit sind wir effektiv ausgeschlossen. Und die Chinesen wären nicht auf nur jeweils einen Satelliten beschränkt, sondern könnten nach dem Gießkannenprinzip vorgehen. Wenn sie darüber hinaus noch die von der Luftwaffe und NSA genutzte Hardware nachbauen, könnten sie theoretisch all unsere Satelliten in weniger als zwölf Stunden übernehmen."

„Na toll. Mit anderen Worten, das Worst-Case-Szenario. Mehr müssen Sie gar nicht sagen. Ein Super-GAU. Fantastisch", meinte Henry.

„Und schon ist der Technologievorteil der USA im Bereich Kommunikation und Navigation dahin."

„Verdammt", platzte der Offizier in der ersten Reihe heraus. „Aber würden wir das nicht rechtzeitig bemerken? Ich meine, wer überwacht denn diesen Bereich?"

„Natürlich würden wir es bemerken. Die Satelliten werden von vielen Organisationen überwacht. NORAD. Die NSA. Langley. Das Nationale Aufklärungsamt in Chantilly, Virginia. Das Problem ist nur, wir könnten nichts dagegen unternehmen", antwortete Brooke.

„Und China würde sicher den richtigen Zeitpunkt dafür abwarten. Wie nennt Ihr Militärs das, wenn man den Gegner mit allem, was man hat, auf einmal angreift?", fragte Nathesh.

„Simultanschlag", erwiderte Major Combs.

David wurde schwindelig, als er erkannte, wohin das alles führen würde.

„Wie groß wäre der Schaden? Was würde passieren, wenn China all unsere Satelliten außer Gefecht setzte?", fragte Natesh weiter.

Henry meldete sich zu Wort. „Zunächst würde es zu Einschränkungen führen, aber das Gros des Datenverkehrs läuft sowieso über die Glasfaserverbindungen über Land und unter Wasser. Internationale Telefonverbindungen würden leiden, und natürlich fallen das Satellitenfernsehen und Satellitentelefone aus. Nach einiger Zeit würde es dann aber deutlich schlimmer werden –"

„Würden wir dabei nicht auch komplett das GPS verlieren? Was würde das bedeuten?", fragte Natesh weiter.

Diese Frage ging an Bill. „Das würde uns schwer treffen. Wir sind heute in so vielen Bereichen vom GPS abhängig. Wenn dann auch noch die Wettersatelliten ausfielen, wäre ich nicht überrascht, wenn der globale Flugverkehr bereits am ersten Tag zum Erliegen käme. Schiffe und Flugzeuge müssten auf altmodische Weise navigieren, was bedeutet, dass sie viel langsamer sind und mehr Treibstoff benötigen. Drohnen sind damit auch raus. Die US-Luftwaffe hat in diesem Jahr mehr Drohnenpiloten als reguläre Piloten ausgebildet. Wenn sie uns die Satelliten wegnehmen würden, könnten wir unsere Drohnen nicht mehr annähernd so gut einsetzen. Zumindest nicht über große Entfernungen."

„Ich denke, die Auswirkungen auf die Fähigkeit des Militärs, Krieg zu führen, wären schwerwiegender, als den meisten Menschen bewusst ist", warf Brooke ein. „Beinahe all unsere Waffen- und Trägersysteme sind auf GPS-Navigation angewiesen, um ihre Ziele präzise verfolgen und treffen zu können. Wenn es China gelänge, das globale Satellitennetzwerk auszuschalten, wäre unser Technologievorsprung quasi dahin."

„Das Militär ist eine Sache. Aber es geht noch weiter. Mithilfe der GPS-Satelliten werden die Atomuhren weltweit synchronisiert", meldete sich Henry. „Die Intervalle von Verkehrsampeln, Wasseraufbereitungsanlagen, Zugfahrplänen und vielem mehr würden vollkommen durcheinandergebracht. Suchanfragen im Internet wären betroffen, und das Internet selbst würde deutlich langsamer werden. Denken Sie nur an die Finanzmärkte. All diese Hypertrader, die innerhalb von Sekunden ihre Aktien kaufen oder verkaufen. Auf einmal gehen die Uhren überall anders und Informationen werden nicht mehr zeitgleich verteilt. In der heutigen Zeit wäre das ein *riesiges* Problem. Wie viele von Ihnen benutzen ihr Handy von morgens bis abends? Wenn die Chinesen über die Satelliten Zugang zu den Datenfarmen erhalten, wären Ihre Handys beinahe nutzlos. Wenn sie das hinbekämen, nähme das Ganze apokalyptische Ausmaße an. Mit dem Ausfall der Satelliten und des Cloud-Speichers kollabiert das gesamte Netzwerk. Es käme zu einem riesigen Börsencrash, gefolgt von einer Nahrungsmittelknappheit, die wiederum zu Aufständen und Plünderungen führen würden. Die Gesellschaft an sich würde zusammenbrechen. Ich schwöre bei Gott, dass ich nicht übertreibe. Wer von Ihnen hat Kinder? Was würden Sie tun, um einen Laib Brot zu ergattern, wenn Ihr Kind kurz vor dem Verhungern ist und Nachschub unwahrscheinlich erscheint? Diese Bedrohung müssen wir verdammt ernst nehmen. Und denken Sie darüber nach, sich mit Brot, Wasser und Seinfeld-DVDs einzudecken."

„Moment, nicht so schnell. Der Faktor atomare Abschreckung ist damit noch nicht vom Tisch", warf Bill ein.

„Um ehrlich zu sein – ich glaube nicht, dass wir das durchziehen würden, insbesondere nicht, wenn es ihnen gelänge, die Kommunikation nachhaltig zu stören", entgegnete David.

„Was würden wir nicht durchziehen?"

„Einen nuklearen Gegenschlag", antwortete David.

„Selbst wenn sie unser ganzes Land lahmlegten?"

„Hm, selbst dann. Weil ein Einsatz von Atomwaffen nicht verhältnismäßig wäre.

Bill ließ nicht locker: „Warum dann nicht einfach mit konventionellen Waffen antworten? Patronen und Granaten funktionieren auch ohne Satelliten, oder?"

„Sehen Sie es doch einmal so", erwiderte David. „Falls

China unsere Satelliten aus dem Spiel nimmt, wären unsere Entscheidungsträger blind, taub und stumm. Ich sage nicht, dass wir nicht auch auf konventionelle Weise reagieren könnten, wenn wir ein klares Bild der Lage hätten. Aber es ist schon schwer, politischen Rückhalt für einen Angriff gegen eine andere Nation zu bekommen, *wenn* der Regierung glasklare Beweise vorliegen. Wenn wir nun plötzlich nicht mehr mit unseren Streitkräften kommunizieren könnten – wenn es keinen Strom und keine Telefonverbindungen mehr gäbe –, denken Sie, dass unsere Politiker auf der Basis von wenigen belastbaren Informationen einen derartigen Vergeltungsschlag gegen China starten würden? Vor vierundzwanzig Stunden hätte ich Sie noch als verrückt bezeichnet, wenn Sie mir das gesagt hätten. Ich hätte geantwortet 'China würde uns niemals angreifen'. Denken Sie nur an all die Handelsverluste, die damit einhergehen würden. Das wäre ökonomischer Selbstmord. Niemand würde das glauben. Unsere Technologie hat den Hyperkrieg ermöglicht. Aber der Entscheidungsprozess ist nicht schneller geworden. Und wir leben nicht mehr im Jahr 1983. Unsere Regierungskräfte ist nicht mehr darauf gepolt, einen Atomkrieg zu führen, so wie es in den Achtzigern noch der Fall war. Wenn wir damals angegriffen worden wären, hätten alle gewusst, wer dahintersteckt. Die Sowjets. Das Reich des Bösen. Aber China wird heutzutage nicht wirklich als Feind angesehen. Ihr Cyberkrieg gegen uns bleibt größtenteils unbemerkt. Die militärische Aufrüstung macht keine Schlagzeilen. Die Leute freuen sich über billige iPhones und niedrige Preise bei Walmart, und der Handel mit China ist auf einem Rekordhoch. Ein schneller Gegenschlag – egal ob atomar oder konventionell – ist meiner Meinung unrealistisch, solange wir kein eindeutiges Bild von der aktuellen Situation haben. Und genau das kann diese Waffe – sie trübt das Bild ein."

Einen Augenblick lang schwiegen alle, während sie Davids Aussagen verdauten. Einige hatten sicher mit der Frage zu kämpfen, ob nukleare Abschreckung gut oder schlecht war.

Brooke räusperte sich und ergriff das Wort. „Nun, diese Unterhaltung ist etwas angsteinflößend geworden. Aber ich habe noch eine Frage zur Prämisse dieses Kriegsplans. Nehmen wir an, unsere Politiker hätten weder die Informationen noch den Mut, einen schnellen Gegenschlag gegen eine angreifende Supermacht zu starten. Ich werde versuchen, meine Abneigung gegen die liberale Politik außenvorzulassen. Der Gedanke eines möglichen Cyberangriffes auf unsere Satelliten beunruhigt mich ungemein. Ich meine, ich verlasse mich in meinem Job in Fort Meade jeden Tag auf Cyber-Operationen. Aber ich verstehe nicht, warum wir immer noch Grund zu der Annahme haben, dass das eine reale Bedrohung darstellt. Warum ist ein Cyberangriff auf unsere Satelliten ein entscheidender Faktor? Vielleicht kann mir jemand von der Air Force aushelfen? Gibt es nicht schon längst Raketen, die Satelliten abschießen können? Und es gibt doch auch andere Wege, die Rechenzentren zu stören, oder? Warum ist dieses ARES so eine große Sache? Was ist wirklich neu an dieser Waffe – was kann sie, was die Chinesen nicht schon längst hätten tun können?"

„Nun, damit kann man in kürzerer Zeit mehr Satelliten kontrollieren", antwortete David.

Brooke schüttelte den Kopf. „Aber das genügt mir nicht. Mein Punkt ist: China hätte doch genau dasselbe mit anderen Mitteln erreichen können. Vielleicht etwas langsamer, aber – was übersehe ich hier?"

Viele fragende Augenpaare richteten sich auf Lena, die aber nicht antwortete. Das übernahm Henry.

„Ohhh. Ich verstehe, was hier gespielt wird."

Alle starrten ihn gespannt an.

„Der Wurm wurde bereits hochgeladen, oder? Und die Uhr tickt bereits."

Wieder sahen alle in Lenas Richtung. Sie nickte.

„*Daher* wussten Sie, dass China wirklich angreifen würde? *Das* war die Information, die der ermordete Agent übermittelt hatte", schloss David.

„Zumindest ein Teil davon, ja", gab Lena zu.

Ein Raunen ging durch den Raum, als einigen der Ernst der Lage bewusst wurde. Manche fluchten. Bis gerade eben hatte David selbst noch Zweifel gehabt. Er hatte nicht wirklich geglaubt, dass China die Vereinigten Staaten angreifen würde. Natürlich gab es Anhaltspunkte dafür, dass die Asiaten darüber nachdachten. Aber tief in seinem Herzen hatte David geglaubt, dass sich alles in Luft auflösen, und sich Besonnenheit durchsetzen würde. Dass diese Red Cell-Einheit nur dazu diente, ein paar verrückte Was-wäre-wenn-Szenarien zu entwickeln. Davon war er seit seinem ersten Gespräch mit Tom ausgegangen. Aber nun machte alles Sinn. Die strenge Geheimhaltung. Die Anzeichen eines Krieges. Mit einem Mal wurde alles verdammt real.

Er blickte aus dem Fenster und dachte über die Folgen eines derart monumentalen Krieges nach. Am Horizont türmten sich tropische Gewitterwolken auf, aus denen dichte Regenschleier auf den fernen Ozean niedergingen. Ein Sturm zog auf. Wie passend.

„Was hat es mit dem Countdown auf sich?", rief jemand.

David seufzte und sagte: „Das bedeutet, dass sie das durchziehen werden. Der Satelliten-Killer ist die Waffe für den Erstschlag. Der Countdown bedeutet, dass sie bereits abgedrückt haben. Es stimmt, China hat wahrscheinlich auch Raketen, die das erreichen könnten. Die haben sie bereits seit Jahren. Aber wenn es einen Countdown gibt, haben sie ihren Plan bereits in Gang gesetzt. Das was wir hier tun, bekommt eine völlig andere Bedeutung."

„Aha, und wann läuft die Uhr ab?", fragte Henry.

Jeder im Raum wandte sich zu Lena um. Sie sah aus, als wäre sie nicht sicher, ob sie darauf antworten sollte.

„Um ehrlich zu sein, wir wissen es nicht", sagte sie schließlich.

„Wie kann es sein, dass wir von diesem Countdown wissen, nicht aber, wann das Programm aktiviert wird?", fragte jemand aus Davids Sitzreihe.

Für eine Sekunde dachte David, dass Bill bedrückt aussah, so, als wolle er etwas Wichtiges sagen. Stattdessen sprach Brooke. „Man kann einen Wurm so programmieren, dass er unendlich viele Countdowns hat. Das Programm fängt an, herunterzuzählen und wartet dabei auf ein externes Signal – um die Uhr zurücksetzen oder sich auszuführen. Das hängt vom eingehenden Signal ab. Stellen Sie sich diesen Wurm als eine Art Wecker vor, der jeden Morgen um sieben Uhr auf ein Signal wartet. Empfängt er das erwartete Signal, klingelt er. Wenn nicht, wird der Alarm für den nächsten Tag wieder gestellt. Vermutlich läuft es genau so ab. Das kommt im Cyberkrieg häufig vor: Wir können feststellen, ob etwas bereits aktiviert wurde, aber wir wissen nicht genau, wann es ausgeführt wird."

David meinte zu sehen, dass Lena Bill einen Blick zuwarf. Dann sagte sie: „Brooke hat recht. In unserem Fall setzt sich der Countdown zurück, wenn er kein Aktivierungssignal empfängt. So verstehe ich es. Wir wissen also, dass es da ist und darauf wartet, aktiviert zu werden. Aber wir wissen nicht, wann das geschieht. Wir vermuten in zwölf bis achtzehn Monaten."

David wachte auf, als der Alarm seiner Armbanduhr piepte. Er war um 17:30 Uhr auf seinem Bett förmlich zusammengebrochen und hatte seine Augen eigentlich nur für eine halbe Stunde schließen wollen. Aber der Jetlag und die anstrengende ganztägige Besprechung hatten ihn erschöpft. Während die anderen nach der nachmittäglichen Sitzung fast geschlossen in die Cafeteria geströmt waren, hatte David ein Nickerchen gehalten. Jetzt war es 19:15 Uhr, und er musste sich beeilen, wenn er noch ein Abendessen wollte, bevor die Cafeteria zumachte.

Er schlüpfte in ein T-Shirt, khakifarbene Shorts und ein Paar Reeboks und joggte zur Cafeteria. Er betrat den Speisesaal und vernahm das Klappern des Bestecks, das in der Küche gespült wurde. Einzig Bill saß noch vor seinem Essen. David ging zur Essensausgabe und schaufelte sich Kartoffelbrei, grüne Bohnen und etwas, das nach Schmorbraten aussah, auf den Teller. Nachdem er sich mehrere Flaschen Wasser und eine Banane genommen hatte, ging er zu Bills Tisch hinüber.

„Darf ich mich zu Ihnen setzen?", fragte David.

„Na klar", kam es undeutlich zurück, während Bill kaute. Er trank einen Schluck und sagte dann: „Was für ein Tag, oder?"

Bill fuhr mit seiner Hand durch sein dickes, schlohweißes Haar. Er trug ein Poloshirt, das in einer hellblauen Jeans steckte. Schwarze Turnschuhe komplettierten das Outfit. David fand, dass er wie ein netter Großvater aussah.

„Wo kommen Sie noch mal her, Bill?", fragte David.

„West Texas. Aber seit ein paar Jahren lebe ich in Nevada. Und davor war ich bei der Air Force, also habe ich hier und dort gewohnt. Und Sie?"

„Virginia. In den Außenbezirken von D.C. Ich war bei der Marine."

„Da war ich schon mal. Nette Gegend. Aber verdammt viel Verkehr."

David nickte, als er einen Bissen von dem verkochten Braten herunterschluckte. „Yep."

Ein paar Augenblicke vergingen. Smalltalk schien keinem der beiden Männer sonderlich zu liegen.

„Da betrachtet man das eigene Leben plötzlich mit anderen Augen, wissen Sie?", sagte Bill schließlich.

David kaute. „Stimmt. Das hat das Ende der Welt wohl so an sich."

„Nicht, dass ich irgendetwas bereuen würde. Meine Frau sagt immer, dass es sich nicht lohnt, etwas zu bedauern. Weil das, was noch kommt, besser ist, als das was war."

„Klingt, als wäre sie eine kluge Frau. Warum sie wohl ausgerechnet bei Ihnen gelandet ist?"

„Ha. Stimmt." Bill sah traurig aus.

„Ich hoffe, meiner Familie geht es gut. Mein Vater, meine Schwester und mein Bruder sind im aktiven Navy-Dienst", erzählte David. „Sieht so aus, als wären ihre Jobs gerade um einiges gefährlicher geworden."

Bill zog die Augenbrauen hoch und trank einen Schluck. „Ich bin sicher, dass sie okay sein werden. Mit etwas Glück kommen wir alle heil aus dieser Angelegenheit heraus. Ich erinnere mich noch an den Vorfall in der Schweinebucht, als ich noch ein Kind war. Damals hatte es auch den Anschein, als würde die Welt bald untergehen. In der Schule mussten wir üben, unter den Tischen in Deckung zu gehen, falls die Russen angreifen würden. Stellen Sie sich das mal vor. Aber alles ist gut ausgegangen. Und hoffentlich wird es das nun auch." Obwohl er David mit dieser Geschichte beruhigen wollte, klang er nicht sonderlich überzeugt.

„Meine Mutter ist vor einem Jahr an Herzversagen gestorben." David wusste selbst nicht, warum er das erzählte. Die Worte sprudelten einfach aus ihm heraus.

„Das tut mir leid", antwortete Bill.

„Danke. Das hat uns ziemlich hart getroffen. Nach dem Tod meiner Mutter waren mein Vater, meine Schwester, mein Bruder und ich für eine Weile zusammen zuhause. Es war das erste Mal seit zwei Jahren, dass ich Chase sah. Verrückt, oder? Er war ständig mit den SEALs im Einsatz."

„Er ist ein SEAL? Das ist beeindruckend."

„Oh, ja. So ziemlich jeder ist von Chase beeindruckt. Er hat sich damals einen Monat Urlaub genommen, und wir haben viel unternommen. Wissen Sie, ich war nie so sportlich wie mein Bruder oder meine Schwester. Aber am Tag, nachdem Chase für die Beerdigung angereist war, bat er mich, mit ihm joggen zu gehen. Er steht auf diese superlangen Läufe. Also sind wir nach D.C. gefahren und waren erst auf dem Theodore Roosevelt Island und danach dem Washington & Old Dominion Trail unterwegs. Malerische Landschaft. Ich war seit meinem Abschluss in Annapolis nie mehr als zwei Meilen gelaufen. Meine Mutter liebte es, in dieser Gegend lange Spaziergänge zu machen. Sie sagte stets, dass ihre Kinder das Sportler-Gen von ihr haben. Herzleiden. Unglaublich. Das ist grausame Ironie des Schicksals, wenn Sie mich fragen. Jedenfalls bestand mein Bruder darauf, mit mir laufen zu gehen. Nach etwa 7 Kilometer hat sich etwas in mir verändert. Es hatte beinahe etwas Heilsames. Es mag komisch klingen, aber dieser Lauf war wie ein Abschied von meiner Mutter. Vielleicht war sie bei uns? Na ja, jedenfalls laufe ich seitdem beinahe jeden Tag. Vor zwei Monaten habe ich meinen ersten Triathlon absolviert, und ich trainiere bereits für den nächsten. Ich habe an jenem Tag zum ersten Mal ein Läuferhoch erlebt, und kann seitdem nicht genug davon bekommen."

„Das klingt nach einem gesunden Hobby. Wo ist das Problem?"

„Sie haben erwähnt, dass diese Angelegenheit mit China Sie dazu bewegt, über Ihr Leben nachzudenken. Der Tod meiner Mutter hatte die gleiche Wirkung auf mich. Ich kam zu dem Schluss, dass ich wieder mehr Nähe zu meiner Familie wollte. Ich hatte meine Geschwister vermisst. Über E-Mail haben wir jetzt regen Kontakt. Ich bin sogar nach Jacksonville geflogen, um mit meiner Schwester Zeit zu verbringen. Aber mein Vater ist kaum greifbar. So wie die Navy ihn behandelt, könnte man meinen, er sei der Präsident ... Trotzdem, all dieses Gerede über Krieg macht mir Sorgen. Ich möchte sie nicht verlieren ..." Davids Stimme versagte.

Bill legte eine Hand auf Davids Schulter und sah ihm in die Augen. „David, es kommen auch wieder bessere Zeiten. Versprochen. Ich werde dafür beten."

Die Eingangstür ging auf, und Natesh kam herein. Er winkte den beiden zu, die das mit einem höflichen Nicken quittierten, und ließ sich ein paar Sekunden später auf einen Stuhl ihnen gegenüber fallen.

„Sie sehen ziemlich kaputt aus, junger Mann", stellte Bill fest.

Natesh hob die Augenbrauen und sagte: „Sie können sich nicht vorstellen, wie sehr. Ich bin wirklich erschöpft. Dieses Projekt ist ziemlich anstrengend." Er trank das eisgekühlte Wasser aus seinem Plastikbecher, bis die Eiswürfel in seinen Mund glitten. Dann finge er an, diese geräuschvoll zu zerbeißen.

„Also, was halten Sie beide vom letzten Teil unserer heutigen Besprechung?", fragte Bill.

„Sie meinen Lenas Enthüllung? Das war überzeugend. Was denken Sie?", meinte Natesh.

„Ich war ziemlich schockiert", meinte David. „Ich verdiene

meinen Lebensunterhalt mit klassifizierten Technologien. Und ich habe schon viel von diesem High-Tech-Zeug gesehen. Aber wenn die Chinesen wirklich ARES haben, dann sind das verdammt schlechte Neuigkeiten."

„Ja, leider", stimmte Bill zu. „Da haben wir die Wunderwaffe, über die wir den ganzen Tag diskutiert haben."

David nickte. „Stellen Sie sich nur unsere Schiffe, Truppen und Kampfflugzeuge ohne Navigation und präzisionsgelenkte Waffensysteme vor. Ein Großteil unserer Kommunikation – zweifellos die wichtigsten Komponenten – wäre unmöglich. Wir wären technologisch wieder so weit wie im Vietnamkrieg. Unser Militär ist wirklich abhängig von unserer Technologie. Wann haben Sie zum letzten Mal einen Brief mit der Hand geschrieben? Können Sie überhaupt noch Schreibschrift? Es läuft doch einfach alles per E-Mail, nicht wahr? Dasselbe wird auch für die Kriegsführung gelten. Wer übt schon, einen Kompass zu benutzen, wenn er GPS hat? Und sollte die gegnerische Seite das tatsächlich können, sind sie im Vorteil."

„Oder noch schlimmer. Was, wenn die Chinesen es schaffen, ihre eigene Technologie zu verschonen. Ich glaube, sie haben erst kürzlich ein eigenes GPS-System entwickelt", erklärte Natesh. „Ich denke, es wäre durchaus möglich, unsere Satelliten zu zerstören und ihre eigenen zu erhalten."

David sah die beiden an. Er hörte wieder diese Flüstern in seinem Kopf. Irgendetwas passte hier nicht zusammen. Natesh und Bill schienen ihm beide absolut vertrauenswürdig zu sein. Er wollte sie fragen, ob sie wirklich alles glaubten, was sie in den letzten vierundzwanzig Stunden gehört hatten. Aber er schwieg.

„Lena und der Major werden uns heute Abend noch etwas mehr über die Stärken und Schwächen des chinesischen Militärapparats erzählen. Wir sollten uns bald auf den Weg machen", schlug Natesh vor.

„Geht klar. Wir wollen doch nicht zu spät zum Vortrag der CIA-Lady kommen", meinte David.

„Hm – Lena meinte, wir könnten zu ihr kommen, wenn es irgendwelche Probleme gibt, nicht wahr?", fragte Bill

„Ja, das hat sie gesagt. Und auch, dass Sie uns mit allem versorgen kann, was wir während unseres Aufenthalts hier brauchen", antwortete Natesh.

Bills Stimme klang gequält. „Mein Problem ist, dass ich nicht weiß, ob ich es mir leisten kann, hier zu sein."

David war sich ziemlich sicher, dass das mit der Erkrankung von Bills Frau zu tun haben musste.

„Ich – ich weiß nicht, was ich dazu sagen soll. Ich nehme an, Sie machen sich Sorgen um Ihre Frau?", fragte Natesh.

Bill seufzte schwer. „Genau. Ich weiß, dass unser Projekt hier wichtig ist. Aber es gibt noch eine Reihe anderer wichtiger Dinge, um die ich mich kümmern muss. Und wenn die Welt bald untergeht, würde ich meine Zeit lieber mit meiner Frau verbringen. Bitte verstehen Sie das nicht falsch."

David aß seine letzte Gabel grüne Bohnen und wischte sich den Mund mit der Serviette ab. Er dachte über Bills Situation und ihren Standort nach. Der Mann musste von dieser Insel runter und nach Hause.

„Warum sprechen Sie nicht ganz offen mit Lena, wenn unsere abendliche Besprechung vorüber ist?", schlug Natesh vor. „Teilen Sie ihr Ihre Gedanken und Sorgen mit. Sie scheint eine vernünftige Frau zu sein. Es würde mich nicht überraschen, wenn sie Sie einfach nach Hause fliegen lassen würde. Vielleicht müssen Sie nur irgendetwas unterschreiben oder so. Wir sind doch alle freiwillig hier, nicht wahr?"

David dachte an seine eigene vollkommen unerwartete „Aktivierung" vor weniger als zwei Tagen und fragte sich, ob sie wirklich freiwillig hier waren. Wenn Bills Frau im Sterben lag, mussten sie ihn gehen lassen.

„Ich denke auch, dass Sie mit Lena sprechen sollten, Bill", stimmte er zu.

Ein Blitz erhellte die Cafeteria und schreckte sie auf. Ein paar Augenblicke später hörten sie das noch entfernte Donnergrollen am Himmel.

„Vielleicht werde ich das tun", antwortete Bill. „Vielleicht kann sie mir wirklich helfen. Ja, ich denke, Sie haben recht." Er lächelte.

---

Es war nach 23 Uhr, als Lena und Bill gemeinsam vom Hörsaal zum Kommunikationsgebäude gingen. Die Gruppensitzung zum Thema chinesische Militär- und Verteidigungsfähigkeit hatte beinahe drei Stunden gedauert. Nun waren alle froh, zurück in ihre Baracken gehen zu können. Erste dicke Regentropfen fielen als Vorboten eines sich nähernden Sturms.

Bill war gleich im Anschluss an die Sitzung auf Lena zugegangen. Sie hatte sehr verständnisvoll reagiert und vorgeschlagen, sich zusammenzusetzen und darüber zu reden. Bill hatte ein gutes Gefühl. Frauen waren einfach besser in solchen Dingen. Sie verstanden, wie wichtig Familie war. Vielleicht lag es daran, dass sie Kinder zur Welt brachten. Bill erinnerte sich an einen seiner befehlshabenden Offiziere in der Air Force, ein machohafter, knallharter Kerl, der ihm während der Operation Desert Shield seinen Heimaturlaub verweigert hatte. Bill hatte deshalb die Geburt seines zweiten Kindes verpasst. Der Typ war ein Idiot gewesen. Lena hingegen schien wesentlich mehr Verständnis aufzubringen.

Sie erreichten das Kommunikationsgebäude, und Lena machte vor der Tastatur des Türöffners halt. Sie schaute kurz zu Bill hinüber und stellte sich dann so hin, dass Bill die Eingabe des Codes nicht beobachten konnte. Ein kurzes

Piepen, gefolgt von einem Klickgeräusch, und Lena öffnete die Tür. Sie betraten einen Raum, der Bill an einen Flughafen-Tower erinnerte. Der Regen prasselte nun auf das Dach des kleinen Gebäudes. Bill strich sich über das nasse Haar, während er sich umsah. Alle Monitore waren ausgeschaltet. Drei schwarze Drehstühle standen vor den Computern. Am anderen Ende des Raums befand sich eine zweite Tür, die zum Rest des Gebäudes zu führen schien. Auch sie hatte eine digitale Tastatur.

Lena bedeutete Bill, sich zu setzen. Er nahm auf einem der Drehstühle platz, sah sich im Raum um und überlegte, wo sie wohl schlief. Ihr Schlafraum musste sich wohl hinter der zweiten Tür befinden. Die Computer sahen neu aus. Wann hatten sie diesen Stützpunkt errichtet? Die Türöffner waren technisch ziemlich ausgereift. Bill beobachtete, wie Lena sich ihm gegenübersetzte und die Beine übereinanderschlug, wobei sie vollkommen entspannt aussah. Ja, sie war wirklich eine nette Frau.

Bill erzählte ihr, was ihn bedrückte. Er berichtete von der Krebserkrankung seiner Frau und deren Verlauf. Natürlich hatten sie Nachbarn, die ab und an nach ihr sehen würden, aber darum ging es ihm gar nicht. Bevor Bill sich versah, schüttete er ihr sein Herz aus. Das ganze Gerede über China und Kriegsstrategien hätten ihn zwar recht gut abgelenkt, aber seine Gedanken wanderten immer wieder zu seiner Frau. Er ließ seinen Gefühlen freien Lauf und hoffte, dass diese für ihn ungewohnte Zurschaustellung zielführend sein würde.

Lena hörte zu. Sie machte auf Bill einen sehr entschlossenen Eindruck. Die Art von Frau, die sich bei einem Gespräch ihrem Gegenüber entgegenlehnte, irgendwie sprungbereit. Es war schrecklich komisch, wie sie so dasaß und ihn an einen Kampfpiloten erinnerte.

Obwohl er sich für seinen Ausbruch ein wenig schämte,

war er gleichzeitig froh, sich alles von der Seele geredet zu haben. Bill hatte Lena erklärt, dass er sich einerseits verpflichtet fühlte, zu helfen, andererseits aber eine noch größere Verantwortung für seine Frau verspürte. Lena schien das zu verstehen. Die Familie musste doch an erster Stelle stehen. Sie sagte die richtigen Dinge, als er fertig war. Sie lächelte. Sie verstand ihn. Er konnte es in ihren Augen sehen. Gleich würde sie sagen, was er zu hören hoffte.

„Hören Sie, Lena, ich verstehe sehr wohl, wie wichtig dieses Projekt ist. Aber es muss doch eine andere Person geben, die meinen Platz hier einnehmen kann. Vielleicht einer meiner Kollegen. Mein Vorgesetzter kann Ihnen sicher dabei helfen, einen Ersatz zu finden. Sie kennen ihn vermutlich, denn er hat mich ja hierhergeschickt."

Sie saß in seiner unmittelbaren Nähe, beugte sich in seine Richtung und hörte aufmerksam zu.

Schließlich antwortete sie. „Natürlich, Bill. Wenn Sie das wollen. Wann möchten Sie aufbrechen?"

Er stieß einen erleichterten Seufzer aus. „Oh, vielen Dank. Danke. Es tut mir leid, dass ich Ihnen solche Umstände bereite. Ich würde wirklich gerne am Projekt weiterarbeiten. Vielleicht kann ich Ihnen ja von zuhause aus etwas helfen? Über das Internet? Es ist nur – ich muss zu ihr."

Lena nickte und schenkte ihm ein warmes Lächeln. Sie drückte kurz seine Schulter. „In Ordnung. Wir können Sie mit dem ersten Flugzeug morgen ausfliegen."

„Ach, ich danke Ihnen. Ich habe wirklich ein schlechtes Gewissen. Aber ich weiß nicht, wie viel Zeit uns noch bleibt – also, mir und meiner Frau."

„Es ist schon beinahe komisch, dass Sie es so formulieren, Bill."

Bill legte die Stirn in Falten. „Wie bitte? Ich verstehe nicht ganz?"

Lenas Verhalten hatte sich geändert. Ihr Lächeln war nicht mehr so warm, ihre Augen weniger strahlend. „Wie viel Zeit haben *wir* noch, Bill?"

Er schüttelte den Kopf. „Wie meinen Sie das?"

„Bill, gibt es noch etwas *anderes*, das Sie mir erzählen möchten?"

Er hielt inne und sah sie verwirrt an.

„Kommen Sie schon, Bill. Denken Sie daran, ich habe mit Ihrem Vorgesetzten zusammengearbeitet, um Sie hierher zu holen. Ich habe bereits eine gute Vorstellung von dem, was jeder hier weiß. Aber wir haben Sie hierher gebracht, um es zu bestätigen. Ich hatte erwartet, dass Sie sich zu Wort melden, als der Countdown erwähnt wurde."

Bill atmete tief aus und blickte zu Boden. Woher wusste sie das? Nicht einmal sein Vorgesetzter war über *alles* informiert.

„Ich wollte es nicht ansprechen", antwortete er. „Ich war mir nicht sicher, ob wir wirklich *darüber* gesprochen haben."

„Sie selbst haben einen in mehreren Satelliten eingebetteten Countdown entdeckt. Satelliten, mithilfe derer Sie sich mit Drohnen der Air Force auf der halben Welt verbinden. Einen Countdown, der offenbar von einer ausländischen Organisation eingeschleust wurde. Und Sie waren sich nicht sicher, ob das für unser Projekt *relevant* ist? Ich verstehe, dass die Ereignisse zuhause Sie sehr in Anspruch nehmen. Aber bitte – sagen Sie mir, was Sie noch über diesen Countdown wissen."

Bill sah sie an. Wenn er in dieser Besprechung gesagt hätte, was er wusste, wäre er niemals von hier weggekommen. Ja, es war verdammt egoistisch, das für sich zu behalten. Aber er musste zu seiner Frau. Vor allem, wenn die Welt tatsächlich so kurz vor dem Abgrund stand ...

„Sechs Monate", stieß er schließlich hervor.

Sie blinzelte nicht einmal. Als ob sie es bereits gewusst hätte. Was unmöglich war. Sogar sein Manager wusste nur, dass Bill einen sequenziellen Countdown entdeckt hatte, nicht mehr. Sein Chef ging davon aus, dass Bill den Code noch nicht entschlüsselt hatte.

„Vor einer Woche haben wir den Code in einem unserer Satelliten gefunden. Einen, mit dem wir GPS-Daten an Predator-Drohnen weiterleiten. Danach haben wir ein paar andere Satelliten überprüft. Der Countdown war überall vorhanden. Wer auch immer ihn dort platziert hat, hat es mit Absicht getan. Aber wir dachten, es wäre ein einfacher Virus. Bis heute hatte ich keine Ahnung, was genau das zu bedeuten hatte. Ehrlich. Aber Sie haben recht. Wir sind ziemlich sicher, dass ein ausländischer Geheimdienst dahinter steckt. Zuerst glaubten wir, dass der Countdown harmlos sei, weil er sich immer wieder zurücksetzte. Aber als mein Chef weg war, bin ich auf den codierten Timer gestoßen. Also habe ich ihn durch ein Entschlüsselungsprogramm laufen lassen und nachgerechnet. Sechs Monate. Wenn das die Cyberwaffe ist, von der David gesprochen hat, beginnt der Krieg in sechs Monaten. Und genau deswegen muss ich zurück zu meiner Frau. Ich muss bei ihr sein, Lena."

„Was haben die anderen dazu gesagt, als Sie es ihnen berichtet haben?", fragte Lena.

„Welche anderen?"

„Die anderen Berater hier auf der Insel. Was haben sie dazu gesagt?"

Bill sah peinlich berührt aus. „Ich habe es niemandem erzählt. Nicht einmal mein Vorgesetzter weiß davon. Ich wollte ihm nächste Woche von dem Timer berichten. Er hatte frei, als ich es herausgefunden habe. Und dann hat Burns, mein Direktor, mich wegen dieses Projekts kontaktiert. Aber auch er weiß es noch nicht. Woher also wissen Sie –"

Bill sah es nicht kommen.

Lena drehte ihren Oberkörper, ließ ihren Arm vorschnellen und versetzte Bill mit dem Handballen einen unglaublich starken Stoß in seinen Solarplexus. Der plötzliche Schmerz und die einsetzende Atemnot ließen ihn vornüber auf dem Boden zusammenbrechen.

Bill schnappte nach Luft, aber seine Bauchmuskeln waren zu verkrampft. Er merkte kaum, dass Lena seinen schweren Körper umdrehte, sodass er mit dem Rücken auf dem kalten Betonboden zum Liegen kam.

Als er anfing zu keuchen, verpasste sie ihm mit der Handfläche einen Schlag gegen seine Nase. Bills Hinterkopf schlug auf dem harten Steinboden auf. Für einen kurzen Moment sah er weiße und schwarze Sternchen, und in seinen Ohren klingelte es. Er nahm verschwommen dunkle Bildschirme und den Betonboden wahr. Der Regen hämmerte weiter auf das Dach, und ein Donner erschütterte die Nacht.

Lena rollte ihn auf die Seite und fesselte seine Hände und Füße. Er brauchte nur eine Minute Ruhe. Sie musste damit *aufhören*. Sein Kopf tat so weh. Bill verstand nicht, was los war. Lena schien doch ein so nettes Mädchen zu sein. Sie hatte ihn angelächelt und ihm zugehört. Warum hatte sie ihn geschlagen? Bill fühlte, wie Blut aus einer Wunde an seinem Hinterkopf sickerte. Es musste eine ordentliche Platzwunde sein.

Lena stand über ihm und zischte: „Wissen Sie, was ein Blood Choke ist? Eure Marines nennen es so. Der Name gefällt mir ausgesprochen gut."

Sie stellte einen Fuß auf seine Brust und sah ihn an, als wäre er ein Hirsch, den sie eben erlegt hatte. Aus ihren Augen sprach furchteinflößende Entschlossenheit.

Bill lag auf dem Boden, schwach und verwirrt. Was war hier los? Er versuchte sich aufzusetzen, aber Lena drückte ihn mit dem Fuß ohne Mühe wieder zurück auf den kalten Boden.

Sein Schädel brachte ihn um und er hatte keine Kraft mehr. Ihre Hände wanderten langsam in Richtung seines Genicks. Instinktiv versuchte Bill, sich zu schützen, aber seine Hände und Füße waren gefesselt.

Bewegungsunfähig realisierte er, wie sie sich mit der Anmut eines Raubtiers über ihn beugte. Ihr Gesicht war nah genug, dass er ihren Atem spüren konnte. Was passierte hier? Ihr Blick jagte ihm Todesangst ein. *Warum tat sie das?*

„Alles ist gut. Entspannen Sie sich", flüsterte Lena. „Schhhh. Es wird Folgendes passieren: Ich werde Ihre Halsschlagader zusammendrücken, und so die Blutzufuhr zu Ihrem Gehirn stoppen. Das ist eine extrem effiziente Technik. Es geht viel schneller, als die Sauerstoffzufuhr durch die Luftröhre zu unterbrechen. Dann werden Sie bewusstlos, und ich muss entscheiden, was mit Ihnen geschehen soll. Vielleicht töte ich Sie. Ich muss noch darüber nachdenken. Aber mit ein bisschen Glück wachen Sie wieder auf und fühlen sich wie neugeboren. Jetzt ist es Zeit, zu schlafen."

Seine Augen waren vor Angst weit aufgerissen. Ihre Finger schlossen sich immer fester um seinen Hals. Sie drückte so fest zu, dass es schmerzte. Dann spürte er, wie der Blutdruck in seinem Gesicht und seinem Hals langsam anstieg. Er wand sich mit all seiner verbliebenen Kraft, aber sie war zu stark und hatte einen zu großen Hebel. Bill wurde schwarz vor Augen. Es fühlte sich an, als wollte sie ihn ersticken, aber er konnte immer noch atmen ... Er konnte sich noch wehren ... Er konnte ...

Lena erhob sich, ging zum Telefon und nahm den Hörer ab. Sie sprach in Mandarin. „Kontaktieren Sie den Zerstörer *Lanzhou*. Sie müssen ihren Bordhelikopter losschicken. Er muss auf der Nordseite der Landebahn heute Nacht um ein Uhr landen. Seien Sie darauf vorbereitet, einen gefesselten Passagier aufzunehmen. Rufen Sie mich an, wenn es irgendwelche Probleme gibt. Sobald er auf dem Schiff ist, warten Sie auf weitere Anweisungen. Beobachten Sie ihn. Und lassen Sie ihn mit niemandem sprechen."

Sie warf Bills regungslosem Körper einen kurzen Blick zu. Bevor sie auflegte, sagte sie: „Senden Sie auch eine Nachricht an Mr. Jinshan. Informieren Sie ihn, dass ich das Ganze hier eventuell abkürzen muss. Ich habe meine Zweifel, dass die *freiwillige* Informationsgewinnung ganze drei Wochen dauern wird."

## 5

---

„Ich habe keine Angst vor einem Heer von Löwen, das von einem Schaf angeführt wird. Aber ich habe Angst vor einem Heer von Schafen, das von einem Löwen angeführt wird."

—*Alexander der Große*

*Gegenwart*

Davids innere Uhr war völlig aus dem Takt. Sein Nickerchen vorhin hatte nicht geholfen. Er versuchte zu schlafen, konnte aber nicht. Ein Blick auf seine Uhr verriet ihm, dass es beinahe ein Uhr nachts war. Eine kühle Meeresbrise bewegte den Vorhang des Fensters. Der helle Halbmond schien auf den Teil des Ozeans, der von seinem kleinen Zimmer aus sichtbar war. Das Gewitter war weitergezogen.

Er wünschte sich nichts sehnlicher, als endlich einschlafen zu können, am Morgen wieder aufzuwachen und festzustellen, dass alles nur ein böser Traum gewesen war. So wie in den Filmen. David würde seine Augen öffnen und seine Frau neben sich liegen sehen. Seine zwei Mädchen würden friedlich in ihren Zimmern schlummern. Es gäbe keine CIA-Agentin namens Lena, und auch keine Red Cell-Einheit, die sich auf einen künftigen Krieg mit China vorbereitete. In dieser absolut ungefährlichen Parallelwelt hätte David weder Natesh noch den Major noch alle anderen Berater auf dieser Insel jemals getroffen.

Er seufzte schwer. Er war zu aufgewühlt, um schlafen zu können. Und er merkte den Jetlag von seinem gestrigen Flug um die halbe Erdkugel noch immer. *Scheiß drauf.* Er würde noch einen kleinen Spaziergang draußen machen.

David zog seine Kleidung und Turnschuhe an, ging die Betontreppe hinunter und verließ die Baracke. Kaum draußen angelangt, hörte er lautes Vogelgezwitscher aus dem Regenwald, der den großen Berg bedeckte. Ein paar große Motten schwirrten um die Lampe über der Eingangstür.

David nahm den sandigen Pfad zum Strand. Er hatte nichts Besseres zu tun. Die Landebahn lag zwischen ihm und dem Ufer. Es war eine schöne und sternenklare Nacht. Er liebte die saubere und frische Luft, die nach einem Gewitter zurückblieb. Als hätte der Sturm den ganzen Dunst und die Luftfeuchtigkeit aufgesaugt und mitgenommen.

David ging am Kommunikationsgebäude vorbei und nahm ein entferntes Dröhnen wahr. Zuerst dachte er, das Geräusch käme von einer Klimaanlage oder einem Generator. Dann wurde das Dröhnen lauter, der Ton höher. Er erkannte das typische Teppichklopfer-Geräusch. Ein Helikopter. Und er kam näher. Warum sollte mitten in der Nacht ein Hubschrauber kommen? Ein ungutes Gefühl beschlich ihn.

Er stand auf dem steinigen Weg und hielt am schwarzen Nachthimmel vergeblich Ausschau nach Anzeichen eines

Fluggeräts. Nichts. Es war, als würde er in ein schwarzes Loch starren.

Aber am Ende der Landebahn flackerten ein paar schwache blaue Lichter. Er konnte sie kaum sehen, aber sie waren da. Hatte sie jemand eingeschaltet, damit der Helikopter landen konnte? David hörte das Geräusch einer sich direkt hinter ihm öffnenden Tür, das vom Kommunikationsgebäude kam.

Er wusste nicht warum, aber sein Instinkt riet ihm, sich sofort hinter einer Gruppe großer Palmen und Büsche zu verstecken. Er presste sich flach auf den Boden und hielt die Luft an. Der Halbmond spendete viel Licht, aber David war sicher im Schatten verborgen.

Das Geräusch der Rotoren wurden lauter, und David sah, wie der Helikopter direkt vor dem Mond vorbeischwebte. Ohne Beleuchtung. Jemand, der so flog, wollte nicht gesehen werden. Wahrscheinlich ein Militärhubschrauber.

David hörte sie nicht kommen, bis Lena nur wenige Meter vor ihm sein Versteck passierte. Sie war allein, trug eine Art Helm mit einem klaren Visier und ging geradewegs auf die Piste zu. In diesem Moment setzte der Helikopter auf und wirbelte Sand und kleine Muschelteile in die Luft. Jemand sprang heraus und folgte Lena ins Kommunikationsgebäude.

Nur Augenblicke später kamen sie wieder heraus und trugen einen Mann, der offenbar bewusstlos war – oder schlimmer. David hätte sich in diesem Augenblick am liebsten in Luft aufgelöst. Irgendetwas stimmte hier ganz und gar nicht. Er hatte keine klare Sicht, und der Hubschrauberlärm machten es beinahe unmöglich, etwas zu verstehen. Er hielt erneut die Luft an und verharrte regungslos auf dem Boden, als die beiden an ihm vorbeihuschten.

Dann erkannte er das Gesicht des leblos wirkenden Mannes. Es war Bill, mit dem David vor ein paar Stunden noch zusammen zu Abend gegessen hatte. Bill hatte Lena fragen wollen, ob er nach Hause fliegen konnte, um sich um seine kranke Frau zu kümmern. Das Mondlicht schien auf sein dichtes, weißes Haar, während sie ihn gemeinsam zum Helikopter schleiften. *Verdammte Scheiße.* Lebte er noch?

Lena und ihr Begleiter hievten Bill langsam in die Kabine des Helikopters, dessen Rotoren weiterliefen. Sofort anschließend machte sie sich wieder auf den Weg in seine Richtung. Das Blut gefror in seinen Adern. Sie kam direkt auf das Gebüsch zu, hinter dem er lag. Immer näher und näher. Das Geräusch des Hubschraubers war so laut, dass niemand seine Schreie hören würde.

Gerade als David dachte, dass sie ihn gesehen hatte, blieb Lena stehen und drehte sich zur Landebahn um. Der Helikopter hob ab, senkte seine Nase, beschleunigte und stieg hinauf in den Nachthimmel. David konnte das Modell nicht eindeutig erkennen, war sich aber sicher, dass es kein Seahawk war, wie ihn seine Schwester bei der Navy flog. Nein, dieser sah anders aus. Er war kleiner und hatte ein geschlossenes Heck. Ähnlich wie die Helikopter der Maryland State Police, die er um D.C. herum öfter sah. Oder ein Hubschrauber der Küstenwache? Niemals. Nicht so weit weg von den USA. Was war das also für ein Teil? Und warum zur Hölle hatte Lena den bewusstlosen Bill in den Heli verfrachtet?

Als der Hubschrauber außer Sicht war, ging Lena zurück zum Kommunikationsgebäude. David konnte den Eingang von seinem Versteck aus nicht sehen, wartete aber dennoch volle zehn Minuten, um ganz sicher zu sein, dass sie wieder hineingegangen war.

Was hatte das zu bedeuten? Was war hier los? War Bill zu ihr gegangen und hatte versucht, die Insel zu verlassen? Aber das war doch keine Art, ihn abzutransportieren! Hatten sie ihn etwa umgebracht? David war sich plötzlich nicht mehr sicher, wem er hier noch vertrauen konnte. Aber Lena ganz sicher nicht. War diese Red Cell-Einheit überhaupt legitim? Sollte er versuchen, von der Insel zu fliehen – oder eine Meldung über die Ereignisse hier abzusetzen? Er hatte allerdings keine Idee, wie er das hätte anstellen sollen.

David stand schließlich auf und klopfte sich den Sand aus seinen Kleidern. So leise wie möglich ging er zurück zu seinem Schlafquartier, immer mit Blick auf das Kommunikationsgebäude, um ja nicht Lena zu begegnen. Es hatte an dieser Seite keine Fenster, durch die er etwas hätte sehen können. Aber nahe des Dachs befanden sich schmale Schlitze, durch die Licht nach draußen fiel.

Als er an seiner Baracke ankam, öffnete er in Zeitlupe die Tür. Er wollte unentdeckt bleiben.

Aber dann hörte er plötzlich Schritte auf dem Kiesweg hinter sich.

Mit pochendem Herzen schlüpfte David in die Baracke und machte die Tür hinter sich zu. Hatte ihn jemand gesehen? Es klang, als würde ihm jemand folgen. Auf Zehenspitzen schlich er die Treppe zum zweiten Stock hinauf. Kahle Halogenbirnen erhellten den Korridor. Die plötzliche Helligkeit ließ ihn blinzeln. Vor seiner Tür angelangt, fummelte er nach dem Schlüssel.

Die Schritte hallten nun auf der Betontreppe, die David gerade hochgegangen hatte. Gleich war er in seinem Zimmer.

„Hallo, David", hörte er Lena sagen. Sie kam auf ihn zu.

Er merkte, wie seine Gesichtszüge entgleisten. Man konnte seinen Schock und die Angst ablesen, als er der Person gegenüberstand, der er aus dem Weg hatte gehen wollen. Trotzdem versuchte er, gleichgültig zu erscheinen.

„Hallo. Was machen Sie denn hier oben?" Etwas anderen fiel ihm nicht ein.

Sie war die Sachlichkeit in Person. „Ich könnte Sie dasselbe fragen, David. Warum sind Sie noch wach und nicht in Ihrem Zimmer? Waren Sie draußen?"

„Ähm, ja. Ich dachte, ich hätte – einen Helikopter gehört."

„Wirklich?"

„Ja. Der Lärm hat mich aufgeweckt. Ich bin nur kurz runtergegangen, um einen Blick nach draußen zu werfen."

„Und? Haben Sie ihn gesehen?"

„Nein. Es war zu dunkel. Wissen Sie, was der hier wollte? Der Helikopter?" Seine Hand ruhte auf dem Türgriff.

„Waren Sie draußen?"

„Nein. Ich habe nur an der Tür gestanden und hinausgesehen. Warum? Ist das nicht erlaubt? Ich möchte keine Regeln brechen."

Sie legte ihren Kopf zur Seite und sagte: „Der Helikopter bringt Bill zurück zu seiner Familie. Seine Frau ist krank. Er wollte nach Hause, um bei ihr zu sein. Ich habe ihm dabei geholfen. Der Hubschrauber war die beste Option. Mehr kann ich nicht sagen. Sicherheitsmaßnahmen. Sie verstehen."

„Oh, klar. Es freut mich, dass Sie ihm helfen konnten. Hören Sie, ich bin ziemlich müde. Ich sollte zu Bett gehen. Mein Kreislauf spielt aufgrund des Jetlags noch immer verrückt. Danke, Lena. Bis morgen."

Lena machte einen Schritt auf ihn zu, und er zuckte unwillkürlich zusammen.

„David, Ihre Kleider sind voller Sand. Bürsten Sie das besser ab." Sie strich mit der Hand einige dunkle Sandkörner von seinem Hemd. Sah sie, dass er am ganzen Köper von einer dünnen Schicht Sand überzogen war? Ihr Gesicht war nur wenige Zentimeter von seinem entfernt, und ihre emotionslosen Augen blickten tief in seine. Er bekam feuchte Hände. An einem anderen Ort, zu einer anderen Zeit hätte ihr

Verhalten als Anmache ausgelegt können. Aber hier und
heute ließ es ihn erschaudern.

„Danke. Gute Nacht", flüsterte er.

Mit diesen Worten betrat er sein Zimmer und schloss die
Tür hinter sich. Er lehnte seinen schweißnassen Rücken an
die Tür und lauschte ihren Schritten. Er hörte nichts. Stand
sie auf der anderen Seite der Tür und belauschte ihn ebenfalls? Wenn er weiterhin reglos da stand, machte ihn das
verdächtig. Nach etwa dreißig Sekunden verriegelte er endlich
die Tür. Das Geräusch war ihm noch nie so laut vorgekom-
men. Er schaltete das Licht aus und kletterte ins Bett.
Nebenan war jemand. Es klang, als ob Lena in Bills Zimmer
war und dort etwas suchte. Wahrscheinlich packte sie seine
Sachen zusammen. Ein paar Minuten später war alles wieder
ruhig.

Davids Gedanken wanderten zu seiner Familie. In diesem
Moment wollte er nichts lieber, als zu seinen Kindern und
seiner Frau zurückzukehren. Zwei Tage lang hatte er den
Leuten vertraut, die ihn hierhergebracht hatten. Er war von
ihren guten Absichten überzeugt gewesen.

Bis jetzt. Nun wusste er nicht mehr, was er glauben sollte.

In dieser Nacht würde er keinen Schlaf finden, so viel stand
fest. Was würde ihn morgen erwarten? Waren sie hier etwa
Gefangene? Wem konnte er vertrauen? Hatte Lena Bill tatsächlich umgebracht? Und selbst wenn er nicht tot war, warum
hatten sie ihn bewusstlos mitten in der Nacht von der Insel
geschafft? Nur weil er nach Hause wollte? War der CIA die
Geheimhaltung so wichtig, dass sie alle Teilnehmer einsperren
würden? Noch schlimmer: War Lena überhaupt bei der CIA?
David hatte das Gesicht des Mannes nicht gesehen, mit dem sie
Bill weggetragen hatte. Auch er hatte einen Helm mit Visier
getragen. Aber der Helikopter sah definitiv nicht so aus wie

diejenigen, die er bisher in der Navy gesehen hatte. War sie überhaupt Amerikanerin? David war sich nur in einem Punkt sicher: *Er musste herausfinden, wie er lebend von dieser Insel kommen konnte.*

---

*14 Jahre früher, Washington, D.C.*

Lena saß in ihrem Auto und blickte auf die Uhr. Er sollte jeden Moment hier sein. Sie versuchte, nicht zu nervös zu sein. Sie sagte sich, dass es viele Gründe geben konnte, warum er sie kontaktierte. Sie war fast fertig mit ihrem Bachelor-Abschluss und hatte bereits die eine oder andere kleinere Aufgabe im Umkreis von D.C. übernommen. Das meiste waren Überwachungs- oder Abhörmaßnahmen gewesen. Eben Dinge, die sie mit ihrer Grundausbildung beim Geheimdienst gut erledigen konnte. Und sie hatte ihren Job mit Bravour gemeistert. War er gekommen, um sie zu loben? Vielleicht wollte er nur kurz nach dem Rechten sehen? Oder um zukünftige Aufgaben zu besprechen? Natürlich kannte sie den Ruf dieses Mannes. Mr. Cheng Jinshan war ein sehr einflussreicher Geschäftsmann und dazu ein legendärer Strippenzieher in seinem Agentennetz. Sein Besuch hatte mit Sicherheit keinen trivialen Anlass.

Sie parkte an der Ecke Sechsunddreißigste und Prospect Avenue. Genau um zwölf Uhr stieg sie aus dem Auto und betrat das *The Tombs*, eine schicke Georgetown-Bar auf der anderen Straßenseite. Drinnen war es dunkel und leer. Unter der Woche kamen die meisten Leute erst zur Happy Hour. Ein Barkeeper wischte im hinteren Teil der Bar die glänzenden Tische ab.

Lena scannte den Raum, um zu sehen, ob Jinshan bereits auf sie wartete.

Der Barkeeper sah sie. „Möchten Sie etwas bestellen?",
fragte er.

„Nein. Nur –"

„Zwei Dewar's mit Eis. Wir setzen uns an den Kamin." Die
harte Stimme hinter ihr ließ sie erstarren. Sie war sechzehn,
als sie sie zuletzt gehört hatte. Es war der Tag, an dem er sie
rekrutiert hatte. Sie versuchte, die Erinnerung an dieses
tränenreiche Erlebnis zu verdrängen.

Lena drehte sich um und streckte ihre Hand aus. „Hallo,
Sir."

„Hallo, Lena." Er betrachtete sie einen Moment lang und
ging dann an ihr vorbei. Ihre Hand ignorierte er.

Sie setzten sich an einen langen Holztisch, der neben
einem großen gemauerten Kamin stand. Das Feuer loderte
und knisterte munter vor sich hin. Ein Dutzend Holzpaddel
formten einen Halbkreis über dem Kaminsims.

Der Barkeeper brachte ihnen zwei schwere Gläser mit
einer hellbraunen Flüssigkeit und widmete sich dann wieder
seiner Arbeit.

„Trinkst du Alkohol?", fragte der Mann, während er einen
Schluck nahm.

„Nur selten und wenig", antwortete sie mit einem leichten
Lächeln. „Nicht wie die anderen an meiner Uni. Ich habe
wichtigere Dinge zu tun." Ein bisschen kam es ihr vor, als
wäre sie gerade in einem Bewerbungsgespräch.

„Ich verstehe", war seine einsilbige Antwort.

Ein paar Augenblicke saßen sie schweigend da, was ihr
unangenehm war. Lena hätte gerne etwas gesagt, aber ihr fiel
nichts Passendes ein.

„Du hast deine Arbeit hier gut gemacht", stellte er schließlich fest.

„Vielen Dank."

„Deine Noten und deine sportlichen Leistungen sind

vorbildlich. Deine Sprachkenntnisse sind hervorragend. Und auch deine – *außerschulischen* Leistungen haben wir zur Kenntnis genommen." Damit meinte er sicher nicht ihre diversen Klubs an der Uni. Er bezog sich auf ihre kleinen Beiträge zum Spionagegeschäft.

„Danke." Sie nickte und schürzte die Lippen. Sie war bescheiden und konnte mit Komplimenten nicht gut umgehen.

„Dennoch – wir haben dich genau beobachtet, Lena. Du hattest spezifische Richtlinien für die Interaktion mit anderen Menschen."

Sein Tonfall verriet, dass er auf etwas Bestimmtes hinauswollte. Ihr Herz setzte einen Schlag aus. Sie war immer vorsichtig gewesen. Sie konnten unmöglich von *ihm* wissen. Es waren doch nur ein paar Monate gewesen. Vielleicht hatte sie ja in einem anderen Bereich einen Fehler gemacht. Einen Bericht falsch ausgefüllt? Aber ihr Bauchgefühl sagte etwas anderes. Sie nippte an ihrem Getränk.

„Und wir haben ein paar, nun ja, *Abweichungen* entdeckt."

Sie errötete. Er wusste also Bescheid. Lena hatte inständig gehofft, dass es nicht darum gehen würde. Es war nicht geplant gewesen. Er war in ihrem Leichtathletikteam und sie hatten in einem Hotel etwas Zeit miteinander verbracht. Er war ein bedächtiger junger Mann, und sie mochte ihn. Lena wusste, dass das gegen die Regeln verstieß. Genau wie damals, vor Jahren. Als sie sechzehn war.

„Du hast einen Liebhaber."

Sie blickte betreten auf den Boden. Der Whiskey brannte in ihrer Kehle.

„Es ist in Ordnung, Lena. Ich verurteile dich nicht. Du bist auch nur ein Mensch. Aber trotzdem müssen wir sicher sein, dass du dich in jeder Umgebung streng an unsere Regeln halten wirst. Dieses Programm ist nicht für jeden geeignet.

Wir brauchen Leute, die sich ganz und gar unserer Sache widmen. Du bist immer noch in der Ausbildung. Es mag dir nicht immer so vorkommen, aber so ist es nun einmal. Und du musst dich mit einem minimalistischen Lebensstil begnügen. Dies bedeutet keinerlei Beziehungen. Du musst Opfer bringen, um zu verhindern, dass du träge wirst. Oder noch schlimmer, kompromittiert. Wir möchten nicht, dass Beziehungen deine zukünftigen Einsätze behindern. Und wir möchten dich nicht in eine Situation bringen, in der du einer falschen Person etwas verrätst."

Sie sah ihn an. Für den Bruchteil einer Sekunde dachte sie daran, es abzustreiten. Sie hätte ihn sicher täuschen können. Ihm vormachen, dass da nichts gewesen war. Aber er war Jinshan, und sie wollte nichts riskieren. Lüge Jinshan niemals an. Das hatten die anderen ihr gesagt. Also musste sie die Verantwortung übernehmen und das Beste hoffen. „Ich verstehe, Sir. Natürlich. Ich werde das umgehend beenden. Ich werde mich bessern. Es tut mir leid. Bitte –"

„Nein, nein. Lena. Es geht nicht um diese Beziehung." Er nahm einen großen Schluck und stellte das Glas auf den Tisch. Die Eiswürfel klimperten darin. „Es geht um Vertrauen."

„Sie können mir vertrauen, Sir." All ihre Anstrengungen und die harte Arbeit, sollte das alles vergebens gewesen sein? Das war ein schrecklicher Gedanke. Sie hatte sich jahrelang darauf vorbereitet. Sie wollte nicht zurück. Was erwartete sie zuhause schon, wenn sie dieses Programm vermasselte?

„Wir haben viel Zeit und Energie in dich investiert. Wie bereits gesagt, du erbringst regelmäßig exzellente Leistungen. Ich habe deine Entwicklung persönlich verfolgt, und du kannst es weit bringen, Lena. Aber ich *muss wissen*, dass ich dir vertrauen kann."

„Ja, natürlich. Es tut mir so leid. Bitte." Sie schüttelte den

Kopf und hoffte, dass sie ihre Karriere nicht ernsthaft in Gefahr gebracht hatte.

„Lena, ich bin aus zwei Gründen hier. Erstens, um dir mitzuteilen, dass ich dich für ein besonderes Programm ausgewählt habe. Ich möchte, dass du einen ganz bestimmten Karrierepfad einschlägst. Einen, vom dem die meisten nicht einmal wissen, dass er existiert. Wenn du das machst, wirst du an unseren geheimsten und wichtigsten Projekten arbeiten. Du erhältst eine Spezialausbildung, und dein Beitrag für dein Land wird von größter Bedeutung sein. Bei zukünftigen Projekten bist du direkt mir unterstellt.“

Ihr Herz machte einen Satz. Er wollte sie weitermachen lassen. Sie konnte weiter aufsteigen und würde nicht ihr Gesicht verlieren. Lena nickte eifrig und versuchte, ihre Gefühle im Zaum zu halten.

„Zweitens bin ich hier, um dir zu sagen, dass du in diesem Ausbildungsabschnitt noch eine abschließende Handlung vornehmen musst. Du musst deine Loyalität, deine Hingabe und deine Fähigkeit, der Mission alles andere in deinem Leben unterzuordnen, unter Beweis stellen. Wenn du das kannst, weiß ich, dass ich dir vertrauen kann. Und danach können wir so weitermachen, wie ich es eben beschrieben habe.“

„Natürlich. Ich mache alles. Bitte sagen Sie mir, was ich –.“

Er lehnte sich nach vorne und flüsterte: „Du wirst deinen Freund töten.“

Die Welt blieb stehen.

Er sprach weiter, aber sie hörte ihn kaum. „Du musst das verstehen: Es ist nicht, weil ich denke, dass du ihm etwas über deine Rolle bei uns erzählt hast. Wenn du sagst, dass du Stillschweigen bewahrt hast, dann glaube ich dir. Nein, Lena, mit diesem Befehl kann ich herausfinden, ob du zu so etwas fähig bist. Wenn ich dich für dieses besondere Projekt auswähle, wird deine zukünftige Karriere ein Maß an emotionaler Distanz zu deinen Aufgaben erfordern, das nur wenige Menschen aufbringen können. Manche würden einen solchen Menschen als herzlos, rücksichtslos, kalt oder berechnend bezeichnen. Nenne es, wie du willst, Lena. Du musst all diese Dinge sein, wenn du eine Waffe sein möchtest. Du kannst mehr als ein Zuhörer sein. Ich habe viele Leute, die gut zuhören können. Ich brauche dich – zumindest manchmal – als Attentäterin. Du bist in vielen Techniken ausgebildet worden. Nun musst du sie einsetzen. Zeige mir, dass du diese Aufgabe ausführen kannst."

Ihr war schlecht. Sein Gesichtsausdruck – als würde er sie etwas ganz Alltägliches fragen. Wie konnte er das von ihr verlangen? Was war er nur für ein Mensch? Sie verwarf diesen Gedanken so schnell, wie er gekommen war. Er hatte ihr eine zweite Chance gegeben. Ihre Familie war stolz darauf, dass sie ihrem Land diente. Lena würde sie niemals wiedersehen, aber sie hatte ihre Gesicht gewahrt.

„Sorge dafür, dass es wie ein Unfall aussieht", fuhr er fort. „Dann wird man dich nicht verhören. Spiel die Rolle der am Boden zerstörten Freundin. Du wirst in ein paar Monaten deinen Abschluss machen. Bereite dich darauf vor, dich von allen anderen Freunden hier zu lösen. Wir werden deinen nächsten Einsatz vorbereiten. Ich habe große Dinge geplant, Lena. Und ich möchte, dass du ein Teil dieser Pläne bist."

Sei dachte an die vergangene Nacht. An seine Haut. An die Gefühle, die er bei ihr auslöste. Aber so war sie nicht. Daran musste sie immer denken. Liebe und Lust waren flüchtig, Pflicht und Ehre hingegen unvergänglich. Lena holte tief Luft, und atmete langsam durch ihre Nase wieder aus. Und entledigte sich auf diese Weise all ihrer Emotionen.

Sie betrachtete den Mann, der ihr gegenübersaß. Sein Einreiher war exquisit. Goldene Manschettenknöpfe und eine

teure Armbanduhr. Er verbrachte viel Zeit in Besprechungs-
räumen und Privatjets – und genau danach sah er aus. Aber
Jinshan war nicht aus geschäftlichen Gründen hier. Welche
Rolle er beim nationalen Geheimdienst ihres Landes spielte,
war ihr immer noch ein Rätsel. Aber ihr war bekannt, dass er
eine sehr hochrangige Position bekleidete. Und sie wusste
auch um seine Loyalität denjenigen gegenüber, die er unter
seine Fittiche nahm – sowie von seinem Ruf, denen, die sich
gegen ihn stellten, mit Brutalität zu begegnen.

Sie hatte keine Wahl. Es war eine weitere Hürde, die sie
nehmen musste. Wie so viele zuvor. Lena versicherte sich,
dass der Barkeeper außer Hörweite war. „Natürlich, Sir. Ich
werde den Befehl unverzüglich ausführen. Ich werde meine
Loyalität meinem Land gegenüber beweisen. Meine Loyalität
gegenüber China.“

---

Am nächsten Morgen betrat David mit roten Augen und
nervös den Hörsaal. Er war zehn Minuten vor dem Beginn der
ersten Veranstaltung da. Lena war bereits auf ihrem üblichen
Platz, in der obersten der tribünenartig angeordneten Sitzreihen. Er versuchte, sie nicht anzusehen, aber er spürte ihren
Blick im Rücken.

Vorne teilte Natesh die Gruppe in Teams auf. Jedem Team
wurde ein Leiter zugewiesen, der ein Blatt Papier mit Anweisungen erhielt. Natesh erklärte, dass kleinere Teams schneller
und qualitativ bessere Ergebnisse lieferten. Nun, da sie ihren
zweiten Arbeitstag auf der Insel begannen, drang Natesh
darauf, die Zeit besser und effizienter zu nutzen. Davids Team
sollte nach Möglichkeiten suchen, die Kommunikationswege
zu unterbrechen.

Bevor sie sich an der Arbeit machten, richtete Lena das

Wort an die Teilnehmer. „Ich muss Ihnen etwas sagen, damit alle im Bilde sind. Bill Stanley hat uns verlassen."

Das war eine interessante Art, es auszudrücken, dachte David.

„Wie meinen Sie das?", fragte Natesh.

„Offenbar ist seine Frau sehr krank", antwortete Lena. „Nach unserem Meeting gestern Abend kam er zu mir. Er bat mich, ihn von dem Projekt zu entbinden, und nach Hause zurückkehren zu können. Wir haben noch einmal bekräftigt, wie wichtig äußerste Geheimhaltung ist und ihn dann ausgeflogen." Während sie sprach, sah sie David an. Als ob sie sichergehen wollte, seine Reaktion auf das Gesagte nicht zu verpassen. Er blinzelte nicht einmal.

In seinem Inneren wollte er jedoch am liebsten herausschreien, dass das eine Lüge war. Zumindest dachte er das. Aber er konnte es nicht beweisen. Er wollte laut rufen, dass er beobachtet hatte, wie Bill ohnmächtig in einen verdächtig aussehenden Hubschrauber verfrachtet worden war. Aber das wäre vermutlich kein guter Schachzug. Nicht, wenn er seine Familie wiedersehen wollte.

Norman Shepherd meldete sich als erster zu Wort. Er war ein stämmiger ehemaliger Marine aus Long Island. David gegenüber hatte er erwähnt, dass er nun für die Reederei Maersk Line arbeitete.

„Sie haben ihn also einfach so ausgeflogen? So eben mal? Mann, heute Abend komme ich vorbei und sage, dass ich einen Ausflug nach Vegas brauche. Wäre das okay? Ich wusste doch, dass ich letzte Nacht einen Heli gehört hatte. Das verdammte Ding war so laut, dass ich dachte, er wäre direkt vor meinem Fenster."

„Ich verstehe. Danke, Lena", meinte Natesh. „Es freut mich, dass Bill seine Frau sehen kann."

Lena nickte. „Ich mich auch. Und bitte, wenn noch

jemand persönliche Probleme hat, um die man sich kümmern muss, zögern Sie bitte nicht, mich darauf aufmerksam zu machen."

„Okay. Dann bitte ich Sie jetzt alle, in Ihre zugewiesenen Teamräume zu gehen", wies Natesh sie an. „Wir treffen uns dann nach dem Mittagessen wieder hier. Falls Sie externe Informationen brauchen, übergeben Sie schriftliche Anfragen bitte an Major Combs oder mich vor dem Mittagessen, das für 11:30 Uhr anberaumt ist. Wir werden uns dann bemühen, alles bis heute Nachmittag zu organisieren."

Die Berater standen auf und verteilten sich auf die verschiedenen Räume. David folgte ihnen.

Er konnte nicht glauben, dass alle Bills Abreise einfach so akzeptierten. Andererseits – warum auch nicht? Schließlich waren sie alle hier, um ihrem Land zu dienen. Lena hatte nichts getan, was sie irgendwie verdächtig machte. Im Gegenteil, sie hatte sich als hilfsbereiter Mensch positioniert, der sämtliche Probleme der Berater lösen konnte. Sie würde Handtücher auf die Zimmer bringen lassen, nebenbei die amerikanische Verteidigung für den Dritten Weltkrieg organisieren, und jeden jederzeit ausfliegen – man musste nur nett fragen. Das Problem war, dass man entweder ohnmächtig oder tot war, wenn man ausgeflogen wurde. Sie war attraktiv und charismatisch, und hatte sich Glaubwürdigkeit erarbeitet. Diese Lüge war jedoch so mühelos über ihre Lippen gekommen, dass David sich unwillkürlich fragte, *was hier sonst noch eine Lüge war.*

Er musste sich weiter bedeckt halten. Egal, ob Lena ihn verdächtigte oder nicht, in ihrer Nähe musste er wachsam bleiben.

Aber insgeheim stellte er nun die Prämisse der Red Cell-Einheit auf dieser Insel in Frage. David hatte die beiden wahrscheinlichsten Szenarien in seinem Kopf ausgearbeitet.

Erstens: Lena war wirklich bei der CIA, wie sie behauptet hatte. Möglicherweise hatte sie Bill wirklich nur aus Geheimhaltungsgründen bewusstlos ausfliegen lassen. Sicher, das wäre eine extreme Maßnahme, aber es steckten keine bösen Absichten dahinter. Wenn es wirklich nur um Geheimhaltung ging, dann war Bill vielleicht in diesem Moment bereits zuhause bei seiner Frau. Vielleicht hatte Lena ihm ein Medikament gegeben, das er freiwillig genommen hatte. *Okay, Bill. Sie können nach Hause zu Ihrer Frau, aber wir müssen Sie in eine Art Dämmerschlaf versetzen, damit sie nichts und niemanden sehen. Sicherheitsprotokoll, Sie verstehen.* Es *hätte* so ablaufen können. Das war das bestmögliche Szenario.

Wenngleich relativ unwahrscheinlich. Es war der Heli, der David beschäftigte. Er sah nicht mal entfernt einem amerikanischen Militärhubschrauber ähnlich. Das hatte auch nicht an dem schlechten Licht gelegen.

Das zweite Drehbuch gefiel David ganz und gar nicht. In diesem Szenario führte eine beunruhigende Frage zur nächsten. Was, wenn Lena nicht von der CIA war? Was, wenn sie nicht einmal Amerikanerin war? Dies würde bedeuten, dass eine andere Nation, mutmaßlich China selbst, die Red Cell-Einheit dafür benutzte, streng geheime Informationen abzugreifen.

Aber warum würde eine Regierung ein so hohes Risiko eingehen? Würde China wirklich nach Ablauf eines Countdowns alle US-Satelliten außer Gefecht setzen? Gab es wirklich Pläne für eine Invasion? Wenn die Antwort darauf ja lautete, dann wäre dies vermutlich ein ausreichender Grund, so viele Amerikaner aus ihrer Heimat zu entführen und auf eine einsame Insel zu bringen.

Was würden Lena und ihre Crew mit David und den anderen Beratern machen, wenn sie hier mit ihrer Arbeit fertig waren? Was, wenn die Berater herausfanden, dass alles nur inszeniert war? David konnte sich nicht vorstellen, wie er und die anderen jemals unbeschadet aus dieser Situation herauskommen sollten. Jeder Geheimdienst würde eine solche Operation unter Verschluss halten wollen – und zwar für immer. Was wiederum bedeutete, dass man sie entweder umbringen oder irgendwo gefangen halten würde, je nachdem, ob es noch einen Verwendungszweck für sie gab.

Lena war definitiv darüber im Bilde, was hier ablief. Aber wer wusste sonst noch davon? David musste herausfinden, wer noch involviert war und was hier gespielt wurde. Und währenddessen musste er weiterhin so tun, als wäre alles in bester Ordnung. Bevor er wusste, wer die Guten waren, durfte er um keinen Preis auffallen.

David verließ den Raum, ohne Lena dabei anzusehen. Er wusste aber nur zu gut, dass sie ihn auf Schritt und Tritt beobachtete. Auch jetzt.

Er ging den tristen Flur entlang. Billige Fliesen und Betonwände. Neonbeleuchtung. Das alles erinnerte David an seine alte Grundschule. Alles war einfach, funktional und sauber. Hinter der dritten Tür auf der linken Seite befand sich ein kleiner Besprechungsraum, in dem Natesh an einem weißen Plastiktisch saß.

Natesh lächelte. „Hallo, David."

„Morgen." Er nickte freundlich. Sogar banale Höflichkeiten fielen ihm schwer nach dem, was er letzte Nacht beobachtet hatte. David biss die Zähne zusammen und setzte sich. Er musste sich irgendwie zusammenreißen.

Dann kamen die anderen drei. Brooke, die Frau, die für die NSA arbeitete. Henry Glickstein, der Telekommunikationsexperte, der ständig Witze riss. David hatte die beiden auf seinem Flug zur Insel bereits kennengelernt. Und nach ihnen kam eine junge Frau, die er noch nicht kannte. Sie hatte kurzes, blondes Haar, mit einem dunklen Haaransatz. Sie sah entschlossen und vital aus. Wie jemand, der unermüdlich versuchte, dem Hamsterrad zu entkommen.

Sie gab David und Natesh jeweils die Hand und stellte sie sich vor: „Hallo, mein Name ist Tess McDonald."

Sie tauschten Höflichkeitsfloskeln aus.

„Und was machen Sie beruflich, Tess?", fragte Natesh.

„Ich bin Beraterin in Boston."

„Ist heutzutage nicht jeder ein Berater?", fragte Henry. „Sogar der Typ in meiner Videothek ist ein Berater. Ich habe mich schon oft von ihm in Sachen Filmtipps beraten lassen."

Tess zog eine Augenbraue hoch, offenbar unschlüssig, was sie von Henrys Humor halten sollte. „Ich habe viele Projekte für das Verteidigungsministerium durchgeführt. Mein Spezialgebiet ist Ostasien, vor allem in Bezug auf Politik und politische Analysen. Und ich habe an vielen Waffenbeschaffungsprogrammen des Ministeriums mitgearbeitet. Unsere Waffentechnologie und ihre Fähigkeiten sind mir also bestens bekannt. Sie sagen mir, was Sie in die Luft jagen wollen, und ich liefere Ihnen die passende Munition. Dazu kann ich die meisten Mitglieder des Politbüros der Kommunistischen Partei Chinas benennen. Meine beiden Fachgebiete passen also sehr gut in dieses Projekt hier. Ich denke, deswegen bin ich hier." Ihr Ton war höflich und geschäftsmäßig. Beinahe so, als würde sie mit einem Kunden sprechen.

„Fantastisch. Nun, wir freuen uns sehr, dass Sie bei uns sind, Tess", erklärte Natesh.

Die fünf Teammitglieder sahen sich einen Moment lang schweigend an, dann übernahm Natesh die Moderation. „Okay, fangen wir an. Heute Vormittag wird unsere Gruppe daran arbeiten, wie man die US-Kommunikationsnetze effizient stören kann. Was müsste China tun? Ich teile die Hypothese von gestern, dass die Unterbrechung der Stromversorgung dafür unabdingbar ist. Also, wie gehen wir vor?"

Jeder rief ihm seine Ideen zu.

David wusste nicht, was er tun sollte. Der offizielle Grund, warum sie hier waren, war seiner Meinung nach nur vorgeschoben. Er war nicht bei der Sache. Und er wollte nichts sagen, was einem potenziell feindlichen Staat helfen könnte, falls ein solcher dahinter steckte. Nach allem, was er in der vergangenen Nacht gesehen hatte, konnte er kaum ohne Gewissensbisse frei sprechen. Also beschloss er, sich zurückzuhalten. Was einfacher war als gedacht, denn die anderen waren redselig.

Henry räusperte sich. „Okay, wo waren wir gestern stehengeblieben? Ich weiß nicht, wie Sie das machen würden, aber ich würde versuchen, die transatlantischen Glasfaserkabel zu durchtrennen, die die Vereinigten Staaten mit dem Rest der Welt verbinden. Wenn ich ein Haus belagern wollte, würde ich die Telefonleitungen kappen. Ich denke, eine kriegsführende Nation könnte das genauso machen."

„Könnte man dazu eine Art Unterwasserbombe verwenden, wie man sie in diesen alten Kriegsfilmen sieht?", fragte Brooke.

Tess meldete sich. „Die Marine verwendet eigentlich keine Wasserbomben mehr. Man musste damit das U-Boot praktisch direkt treffen, um wirklich großen Schaden anzurichten. Während des Kalten Kriegs haben die USA und Russland dann *nukleare* Wasserbomben entwickelt. Aber ich bin mir sicher, dass die inzwischen alle ausgemustert wurden. Die Angreifer wären bei den Einsätzen schließlich auch selbst in eine missliche Lage geraten."

„Okay, aber wenn das die beste Methode ist, um das Problem zu lösen, sollten wir einen Angriff mit Nuklearwaffen in Betracht ziehen", meinte Henry. „Ich wollte nicht der Erste sein, der Atomwaffen ins Spiel bringt, aber wenn wir auf diese Weise die Telefon- und Internetverbindungen verlässlich kappen können, ist das eine vertretbare Vorgehensweise. Bis wir eine bessere Alternative finden, sollten wir nichts ausschließen. Gibt es weitere Vorschläge?"

„Man könnte eines dieser Tiefsee-U-Boote nehmen und mit einer Sprengladung versehen", meinte Brooke. „Es würde vielleicht etwas mehr Zeit und Präzision erfordern, aber andererseits müsste man keine Atombombe direkt unter dem eigenen Schiff zünden. Ich kann mir vorstellen, dass die meisten Seeleute davon wenig begeistert wären ..."

„Ja, ich denke, das hatte Tess mit der misslichen Lage gemeint. Aber wenn das nun mal die beste Option ist, sollten wir sie uns etwas genauer ansehen", antwortete Henry.

„In Ordnung. Dann hätten wir also ein U-Boot, das eine Sprengladung direkt an dem Seekabel anbringt und/oder eine Art nukleare Wasserbombe. In jedem Fall würden wir empfehlen, die Glasfaserkabel zu zerstören, richtig?", fasste Natesh zusammen.

Henry nickte zustimmend. „Das wäre eine effektive Methode, um die Internet- und Telefonkommunikation nach und aus Amerika lahmzulegen."

„Wie viele dieser Seekabel gibt es?", fragte Natesh.

Henry dachte kurz nach. „Ich würde sagen, eine ganze Menge. An beiden Küsten der USA gibt es sicher jeweils über ein Dutzend Landungsstellen. An der Ostküste sind die Wichtigsten sicher New York, Miami und New Jersey. Auch in Kalifornien gibt es unzählige Endstellen. Was die wenigsten allerdings wissen, ist, dass die meisten dieser Kabel in privater Hand sind. Viele der großen Technologie- und Telekommunikationsunternehmen haben eigene Kabel, mit denen sie ihre firmeninternen Daten transportieren. Das macht es effizienter. Und sicherer. Alle diese Kabel verlaufen auf dem Ozeanboden weit voneinander entfernt. Diversifikation."

„Warum?", fragte Brooke.

„Aus Sicherheitsgründen. Wenn bei einer Katastrophe, wie zum Beispiel einem Erdbeben, ein Kabel durchtrennt wird, fangen die anderen Kabel die Last auf. Das macht die Operation logistisch natürlich herausfordernder. Aber letztendlich landen sie an der Küste alle relativ nah beieinander. Wenn man also möglichst viel Bandbreite zerstören will, sollte man es nah am Ufer machen. Das Gebiet, in dem der Sprengstoff eingesetzt werden müsste, wäre kleiner, wenn man den Angriff direkt vor der Küste der USA durchführen würde. Aber man sollte auch an die Kabel denken, die Mexiko und Kanada mit den USA verbinden. Idealerweise würde man auch die durchtrennen. Aber selbst wenn nicht, wäre durch die Zerstörung der Seekabel die erforderliche Bandbreite nicht mehr gegeben und die verfügbare Datenrate würde sinken."

„Ja, das macht Sinn. Lassen Sie uns die Ideen auf Haftnotizen festhalten und an die Tafel kleben. Wir werden später darauf zurückkommen", sagte Natesh. „Kümmern wir uns jetzt um die Kommunikationswege innerhalb der Vereinigten Staaten. Wie würden wir die sabotieren?"

Henry antwortete als erster. „Ich würde die Stromversorgung unterbrechen und alle wichtigen Autobahnkreuze zerstören. Wenn Sie die Stromnetze an genügend Stellen durchtrennen, wird das unweigerlich zu großen Schwierigkeiten führen. Die Generatoren für große Gebäude bekämen ziemlich schnell Probleme mit der Brennstoffversorgung." Er stand auf und ging zu dem kleinen Kühlschrank in der Ecke des Raumes. „Möchte jemand ein Wasser?"

Alle nickten, und Henry warf ihnen Plastikflaschen zu.

„Warum würden Sie die Highway-Knotenpunkte angreifen?", fragte Tess.

„ Postweg?", fragte Natesh.

„Genau. Wegen der Post und auch wegen der mündlichen Übermittlung von Informationen", antwortete Henry. „Wenn Internet und Telefon ausfallen, müssen sich die Leute auf die herkömmliche Weise mit Informationen versorgen: TV oder Radio mit Antenne. Wobei ich denke, dass die meisten Leute gar keine Antennen mehr haben. Außerdem könnte ich mir vorstellen, dass China die großen Medienzentren ebenfalls angreifen würde."

„Für diese Übung sind *wir* die Chinesen. Was also würden *Sie* tun?", fragte Natesh.

David gefiel das nicht.

Henry fuhr fort. „Vermutlich würde ich versuchen, Telefone, Fernseher und Radios vor der Unterbrechung der Stromversorgung durch einen Cyberangriff zu manipulieren. Trotzdem wird es immer die mündliche Informationsverbreitung geben. Wenn wir Reisen über längere Strecken erschweren, können wir den Informationsfluss besser kontrollieren. Somit könnten wir zumindest Teile des Landes während der Invasion länger im Dunkeln lassen."

„Wir sollten auch den Flugverkehr zum Erliegen bringen", schlug Tess vor.

„Zählt das noch zum Thema Kommunikation? Ist das nicht eher etwas, warum sich das Verteidigungsteam kümmern müsste? Ich meine, ich weiß es nicht", warf Brooke ein.

„Betrachten wir es doch einfach als einen weiteren Schwerpunkt und schreiben es dazu. Irgendwelche Ideen, wie man den Flugverkehr stören könnte?", fragte Natesh.

„Wie war das damals in Chicago?", fragte Brooke. „Als der

Flughafen komplett geschlossen wurde, weil der Tower von einem Mitarbeiter sabotiert und dann angezündet wurde? Könnten wir den Flugverkehr lahmlegen, indem wir sämtliche Flugsicherungszentralen unbrauchbar machen?"

Henry dachte nach. „Ja. Ja, das würde wahrscheinlich ziemlich gut funktionieren. Einige Flugzeuge könnten natürlich immer noch nach Sichtflugregeln fliegen. Aber das Gros des kommerziellen Flugverkehrs sind Instrumentenflüge. Das bedeutet, sie brauchen die Flugsicherung. Eine gute Idee. Aber selbst wenn wir nur zwei Drittel der hier besprochenen Maßnahmen durchführen, würde das Land im absoluten Chaos versinken. Das Ausschalten der Satelliten und Datenzentren würde schon viel bewirken. Aber das Durchtrennen der Seekabel und die Sabotage von Drehscheiben wie der Flugüberwachung – das würde unsere Fähigkeit, den Ausfall der Satelliten zu kompensieren, ernsthaft behindern. Stellen Sie sich einen Stadtverkehr ohne Navi und funktionierende Ampelanlagen vor. Völliger Stillstand. Davon reden wir hier."

David musste immer wieder an die vergangene Nacht denken. Vor seinem geistigen Auge sah er, wie Bill über den sandigen Pfad zum Helikopter getragen und hineinverfrachtet wurde. Je mehr Ideen die Berater in diesem Raum produzierten, um die Kommunikationsfähigkeit Amerikas zu untergraben, desto weniger fand er eine vernünftige Erklärung für die nächtlichen Ereignisse. Wenn Lena nicht von der CIA war – wenn sie keine Amerikanerin war –, dann war die ganze Planerei für ein anderes Land. Ihm wurde übel. Am liebsten hätte er geschrien. Stattdessen blieb er stumm und lauschte weiter den Plänen seiner Kollegen.

Pläne.

*Er* hatte noch keinen Plan. Sein Vater hatte David und seinen Geschwistern sicher eine Million Mal gesagt, dass man *immer* einen Plan haben musste. Nachdem Davids Bruder

Chase in Afghanistan angeschossen worden war – es war nur ein Streifschuss, brachte ihm aber trotzdem das Purple Heart ein –, hatte sein Vater den Rat scherzhaft dahingehend abgeändert, dass man stets einen *guten* Plan haben musste. David brauchte also einen guten Plan, und zwar schnell. Wenn jede der Gruppen hier derartige Pläne für eine Invasion der Vereinigten Staaten entwickelte, wollte David sich nicht vorstellen, was passierte, wenn diese Pläne in die Tat umgesetzt werden würden.

Die anderen schienen sein Unbehagen zu spüren. „Sind Sie in Ordnung, David? Sie sind so still", stellte Brooke fest.

„Ja. Tut mir leid, ich bin nur etwas müde. Der Jetlag."

„Vielleicht sollten wir eine Pause machen?", schlug Natesh vor. „Wir haben noch ein paar Wochen vor uns. Sie können sich Zeit lassen, mein Freund."

David wollte nicht weiter auffallen. „Nein, es geht mir gut. Danke." Aber er fühlte sich tatsächlich krank.

Die Gruppe arbeitete noch eine Stunde intensiv weiter. Natesh verstand es, Ideen aus ihnen herauszukitzeln. David tat sein Bestes, so wenig wie möglich beizutragen. Die Stimmung lag irgendwo zwischen Trübsinn und Aufregung. Die Berater arrangierten sich langsam mit dem Ausmaß der Bedrohung. Seltsamerweise schien die Gruppe Gefallen daran zu finden, einen Kriegsplan auszuarbeiten. Es war eine interessante und intellektuelle Herausforderung für Menschen, die sich mit diesem Thema bisher nur theoretisch beschäftigt hatten.

Nach der ersten Stunde machten sie eine kleine Pause. Alle standen auf, streckten sich oder besuchten die Toilette. Auch andere Gruppen waren auf dem Korridor und unterhielten sich. Es hatte etwas von einer High School. Die Berater der Red Cell waren wie die Kids, die sich zwischen den Unterrichtsstunden auf dem Gang trafen und miteinander abhingen. Einige erkundigten sich, woran die anderen Teams arbeiteten.

David und Brooke kehrten als Erste in den Besprechungsraum zurück. Die anderen standen noch auf dem Flur.

„Wie geht es Ihrer Familie?", fragte Brooke.

David sah sie ausdruckslos an.

„Ach, ja. Keine Telefone. Sorry. Ich bin sicher, es geht ihnen gut. Tom hat bestimmt mit Ihrer Frau gesprochen. Es geht bestimmt allen gut." Sie schien viel zu reden, wenn sie nervös war. „Was sagten Sie noch, wie viele Kinder Sie haben?"

„Wir haben zwei kleine Mädchen", antwortete er und lächelte höflich. Er dachte an seine Kinder, und sein Lächeln erstarb. „Wenn das, was wir hier diskutieren, wirklich Realität würde ..."

Brooke presste ihre Lippen fest zusammen und sah ihn verständnisvoll an. Dann schüttelte sie den Kopf. „Ich weiß. Allein die Dinge, die wir eben besprochen haben ... Ich will mir das gar nicht wirklich vorstellen. Mein Großvater war im Zweiten Weltkrieg. Ich habe viele Bücher darüber gelesen. Über Nacht hat sich damals die ganze Welt verändert. In Autofabriken wurde plötzlich Militärausrüstung hergestellt. Dutzende Millionen Menschen sind umgekommen. Die Gräueltaten, die auf der ganzen Welt verübt wurden. Ich meine, können Sie sich so etwas in der heutigen zivilisierten Gesellschaft vorstellen?"

„Das hängt wohl davon ab, was Sie unter einer zivilisierten Gesellschaft verstehen."

„Wie meinen Sie das?"

„Ich denke, dass man viele der Deutschen, die an den Gräueltaten des Holocaust beteiligt waren, davor als zivilisiert beschrieben hätte. Zivilisiert kann vieles bedeuten. Sie waren vielleicht höflich, freundlich, reinlich, wohlhabend oder anständig. Aber als sie während des Krieges in eine Uniform und mit anderen in eine Gruppe gesteckt wurden, und man ihnen auftrug, einen Schalter zu betätigen, haben sie es getan. Krieg und Gruppendenken können furchtbar Dinge bewirken ..."

Sie sah ihn entsetzt an. „Nun, ich würde niemals –"

„Ich bin sicher, Sie würden es nicht tun, Brooke. Nicht nach allem, was Sie jetzt wissen und wie Sie wahrscheinlich erzogen wurden. Alles, was ich sage ist, dass Menschen – unter bestimmten Umständen – Dinge tun können, die sie zuvor für unmöglich gehalten hätten. Im Zweiten Weltkrieg hat sogar unser Land, das meiner Meinung nach immer mit den besten Absichten handelt, Dinge getan, die von unserem heutigen Standpunkt aus unvorstellbar sind. Denken Sie nur an die Brandbomben und Hiroshima. Es fällt mir immer noch schwer, die Prämisse dieses Projektes zu akzeptieren. Ich denke, wir produzieren hier Papier, das dann in einer Schublade verschwinden wird. Vielleicht hoffe ich auch einfach nur, dass es so sein wird. Denn diese Pläne, die wir hier schmieden, das ist wie der Zweite Weltkrieg in Neuauflage. Nur dass dieses Mal unser Land das Schlachtfeld sein würde."

„Ich denke, Sie sehen das etwas zu düster. Sicher, wenn man hier in diesem klimatisierten Raum sitzt und Ideen generiert, dann fällt es schwer, sich die Eintrittswahrscheinlichkeit dieser Szenarien vorzustellen. Vielleicht liegt es daran. Wie Sie sagten – vielleicht glaube ich einfach nicht, dass so etwas wirklich passieren könnte. Denken Sie wirklich, dass es so hart käme? Dass die Chinesen tatsächlich einmarschieren würden?"

David wollte ihr erzählen, was er in der vergangenen Nacht beobachtet hatte, entschied sich aber dagegen. Stattdessen sagte er: „Vor ein paar Jahren habe ich diese Reporterin gesehen, die über ihre Zeit in Ruanda berichtet hat. Sie hat Interviews mit Menschen gemacht, die in den Genozid dort verwickelt waren. Dabei hat sie mit beiden Seiten, den Hutus und den Tutsis, gesprochen. Bevor die Gewalt losbrach, waren sie Nachbarn, sogar Freunde gewesen. Sie hat mit einem Mann gesprochen, der sein eigenes Patenkind getötet hat. Auch Jahre danach konnte er nicht erklären, warum er es getan hatte und was über ihn gekommen war."

Brooke schlug eine Hand vor ihren Mund.

„Es war, als wären plötzlich alle verrückt geworden. Ich denke, so ist es, wenn das eigene Land zum Kriegsschauplatz wird. Menschen werden zu Tieren. Sie wägen nicht mehr ab. Hören auf zu denken. Handeln impulsiv. Folgen oft schlechten Impulsen. Ich glaube, Krieg ist wie eine Seuche. Wenn er in ein Land getragen wird, infiziert er die Menschen, die dort leben."

„Und wie denken Sie über das, was wir hier gerade tun? Zu planen, wie China uns angreifen könnte – tragen wir zum Ausbruch dieser Seuche bei? Oder helfen wir, sie zu verhindern?", fragte sie.

„Ich glaube, es gibt so etwas wie einen gerechten Krieg. Und dass die Vereinigten Staaten immer versucht haben, aus den richtigen Gründen und ehrenhaft zu kämpfen", antwortete David. „Ich weiß, dass wir unsere Soldaten dazu ausbilden, ihre Befehle auch kritisch zu hinterfragen und für eine gerechte Sache zu kämpfen. Aber Brooke, nur unter uns, ich bin mir nicht sicher, ob das, was wir hier tun, in diesen moralischen Werten verwurzelt ist."

„Was meinen Sie damit?"

Sie hörten, dass die anderen sich dem Raum näherten.

David errötete. Er wusste nicht, was er sagen sollte. Also klopfte er ihr nur unbeholfen auf die Schulter und sagte: „Nun – ich bin noch nicht bereit, darüber zu sprechen. Ich erkläre es Ihnen später. Vertrauen Sie mir. Wir sollten das fürs Erste für uns behalten, okay?"

Er sah die Verwirrung in ihren Augen. Dann nickte sie und flüsterte: „Natürlich."

Als die anderen den Raum betraten, wandte Brooke sich gedankenverloren ab. David kam zu dem Schluss, dass er ihr vertrauen konnte. Ihr Auftreten hatte ihn überzeugt. Er wusste nicht, wann er die Gelegenheit dazu bekommen würde, aber er musste ihr erzählen, was mit Bill geschehen war. Jetzt brauchte er nur noch einen Plan.

## 6

„Die zwei mächtigsten Krieger sind Geduld und Zeit."

*—Leo Tolstoy*

David Manning wachte um fünf Uhr auf. Eine Woche. Er war seit einer ganzen Woche auf dieser Insel. Während dieser Zeit hatte er sich bedeckt gehalten und nur wenig beigetragen. Nur so viel, dass er den anderen nicht verdächtig erschien. Die ganze Woche hatten sie in separaten Teams gearbeitet. Er hatte nur Gerüchte darüber gehört, an was die anderen Gruppen arbeiteten. Major Combs entschied, dass es aus Sicherheitsgründen besser war, diese Informationen voneinander getrennt zu halten. Natesh hatte zwar protestiert, wurde aber von Lena überstimmt. Der Flurfunk funktionierte trotzdem. Die Berater waren größtenteils aus demselben Holz geschnitzt. Ex-Militärs, Regierungsbeamte und Manager aus der mittleren Führungsebene. Sie waren es gewohnt, dass es so viele

Regeln gab, dass man unmöglich alle davon befolgen und gleichzeitig seinen Job erledigen konnte. Deshalb sprachen sie natürlich während der Pausen und Mahlzeiten miteinander.

Auf diese Weise kamen David die anderen Plänen zu Ohren. Die Pläne für einen Krieg im Pazifik. Die Pläne für eine Invasion der Vereinigten Staaten. Die psychologischen Operationen vor dem eigentlichen Krieg. Sie dachten an alles. Es war zwar nur ein erster Entwurf, und es mussten noch viele Einzelheiten ausgearbeitet werden – aber die Berater dieser Red Cell-Einheit waren scharfsinnig und extrem sachkundig. Mit jedem neuen Detail, das David mitbekam, machte er sich mehr Sorgen darüber, für wen diese Informationen letztlich bestimmt waren.

David hatte noch nie jemanden verletzt. Er hatte sich zum Militärdienst verpflichtet – wenn auch nur für kurze Zeit –, um sein Land zu verteidigen und zu beschützen. Er wusste nicht, ob er fähig war, jemandem wehzutun. Aber je mehr er über die Geschichte mit Bill nachdachte, desto sicherer war er, dass sein Leben in Gefahr war. Und je mehr er über die Kriegspläne hörte, desto mehr sorgte er sich um das zukünftige Wohlergehen seiner Familie.

Dieser Stress forderte seinen Tribut. Er aß kaum noch etwas. Er konnte nicht mehr richtig schlafen. Er konnte sich nicht daran erinnern, wann er das letzte Mal gebetet hatte, bevor er auf diese Insel kam; aber nun betete David jede Nacht in der Stille seines Zimmers. Er merkte, dass ihm etwas fehlte, das ihm zuhause immer beim Stressabbau geholfen hatte.

In der letzten Nacht hatte er beschlossen, die Sportschuhe zu benutzen, die sie ihm in seinen Seesack gepackt hatten, und war laufen gegangen. Er musste einmal richtig ins Schwitzen kommen. Das würde verhindern, dass er träge wurde und ihn gleichzeitig davon abhalten, vor Sorgen verrückt zu werden.

Da sich nichts anderes anbot, drehte David Runden auf der 1600 Meter langen Landebahn. Immerhin konnte er sich so einen Überblick über den Stützpunkt verschaffen.

Es war schwül, und vom Meer kam eine leichte Brise. Alles, was er hörte, waren seine Schritte auf dem Asphalt und das rhythmische Brechen der Wellen. Als es zu dämmern begann, wurde er Zeuge eines atemberaubend schönen Sonnenaufgangs.

Er wischte sich den Schweiß, der ihm von der Stirn in die Augen lief, mit dem Unterarm ab. Seine Schritte waren groß, sein Atem ging gleichmäßig. Die Sonne stieg am Horizont immer höher. David war mit seinem Laufprogramm beinahe durch und fühlte sich gut.

Die Piste war wie seine persönliche Laufbahn. Er absolvierte eine weitere Bahnlänge und überquerte die Endmarkierung der Landebahn, den Blick dabei auf das Meer gerichtet. Er würde ein letztes Mal rechts abbiegen und die Strecke in Richtung der Gebäude zurücklaufen. Aber noch war er etwa gute 1500 Meter von Lena, dem Hörsaal und allem entfernt, was mit dieser Red Cell-Einheit zu tun hatte.

Gerade als er umdrehen wollte, fiel ihm in der Nähe des Wassers etwas auf.

Der Zaun.

Der Stacheldrahtzaun verlief U-förmig um den Stützpunkt und die Landebahn, wobei die Ausläufer des U im Abstand von etwa 1,5 Kilometern im Ozean mündeten. Der Zaun war zwischen drei und fünf Meter hoch und hatte rasiermesserscharfe Stacheln. Entlang der Umzäunung waren der Dschungel gerodet und der Boden verbrannt worden, wodurch auf beiden Seiten ein etwa zweieinhalb Meter breiter Pfad entstanden war. Rechts und links dieser von Menschenhand geschaffenen Schneise war dichter Urwald. Der staubige Korridor wurde auf seiner Seite des Zauns durch mehrere Hektar Dschungel begrenzt, die man hatte stehen lassen. Der halbkreisförmige Streifen Buschland, circa 800 Meter tief, stieg sanft in Richtung der etwa 1200 Meter entfernt gelegenen Bergspitze an. Er erstreckte sich vom entlegenen Ende der Landebahn bis hinter den Gebäudekomplex auf der anderen Seite. David nahm an, dass er dort landen würde, wenn er dem schmalen Pfad folgte. Aber das war es nicht, was ihn stutzig machte.

Das Merkwürdige war, dass dieser Zaun überhaupt existierte.

Erst kürzlich hatte er ein Buch über eine Stadt gelesen, die von einer Mauer umgeben war. Es war ein Science-Fiction-Roman, in dem die ganze Stadt von einem elektrischen Zaun und großen Kiefern umschlossen war. Der Autor zitierte einen Vers von Robert Frost, an den David nun denken musste. Er besagte, dass es nur zwei Gründe gab, eine Mauer zu bauen: Um etwas fernzuhalten – oder um etwas einzuschließen.

Rings um sie herum war Wasser. Kies, versengte Erde und Beton hielten die tropische Flora in Schach, die die Stützpunktgebäude und die Landebahn zu überwuchern drohte. Wozu also brauchte man auf einer Insel einen mit Stacheldraht bewehrten Zaun? *Außer es gab noch etwas auf dieser Insel, dass die Leute nicht sehen sollten ...*

Der Zaun führte geradewegs ins Meer und wurde immer niedriger, bis er etwa fünfzehn Meter vom Ufer entfernt von grünblauem Salzwasser überspült wurde. Man konnte also, wenn man wollte, diese fünfzehn Meter hinausschwimmen und so den Zaun überwinden.

David verspürte plötzlich den Drang, zusätzlich zu seinen morgendlichen Läufen sein Schwimmtraining wieder aufzunehmen. Aber nicht heute. Die Sonne war aufgegangen, und er musste sich rechtzeitig wieder zu seiner Teamsitzung einfinden. Morgen würde er früher aufstehen. Er musste es machen, solange es noch dunkel war. So wie während der ersten zwanzig Minuten seines heutigen Lauftrainings.

Er erreichte die hintere Ecke der Startbahn, machte eine 90-Grad-Kehre und setzte das letzte Teilstück in Richtung der Gebäude fort. Sein Herzschlag wurde schneller. Der Gedanke, dass er die Regeln brechen und vielleicht neue Hinweise entdecken würde, war aufregend. Er würde nicht herumsitzen und darauf warten, dass Lena und die anderen Organisatoren über sein Schicksal entschieden. Er würde handeln. Die Kontrolle übernehmen. Langsam fühlte er sich besser.

Dann sah er sie.

Ein zweites Paar Füße schloss sich dem Rhythmus von Davids Schritten auf dem Asphalt an. Er sah hoch und wischte sich abermals den Schweiß von der Stirn. Lena. Sie lief in die entgegengesetzte Richtung auf der anderen Seite der Landebahn. Sie trug ein eng anliegendes schwarzes Oberteil und sehr knappe graue Laufshorts. Ihr langes, dunkles Haar war zu einem Pferdeschwanz zusammengebunden, der ebenso schweißnass war wie ihre Haut. Ihre durchtrainierten Beinmuskeln spielten bei jedem Schritt. Sie lief wie eine olympische Langstreckenläuferin und hielt mühelos ein Tempo, das für David eher wie ein Sprint aussah. Aber irgendetwas sagte ihm, dass sie immer so schnell unterwegs war. Er war froh, dass sie auf der gegenüberliegenden Seite joggte. Er lief gern allein und wollte nicht von einer Frau abgehängt werden. Vor allem nicht von einer, die eventuell vorhatte, ihn umzubringen.

Lena winkte ihm zu. Kein Lächeln. Nur ein wachsamer, halb amüsierter Blick. Als ob sie etwas wusste, von dem er keine Ahnung hatte. Als versuchte sie, herauszufinden, ob er eine Bedrohung darstellte. Er bedachte sie mit einem unbeholfenen Nicken und musste seine ganze Willensstärke aufbringen, um sich nicht nach ihr umzudrehen, als sie ihn passierte. Der Klang ihrer Schritte ging langsam im allgegenwärtigen Tosen und Plätschern der Wellen unter.

Als er ein paar Minuten später die Ansammlung von Gebäuden am anderen Ende der Landebahn erreichte, ließ er es langsam austrudeln. Kies und Sand knirschte unter seinen Schuhen, als er den schmalen Pfad hinunter zum Strand in der Nähe seines Quartiers entlang ging. Die Sonne stand bereits hoch am Himmel. David dehnte seine Muskeln und wartete, bis sich seine Atmung wieder normalisierte. Schweiß tropfte von seiner Stirn auf seine Nase und landete im dunklen Sand zu seinen Füßen.

Er fragte sich, warum der Sand hier eine so grauschwarze Farbe hatte. Der einsame Berg auf dieser Insel sah seiner Meinung nicht wie ein Vulkan aus. Vielleicht konnte es einer der Wissenschaftler in der Gruppe erklären.

Ein paar Augenblicke vergingen, während derer er sich dehnte und versuchte, zu meditieren. David kontrollierte seine Atmung und tat sein Bestes, um seinen Stress loszulassen. Die großartige Aussicht half ihm dabei. Trotz allem, was hier vor sich ging, fand er Trost in der Einsamkeit eines tropischen Strandes nach einem ausgiebigen Morgenlauf.

„Darf ich mich Ihnen anschließen?"

Er hatte sie nicht kommen hören. Konnte sie wirklich so schnell bis zum Ende der Landebahn und wieder zurückgelaufen sein?

„Guten Morgen, Lena."

„Ich wusste gar nicht, dass Sie ein Läufer sind. Wie lange waren Sie auf der Strecke?", fragte sie.

Er warf einen Blick auf seine Armbanduhr. „Fünfzig Minuten."

Er atmete immer noch schwer. So sehr er es auch

versuchte, ihm fiel nichts Belangloses ein, das er hätte sagen können.

Sie setzte sich neben ihm in den Sand, streckte ein Bein aus und beugte den Oberkörper nach vorne.

„Ein schöner Morgen zum Laufen, finden Sie nicht?"

„Ja. In der Tat."

„Ich bin früher viel mehr gelaufen als in letzter Zeit. Die Arbeit hält mich davon ab."

Er antwortete nicht.

„Aber ich konnte einem guten Strandlauf nie wirklich widerstehen", erklärte sie. „Ich habe im College Leichtathletik gemacht. Mittelstrecke. Und Sie?"

„Im College? Da war ich im Segelteam."

„Verstehe. Welche Boote haben Sie gesegelt? Kleine Jollen? Oder was Größeres?"

„Die Schiffe hatten etwas mehr als dreizehn Meter", antwortete er.

„Ah. Ich verstehe. Und sind Sie mit den Booten weit hinausgefahren?"

David sah sie verwirrt an. Was sollte dieses Gerede? Worauf wollte sie hinaus? „Ähm, ja. Natürlich."

Ihre Augen waren kalt. „David, ich werde Ihnen einen Rat geben. Bitte stellen Sie sich vor, dass diese Insel eines jener Schiffe aus Ihrer College-Zeit ist. Es entfernt sich immer weiter von der Küste und kommt in ein Unwetter. Jeder an Bord ist Teil des Teams, nicht wahr? Jeder an Bord hat eine bestimmte Aufgabe zu erfüllen. Wenn das Team nicht gut zusammenarbeitet, könnte es für die andern sehr gefährlich werden. Und es ist durchaus möglich, dass die *gesamte* Besatzung über Bord geht und vom Meer verschlungen wird."

David sah sie still an.

Sie fuhr fort. „Aber wenn alle das tun, was sie sollen, wird das Boot sicher in den Hafen zurückkehren. *Verstanden?*"

Er nickte. „Ja. Ich kann Ihnen folgen." Ihm schoss das Blut ins Gesicht.

„Hervorragend", sagte sie mit einem gelassenen Blick.

David sah sich kurz um und dann auf seine Uhr. Anschließend räusperte er sich und sagte: „Nun, ich mache mich besser auf den Weg. Wir sehen uns später."

Sie lächelte ihn an. „Ich freue mich darauf." Wieder sah sie ihm direkt in die Augen, bevor sie ihre Dehnübungen fortsetzte.

Er sagte nichts mehr, stand auf und ging.

Lena sah ihm hinterher und dachte an einen anderen Lauf am Wasser, der schon ein paar Jahre zurücklag.

---

Dreißig Minuten später hatte David geduscht und trug ein Paar Khakis und ein Poloshirt. Er sah Natesh zur Cafeteria gehen und schloss zu ihm auf.

„Guten Morgen, David. Auf dem Weg zum Frühstück?"

„Hi, Natesh. Ja, genau."

Natesh blickte auf die Schweißperlen auf Davids Stirn. „Sie sehen aus, als hätten sie gerade trainiert."

„Oh. Ja. Ich bin heute Morgen gelaufen. Manchmal dauert es etwas, bis sich mein Puls wieder beruhigt. Besonders bei dieser Hitze. Lassen Sie uns die klimatisierte Cafeteria gehen. Das sollte helfen."

Sie gingen über den Kiesweg in Richtung Speisesaal. Der Geruch von Würstchen und Kantinenessen lag in der Luft.

Ein paar Augenblicke später gesellten sie sich zu Henry Glickstein, der bereits an einem Tisch Platz genommen hatte. Glickstein schien einer der wenigen Leute auf der Insel zu sein, der seinen Spaß hatte. Beinahe alle anderen beschwerten sich darüber, dass es kein Internet und keinen Fernseher gab.

Sie vermissten ihren Familien und die von zuhause gewohnten Annehmlichkeiten. Und dann war da Glickstein, der immer Scherze machte und versuchte, Leute für die abendliche Pokerrunde zu motivieren, die er ins Leben gerufen hatte. Für gewöhnlich endeten die Sitzungen und Workshops erst um 22 oder 23 Uhr. David hatte keine große Lust, nach einem ganzen Tag voller Besprechungen auch noch Karten zu spielen. Und nach dem, was er beobachtet hatte, war er auch nicht in der Stimmung für Späße. Alles war er wollte, war schlafen. Und fliehen. Trotzdem schien Henry ein netter Kerl zu sein. Zumindest versuchte er nicht, jemanden umzubringen.

„Na ja, nicht jeder hat Geld dabei", erklärte Henry gerade, „daher haben wir detaillierte Schuldscheine angelegt, damit jeder weiß, wie viel er mir schuldet, wenn wir zurück in die Staaten fliegen."

David musste lächeln. Das war eine kleine, aber willkommene Ablenkung von seinen Sorgen bezüglich Lena und ihren Pläne.

„Oh. Nein, danke. Ich wäre sicher kein guter Gegner. Ich weiß nicht mal, wie man das spielt", lehnte Natesh ab.

„Machen Sie Witze?", fragte Henry. „Typen wie Sie sind normalerweise die besten Pokerspieler! Und *definitiv* die Art von Leuten, mit denen mir das Spielen am meisten Spaß macht. Wenn Sie Angst haben, Ihr eigenes Geld zu verspielen, kann ich Ihnen zwanzig Dollar zu einem Zinssatz von nur fünfzig Prozent leihen. Auf diese Weise schulden Sie mir schon Geld, bevor ich Sie abzocke. Das wird großartig. Es ist wie bei den Kids, denen ich Zigaretten verkaufe – die Erste geht immer aufs Haus. "

„Wem gehören die Karten?", fragte David.

„Um ehrlich zu sein, wir mussten sie selbst mit Stiften und Papier aus dem Hörsaal basteln", erklärte Henry. „Und den meisten Herz- und Bildkarten hat Brooke bereits Eselsohren verpasst, diese Falschspielerin. Trauen Sie ihr nicht. Ich glaube, sie hat kanadisches Blut. Wie auch immer. Ihr Jungs solltet mitmachen. Das wird toll. Tagsüber planen wir den Dritten Weltkrieg und bei Nacht lassen wir ein bisschen Dampf beim Kartenspielen ab. Wir haben noch zwei freie Plätze. Also, was meinen Sie?"

Natesh lachte und hob seine Hände. „Ich gebe auf. Ich werde da sein. Ist vielleicht eine gute Ablenkung."

David wollte ablehnen, entschied sich aber um. Wenn er etwas mehr Zeit mit einigen der Leute verbrachte, würde er vielleicht herausfinden, wem er vertrauen konnte. Und eine Kartenrunde hinter verschlossenen Türen war unter Umständen ein guter Vorwand, um sich mit ein paar Verbündeten zu treffen.

„Klar. Ich bin auch dabei", antwortete er.

„Wunderbar", freute sich Henry. „Also, Natesh, was steht heute auf der Agenda?"

„Nun, ich denke, wir haben die nächste Planungsphase erreicht. Heute sollten wir damit beginnen, Ziele zu priorisieren, uns auf eine Methodik zu einigen und die Aktivitäten der verschiedenen Teams miteinander zu verknüpfen."

„Und wie machen wir das?", fragte David.

„Eines der Ziele unseres Teams war es zum Beispiel, das Internet lahmzulegen. Wir haben darüber diskutiert, die Seekabel im Atlantik und im Pazifik zu zerstören und die Stromversorgung innerhalb der Vereinigten Staaten zu unterbrechen. Ich werde nun versuchen, unsere Ziele mit denen der anderen Teams in Einklang zu bringen. Wenn mehrere Teams ebenfalls die Stromversorgung angreifen wollen, dann sollten wir unsere Energie darauf konzentrieren – unbeabsichtigtes Wortspiel inklusive. Nach dem Motto: Zwei Fliegen mit einer Klappe schlagen. Wenn wir die Wahl haben,

entweder die Stromversorgung oder die Tiefseekabel anzugreifen, sollten wir Prioritäten setzen. Sinn der Übung ist es,
die Effizienz zu maximieren. Soll heißen, die Ziele mit der
höchsten Priorität mit dem geringsten Aufwand und
möglichst einfach zu erreichen."

Der Geräuschpegel in der Cafeteria war hoch. Etwa fünfzehn Berater aßen und unterhielten sich. Hinter der Essensausgabe spülten zwei Angestellte dreckige Töpfe und Pfannen.
David sah, wie Major Harold Combs, der Air Force-Offizier,
der sie am ersten Tag in Empfang genommen hatte, die Cafeteria betrat. Er schnappte sich ein Plastiktablett, belud seinen
Teller und setzte sich an den Tisch, der am weitesten von
ihrem entfernt war. Er aß allein, wie immer. Alle paar
Sekunden ließ der Major seinen Blick durch den Raum glei-
ten, wie ein Gefängniswärter, der seine Häftlinge beobachtete.

Henry nickte. „Das Beispiel wirft eine Frage herauf. Was
ist mit der Zeit nach einem Angriff? Würden die Chinesen
wirklich alle Seekabel zerstören wollen, die ihr Land mit den
USA verbinden, wenn sie vorhaben, die Vereinigten Staaten
zu besetzen? Ich denke, eher nicht."

„Das ist etwas, worüber wir heute reden müssen", antwortete Natesh. „Die Teams für psychologische Operationen und
Kommunikation müssen die Langzeitziele festlegen. Ich weiß,
Lena sagte, wir würden die Einzelheiten einer möglichen
Besetzung der USA in der dritten Woche besprechen; aber ich
denke, wir alle erkennen, dass unsere Entscheidungen in
dieser Phase des Projekts die Ergebnisse der folgenden Phasen
beeinflussen werden."

David trank Orangensaft mit zerstoßenem Eis aus einem
Plastikbecher. Effiziente Pläne, erarbeitet von einigen unserer
besten Experten. Langsam geriet es außer Kontrolle. Er
musste jemandem erzählen, was er gesehen hatte und was er
dachte. Er brauchte einen Verbündeten. Und zwar bald.

Henry wandte sich an Natesh, „Man hat uns gesagt, dass wir uns an Sie oder an den Major wenden sollen, wenn wir externe Informationen benötigen, richtig? Sie müssen mir später ein paar Informationen aus dem Internet besorgen. Ich werde Ihnen aufschreiben, was genau ich brauche."

„Klar, kein Problem. Was benötigen Sie?", fragte Natesh.

„Detaillierte Karten mit dem Verlauf der Tiefseekabel", antwortete Henry. „Ich möchte eine Analyse der als Ziel geeigneten Standorte durchführen. Aber dafür brauche ich diese Karten. Können Sie die mir besorgen?"

„Ich denke schon. Ich werde vor unserer Pause heute Nachmittag danach sehen."

David versuchte, unschuldig zu klingen. „Natesh, ich bin nur neugierig. Sie sind doch ein Experte, wenn es um Computer geht. Sind die Firewalls, die auf den Rechnern im Kommunikationsgebäude aktiviert wurden, wirklich so gut? Ich meine, es erscheint doch wenig effizient, dass Sie diese zensierte Suchfunktion benutzen müssen, um Informationen zu erhalten. Könnten Sie sich nicht – zum Beispiel – ins reguläre Internet hacken und darüber kommunizieren?"

Natesh grinste ihn an. „Nun, natürlich werde ich das hiesige Protokoll befolgen. Viele der Informationen, die wir hier benötigen, unterliegen der Geheimhaltung. Die Mittelsmänner, über die wir diese Daten erhalten, beantragen sie über bestimmte Kanäle. Aber, ja, ich denke, die Sicherheitsvorkehrungen sind eher rudimentär. Ich bin mir ziemlich sicher, dass ich sie umgehen könnte, wenn ich es wollte."

„Okay, verstehe. Das ergibt Sinn. Ich war nur neugierig", antwortete David.

Natesh tippte den Code in das Codeschloss des Kommunikationsgebäudes und hörte das Piepen, gefolgt von dem obligatorischen Klicken, als die Tür sich entriegelte. Er zog die schwere Metalltür auf, ging hinein und machte sie hinter sich zu. Mit einem scharfen, metallischen Geräusch fiel sie wieder ins Schloss.

In den Sonnenstrahlen, die durch die schmalen Schlitze hoch oben in den Betonmauern einfielen, tanzten Staubkörnchen. Es gab zwei Computer. Major Combs saß an einem davon und tippte eifrig. Er machte sich nicht die Mühe, Natesh zu begrüßen und hob nur kurz den Kopf. Was dieser als unhöflich empfand. Aber das passte zu dem, was er bisher vom Major mitbekommen hatte. Er war ungesellig. Natesh ging hinüber zu dem freien Rechner.

Der Major war zusammen mit den Beratern in den Baracken untergebracht, wurde von Lena aber anders behandelt. Er hatte bislang immer allein gegessen, selbst wenn andere ihn aufgefordert hatten, sich ihnen anzuschließen. Sein Verhalten legte nahe, dass er sich nicht mit dem normalen Volk verbrüdern wollte. Er erweckte den Eindruck, dass er sich für etwas Besonderes hielt. Er lächelte nie und sprach nur dann mit ihnen, wenn es unumgänglich war. Im Gegensatz zu den anderen Militärangehörigen in der Gruppe, die alle bei der ersten Gelegenheit auf bequemere Zivilkleidung umgestiegen waren, bestand der Major darauf, weiterhin seine blaue Air Force-Uniform zu tragen. Sie sah aus, als hätte er extra ein Bügeleisen mitgebracht, um sie jede Nacht zu glätten.

Es war die Pistole, die Nateshs Aufmerksamkeit erregt hatte. Es war eine von der Air Force ausgegebene Beretta M9, die am meisten genutzte Handfeuerwaffe des US-Militärs. Eine halbautomatische 9 mm Pistole, die ein herausnehmbares Magazin mit 15 Schuss und eine effektive Reichweite von fünfzig Metern besaß. Das Holster befand sich an Major Combs' Gürtel. Natesh hatte bemerkt, wie mehrere Mitglieder der Gruppe die Pistole mit unbehaglichen Blicken gemustert hatten. Wozu er hier eine Waffe benötigte, erschloss sich Natesh nicht. Aber offenbar hatte Lena ihn gebeten, sie zu tragen.

Der Major war für die Verwaltung der Red Cell-Einheit zuständig. Genau wie Natesh, hatte man ihm einige Spezialaufgaben übertragen. Dazu zählte die Nutzung des Kommunikationsraums für die Internetrecherche sowie die Überwachung des E-Mail-Verkehrs. Deshalb saß Natesh nun in einem kleinen Raum aus Beton, direkt neben einem bewaffneten, asozialen Mann, und tippte etwas in seinen Computer.

Er beschloss, freundlich zu sein, egal wie sein Gegenüber drauf war. „Hallo, Major. Schön, Sie zu sehen. Wie war Ihr Tag bislang?"

Der Major hörte kurz auf zu tippen und sah Natesh über den Rand seiner Brillengläser hinweg an. „Guten Tag", antwortete er, um sich gleich darauf wieder seiner Tastatur zu widmen.

Natesh verdrehte seine Augen. So viel dazu.

Er blickte auf den Monitor, auf dem nur zwei Symbole zu sehen waren. Unter einem stand *SUCHEN*, unter dem anderen *E-MAIL*. Natesh fand schnell heraus, dass die Suchfunktion nicht sehr nützlich war. Wer auch immer ihren Internetzugang kontrollierte, hatte einen so großen Bereich des Internets geblockt, dass eine organische Suche eigentlich schon gar keinen Sinn mehr machte. Natesh hatte großes Talent im Umgang mit Computern. Er hegte keinen Zweifel, dass er die Firewall spielend überwinden konnte, wenn er es darauf anlegte. Aber man hatte ihn gebeten, die Regeln einzuhalten. Daher zog Natesh seinen Notizblock hervor, den er in den Teamsitzungen benutzte, und schrieb stattdessen eine E-Mail.

*Von: Natesh Chaudry*
*An: Red Cell Support Center*
*Betr.: Tag 7 – Informationsanfrage*

*Ich bitte um folgende Informationen:*
*- Geokoordinaten aller Glasfaser-Tiefseekabel, die in den USA landen (Karte bevorzugt)*
*- Fähigkeiten/Eigenschaften chinesischer Wasserbomben – sind sie in der Lage, Seekabel zu zerstören? Verfügt China über atomare Wasserbomben? Gibt es Sicherheitsbedenken für das absetzende Schiff?*
*- Informationen über alle wichtigen Sendemasten für Fernsehen und Radio in den USA: Frequenzbereiche, Stromversorgung, Sicherheitsvorkehrungen, Standorte*
*- Informationen über die Umwandlung von Schiffscontainern in Personenunterkünfte. Ist es möglich, große Frachtschiffe in Truppentransporter umzubauen? Bitte übersenden Sie Pläne dieser Schiffe und Beispiele für vergangene Umrüstungen. Bitte schicken Sie auch Zeichnungen von Frachtcontainern und die Namen chinesischer Hersteller.*

Dann klickte er auf *SENDEN.* Erwartungsgemäß würden die Informationen innerhalb einer Stunde eintreffen. Der Empfänger reagierte meistens sehr schnell. Natesh sah auf seine Uhr. Beinahe Mittagszeit. Er beschloss, die Information nachmittags abzuholen und dann an die Teams zu übergeben.

Er warf einen kurzen Blick über die Schulter des Majors, der gerade eine E-Mail las.

*Von: Red Cell Support Center*
   *An: Major Harold Combs*
   *Betr.: Wetter-Update*

*Witterungsverhältnisse innerhalb der nächsten 24 Stunden gut. Nach 48 Stunden Wetterverschlechterung, dadurch Unterstützung der Basis nur noch bedingt möglich (Level 3 = gering). Tropischer Wirbelsturm #16 trifft mit 50%iger Wahrscheinlichkeit auf Red Cell-Stützpunkt. Bitte benachrichtigen Sie den Verantwortlichen des Stützpunktes und bestätigen Sie Ihre Absichten.*

Die E-Mail enthielt zudem eine Karte, aus der ersichtlich wurde, dass der Tropensturm auf die Insel zukam. Das Seltsame an der Karte war, dass sie bearbeitet worden war. Abgesehen von der Insel war darauf nirgendwo Land zu erkennen. Natesh konnte anhand dieser Karte nicht herausfinden, in welchem Teil der Welt sie sich gerade aufhielten. Diese Leute waren verrückt, wenn es um das Thema Sicherheit ging.

„Erwarten wir schlechtes Wetter?", fragte Natesh.

Major Combs drehte sich um und grinste ihn spöttisch an. „Sie sollten Ihre Augen besser auf *Ihren* Monitor richten."

Natesh legte seinen Kopf schief. „Hey, wir sind doch alle im selben Team. Kein Grund, sich aufzuregen. Was sagt der Wetterbericht?"

Der Major sah immer noch verärgert aus, lenkte aber ein. „Sie reden schon seit unserer Ankunft davon. Irgendein tropischer Sturm, den sie beobachten. Sie waren sich zunächst nicht sicher, ob er in unsere Richtung kommt. Aber jetzt scheint es so, als ob er uns erwischen könnte. So wie es aussieht, ist übermorgen mit den stärksten Auswirkungen zu rechnen. An diesem Tag könnte es für das Versorgungsflugzeug schwierig werden, uns zu erreichen. Aber das sollte kein großes Problem sein."

„Sind tropische Stürme nicht immer ein großes Problem, wenn man auf einer kleinen Insel sitzt?", fragte Natesh.

„Seien Sie kein Feigling." Der Major wandte sich wieder seinem Monitor zu.

„Intelligenz ist nicht dasselbe wie Feigheit, *Harold*", antwortete Natesh. „Verraten Sie mir, an was Sie sonst noch arbeiten? Ich bin der Moderator. Also habe ich doch ein Recht, das zu erfahren. Was für Informationen sollen Sie für die Gruppen beschaffen?"

Der Major bedachte Natesh mit einem zornigen Blick. Offenbar war er nicht geneigt, Informationen freiwillig herauszugeben. Er mochte es auch nicht, dass sich ein indisch-amerikanischer Jungspund Anfang zwanzig auf seinen Position berief. Die beiden starrten sich einen Moment regungslos an.

Schließlich sagte der Major: „Okay. Ich recherchiere etwas für das Verteidigungsteam. Sie haben sich auf die Kriegsführung zu Wasser konzentriert. Dafür benötigen sie Reichweiten, Frequenzbereiche von Sensoren, Tiefen, Untiefen, Grenzwerte, Fähigkeiten. Die Art von Dingen, die ihr Zivilisten nicht verstehen würdet. Militärkram eben."

Natesh war sich nicht sicher, ob Major Combs ihn persönlich nicht mochte, Zivilisten nicht mochte, oder einfach generell ein Arschloch war. Aber so machte er sich keine Freunde. Eine Stimme sagte Natesh, er solle es gut sein lassen. Er würde alle Informationen später am Tag während der Teambesprechung sowieso erhalten. Aber er war auch wütend, dass der Major sich mit ihm anlegte. Er beschloss, Druck zu machen.

„Welche Art von Militärkram? Was ist das Ziel Ihrer Anfrage?"

Der Major verdrehte die Augen, seufzte und sagte dann: „Nun, das Ziel eines Seegefechts ist es, das wichtigste Schiff des Gegners auszuschalten. In diesem Fall hat sich die Gruppe, die den Plan für einen Pazifikkrieg ausarbeitet, schnell auf die Zerstörung der amerikanischen Flugzeugträger konzentriert."

„Und was kam dabei heraus? Gibt es eine bevorzugte Vorgehensweise?", erkundigte Natesh sich weiter.

„Es gibt sogar zwei Methoden. Eine ist eher altmodisch, während wir die andere als die ‚Play-Action'-Methode bezeichnen."

„Bitte sprechen Sie weiter. Ich muss das wissen, Major."

Der Major grinste. „Nun, es verhält sich so. Der altmodische Weg, eine hochwertige Einheit zu zerstören, ist ein U-Boot-Angriff. Er ist schwer aufzuhalten und höchst effektiv. Die Chinesen verfügen über Dutzende U-Boote, und einige davon haben Atomantrieb. Das macht einen Unterschied, denn Atom-U-Boote haben eine enorme Reichweite. Letztere wird nicht dadurch eingeschränkt, dass sie immer wieder tanken müssen, wie ihre dieselbetriebenen Cousins. Sie brauchen nur Nachschub an Lebensmitteln und anderen Vorräten. Auch das ist keine einfache Aufgabe, wenn man versucht, unentdeckt zu bleiben. Aber die Chinesen haben erst kürzlich ihre Fähigkeit unter Beweis gestellt, ihre U-Boote über große Entfernungen einzusetzen. Sehr große Entfernungen. *Transatlantische* Entfernungen. Das ist ein schwieriges Unterfangen. Aber das steigert ihren Wert immens. Wenn es ihnen gelingen sollte, diese U-Boote in Reichweite der Torpedos an unsere Häfen zu bringen, wäre es theoretisch möglich, dass sie unsere Flugzeugträgerflotte außer Gefecht setzen. Und schlimmer."

„Was könnte noch schlimmer sein als das?", fragte Natesh. „Und haben wir keine Flugzeugträger in Übersee? Vielleicht im Nahen Osten?"

„'Noch schlimmer als das' kann viele Dinge bedeuten, wenn ein feindliches Schiff direkt vor der Küste der Vereinigten Staaten mit Marschflugkörpern ausgerüstet ist", antwortete der Major. „Und, ja. Wir haben Flugzeugträger in Übersee. Wir bezeichnen sie als *im Einsatz*. Das US-Militär hat jederzeit eine große Anzahl an Waffen und Truppen im Einsatz. Tatsache ist, dass unsere fähigsten und kampfbereiten Schiffe beinahe ständig im Einsatz sind. Bedingt durch die Kriege, die wir geführt haben und das hohe Einsatztempo, mit dem unser Militär Schritt halten muss, befindet sich das, was zuhause übrig bleibt, normalerweise in der Ausbildung oder wird gewartet. Aber das Team hat einen Plan ausgeheckt, um das zu umgehen. Nämlich die Play-Action-Methode. Sie ist wirklich ziemlich brillant. Lena hat auch ein paar Ideen dazu beigesteuert. Die Mitglieder des Teams haben dann den Rest erledigt, indem sie die Punkte miteinander verbunden haben."

„Was waren das für Ideen?"

„Play-Action bezieht sich darauf, das amerikanische Militär zu täuschen. Der Begriff kommt aus dem Football. Er bezeichnet das Antäuschen eines Laufspiels, und wenn die gegnerische Verteidigung entsprechend darauf reagiert, wirft man einen langen Pass. Darauf hat sich das Team festgelegt. Das amerikanische Militär soll sich auf *eine* Verteidigungsstrategie festlegen, sozusagen erstarren, während China dann das Hauptziel angreift, das in diesem Fall weniger geschützt ist."

„Ich kann Ihnen nicht ganz folgen." Das stimmte nicht, Natesh kannte die Taktik. Sie ähnelte der, die er mit der

Gruppe am ersten Tag diskutiert hatte. Aber der Major war in seinem Element, und auf diese Weise konnte Natesh ihm weitere Details über den Plan entlocken.

Der Major schüttelte den Kopf und lächelte. Er schien wirklich Spaß daran zu finden. Als wäre es eine Art Spiel für ihn.

„Wir haben doch bereits darüber gesprochen", erzählte der Major. „Die Chinesen sollen einen inszenierten Krieg anzetteln. Die Vereinigten Staaten gegen den Iran. Darauf hatten wir uns doch verständigt."

„Sind die Berater sicher, dass es der Iran sein soll?"

„Sie sind sich ganz sicher. Aber es geht nicht darum, welches Land wir auswählen. Entscheidend ist, dass die Vereinigten Staaten einen Großteil ihrer Streitkräfte in den Nahen Osten verlagern – wieder einmal – um gegen den Iran zu kämpfen. Es gibt noch vieles zu planen, und wir müssen noch mehr ins Detail gehen. In diesem Szenario gäbe es noch immer ein vernünftiges Kontingent an Schiffen im Pazifik und stationierte Truppen im Rahmen unserer Militärallianzen mit Südkorea und Japan."

Natesh sagte: „Ich habe die Dokumente dazu gelesen. Diese Militärbasen sind ziemlich groß. Und die US-Pazifikflotte verfügt über sehr viele Schiffe und U-Boote. Ich kann mir nicht vorstellen, dass ein Krieg gegen den Iran die Streitkräfte von diesen Stützpunkten abziehen würde."

„Nein, das würde nicht passieren. Aber es wäre hilfreich. Und hier kommt diese ARES-Software ins Spiel. Sie schaltet das GPS aus, und die Chinesen werden, so vermuten wir, einen Cyberangriff auf unsere Kommunikationswege starten. Der Play-Action-Plan sieht auch einen EMP-Angriff vor."

„EMP?"

„Elektromagnetischer Puls. Sagt Ihnen das etwas?"

„Ja."

„Nun, dann wissen Sie, dass man damit elektronische Geräte zerstören kann. Die US-Pazifikflotte wäre damit hilflos. Die Chinesen würden ihre eigenen Schiffe natürlich vorher aus dem Zielgebiet entfernen, damit sie nicht beschädigt werden. Nach einem solchen EMP-Angriff senden die Chinesen ihre Flotte dann in den Ostpazifik und an viele andere Zielorte. Und die chinesischen U-Boote fänden nach dem EMP-Angriff statische, quasi wehrlose Ziele vor."

„Könnte das wirklich funktionieren? Ich bin da etwas skeptisch. Haben die Chinesen wirklich die Fähigkeiten dazu?"

„Skeptisch? Seien Sie nur skeptisch. Aber die Chinesen arbeiten schon seit Jahrzehnten an diesen Waffen."

„Sie klingen, als würden Sie sie bewundern."

Combs schüttelte angewidert den Kopf. „Nun, ich bewundere vielleicht, dass sie sich um ihr Militär kümmern. Während wir unseres durch Budgetkürzungen und Missmanagement ruinieren. Jedenfalls hat mich das Pazifik-Team um weitere Informationen gebeten. Ich brauche nur noch ein paar weitere Angaben zu den genauen chinesischen EMP-Fähigkeiten. Sobald ich ihnen die Daten gegeben habe, werden einige der Red Cell-Wissenschaftler die Zahlen später auswerten. Die Ingenieure meinten, es wäre relativ einfach nachzubauen und zu programmieren, wenn sie nur die richtigen Informationen hätten. Und die Jungs vom Militär haben uns beinahe alle Details gegeben, die wir brauchen, um unsere Flugzeugträger gegen eine solche Bedrohung verteidigen zu können."

„Nun, deswegen sind wir hier", antwortete Natesh. „Das Auffinden dieser Schwachstellen wird uns später bei der Planung der eigentlichen Verteidigung helfen, nicht wahr?"

Der Major bedachte ihn mit einem seltsamen Blick, fast so, als wäre das gar nicht so wichtig.

„Stimmt", sagte er nur.

Brooke mischte die Karten, als wäre sie ein Dealer in Las Vegas. Nachdem Henry herausgefunden hatte, dass Norman Shepherd Spielkarten dabei hatte, lud er ihn sofort in die Gruppe ein. Es war 22:30 Uhr, und sie saßen alle auf dem hässlichen Teppich in Brookes Zimmer. Am Abend zuvor hatte sie noch allein mit Henry bei offener Tür gespielt. Sie war gezwungen gewesen, sich seine Geschichten über seine Sportwagenkollektion und diverse Ex-Frauen anzuhören. Sie mochte ihn, er war ein lustiger Kerl. Aber obwohl er unterhaltsam und ein ordentlicher Pokerspieler war, war sie doch froh, heute mehr Teilnehmer vorzufinden.

Glickstein hatte David, Natesh und Norman tatsächlich rekrutiert. Die abendliche Teamsitzung war gerade vorbei, und sie hatten beschlossen, eine Stunde zu spielen, bevor sie zu Bett gingen. Da es kein Internet, kein Fernsehen und kein Telefon gab, war dies das bestmögliche Unterhaltungsangebot. Sie hatten noch fast drei Wochen vor sich. Und bei dem Tempo, mit dem sie an dem Projekt arbeiteten, konnten alle eine kleine Verschnaufpause brauchen.

Norman hatte aus mehreren Rollen Klebeband, Papier und einem schwarzen Filzstift behelfsmäßige Chips gebastelt. Man konnte sie nicht wirklich gut stapeln, wie Brooke es gerne bei ihren Pokerrunden nördlich von Fort Meade tat, aber sie erfüllten ihren Zweck. Vor ihr lag ein Berg Chips mit dem höchsten Wert. Der Rest der Gruppe hatte nicht so viel Glück gehabt.

„Hey, Brooke", sagte Norman, „du solltest darüber nachdenken, bei der NSA zu kündigen und professionelle Pokerspielerin zu werden." Sie waren während des Spiels zum Du übergegangen.

Sie lächelte. „Ach was. Die NSA hält mich bei Laune."

„Klar, es macht dir Spaß, meine E-Mails zu lesen", meinte Glickstein.

„Okay, nachdem wir alle für dieselbe Geheimhaltungsstufe ermächtigt sind, interessiert mich Folgendes brennend", sagte Norman. „Lest ihr wirklich alle E-Mails? Und hört ihr wirklich alle Telefonate ab?"

Brooke verdrehte ihre Augen. „Mach dich nicht lächerlich. Wir lesen *nicht* alle E-Mails. Nur die von Glickstein."

Henry grinste wissend. „Ich wusste es."

Brooke nahm erfreut zur Kenntnis, dass sich sogar David entspannte. Wenn auch nur ein bisschen. Er hatte in den vergangenen zehn Minuten mehr gelächelt als den ganzen Tag über in ihrer Teamsitzung. Sie hatte den Eindruck, dass er wirklich nicht hier auf der Insel sein wollte. Und etwas sagte ihr, dass es nicht nur daran lag, dass er seine Familie vermisste. Sie konnte Menschen gut einschätzen. Er hatte ihr gegenüber neulich diese seltsame Bemerkung gemacht, aber ihre Unterhaltung nie fortgeführt. Was hatte er noch gesagt? Irgendetwas darüber, dass er den Grund, warum sie hier waren, nicht glaubte. Sie machte sich eine geistige Notiz, um ihn später darauf anzusprechen.

Henry warf zwei zerknitterte Papierchips in die Mitte und sagte: „Erhöhe um zwanzig Dollar."

„Passe."

„Passe."

„Ich gehe mit", sagte Natesh.

„Ich auch", meinte Brooke und warf ihrerseits zwei Chips in die Mitte.

Die drei Spieler zeigten ihre Karten. Natesh schlug die beiden anderen mit einem weiteren Full House. Daraufhin brach ein Gewirr an Wutschreien, Flüchen und Gelächter aus. Es tat gut, mal loszulassen.

Während Brooke die Karten mischte, sagte Henry: „Also, Natesh, gib's zu, du hast deinen Internetzugang hier genutzt, um Online-Poker zu spielen."

„Haha. Nein, mein Freund. Der Major und ich sind da drinnen ganz professionell. Tut mir leid", antwortete Natesh.

„Wie geht es dem Major denn so?", wollte Henry wissen. „Der Typ scheint ein ziemliches Arschloch zu sein, wenn ihr mich fragt. Sorry für den Ausdruck. Ich sollte vermutlich nicht schlecht über ihn reden. Ich kenne ihn ja gar nicht. Aber er spricht nie mit jemandem. Und er tut immer so, als wäre er etwas Besseres. Und warum trägt er immer diese Waffe bei sich? Was will er damit? Uns erschießen, wenn wir aus der Reihe tanzen?"

„Er ist von der Air Force", meinte Norman. „Ich denke, er würde dir eher die Haare kämmen, als dich zu erschießen."

Henry lachte spöttisch. „Jetzt mal ernsthaft, Natesh. Was hat er für ein Problem?"

Natesh zuckte mit den Schultern. „Sein Problem? Ich weiß es nicht. Er arbeitet ziemlich eng mit Lena zusammen. Ich denke, sie wollte jemanden, der als eine Art Sicherheitsmann fungiert. Für alle Fälle."

„Hmph", grunzte Henry.

Brooke beobachtete die beiden. Sie war es gewohnt, an ihrem Arbeitsplatz von bewaffneten Sicherheitskräften umgeben zu sein. Das beunruhigte sie nicht weiter. Davids Gesicht wurde wieder fahl. Was bereitete ihm so große Sorgen?

„Habt ihr schon von der Strategie des PSYOP-Teams gehört, einen Krieg gegen den Iran anzufangen? Sie haben 9/11 analysiert und sind zum Schluss gekommen, dass der schnellste Weg, uns in einen Krieg mit dem Iran zu stürzen, ein Terrorangriff auf die Vereinigten Staaten wäre. Dieser müsste so grausam und emotional aufgeladen sein, dass die Menschen Vergeltung forderten", erklärte Norman.

„Was genau ist der Plan?", fragte David.

Norman schüttelte den Kopf. „Dieser Typ – Dr. Creighton. Sie nennen ihn Dr. Evil. Der Kerl ist ein richtiger Freak. Keine Ahnung, wo sie den gefunden haben. Er hatte die Idee, einen massiven Verkehrsstau auf dem Autobahnring um D.C. zu verursachen."

„Ähm – tut mir leid, Leute, ich sage es ja nur ungern. Aber der Beltway ist ein Synonym für Stau", erklärte Brooke.

„Im Grunde hat er einen terroristischen Angriff geplant", meine Norman. „Er will einen riesigen Stau verursachen. Dann sollen mehrere Teams von Terroristen mit Handfeuerwaffen durch den stehenden Verkehr laufen und die Menschen in ihren Autos erschießen. Seiner Meinung nach wären die Verluste sehr hoch, wenn das Timing stimmt. Und rund um D.C. wären zwangsläufig auch einige hochrangige Regierungsmitglieder oder deren Familien oder Mitarbeiter unter den Opfern. Dr. Evil hat auch erwähnt, dass er *Schulen* angreifen würde."

„Schulen? Was ist das denn für ein kranker Plan?", fragte Henry entsetzt.

„Ja, Schulen. Aber nicht irgendwelche Schulen. Christliche Schulen. Die Idee war, dass es nach einer religiös motivierten Tat aussehen sollte. Er meinte, wenn man den Anschlag auf dem Autobahnring zeitgleich mit den Angriffen auf die Schulen durchführte, wäre eine großangelegte militärische Reaktion geradezu garantiert, schon allein weil sie die ganze Nation in Wut versetzen würden. Die Menschen würden Vergeltung fordern und Druck auf die Politiker ausüben, damit diese lieferten."

„Das ist verabscheuungswürdig", stieß Brooke aus. „Es ist

mir peinlich, dass eine unserer Gruppen so etwas überhaupt vorgeschlagen hat. Ich dachte, es würde hier darum gehen, wie China uns angreifen würde. Darum sind wir doch hier, nicht wahr? Sollten wir uns nicht auf den militärischen Konflikt mit den Chinesen konzentrieren? Wie ist eine der Gruppen nur darauf gekommen, einen Angriff auf Schulen zu planen?"

„Na ja, eigentlich ist es das, was von uns erwartet wird", meinte Norman. „Sie wollten, dass wir einen Weg finden, so viel Schaden wie möglich zu verursachen, damit China auf so wenig Widerstand wie möglich trifft."

Brooke sah David an. Er hatte Familie in dieser Gegend und beobachtete die anderen nervös. Mehrmals öffnete er seinen Mund, als wollte er etwas sagen, schloss ihn dann jedoch wieder und blickte zu Boden.

„Leute ...", begann David schließlich.

„Brooke, ich weiß, was du meinst", sagte Natesh. „Aber die Aufgabe besteht darin, den effektivsten und effizientesten Plan für China zu erstellen. Und sie suchen nach einem Weg, das amerikanische Militär auszuschalten."

„*Leute*", begann David erneut.

„Es ist trotzdem ekelhaft. Ich weiß nicht, ob ich an solchen Gesprächen teilnehmen möchte", antwortete Brooke.

„Ja, Bill hatte Glück, dass er nach Hause durfte", warf Henry ein.

David nahm einen weiteren Anlauf. „Leute, *ich muss euch etwas Wichtiges sagen.*"

Brooke und die anderen sahen David an, der wieder auf den Boden starrte. Offenbar rang er um die richtigen Worte.

„David, was ist los?", fragte Brooke.

David hob seinen Kopf und sagte: „Ich glaube nicht, dass Bill es nach Hause geschafft hat."

Brooke runzelte die Stirn. „Wovon redest du?"

„Ich habe etwas gesehen. In jener Nacht. Als Bill ausgeflogen wurde."

Brooke konnte erkennen, dass er verstört war. Er hatte wieder diesen bedrückten Gesichtsausdruck, den sie schon so oft bei ihm gesehen hatte.

„David, was? Was hast du gesehen?", fragte Norman.

David schwieg, drehte sich um und sah zur Tür. Sie stand noch einen Spalt breit offen. Er stand auf, schloss sie und setzte sich wieder auf seinen Platz. Die anderen beobachteten ihn mit wachsendem Interesse.

Natesh legte seine Hand auf Davids Schulter. „David, du bist hier unter Freunden. Was auch immer dich bedrückt, du kannst uns vertrauen."

„Es tut mir leid. Ich muss darüber reden, aber was ich sage, darf diese vier Wände nicht verlassen."

„Kein Problem", antwortete Henry. „Wir sind hier unter uns. Heraus damit. Was stimmt nicht?"

„Es war, als der Helikopter kam. In der Nacht, in der Bill abreiste. Es war spät. Mitten in der Nacht. Ich konnte nicht schlafen. Jetlag oder so. Ich weiß nicht, warum, aber ich beschloss, einen kleinen Spaziergang zu machen. Vermutlich habe ich immer noch an meine Familie gedacht und wollte den Kopf freibekommen. Ich dachte, ein Spaziergang würde helfen …"

„Und was hast du gesehen?", fragte Brooke.

„Ich habe gesehen, wie Lena Bill zum Hubschrauber gebracht hat. Es war dunkel, und irgendetwas stimmte nicht. Ich vermute, ich hatte einfach Schwierigkeiten, das alles zu glauben. Als ich hörte, dass die Tür des Kommunikationsgebäudes geöffnet wurde – ich war ganz in der Nähe –, hab ich mich hinter ein paar Büschen versteckt. Niemand hat mich gesehen. Wie gesagt, es war dunkel …"

„Du hast dich vor ihr versteckt?", fragte Norman.

„Wie gesagt, etwas fühlte sich nicht richtig an. Jedenfalls sah ich, wie sie Bill herausgezerrt hat. Er war bewusstlos."

„Was?" Brooke schlug eine Hand vor ihren Mund.

Henry hob seine Hand. „Pst. Lasst ihn ausreden."

David fuhr fort. „Ich weiß nicht, ob er tot war. Aber er konnte definitiv nicht selbst gehen. Lena hat sich mit einem Typen aus dem Helikopter getroffen, und ist mit ihm gemeinsam ins Gebäude gegangen ..."

Norman wurde lauter und sprach mit ernster Stimme. „Moment. Warte mal. Du sagst, er war *bewusstlos*? Was zum – warum hast du das nicht schon früher erzählt?!"

„Lass ihn ausreden", meinte Henry mit sanfter Stimme.

„Entschuldigt. Es tut mir leid, dass ich es euch nicht schon eher erzählt habe. Aber ich habe Angst vor dem, in das wir hier hineingeraten sein könnten. Ich habe beobachtet, wie Lena zum Helikopter ging und mit einem Mann zurückkam, der einen Helm und eine Uniform trug –"

„Welche Farbe hatte die Uniform?", fragte Norman schnell.

„Das konnte ich nicht erkennen. Es war dunkel. Aber die beiden sind ins Gebäude gegangen und mit Bill wieder herausgekommen. Jeder von ihnen hatte sich einen von Bills Armen um die Schultern gelegt. Auf diese Weise haben sie ihn zum Hubschrauber geschleift. Dann kam Lena zurück, und der Helikopter stieg auf. Ich habe eine Weile gewartet, bevor ich mich bewegt habe. Ich wollte kein Risiko eingehen und auf keinen Fall entdeckt werden. Und ich wusste einfach nicht, was ich von dem Ganzen halten sollte. Ich beobachtete, wie sie wieder ins Kommunikationsgebäude ging. Nach weiteren zehn Minuten, als ich der Meinung war, die Luft sei rein, ging ich schnurstracks zurück auf mein Zimmer. Aber sie hatte mich wohl doch gesehen –"

„*Was?* Was hat sie getan?", wollte Brooke aufgeregt wissen.

„Sie kam in die Baracke, als ich gerade die Tür zu meinem Zimmer aufschloss. Sie hat gefragt, ob ich draußen war, was ich verneinte. Aber ich glaube, sie wusste, dass ich gelogen hatte. Sie – sie hat etwas Sand von meinem Hemd abgewischt und ist wieder gegangen."

Henry hob eine Faust an seinen Mund und presste die Lippen gegen den Daumen. Er sah gedankenverloren aus.

Brooke beugte sich mit offenem Mund nach vorne. „Warum sollte sie Bill etwas antun? Warum sollte sie das tun?"

Natesh war der ruhigste der Gruppe. „David, bist du sicher, dass es dafür keine vernünftige Erklärung gibt?"

Die anderen blickten Natesh an, und dann David.

„Ich habe sie heute Morgen getroffen. Ich war laufen. Auf der Landebahn", sagte David.

„Du bist Laufen gegangen?", fragte Norman. „Als Training? Nachdem du gesehen hast, was sie Bill angetan hat?"

„Zunächst einmal habe ich nicht gesehen, dass sie Bill etwas angetan hat. Aber es hat mich wahnsinnig gemacht, nicht darüber reden zu können. Es klingt vielleicht seltsam, aber ich bin eben ein Sportfanatiker. Ich brauchte meinen Schuss, so wie ein Raucher im Stress seine Zigarette braucht."

Norman verdrehte seine Augen und sagte: „Ja, ich kannte solche Typen bei den Marines. Egal. Das ist echt eine harte Nummer, Mann. Erstens: Pass auf dich auf. Und zweitens: Du hättest es uns sagen sollen. Also was zum Teufel ist passiert, als du sie heute Morgen getroffen hast?"

„Zuerst gar nichts", antwortete David. „Sie lief einfach an mir vorbei in die andere Richtung. Aber dann kam sie zu mir rüber, als ich nach dem Laufen meine Dehnübungen gemacht habe. Es war eine seltsame Unterhaltung. Sie sagte, ich solle meine Arbeit machen und nicht – wie hat sie es ausgedrückt? – für Aufruhr sorgen, oder so was. Im Grunde genommen hat sie mir zu verstehen gegeben, dass ich meinen Mund halten soll. Leute, ich vertraue ihr nicht. Ich habe wirklich versucht, einen vernünftigen Grund für das zu finden, was ich in dieser Nacht beobachtete habe. Aber mir ist keiner eingefallen. Ich musste es jemandem erzählen. Ich fange langsam an zu glauben –"

„Was glaubst du?", fragte Brooke.

„Du fängst an, zu glauben, dass diese Operation nicht legitim ist, oder?", meinte Henry.

David nickte. „Richtig. Ich konnte den Helikopter nicht sehr gut sehen. Aber ich komme aus einer Navy-Familie. Meine Schwester ist Hubschrauberpilotin bei der Marine. Und ich schwöre, dass dieses Ding weder aussah wie einer von uns, noch sich so angehört hat."

„Es muss eine logische Erklärung dafür geben", beharrte Natesh.

Sie hatten angefangen zu flüstern. Brooke hörte ein paar Stimmen im Korridor vor der Tür. Leute gingen auf ihre Zimmer.

„Okay", begann Brooke, „denken wir logisch darüber nach. Was sind die Fakten?"

„Nun, Bill ist weg. Das ist eine Tatsache", antwortete Henry.

„Natesh, wie lange kennst du Lena schon?", wollte David wissen.

„Eine Woche. Vielleicht zehn Tage", antwortete Natesh.

„Bist du dir sicher, dass sie die ist, für die sie sich ausgibt?"

Die anderen sahen Natesh an. Vielleicht fragten sie sich, ob er mit Lena unter einer Decke steckte. Brooke hielt es für unwahrscheinlich. Er war noch nicht mal dreißig. Ein Unternehmer. Ein Unternehmensberater. Das konnte nicht sein. *Oder?*

Natesh sagte: „Wenn wir uns an die Fakten halten, dann lautet die Antwort Nein. Sie ist vor etwa zehn Tagen an mich herangetreten, zuerst per Telefon. Danach haben wir uns einmal in einem angemieteten Büro in der Bay Area getroffen."

Norman wandte sich an David. „Also, David – du denkst, dass sie gar nicht bei der CIA ist?"

„So, wie ich es sehe, könnte es zwei Gründe geben, warum sie Bill auf diese Weise entfernt haben", zählte David auf. „Erstens: Lena und dieses ganze Projekt sind sauber. Sie ist von der CIA, aber aufgrund der Geheimhaltungsstufe dieser Operation haben sie Bill während des Transports sediert. So, als würden sie ihm einen Sack über den Kopf stülpen, damit er nichts sieht. Zweitens: Lena und dieses ganze Projekt sind nicht legitim. Dann müssen wir mit allem rechnen. Und diese ganzen Pläne, die wir hier erstellen, sind noch beängstigender."

„Heilige Scheiße. Heilige Scheiße ...", entfuhr es Norman. Er sah sich im Raum um, als wollte er etwas kaputt schlagen.

Henry blieb gefasst, was in starkem Kontrast zu seinem sonst so humorvollen Wesen stand. „Ich stimmte dir zu. Abgesehen von diesen beiden Varianten scheint wenig anderes Sinn zu machen. Lasst uns Szenario Nummer zwei genauer unter die Lupe nehmen. Nehmen wir an, Lena, diese Insel, die Operation – alles nur erfunden. Was ist der Ansatz?"

Brooke dachte nach. Ihr Blick wanderte wild umher und blieb schließlich an der Decke hängen. „Okay, hört zu. Ich arbeite schon seit Wochen an ähnlichen Operationen. Fakt ist: Jinshan und die chinesische Invasion sind real. David, du hast doch an dieser Cyberwaffe gearbeitet, auf die sie angeblich Zugriff haben. ARES, richtig? Wir wissen, dass das ebenfalls real ist. Warum sollte uns jemand auf diese Insel bringen, wenn nicht, um die Verteidigung gegen einen chinesischen Angriff zu planen?"

„Aber wir planen nicht die Verteidigung", warf David ein, „wir planen *den Angriff*."

„Also – arbeitet Lena in Wahrheit für ...", begann Brooke.

Henry nickte. „Sag es."

„ ...China", vervollständigte Brooke ihren Satz.

Alle waren still.

„Das wurde alles von China inszeniert?", fragte Brooke. „Aber dann können wir auf nichts vertrauen, was Lena uns erzählt hat. Gibt es wirklich einen Countdown für den Einsatz von ARES?"

„Die eigentliche Frage ist doch", warf Henry ein, „erstellen die Chinesen tatsächlich Angriffspläne? Wenn die Antwort Ja ist, um was geht es dann bei dieser Red Cell-Einheit? Wollen sie so vor einem Angriff noch zusätzliche Informationen sammeln?"

„Ich bin noch nicht überzeugt; aber ich denke, es wäre klug, alle Möglichkeiten zu untersuchen", antwortete Natesh.

„Also, ich will nicht rassistisch sein oder so", sagte Henry, „aber Lena ist Asiatin. Wahrscheinlich chinesischer Abstammung. Ganz offensichtlich könnte man da eine Verbindung herstellen. Ich weiß, ethnisches Profiling sollte man unterlassen, aber – es ist doch schon beinahe *zu* offensichtlich. Alle Angestellten hier sind ebenfalls Asiaten. Es besteht eine große Wahrscheinlichkeit, dass wir hier mitten im Pazifik sind, verdammt noch mal. Ich meine, wenn man es so betrachtet, fange ich an, mich wie ein Idiot zu fühlen! Sie haben uns praktisch ins Sheraton von Peking befördert und lassen uns Fragebögen zu Amerikas Schwächen ausfüllen."

„Okay, beruhigen wir uns", sagte Natesh. „Lena ist *eine* Person. Wenn es niemand sonst macht, werde ich eben den Anwalt des Teufels spielen. Ich bezweifle stark, dass es im Bereich des Möglichen liegt, dass die chinesische Regierung uns alle mit nur einem einzigen Mitglied ihres Geheimdienstes hierher verfrachten würde."

„Dem stimme ich zu. Aber das bedeutet noch nicht, dass das hier nicht von den Chinesen inszeniert wurde", antwortete David. „Für mich bedeutet das nur, dass wir uns vorsehen müssen. Sie würden so etwas nicht in die Wege leiten und Lena dann vollkommen allein mit uns auf dieser Insel lassen, oder? Das wäre zu riskant. Also – wer hilft ihr sonst noch?"

Sie sahen sich gegenseitig an.

„Der Major? Der Kerl ist verdammt seltsam", sagte Norman.

Brooke nickte zustimmend. „Und er war von Anfang an hier. *Und* er trägt eine Pistole. Ich könnte mir das vorstellen. Außerdem hat er Zugang zum Kommunikationsgebäude."

„So wie ich", stellte Natesh klar.

Die anderen waren still.

David brach das unbehagliche Schweigen. „Sorry, Natesh. Ich wollte nur ..."

„Ist schon in Ordnung. Nur zu, seid weiter misstrauisch. Fragt mich, was ihr wollt. Wenn ich an eurer Stelle wäre, würde ich es auch tun. Das ist vernünftig. Aber ich kann euch garantieren, dass ich definitiv kein chinesischer Spion bin. Ich bin kein Verräter."

Er sagte die Wahrheit. David konnte es in seinen Augen sehen. „Niemand beschuldigt dich, ein Verräter zu sein", antwortete er. „Aber was hältst du vom Major?"

Natesh zog eine Grimasse. „Ich – ich kann es nicht beweisen."

„*Was* kannst du nicht beweisen?", fragte Brooke

„Es ist nur so ein Gefühl", meinte Natesh. „Als ob er das alles zu sehr genießt. Er hat Spaß daran, Teil eines Teams zu sein, das die Vereinigten Staaten austrickst."

„Genau das hat man auch über Robert Hanssen gesagt",

warf Brooke ein. „Der FBI-Agent, der für die Russen spioniert hat. Er hat es nicht wegen des Geldes getan. Er hat es gemacht, weil es seinem Ego geschmeichelt hat. Denkst du, Combs ist genauso?"

Norman antwortete. „Er ist ziemlich alt für den Rang eines Majors. Vielleicht war er ja früher mal bei der Armee und ist ausgeschieden. Aber wenn nicht, dann wurde er des Öfteren bei Beförderungen übergangen. So jemand wäre irgendwann sicher verärgert und enttäuscht. Aber das bedeutet noch lange nicht, dass er ein Verräter ist."

„Nein", sagte Henry. „Aber vielleicht hat Lena das ausgenutzt, um ihn anzuwerben."

„Wir sollten bedenken, dass das alles nur Spekulationen sind", mahnte Natesh.

„Dass Bill bewusstlos in einen Helikopter gezerrt wurde, ist Spekulation?", fragte Norman.

Natesh seufzte und hob seine Arme als Zeichen der Kapitulation.

„In Ordnung, beruhigt euch", meinte David. „Ich musste es einfach jemandem erzählen. Ich wusste, dass ich dieser Gruppe vertrauen kann. Behalten wir diese Informationen vorerst für uns. Wir müssen erst herausfinden, auf wen wir bauen können. Und ich bin der Meinung, dass Lena nicht allein agiert."

„Denkt ihr, unsere Zimmer sind verwanzt?", fragte Brooke.

Alle sahen sich im Raum um. „Ehrlich gesagt, darüber hatte ich noch nicht nachgedacht", gestand David.

„Dieser Raum ist nicht verwanzt", erklärte Henry.

„Woher willst du das wissen?", fragte Norman.

„Weil sie sonst schon längst mit gezückten Waffen hier reingestürmt wären", antwortete Henry. „Schaut mal, wir wissen, dass Lena nicht allein handelt. Die Computer kommunizieren mit jemandem, richtig? Die asiatischen Angestellten, der tägliche Versorgungsflieger. Zum Teufel, sie kann einen Helikopter ordern, der ein paar Stunden später hier auftaucht. Sie muss jede Menge Unterstützung haben. Aber ich weiß nicht, wie viel Unterstützung sie *hier* auf der Insel hat. Und wenn sie tatsächlich zu den Chinesen gehört, dann könnte der Isolationsfaktor unser größter Vorteil sein."

„Ich glaube, du hast recht", meinte David. „Natesh, du hast mir erzählt, dass du die Firewall im Kommunikationsgebäude aushebeln könntest. Denkst du immer noch, dass du das kannst?"

Natesh sah sich kurz im Raum um. „Ja, das tue ich."

„Gut. Denn aktuell bist du unsere einzige Möglichkeit, jemanden zu alarmieren und um Hilfe zu bitten."

Henry nickte. „Das ist eine gute Idee. Aber ich denke, sie würden das irgendwie herausfinden. Lena würde es herausfinden. Oder der Major. Natesh könnte sich vielleicht ins System hacken, aber würde er dabei nicht erwischt und festgesetzt werden?"

„Nicht, wenn wir Lena und ihre Gehilfen vorher festnehmen", antwortete David

„Ich bin dabei", erklärte Norman. „Ich weiß zwar nicht genau, was du vorhast, aber ich mache mit. Und ich bin sicher, dass einige der Gesetzeshüter und Militärs aus dem Verteidigungsteam ebenfalls auf unserer Seite wären, wenn wir ihnen sagten, was hier vor sich geht."

David wandte sich an Natesh. „Wenn wir dir die dafür nötige Zeit verschaffen, würdest du das tun? Wir müssen davon ausgehen, dass sie eine Art Not-Aus eingebaut haben, für den Fall, dass derjenige, der die Fäden zieht, herausfindet, was wir vorhaben."

„Sie abzulenken wäre doch ein Kinderspiel", meinte Brooke.

„Immer mit der Ruhe", sagte Natesh. „Bitte. Können wir

zuerst sicherstellen, dass wir *alle* möglichen legitimen Gründe für das, was David gesehen hat, ausgeschlossen haben?"

Henry sagte: „Natürlich, aber –"

Natesh hob abwehrend seine Hände. „Wenn wir herausfinden, dass Lena wirklich nicht die Person ist, die sie vorgibt zu sein, dann ist es eine Sache von dreißig ungestörten Minuten im Kommunikationsgebäude, um eine Warnung abzusetzen und Freunde da draußen zu kontaktieren, damit die uns einen Rettungstrupp schicken. Ich kenne mich mit diesen Computern und Betriebssystemen aus. Ich kriege das hin. Aber bitte, lasst uns weiter unsere Arbeit machen, bis wir absolut sicher sind."

David nickte zustimmend. „Klingt fair. Zuerst müssen wir herausfinden, was hier wirklich los ist. Und wenn es sich wirklich um den ungünstigsten Fall handelt, dann brauchen wir einen Fluchtplan. Und wir müssen die anderen warnen. Im Augenblick ist Natesh unsere einzige Hoffnung. Und wenn wir bestätigen können, dass Lena nicht von der CIA ist, müssen wir ihm Zeit im Kommunikationsraum verschaffen. Um sie und ihre möglichen Komplizen müssen wir uns dann entsprechend kümmern. Aber ich bin noch nicht davon überzeugt, dass sie das einzige Problem auf dieser Insel sind ..."

„Was soll das heißen?", fragte Natesh.

„Der Zaun", antwortete David.

„Was ist damit?", fragte Norman.

„Wozu braucht man auf einer Insel einen Stacheldrahtzaun? Wen oder was sollte man abhalten wollen?"

„Tiere?", vermutete Henry. „Keine Ahnung, Orang-Utans? Das können ziemlich lästige Biester sein, wenn ihr mich fragt. Ich konnte mich mit denen noch nie anfreunden."

„Nein, ernsthaft. Diese Insel ist relativ groß. Ich kenne ihre vollen Ausmaße nicht, aber ich glaube nicht, dass der Zaun zu unserem Schutz errichtet wurde. Vielmehr denke ich, dass er uns davon abhalten soll, herauszufinden, was sich sonst noch auf dieser Insel verbirgt. Vielleicht sind diese Gebäude hier nur ein Teil eines größeren Stützpunktes und wir sollen hier vom Rest abgeschirmt werden."

„Hm, was sollte da draußen denn noch sein?", fragte Norman.

„Ich weiß es nicht", antwortete David. „Aber ich wette, dass es uns Aufschluss darüber geben wird, was genau hier abläuft. Also werde ich es herausfinden."

„Was herausfinden?", fragte Natesh.

„Ich finde heraus, was sich hinter diesem Zaun verbirgt. Aber im Augenblick sollten wir übereinkommen, dieses Gespräch für uns zu behalten. Wir sollten uns jeden Abend treffen. So wie heute. Wenn jemand fragt, spielen wir Poker. Aber wir bleiben unter uns, bis wir wissen, wer noch vertrauenswürdig ist. Haltet eure Augen und Ohren offen. Morgen Abend werde ich euch berichten, was ich gesehen habe. Dann können wir entscheiden, wie es weitergeht. Aber ihr müsst mir versprechen, dass ihr keiner Menschenseele irgendwas erzählt, bis wir einen ausgefeilten Plan haben."

Die anderen nickten.

„Wie willst du herausfinden, was sich hinter dem Zaun verbirgt?", wollte Brooke wissen.

„Überlass das ruhig mir", antwortete David.

## 7

"Bevor ich eine Mauer baute, wüsste ich gerne, was ich damit einschließe oder ausschließe ..."

—*Robert Frost*

Die Weckfunktion seiner Armbanduhr riss David aus dem Schlaf. Es war 4:45 Uhr. Er schwang seine Beine über die Bettkante und schlüpfte in seine Laufkleidung und Sportschuhe. Er musste sich beeilen. Bald würde es dämmern.

Ein paar Minuten später war er bereits wieder auf dem Asphalt der verlassenen Piste unterwegs. Nach seiner Schätzung sollte die Sonne gegen sechs Uhr aufgehen, was bedeutete, dass es noch gut fünfundvierzig Minuten dunkel sein würde.

David versuchte, beim Laufen auf der sternenbeleuchteten Landebahn Ausschau nach anderen Personen zu halten. Lena war an diesem Morgen nicht zu sehen. Aber das war schließlich einer der Gründe, warum er so früh aufgestanden war.

Als sie ihm hier das letzte Mal begegnet war, war es eine ganze Stunde später gewesen. Er musste vermeiden, entdeckt zu werden, insbesondere von ihr. Soweit er wusste, waren Lena und er die einzigen beiden passionierten Läufer auf dieser Insel. Ein paar andere Berater trainierten nachmittags. Er hatte gesehen, wie sie in ihren modischen Trainingsklamotten ein paar halbherzige Liegestütze und Sit-ups am Strand gemacht hatten. Wenn er also Schritte auf dem Asphalt hören würde, musste er davon ausgehen, dass es Lena war.

Schließlich erreichte David das äußere Ende der Landebahn, etwa 1,5 Kilometer von den Baracken, der Cafeteria, dem Hörsaal und dem Kommunikationsgebäude entfernt. Er verließ das Rollfeld und lief in Richtung Ufer. Die Wellen waren höher geworden. Das musste an der Wetteränderung liegen, über die sie am gestrigen Morgen gesprochen hatten. Nicht gerade perfekt zum Schwimmen, aber David konnte damit umgehen – solange es dort keine Haie gab, die auf ihr Frühstück warteten.

Er legte seine Schuhe, Socken und sein Shirt hinter einen kleinen Busch, der sich etwa auf halbem Wege zwischen der Landebahn und dem Zaun befand. Dort waren seine Sachen gut versteckt. Falls Lena also Laufen ginge, würde sie sie kaum entdecken.

David watete knöcheltief in das warme Salzwasser. Während er weiter hinaus in das pechschwarze Meer schritt, fragte er sich, was sich unter der Oberfläche verbarg. Er durchschritt die mäßige Brandung und spürte dabei den weichen Sand unter seinen Füßen. Ab und zu auch etwas Hartes. Vielleicht ein Krebs. Hoffentlich gab es hier keine Seeigel.

Der Himmel wurde von einer Million prächtiger Sternen erleuchtet, und der Mond spiegelte sich silbern im Ozean. Das Wasser reichte ihm bereits bis zum Hals, als er mit dem Brust-

schwimmen begann, immer ein Auge auf den rasiermesser-
scharfen Stacheldraht gerichtet. Er musste gegen die Wellen
anschwimmen, damit er weit genug hinauskam, um den sich
etwa fünfzehn Meter ins Meer erstreckenden Zaun gefahrlos
zu umrunden. Am sichtbaren Endpunkt des Hindernisses
angelangt, legte David zur Sicherheit weitere fünf Meter
zurück. Jenseits der Brandung konnte er leicht zum Spielball
der Wellen werden – und er wollte keinesfalls riskieren, dass
seine Beine mit dem Stacheldraht nähere Bekanntschaft
schlossen.

Als er weit genug draußen war, bog er im rechten Winkel
ab und schwamm parallel zum Strand weiter. Da er sich
beeilen wollte, wechselte er in den Kraulstil.

In gewisser Weise fühlte es sich gut an, die Regeln zu
brechen, indem er hier draußen unterwegs war. Andererseits
machte es David aber auch Angst. Hier auf dem Wasser war er
verwundbar. Er konnte es sich nicht erlauben, von Lena
erwischt zu werden, und er war sich nicht sicher, was er
vorfinden würde. Aber sein Gefühl sagte ihm, dass auf der
anderen Seite irgendetwas oder irgendjemand warten würde.
Gab es dort Wachleute? Eventuell bewaffnet?

Während er schwamm, bemerkte er, dass der Seegang
etwas rauer wurde. Auf der anderen Seite der Insel mussten
stärkere Winde herrschen. Muskeln, die er schon wochenlang
nicht mehr trainiert hatte, begannen zu brennen. Es fühlte
sich gut an. Sein kräftiger Beinschlag verdrängte das Wasser,
wobei er bemüht war, möglichst wenig Geräusche zu erzeugen. Alle paar Minuten hob er beim Atmen seinen Kopf etwas
weiter aus dem Wasser und versuchte, die Entfernung zum
Strand abzuschätzen. David wollte den Abstand beibehalten,
um nicht zu sehr aufs offene Meer hinausgetrieben zu
werden.

Zwanzig Minuten lang schwamm er in diese Richtung,

und wurde dabei von den Wellen auf und ab getragen, die höher waren als erwartet. Es war anstrengend, aber er kämpfte sich immer weiter voran. Alle paar Minuten sah er auf seine Uhr und an das Ufer.

David machte halt und ließ sich kurz treiben, um das Salzwasser aus seinen Augen zu bekommen und die Insel besser auskundschaften zu können. Es frustrierte ihn noch heute, dass er aufgrund seiner schlechten Sehkraft die Flugausbildung hatte aufgeben müssen. Es ärgerte ihn, weil er zwar manchmal zum Lesen eine Brille brauchte, aber entferntere Dinge klar und deutlich erkennen konnte. Der Himmel war im Osten bereits hellblau, und jeden Moment würde sich die Sonne über den Horizont schieben. Obwohl ihn die einsetzende Helligkeit nervös machte – schließlich konnte man ihn so einfacher wahrnehmen –, half sie ihm auf der anderen Seite auch, am Ufer nach Anzeichen verdächtiger Aktivitäten Ausschau zu halten.

Er warf einen Blick auf seine Uhr. *Verdammt*! Er war bereits zu lange im Wasser und hatte nicht mehr viel Zeit. Als er darüber nachdachte, umzukehren, merkte David, dass er weiter draußen war, als er beabsichtigt hatte. Er war gut siebzig Meter vom Strand entfernt; weit genug, als dass er die schwach erleuchteten Betongebäude etwa achthundert Meter weiter zu seiner Rechten fast übersehen hätte.

Seine Augen weiteten sich, als er sie bemerkte. Er hatte vermutet, dass er außerhalb des Zaunes etwas finden würde. Aber es war eine Sache, etwas zu vermuten, und eine andere, es tatsächlich mit eigenen Augen zu sehen. Er schwamm weiter, um die Bauten besser besichtigen zu können.

Die Gebäude sahen aus, als wären sie auf dieselbe Weise erbaut worden wie die soliden Stützpunktgebäude auf der anderen Seite der Insel. Nur, dass über diese hier eine Art riesiges Netz gespannt war. Das Hauptgebäude war in etwa so groß wie ein kleines Studentenwohnheim und erstreckte sich von dem Hügel hinab zum Strand. Wie das Kommunikations- gebäude, so hatte auch dieses Dutzende von Antennen und Satellitenschüsseln auf dem Dach. Direkt daneben befand sich eine große betonierte Fläche, die vermutlich als Hubschrauberlandeplatz diente. David ließ sich von den Wellen tragen, um die Gebäude genauer betrachten zu können. Aus einem, das aussah wie ein Bunker, fiel durch kleine Schlitze hoch oben in den Außenwänden gedämpftes Licht nach außen. David konnte es gerade noch so erkennen.

Ein paar Sekunden ließ er sich so im warmen Wasser trei- ben. Seine Nervosität riet ihm, umzukehren, aber seine Neugierde war stärker. Es sah nicht so aus, als gäbe es irgend- welche Straßen oder Wege, die zu den Gebäuden führten. Zum Teufel, er konnte nicht einmal Autos oder andere Fortbe- wegungsmittel sehen. Wer hatte diese Gebäude gebaut, und wie wurden sie versorgt? Wer wohnte dort? Sie boten sicher mehr als einhundert Personen Platz, aber David konnte keine Menschenseele sehen. Warum gab es auf dieser Insel einen eingezäunten Stützpunkt auf der einen und diese isolierten Gebäude auf der anderen Seite?

Der Himmel begann sich mit der einsetzenden Morgen- dämmerung bereits graublau zu verfärben. Er konnte einen kleinen Pier ausmachen, der sich neben den Gebäuden ins Meer erstreckte. Dort waren zwei Motorboote festgemacht. Jenseits der Gebäude und des Piers ragte eine steile Felswand empor. Sie war bestimmt an die dreißig Meter hoch und ging allmählich in den dschungelbedeckten Berg über. Je länger David auf diese Klippe starrte, desto mehr wirkte sie, als wäre sie von Menschenhand geschaffen. Die glatte und abgerun- dete Oberfläche war zu perfekt, als dass sie natürlichen Ursprungs sein konnte. In der Mitte des Felsens verlief ein vertikaler Spalt, was ihn wie eine gigantische Tür aussehen ließ. Eine riesige Steintüre, die sich zum Meer hin öffnete. Sehr seltsam …

Ein Geräusch ließ ihn erstarren.

Es war das schrille Aufheulen eines Bootsmotors, kombiniert mit dem Geräusch eines auf dem Wasser hüpfenden Rumpfes. Und es wurde immer lauter. Hinter ihm. Er drehte den Kopf, um nachzusehen – und tauchte mit einem tiefen Atemzug sofort unter.

Die eben noch helle und laute Welt wurde unter Wasser plötzlich dunkel und still. Er tauchte immer tiefer, mit der Absicht, unter das Boot zu gelangen, das direkt auf ihn zuzukommen schien.

Es hatte wie ein Festrumpfschlauchboot ausgesehen, dessen Bug nach oben ragte. Wahrscheinlich lag das an einem PS-starken Außenborder im Heck. In dem kurzen Augenblick, in dem David das Boot gesehen hatte, meinte er, mehrere Personen an Bord erkannt zu haben. Er schätzte ihre Zahl auf drei. Hatten sie ihn bemerkt?

Die Sekunden fühlten sich an wie Minuten, während David die Luft anhielt und darauf wartete, dass das Boot über ihm passierte. Er kämpfte verzweifelt gegen den Auftrieb, den die kostbare Luft in seinen Lungen verursachte. Endlich hörte er das dumpfe Geräusch des über ihm vorbeifahrenden Bootes. Er sah nach oben, und das Salzwasser brannte in seinen Augen.

Auf der hellblauen Wasseroberfläche zeichnete sich ein dunkler Schatten ab, als sich das Boot entfernte und eine sprudelnde, weiße Schaumschleppe hinterließ. Die Zeit verging wie in Zeitlupe. Davids Lungen schrien nach Sauerstoff, aber er ruderte weiterhin mit den Armen, um unter Wasser und in sicherem Abstand zur Schraube zu bleiben. Und außer Sichtweite der Männer an Bord.

Als er den Atem nicht mehr länger anhalten konnte, stieg

David so langsam wie möglich an die Oberfläche auf. Kaum war sein Kopf über Wasser, sog er gierig Luft ein. Seine Augen brannten höllisch, und er keuchte und hustete, während er auf der Stelle trat. Dabei versuchte er, sich möglichst nah an der Wasseroberfläche zu halten, um nicht aufzufallen. Er konnte nur hoffen, dass die Männer im Boot weit genug entfernt waren und ihn auch zuvor nicht entdeckt hatten. Hoffentlich blickten sie nicht in seine Richtung. Der Himmel war jetzt grau, und es war hell genug, als dass sie ihn hätten leicht sehen können. Während die Wellen ihn weiter sanft schaukelten, beobachtete er, wie das Boot seine holprige Fahrt in Richtung des Anlegers fortsetzte, den David erst kurz zuvor entdeckt hatte.

Er konnte die Männer auf dem Boot klar erkennen. Sie bewegten sich im Rhythmus des rasenden Bootes auf und ab, als es über die Wellen stampfte. David hatte sich getäuscht. Es waren nicht drei Männer, sondern vier.

Zwei der Männer waren Asiaten. Sie trugen schwarze Uniformen und Gurte mit Maschinenpistolen über den Schultern. *Nicht gut.* Ein ebenfalls uniformierter Mann steuerte das Boot. Eine Hand lag auf einem kleinen, silbernen Steuerrad, während die andere den schwarzen Schubregler bediente. Ein weiterer Uniformträger hielt sich an der Reling fest und beobachtete einen Gefangenen.

Ja, es musste ein Gefangener sein, seine Haltung sprach dafür. Sein Kopf war gesenkt, er wirkte niedergeschlagen. Die hängenden Schultern ließen vermuten, dass seine Hände gefesselt waren.

David konnte zwar sein Gesicht nicht erkennen, aber das war auch nicht nötig. Er wusste auch so, um wen es sich handelte. Das schlohweiße Haar des Gefangenen war zu auffällig. Daran hätte David ihn überall wiedererkannt. Es war auch einer der Gründe, warum in jener Nacht gleich klar gewesen war, wen man bewusstlos in den Helikopter gezerrt hatte.

Bill.

David war wie benommen. Auf der einen Seite verspürte er eine seltsame Befriedigung, weil seine Vermutung richtig gewesen war. Aber das Gefühl, dass letzten Endes überwog, war aufsteigende Panik.

Der vierte Mann drehte sich um, und David wäre beinahe ohnmächtig geworden. Er sah wütend und unfreundlich aus. Genau wie eine Woche vorher, als er David dazu überredet hatte, in einen Flieger zu dieser gottverlassenen Insel einzusteigen. Der Mund des vierten Mannes bewegte sich, und es sah aus, als würde er etwas zu Bill, seinem Gefangenen, sagen. Zu *seinem* Gefangenen! Auch wenn das ganz und gar unmöglich erschien, David konnte es an seiner Körpersprache erkennen. Dieser vierte Mann hätte eigentlich gar nicht mehr in derselben Hemisphäre sein dürfen – geschweige denn auf diesem Boot.

David versuchte, daraus schlau zu werden. Er versuchte zu verstehen, wie das sein konnte. Während das militärähnliche Schnellboot in Richtung Dock rauschte, fragte sich David, wie er heil aus dieser mehr als heiklen Angelegenheit herauskommen sollte.

Er wusste nun mit Sicherheit, dass die Anwesenheit der Experten auf dieser Insel nicht dazu diente, den Vereinigten Staaten bei der Planung ihrer Verteidigung zu helfen. Es ging darum, China diese Verteidigungspläne zukommen zu lassen. Nein. Eher, China mit *Angriffsplänen* zu versorgen. Sie hatten ihre Kriegsplanung ausgelagert und den besten Experten überlassen, die es gab. Und zumindest ein paar Amerikaner waren daran beteiligt. Die Anwesenheit des vierten Mannes auf dem Boot bestätigte das.

Denn der vierte Mann war Tom Connolly.

## 8

„In Zeiten universeller Täuschung ist das Aussprechen der Wahrheit ein revolutionärer Akt."

—*George Orwell*

Entschlossen schwamm David zurück auf seine Seite der Insel. Er hatte Glück, und eine leichte Strömung kam ihm zu Hilfe. Fünfzehn Minuten später stapfte er aus dem Wasser und betrat den Strand nahe der Landebahn, wo er erschöpft zu seiner Kleidung und seinen Schuhen humpelte. Bei jedem Schritt blieb grauer Sand an seinen nassen Füßen kleben.

Niemand war auf oder in der Nähe der Piste unterwegs. David sah sich immer wieder um und hielt auch seine Ohren auf, für den Fall, dass Lenas Schritte doch erklingen sollten. Er musste um jeden Preis vermeiden, dass sie sich anschlich und ihn auf frischer Tat ertappte. Schnell zog er seine Socken über die feuchten und sandigen Füße und setzte sich in Bewegung. Ein Blick auf seine Uhr sagte ihm, dass er sich beeilen musste, um rechtzeitig zur ersten Sitzung zu erscheinen. Mehr denn je wollte er jetzt vermeiden, sich verdächtig zu machen. Aber er musste den anderen berichten, was er gesehen hatte. Die Frage war nur – wie?

In der Ferne grollte ein Donner. Er blickte auf und sah eine Sturmfront, die sich von Westen her näherte. So wie es aussah, war sie noch gut eine halbe Stunde entfernt, aber der Wind nahm bereits an Intensität zu.

Sie mussten bald handeln. Während David zurück zu den Baracken joggte, dachte er darüber nach, was sie nun tun mussten. Seiner Meinung nach konnte die Situation kaum noch schlimmer werden. Aber da irrte er sich gewaltig.

---

Henry kauerte auf seinem Stuhl in der letzten Reihe des Auditoriums und hörte den Leuten neben sich mit halbem Ohr zu. Der Raum war ein einziges Stimmengewirr. Die intellektuelle Herausforderung, Amerikas Niedergang zu planen und dabei auch noch interessante, streng geheime Informationen zu erhalten, faszinierte die meisten Mitglieder der Red Cell-Einheit. Alle schienen die Pläne ihrer jeweiligen Gruppen zu diskutieren. Anscheinend waren die Regeln der ‚Abschottung' bereits über Bord geworfen worden. Es ging das Gerücht um, dass am heutigen Tag sowieso alle Informationen geteilt werden sollten.

Er sah sich im Raum um. David war immer noch nicht da, was sehr ungewöhnlich für ihn war und seinem Kollegen langsam Sorgen bereitete. Er hatte herausfinden wollen, was sich auf der anderen Seite des Zauns verbarg. Hoffentlich ging es ihm gut.

Die Unterhaltung, der Henry halbherzig lauschte, fand zwischen zwei Mitgliedern des Verteidigungsteams statt. Sie sprachen darüber, wie verkabelt die heutige Militärtechnologie doch sei. Ihre Namen wollten ihm nicht einfallen. Henry hatte ein furchtbar schlechtes Namensgedächtnis.

Der Erste beriet die Navy im Bereich Verteidigung und kam aus Norfolk. Er sagte gerade: „Lassen Sie mich Ihnen ein Beispiel geben. Vor ein paar Jahren ist eines unserer Kriegsschiffe in einer Meerenge leicht mit einem Tanker kollidiert. Es war nur eine leichte Berührung – nichts im Vergleich zu dem, was ein Raketentreffer anrichten würde. Aber dieser kleine Stupser hat einen ziemlich großen Schaden verursacht. Ich möchte Ihnen eine Frage stellen: Haben Sie eine Vorstellung, wie viele *Kabel und Drähte* in einem Schiff der Marine verlegt sind?"

Der zweite Kerl zuckte nur mit den Schultern.

„*Tausende*. Dieser kleine Zusammenstoß mit einem Tanker hat eines unserer modernsten Kriegsschiffe in einen vor sich hintreibenden Lastenkahn verwandelt. Die Lichter gingen aus, das Radar zeigte nichts mehr an, und auch die Geschütze konnten nicht mehr abgefeuert werden. Denken Sie, das Schiff hätte noch eine einzige Rakete abschießen können? Vergessen Sie es. Für die Werften war das natürlich ein Festtag wegen der riesigen Reparaturaufträge. Aber was ich sagen will: Meinen Sie, dass im Zweiten Weltkrieg eines von Henry J. Kaisers Schiffen aufgrund einer kleinen Beule am Rumpf gefechtsunfähig gewesen wäre? Zum Teufel, Nein! Schon mal von den sogenannten Tin Cans gehört? Die konnten mehrere Treffer von den Japanern einstecken und haben trotzdem weitergekämpft. Sie mussten. Wenn ein Teil des Schiffes beschädigt wurde, hat das den Rest nicht beeinträchtigt. Darum geht es in einem richtigen Seegefecht. Man wird getroffen. Die Kommunikation fällt aus. Kabel werden beschädigt. Die Seeleute im Zweiten Weltkrieg wussten das. Wenn ein Teil eines Schiffes getroffen wurde, mussten die anderen trotzdem weitermachen. Aber heute – es liegt an den *Kabeln*, Mann. Die vielen *Kabel* sind das Problem."

„Die Kabel?"

„Ja, es gibt einfach zu viele davon. Sie verlaufen überall in einem Schiff. Alles ist miteinander verbunden. Wenn ein Teil ausfällt, sind auch die anderen Teile davon betroffen. Es ist genau wie – wie heißt er doch gleich – wie Natesh sagte. Unsere Technologie ist auch unsere Achillesferse. Und ich spreche noch nicht mal von diesen Dingen, an denen unser Verteidigungsteam arbeitet. Diese EMP-Taktik. Ich rede nur von dem ganz konventionellen Seekrieg. Wenn eine Rakete einen unserer Zerstörer träfe, könnten die Chinesen einfach durchmarschieren und die Sache zu Ende bringen. Denn unsere Schiffe wären dem Untergang geweiht. Finito. All die Jahre über haben die Politiker immer größere Verträge unterschrieben, um die neuesten Radar- und Waffensysteme und Computer auf die Schiffe zu bringen – die vermutlich in ihrem Wahlkreis hergestellt werden. Großartig! Da haben wir ein Hightech-Schiff, das vollkommen nutzlos ist, sobald es die erste Ladung abbekommen hat. Die Chinesen verbauen kaum noch Computer auf vielen ihrer Schiffe. Zumindest sagen das die Berichte. Wie verrückt ist das? Aber wissen Sie was? Die ganze Zeit über haben wir angenommen, dass wir die genialste Nation mit der fortschrittlichsten Technologie sind, und dass uns keiner das Wasser reichen kann. Aber wenn ich mir jetzt diese Pläne hier anschaue, frage ich mich langsam, ob das in Wirklichkeit die ganze Zeit über *deren* Strategie war? Haben die Chinesen bewusst Schiffe und Flugzeuge und Panzer entwickelt, die in einer Lowtech-Umgebung *besser* funktionieren? War das ihre *Strategie*?"

Der zweite Typ grunzte und schüttelte den Kopf.

„Ich fange an zu glauben, dass wir die ganze Zeit einfach gedacht haben, dass sie gar nicht die Fähigkeiten haben, ähnliche Technologien zu entwickeln wie wir. Dass sie das nicht drauf haben. Aber lassen Sie mich noch etwas fragen: Wer produziert denn die ganzen iPhones? China. Von wegen, die sind nicht fortschrittlich genug! Denken Sie, dass sie ihre Schiffe und Panzer nicht ebenfalls mit Technik vollstopfen könnten, wenn sie es wollten? Mann, ich sage Ihnen, all die Jahre haben die Chinesen nur mit uns gespielt. Ihre Strategie war es, ihr Militär weniger abhängig von Technologie zu machen. Auf diese Weise ist es kostengünstiger. Aber wir geben das Geld dafür aus. Sie haben zehnmal so viele Soldaten. Wenn die Technologie, die wir als so bahnbrechend erachten, durch einen Computervirus oder einen elektromagnetischen Impuls zusammenbricht, dann schlagen zehn Männer immer noch einen. Verstehen Sie, was ich meine?"

Henry rührte sich nicht und warf den beiden einen beiläufigen Blick zu. Dann sah er nach vorne. Es war bereits kurz nach acht Uhr. In den vergangenen vier Tagen hatten die Sitzungen stets pünktlich angefangen. Henry beobachtete, wie Lena, Natesh und der Major leise miteinander sprachen. Irgendetwas ging da vor sich. Sie standen eng zusammen, und Natesh runzelte die Stirn. Lena sprach ruhig auf ihn ein. Aber in ihren Augen lag die vertraute Entschlossenheit. Henry kannte einen Mann, der auch einen solchen Blick hatte. Er war ein kleiner italienischer Kerl – ein Boxer. Er war ruhig und besonnen und musste immer zu den Leuten aufsehen. Er blinzelte niemals. Henry hatte einmal in einer Bar gesessen, in der ein paar große betrunkene Typen den Fehler gemacht hatten, den kleinen Italiener zu unterschätzen. Das hatten sie sehr bald bereut. Lena hatte denselben Blick. Es war ein selbstsicherer, hungriger Blick. Als gehörte ihr die Welt, oder würde es in absehbarer Zeit tun.

Henry ließ seinen Blick über ein paar Sitzreihen schweifen und sah Brooke. Sie bemerkte seinen Blick, und er nickte zu

Lena, Natesh und dem Major hinüber, als ob er sie fragen wollte, was da vor sich ging. Brooke zuckte nur mit den Schultern. „Wo ist David?", formte sie lautlos mit den Lippen. Das fragte Henry sich auch. Er machte sich Sorgen und schüttelte den Kopf. Er wusste es nicht.

Henry schaute die beiden Männer an, deren Gespräch er gerade mitgehört hatte. „Hey, was haben Sie eben über dieses EMP gesagt?", fragte er.

Der erste Mann fühlte sich angesprochen. „Wie bitte? Oh, das ist ein Hauptbestandteil des bisherigen Plans des Verteidigungsteams. Lena und Major Combs haben uns auf die Idee gebracht. Ich meine, wir hatten bereits darüber gesprochen. Aber Combs schien noch etwas mehr über die chinesischen EMP-Fähigkeiten zu wissen. Wussten Sie, dass die Chinesen Schutzräume für ihr Militär entwickelt haben, die sie von elektromagnetischen Impulsen abschirmen können? Offenbar haben die Chinesen Luftwaffenstützpunkte mit Hangars, die in riesige Höhlen gebaut wurden. Einfach ausgedrückt verwandeln sie Berge in riesige Bunkeranlagen. Und das nicht nur für Flugzeuge. Auch für Schiffe und U-Boote gibt es solche höhlenartigen Strukturen, an denen sie bereits seit ein paar Jahren arbeiten. Sie errichten diese Anlagen in küstennahen Bergregionen. Ich kann mir nicht vorstellen, was das alles kosten muss. Diese Dinger sind wirklich riesig. Gigantische Höhlen, groß genug, dass Schiffe und U-Boote darin andocken können. In manchen gibt es zwei oder drei Anlegeplätze nebeneinander. Die US-Geheimdienste denken, dass es dem Schutz ihrer Schiffe vor elektromagnetischen Impulsen dient, falls sie einen solchen Angriff vor ihrer eigenen Haustür starten wollen."

Der zweite Mann grunzte wieder nur.

„Was meinen Sie mit *vor ihrer eigenen Haustür*?", fragte Henry.

„Ich meine beispielsweise das Südchinesische Meer.
Sagen wir, eine US-Flugzeugträgerflotte wäre dort stationiert.
Oder die japanische oder taiwanesische Marine. Egal wer. Die
Chinesen könnten all ihre Schiffe und Flugzeuge in diesen
Höhlen parken und ein paar Dutzend EMPs einsetzen. Und
während unsere Jets abstürzen und auf unseren Schiffen der
Strom ausfällt, könnten sie ihre Streitkräfte auf uns, die leichte
Beute, loslassen."

„Ohne Witz?", fragte Henry. „Wie viele solcher Höhlen
haben sie denn? Funktioniert das überhaupt? Und hat unser
Militär keinen Schutz vor elektromagnetischen Impulsen? Ich
weiß, dass die Telekommunikationsunternehmen, mit denen
ich zusammengearbeitet habe, versuchen, sich davor zu
schützen."

Schließlich beteiligte sich auch der zweite Mann an ihrem
Gespräch. „Nach dem, was uns der Major erzählt hat, sind
sowohl Militär als auch private Unternehmen nur bis zu
einem gewissen Grad geschützt. Da geht es nur um die
Kosten. Aber die Chinesen haben offensichtlich sehr starke
EMP-Systeme entwickelt, die unsere Schutzvorrichtungen
durchdringen könnten. Die gestrige Diskussion in der Gruppe
hat ergeben, dass sie die dazu notwendige Technologie
gestohlen haben, als sie sich in Los Alamos eingehackt
haben."

„Und das ist es, was Sie in diesem Team planen? Oder,
besser, Sie glauben, dass das Chinas Plan ist?", fragte Henry.

Beide nickten.

Der erste Mann sagte: „Das ist Teil des Plans. Wir denken,
sie würden EMP-Waffen verwenden, um so an den US-Mili-
täranlagen im asiatisch-pazifischen Raum vorbeizukommen.
Der Plan sieht vor, viele dieser EMP-Waffen in geringer Höhe
zu zünden – circa dreißig bis vierzig Meilen über dem Meeres-
spiegel. Oder waren es Kilometer? Jedenfalls werden sie sie

nah genug an den US-Streitkräften im Pazifik abwerfen, um den Schaden für das chinesische Festland so gering wie möglich zu halten. Das ist unser Plan. So würden wir es machen."

„Und was dann?", fragte Henry.

Während er die Frage stellte, sah er, wie Natesh und der Major das Rednerpult verließen und sich in die erste Reihe setzten. Das Publikum verstummte.

Der zweite Mann flüsterte ihm zu: „Dann werden sie *nach Osten* aufbrechen – und zwar verdammt viele von ihnen." Er warf Henry einen wissenden Blick zu.

Henry hob seine Augenbrauen und wandte den Blick nach vorn.

Lena stand am Rednerpult, aufrecht und souverän.

„Guten Morgen, allerseits", begrüßte sie alle. „Zunächst möchte ich Ihnen allen für die harte Arbeit danken, die Sie in den letzten Tagen geleistet haben. Die Pläne, die Sie alle zusammen erstellt haben, sind bemerkenswert. Ich bin erstaunt über das innovative Denken und die neuen Ideen, die Sie präsentiert haben. Sie haben uns gezeigt, dass es definitiv noch einige Lücken in der nationalen Sicherheit gibt, die geschlossen werden müssen."

Sie sah Major Combs an. „Major, würden Sie uns bitte den Wetterbericht zeigen, bevor ich weitermache? Wenn Sie fertig sind, werde ich wieder übernehmen."

„Ja, Ma'am. Natürlich." Der Major erhob sich, seine makellose blaue Uniform spannte im Bauchbereich merklich. Er ging zum Rednerpult und las von seinen Notizen ab. „Um 23:52 Uhr gestern Abend haben wir ein Update über das erhalten, was nun als tropischer Wirbelsturm Nummer sechzehn bezeichnet wird. Es scheint nun eine mehr als fünfundneunzigprozentige Chance zu bestehen, dass der Sturm direkt über uns hinwegziehen wird. Die ersten Auswirkungen sind bereits zu spüren. Der Wind wird Geschwindigkeiten von über sechzig Knoten erreichen. Die Wellen auf See werden über sechs Meter hoch sein, am Strand immerhin noch zwischen zwei und drei Metern. Des Weiteren ist mit einer leichten Sturmflut von etwa einem Meter zu rechnen."

Major Combs sah von seinen Notizen auf und ließ seinen Blick über die Anwesenden wandern. „Die Gebäude, in denen wir uns aufhalten, liegen alle hoch genug und sind stabil genug, sodass keine unmittelbare Gefahr besteht. Aber wir möchten Sie bitten, drinnen zu bleiben, es sei denn, Sie gehen zum Essen oder zu den Sitzungsräumen. Keine Spaziergänge im Freien. Ab heute Null Neunhundert muss damit gerechnet werden, dass das Wetter sich rapide verschlechtert. Innerhalb von zwölf Stunden sollte das Gröbste dann vorbei sein. Aber im Laufe des Tages wird es heute etwas haarig werden. Deswegen werden wir keine externe Unterstützung bekommen. Das bedeutet, kein Versorgungsflugzeug. Wir könnten auch die Satellitenkommunikation verlieren, daher müssen alle externen Informationsanfragen bis spätestens zwölf Uhr Mittag bei Natesh und mir eingereicht werden. Es könnte sein, dass das Signal darüber hinaus noch etwas länger ausfallen wird. Die von uns genutzte Computerverbindung ist dafür bekannt, dass sie bei derartigen Stürmen leicht zusammenbricht. Der Wind könnte zudem auch unsere Satellitenschüsseln herausreißen. Das wäre alles von meiner Seite."

Lena nickte dem Major dankend zu und ging zurück zum Rednerpult, während dieser sich wieder setzte.

„Aufgrund dieser Informationen sollten wir einige Vorsichtsmaßnahmen einleiten. Da Sie alle in Bezug auf die Geschwindigkeit und Qualität der Pläne vor unserem Zeitplan liegen, haben wir entschieden, die individuelle Teamarbeit heute ruhen zu lassen und stattdessen den gemeinsamen Gruppenplan rauszuschicken. Ich habe bereits mit Natesh darüber gesprochen, und er hat dieser Anpassung des Zeit-plans zugestimmt. Heute werden Sie alle in diesem Hörsaal bleiben und daran arbeiten, die individuellen Teampläne zu einem einzigen, abgestimmten Plan zusammenzuführen. Diesen werden wir dann bis spätestens heute Mittag übermit-teln. Wir möchten nicht, dass wir aufgrund des Sturms über längere Zeit die Verbindung mit der Außenwelt verlieren und dadurch Ihre großartige Arbeit nicht zu den Stellen gelangt, an denen sie benötigt wird. Wir haben ohnehin einen strengen Zeitplan einzuhalten."

Henry fand, dass das angesichts der vielen Unbekannten, die in dieser Zeitleiste noch verborgen waren, wenig Sinn machte, behielt das aber für sich. Er kaufte ihnen auch nicht ab, dass der Sturm die Satellitenverbindung derart stören konnte, dass Nateshs Zeitplan angepasst werden musste. Davids Bedenken hinsichtlich dieser ganzen Sache schienen sich mit jeder Minute mehr zu bestätigen.

„In Ordnung, dann möchte ich Ihnen nochmals danken und lasse Sie wieder an die Arbeit. Natesh?"

Der Benannte ging ans Rednerpult, und Lena nahm ihren angestammten Platz hinten im Hörsaal ein. Sie stand vor dem großen Panoramafenster und machte sich Notizen in ihr schwarzes Buch.

Natesh übernahm die Moderation. „Guten Morgen, Leute. Lena hat uns gebeten, den Zeitplan etwas abzuändern. Das Wetter verschlechtert sich bereits. Anstatt uns in Teams aufzu-teilen, bleiben wir heute gemeinsam hier und erarbeiten einen ersten Entwurf, der alle Einzelpläne für den chinesi-schen Angriff integriert."

Die Tür öffnete sich und David stolperte in den Raum. Zehn Minuten zu spät. Sein Haar war feucht, und er sah noch besorgter aus als sonst. Henry dachte, Schweiß auf seiner Stirn zu entdecken, so als ob er wieder gelaufen wäre. Er sah aufgebracht aus, sodass Henry sich unwillkürlich fragte, ob er heute Morgen wieder irgendetwas Beunruhigendes entdeckt hatte.

Etwa die Hälfte aller Anwesenden blickte den Nachzügler an, aber der sagte nichts. Stattdessen ging er zum ersten freien Platz und setzte sich hin. Henry versuchte, einen beiläufigen Blick auf Lena zu werfen, die immer noch hinten stand. Sie sah David direkt an. Dann huschte ihr Blick zu Henry hinüber, und er sah weg.

Natesh rief gerade die Teamleiter zu einem kurzen Briefing zu sich. Die anderen im Raum unterhielten sich, und Lena ging die Treppe hinunter und verließ den Raum. Nachdem sie weg war, sah David Henry fragend an. David versuchte, ihm lautlos etwas mitzuteilen, aber Henry konnte ihn nicht gleich verstehen. Erst nach ein paar Versuchen verstand er: *Wir müssen reden.* Henry nickte zurück und deutete auf seine Uhr, machte dann eine kreisende Bewegung und zeigte auf seinen Notizblock. Inoffizielle Zeichensprache war seine Spezialität.

Aber David blickte ihn nur verwirrt an. Die Sitzung begann. Henry würde bis zur nächsten Pause warten müssen.

An diesem Tag gab es keine offiziellen Pausen. Gelegentlich verließen ein paar Leute den Raum, um zu Toilette zu gehen. Natesh verlangte ihnen an diesem Morgen einiges ab. Schonungslos beackerte er mit den Mitgliedern der Red Cell-Einheit die Pläne und hielt sich nicht an den üblichen Skeptikern auf. Henry fragte sich, warum Natesh so wild entschlossen war, die Sache derart überstürzt durchzuziehen. Er hatte Davids Geschichte am Abend zuvor schließlich gehört: Die Zweifel an Lenas Zugehörigkeit zur CIA waren gewachsen. Außerdem hatte Natesh selbst Bedenken gegenüber dem Major geäußert. Aber im Augenblick leistete er gute Arbeit für Lena. Henry konnte jetzt klar erkennen, warum der junge Mann mit seinem Unternehmen so viel Geld verdiente. Natesh war ein Denker. Er stellte Zusammenhänge her und verarbeitete Informationen schneller als jede andere Person, der Henry je begegnet war.

Um kurz nach elf Uhr hatten sie einen umfassenden Invasionsplan erstellt. Sie hatten drei Stunden ohne Pause daran gearbeitet. Major Combs hatte ihre Ergebnisse in einer Präsentation festgehalten, die auf eine große Leinwand projiziert wurde. Henry hatte die Diskussionen mit wachsender Besorgnis verfolgt. Das war ein beängstigend guter Plan. Wenn ein Staat mit den Fähigkeiten und Ressourcen Chinas ihn wirklich durchführen wollte, mochte er sich die Folgen gar nicht ausmalen. Hin und wieder sah er zu David hinüber, dessen Gesicht immer noch blass war.

„Ist das die finale Version? Unsere tatsächliche Empfehlung?", fragte Tess.

Natesh schüttelte den Kopf. „Nein, Tess. Betrachten Sie es als einen ersten Entwurf, aber einen, der alle unsere Einzelpläne berücksichtigt. Ich verstehe, dass es heute etwas hektisch zuging, und möchte mich bei allen für Ihre Geduld und Ihren Einsatz bedanken. Wir haben heute den ersten integrierten Gesamtplan erstellt. Jetzt werden wir ihn noch einmal durchgehen und sicherstellen, dass er mit den ursprünglichen Zielen übereinstimmt, die uns vorgegeben wurden. Entschuldigen Sie bitte den Zeitdruck. In ein paar Minuten werden wir Mittagspause machen. Ich werde das jetzt Lena vorlegen, und heute Nachmittag teilen wir uns wie gewohnt in Teams auf."

Es war seltsam. Obwohl die etwa zwanzig Berater bei dem Gedanken, dass diese Pläne wirklich umgesetzt werden könn-

ten, wahrscheinlich Entsetzen verspürten, waren sie gleichzeitig stolz auf ihre Arbeit. Henry konnte es an ihren Augen
ablesen. Sie hörten Natesh aufmerksam zu und waren froh,
dass sie halfen, eine optimierte Blaupause für die potenzielle
Zerstörung ihres Heimatlandes zu erstellen. *Sie glauben, dass
sie die Verteidigungsmaßnahmen ihres Landes verbessern,* korri-
gierte sich Henry in Gedanken.

Ihr innerer Zirkel, bestehend aus David, Brooke und
Norman, schwieg eisern. Keiner von ihnen hatte sich an der
Vormittagssitzung beteiligt. Sie hatten sich zwar gegenseitig
nervöse Blicke zugeworfen, aber keiner hatte etwas gesagt
oder getan, um das Ganze aufzuhalten. Warum? Gruppendenken? Aus Angst? David hatte heute Morgen etwas gesehen,
Henry wusste es. Vielleicht folgten die anderen einfach
seinem Beispiel. Und wenn er wirklich etwas beobachtet
hatte, dass ihn dazu brachte, seinen Mund zu halten, war es
vermutlich eine gute Idee, wenn Henry es ihm gleichtat.

Er fragte sich, wie es Natesh bei der Sache ging – angesichts dessen, was David von Bill berichtet hatte. Ihr Moderator schien sich nicht annähernd so wohl in seiner Haut zu
fühlen wie am Tag zuvor. Seine Stimme war fest, aber er
klang, als stünde er unter großem Druck.

Der Major klickte durch die Präsentation, während sie die
einzelnen Bestandteile des Kriegsplans noch einmal durch-
gingen. Henry las die Stichpunkte auf der Leinwand. Die
aktuelle Folie listete Aktivitäten der ersten Phase auf, geogra-
fisch geordnet.

Phase 1

1. Iran

2. Mordanschlag – USA-feindliche Gesinnung wecken

3. Angriff auf eine Stadt am Persischen Golf – Destabilisierung der Region durch iranischen Militärangriff auf westliche Ziele, umgehende Forderung nach groß angelegter US-Präsenz am Persischen Golf

4. Angriffe auf US-Autobahnringe und Schulen – Wut in den USA schüren und Unterstützung für einen Krieg zwischen Iran und USA fördern

5. Panama

6. Chinesische U-Boote vorbereiten

7. Zone um Panamakanal mit chinesischen Bodentruppen sichern (Stoßtrupps/Versorgung über umgerüstete Handelsschiffe)

8. Groß angelegter Truppentransport und logistische Lieferkette in die Zone um den Panamakanal aufbauen (nach ARES und EMP-Angriffen)

Natesh moderierte wieder. „Das oberste Ziel des PSYOP-Teams war es, ein Umfeld zu schaffen, in dem die US-Bevölkerung – nach Abklingen der Kämpfe – dafür aufgeschlossen wäre, eine von den Chinesen installierte neue Regierung zu akzeptieren. Also kein Einsatz von Atomwaffen. Weiterhin sollte die US-Zivilbevölkerung von jeglichen modernen Kommunikationsmöglichkeiten und den offiziellen Medien abgeschnitten werden. Wir haben auch gesagt, dass eine Situation geschaffen werden muss, eine Art Katastrophenmodus, um ...", Natesh suchte nach den richtigen Worten.

Dr. Creighton sprang ein: „Damit die amerikanische Bevöl-

kerung sehr empfänglich für ausländische Hilfe und Liefe-
rungen ist. Wir beabsichtigen, eine Situation zu schaffen, die
die Amerikaner verwundbar und bedürftig macht. Sie werden
keinen Zugang zu normalen Lieferketten für Nahrungsmittel
und Versorgungsgüter haben. Aus diesem Grund werden sie
dankbar sein, wenn sich eine Lösung in Form eines groß angelegten, ausländischen Hilfsprogramms abzeichnet. Wir haben
darüber gesprochen, dass China unter dem Deckmantel einer
UN-Friedenstruppe        einmarschieren     könnte.    Zusätzlich
empfehlen wir, dass externe und interne verdeckte Militärope-
rationen stattfinden, die sowohl das US-Militär als auch die
Zivilbevölkerung veranlassen, ihre Ressourcen und Wut anderweitig auszurichten. Wie bereits angesprochen, schlagen wir
eine Kombination aus dem Iran und einer großen Terrororgani-
sation – vielleicht der ISIS – vor, obwohl ich nicht der Meinung
bin, dass deren Ziele sich decken. Das sollte aber keine Rolle
spielen. Solange die Wahrheit nicht ans Licht kommt ...“

Henry konnte es nicht fassen. Es war beinahe so, als
würden die Leute nicht sehen, dass diese Pläne der Inbegriff
des Bösen waren. Sie mussten endlich aufwachen.

Natesh griff zum Podium und trank einen Schluck aus
seiner Wasserflasche. „Okay, also noch einmal – das eben
Gehörte würde die US-Bevölkerung glauben lassen, dass die
Chinesen da sind, um zu helfen? “

„Richtig“, bestätigte Dr. Creighton. „Denn wenn es von der
Kommunikation abgeschnitten ist, wüsste es das amerikanische Volk nicht besser. Nach den ARES-Cyberangriffen und
den nachfolgenden Anschlägen auf die Kommunikationska-
näle und die Infrastruktur wüsste die Bevölkerung lediglich,
dass Strom, Gas und Lebensmittel nicht mehr verfügbar sind.
Sie wüssten nicht, wer dahintersteckt, und hätten keine
Möglichkeit, es herauszufinden. Unruhen, Plünderungen und
Hungersnot wären schnell an der Tagesordnung. Sollte dies in

den Sommer- oder Wintermonaten erfolgen, wären die Auswirkungen noch verheerender. Da diese Maßnahmen sehr konsequent und schnell greifen würden, empfehlen wir, bereits im Vorfeld der eigentlichen Invasion militärische Einheiten und Mittel ins Land zu bringen. Hier kommen die Blauhelme ins Spiel. Auf der anderen Seite sollten wir auch dafür sorgen, dass die chinesischen Soldaten bis zu einem gewissen Zeitpunkt tatsächlich *glauben*, dass sie zum Helfen im Land sind."

„Genau", sagte Natesh. „Das wäre der Teil, über den Tess gesprochen hat."

„Ja, angesichts des heutigen politischen Klimas wäre es für die chinesische Regierung eine ziemliche Herausforderung, ihr Volk davon zu überzeugen, einen Krieg gegen die Vereinigten Staaten zu führen", bestätigte Tess. „Die meisten Chinesen mögen die Amerikaner. Das wäre also ein wichtiger Knackpunkt, den die chinesischen Machthaber ausräumen müssten. Wie bekommen sie 1,3 Milliarden Chinesen dazu, in Amerika einmarschieren zu wollen?"

Norman meldete sich zu Wort. „Moment, ich dachte, wir sprechen nur über die erste Welle chinesischer Truppen, die denken sollen, dass sie Amerika helfen?"

Dr. Creighton antwortete: „Ja, diese Truppen würden das möglicherweise denken. Aber realistisch betrachtet wird sich das nicht in allen Fällen einrichten lassen. Die Chinesen werden den Informationsfluss sehr sorgfältig kontrollieren müssen –"

„Etwas, in dem sie sehr gut sind", warf Tess ein.

„Wir haben heute noch nicht über alle Details gesprochen, aber wir entwickeln unseren Plan dahingehend, dass unterschiedliche chinesische Einheiten auch unterschiedliche Informationen erhalten würden", führte Creighton weiter aus. „Die U-Boot-Kommandeure, die amerikanische Marineschiffe versenken sollen, erhalten eine Version. Und die chinesischen Truppen mit den blauen UN-Helmen bekommen eine andere. Aber das gilt nur für die erste Phase der Invasion. Die Kommunikation mit dem chinesischen Volk wird sich auf etwas ganz anderes konzentrieren. Und diese Botschaft wird in der Phase nach der Invasion verstärkt gesendet werden."

„Und was für eine Botschaft wäre das?", fragte Norman.

„Wir haben lange darüber diskutiert", berichtete Tess. „Das ist ein großes Problem. Wie motiviert man die chinesische Nation, die – relativ gesehen – die Amerikaner mag, plötzlich dazu, zu den Waffen greifen und bei ihnen einfallen zu wollen? Das Verteidigungsteam hat uns gesagt, dass dazu eine größere Truppenstärke erforderlich wäre, als das stehende chinesische Heer gegenwärtig bereithält."

„Einfach ausgedrückt – wir schaffen ein neues Feindbild: Religion", meinte Dr. Creighton. „Lena hat uns darauf gebracht, und es macht Sinn. Chinesische muslimische Terroristen haben bereits eine Menge Negativschlagzeilen gemacht. Sie haben möglicherweise über die uigurischen Attentate in China in den letzten Jahren gelesen. Unsere Idee ist es, diese Angriffe mit einem muslimisch-christlichen Krieg in Verbindung zu bringen. Dann sorgen wir für eine Reihe sehr öffentlichkeitswirksamer Anschläge in China, die von christlichen und muslimischen Gruppen verübt werden."

„Moment. Sie meinen, China soll seine eigenen Bürger angreifen? Also inszenierte Terroranschläge?", fragte Henry.

„Warum nicht?", fragte Dr. Creighton. „Das ist es, was wir im Iran und in den USA propagieren. Jeder Politiker braucht einen Sündenbock. Und im Laufe der Jahre haben religiöse und ethnische Gruppierungen in dieser Funktion wunderbare Dienste geleistet. Die Botschaft wird lauten, dass die Religion die Quelle aller Kriege und terroristischen Gewalt ist. Die chinesische Regierung wird ihre Bürger zu einem Kreuzzug aufrufen – verzeihen Sie mir die Ironie –, um den religiösen Extremismus auszulöschen. Dazu gehören auch christliche Extremisten in den USA, die China schaden wollen. Natürlich müssen wir noch an den Einzelheiten feilen, aber Sie können sicherlich alle die Richtung erkennen."

„Denken Sie wirklich, dass die chinesische Regierung bereit ist, einen Teil ihrer Bevölkerung zu töten, nur um den Rest zu motivieren?", fragte Norman skeptisch.

Henry hörte jemanden hinter sich sagen: „Das ist eine gute Idee. Etwas drastisch, aber gut."

Natesh fuhr fort: „Okay, es tut mir leid, aber ich muss darauf bestehen, dass wir weitermachen. Ziel Nummer zwei: Unsere chinesischen Besetzer möchten, dass die Wirtschaft auch ein paar Jahre nach der ursprünglichen Invasion noch funktioniert. Deshalb hat das Team die langfristigen Wirtschaftsbedingungen von Ost- und Westdeutschland verglichen und dahingehend untersucht, inwiefern sich die jeweilige Besatzung durch die Sowjets und die Alliierten auf deren Entwicklung ausgewirkt hat. Die resultierende Empfehlung ist, dass die Besatzer das Land dabei unterstützen sollten, eine eigene Regierung zu bilden, aber dem Wiederaufbau auch gewisse Grenzen setzen sollten, beispielsweise beim Militär. Die Invasionstruppen sollten sich nur auf militärische Ziele und Versorgungseinrichtungen konzentrieren, und die wichtigen Wirtschaftszentren verschonen. Das ist knifflig, weil das Kommunikationsteam die Internet- und Telekommunikationsverbindungen kappen will, auf die die amerikanische Wirtschaft angewiesen ist. Deshalb haben wir uns darauf geeinigt, dass wir nur die Stromversorgung sabotieren werden, nicht jedoch die Seekabel. Es wird trotzdem zu einem Zusammenbruch der globalen Wirtschaft kommen; aber da wir dieser keine tödlichen, sondern nur oberflächliche Wunden zufügen werden, wird sie sich mit der Zeit wieder erholen."

Natesh nahm einen weiteren Schluck aus seiner Wasserflasche. „Okay, wir sind beinahe durch."

Henry realisierte, dass auch er viel zu diesem Teil des
Plans beigetragen hatte. Am zweiten Tag hatte er sich mit der
Lösung eines der größten Probleme der Chinesen befasst:
dem Transport von Zehnmillionen Soldaten und ihrer
gesamten Ausrüstung über den Pazifik. Die Antwort war
eigentlich ganz einfach – mit Frachtcontainern. Henry hatte
einige Pläne skizziert, wie man die zahllosen Containerschiffe,
die sich täglich in den chinesischen Häfen befanden, in
behelfsmäßige Truppentransporte umbauen konnte. Viele
hatten zu bedenken gegeben, dass ein Projekt solchen
Umfangs sicherlich die Aufmerksamkeit des US-Geheim-
dienstes auf sich ziehen würde. Aber Henry hatte darauf
hingewiesen, dass zum Zeitpunkt des Angriffs nur die ersten
paar Schiffe Panama erreicht haben mussten. Der Rest konnte
dann nach dem Stromausfall folgen, wenn die USA nicht
mehr wussten, was geschah.

Henry betrachtete das fertige Konzept und dachte erneut,
wie wertvoll Natesh für seine Kunden gewesen sein musste. Er
hatte die einzelnen Projektergebnisse derart integriert, dass
sich alles zu einem schrecklichen und effizienten Komplott
zusammenfügte. Ein Schiff würde beladen und verschickt
werden, es musste einen Monat früher ablegen als die anderen. Die Vorbereitung musste natürlich vertuscht werden. Der
US-Stromausfall würde herbeigeführt, bevor das erste Schiff
den Hafen verließ. Dieses würde den Panamakanal erobern
und halten, während der Rest der Flotte zusammengestellt
wurde. Dann würden die psychologischen Operationen
folgen. Dem chinesischen Volk würde eine Geschichte vorge-
gaukelt, die es aufrüttelte und zum Handeln bewegte. Eine
massive Mobilmachung Chinas wäre die Folge, und die

Truppen würden in Containerschiffen über den Pazifik trans-
portiert werden.

Die Vereinigten Staaten würden unterdessen wochenlang
ohne Elektrizität, Transportwesen und Kommunikation
auskommen müssen. Das würde die ganze Nation in Chaos
und Ungewissheit stürzen. Lebensmittelläden würden
geschlossen werden, Tankstellen auf dem Trockenen liegen.
Kleine Eliteeinheiten der chinesischen Spezialkräfte würden
in Schlüsselregionen zum Einsatz kommen und sicherstellen,
dass das Chaos anhielt. Kurz vor dem Blackout stattfindende
inszenierte Ereignisse würden bewirken, dass die USA den
Iran oder Terroristen aus dem Nahen Osten dafür verantwortlich machen würden. Dieser Stromausfall würde die US-Bevölkerung für jegliche Hilfsangebote empfänglich machen. Wenn
dann die Chinesen – als humanitäre Hilfskräfte der UN getarnt
– Lebensmittel und Wasser verteilten, wären die Amerikaner
ihnen dankbar. Und wenn schließlich die Lichter wieder
angingen, würden die Chinesen längst die gesamte Kommunikation kontrollieren. Während des Blackouts hätten chinesische Spezialeinheiten die Führung der USA ausgeschaltet und
eine neue Marionettenregierung installiert. Das Militär würde
in eine größtenteils unbewaffnete Organisation zum Wiederaufbau umgewandelt werden, die die Trümmer beseitigten. Es
würde ein paar spannungsgeladene Monate geben, wenn das
chinesische Recht eingeführt würde und sich alle Amerikaner
neuen Regeln und der Zensur unterwerfen mussten. Aber die
chinesischen Truppen würden weiterhin ins Land strömen,
zusammen mit ihren Familien. Und sie würden bleiben.

Eines der Hauptziele war es, die Vereinigten Staaten zu
erobern und zu halten. Die einzige Möglichkeit dies zu erreichen– und hier waren sich alle Experten einig –, wäre es, so
viele Chinesen wie möglich ins Land zu bringen. Es musste

eine neue Lebensweise für alle etabliert werden. Der Zustrom von chinesischen Kindern böte der Regierung einen Vorwand, die Lehrpläne neu zu gestalten. Schulfächer müssten landesweit vereinheitlicht werden. Alle Kinder würden Englisch und Mandarin lernen. Es würden Jahre des sozialen Wandels folgen.

Henry hatte in den vergangenen Tagen Gerüchte über diese Pläne gehört. Aber als er sie nun schwarz auf weiß auf der Leinwand sah, erschreckten sie ihn beinahe zu Tode. Wenn diese Pläne wirklich zum Tragen kämen ...

Er musste mit David sprechen.

## 9

„Es liegt auf der Hand, dass dort, wo Opfer gebracht werden, jemand Opfergaben sammelt. Wo jemand bedient, wird jemandem gedient. Der Mann, der zu Ihnen von Opfern spricht, spricht von Sklaven und Herren, und er hat vor, der Herr zu sein."

—*Ayn Rand*

*14 Jahre früher*

Schweiß tropfte von Lenas Stirn auf die festgetretene Erde, die den Burke Lake im Norden von Virginia umgab. Ihr Brustkorb hob und senkte sich, als sie nach Luft schnappte und sich von ihrem Acht-Kilometer-Lauf erholte. Sie trug ein Trägertop und Laufshorts, die nicht viel mehr verhüllten als ein Badeanzug. Sie drehte sich um, als sie hinter sich Schritte auf dem Asphalt hörte.

„Du hast wirklich Gas gegeben", stellte Greg fest.

„Ja. Ich hatte noch etwas Energie übrig für den letzter Kilometer. Wie viel Vorsprung hast du mir gegeben?"

„Vielleicht dreißig Sekunden. Ich mag mich dabei aber etwas verzählt haben." Er schenkte ihr ein süßes, jungenhaftes Grinsen. Sie spürte wieder diesen Stich in der Herzgegend, der so schwer zu ignorieren war. Aber heute *musste* sie diese Gefühle ignorieren. Ein Opfer zu bringen war eine Tugend.

„Ganz bestimmt." Sie lächelte.

Sie setzten sich auf den Grasstreifen neben dem geparkten Auto und dehnten sich. Es war das letzte verbleibende Auto auf dem ganzen Parkplatz. Die Sonne war vor einer halben Stunde untergegangen, und die Dunkelheit setzte rasch ein.

„Wow. Hast du den Mond dort drüben gesehen?" Greg deutete auf den See. Über dem Bootshaus, genau über den Baumwipfeln, stieg ein riesiger roter Mond auf.

„Oh, ich habe davon im Radio gehört. Sie nennen es einen Blutmond. Es wird eine Mondfinsternis geben. Die rote Farbe kommt von den Sonnenaufgängen und -untergängen, die sich darin reflektieren, oder so ähnlich."

Greg beugte sich zu ihr hinüber und gab ihr einen Kuss auf die Wange. „Klingt romantisch."

Sie drehte ihm das Gesicht zu und sie küssten sich leidenschaftlich. Als sie sich voneinander lösten, sahen sie sich tief in die Augen. In seinen konnte man einen gewissen Hunger erkennen. In ihren standen Tränen.

„Was ist?", fragte Greg.

„Nichts." Sie wandte sich ab und sah den Mond an – und dann zum Bootshaus hinüber. Der Mond spiegelte sich im See. „Ich habe eine lustige Idee. Ich denke, sie wird dir gefallen."

Greg hob die Augenbrauen, „Oh? Das hört sich spannend an."

„Komm mit." Sie sprang auf und begann, bis zu der

Stelle am Ufer zu joggen, wo die Ruderboote aufgestapelt waren. Lena musste sich nicht umdrehen. Sie wusste, dass er direkt hinter ihr war. Sie würde die gemeinsamen Läufe vermissen.

Lena kam bei den Booten an und sah sich noch einmal um. Außer ihnen keine Menschenseele.

„Komm, lass uns eine private Ruderpartie machen ", schlug sie mit einem Zwinkern vor.

Greg grinste und begann, eines der unteren Boote aus dem Gestell zu schieben. Das tiefe Rumpeln von Holz, das über Metall gleitet, hallte vom See wider. Niemand hörte es. Sie waren allein.

Gemeinsam schoben sie das Boot über den Kiesstrand ins Wasser. Greg schnappte sich zwei hölzerne Ruder, die aussahen, als hätten sie schon bessere Tage gesehen. Sie schoben die Rudergabeln in die dafür vorgesehenen Öffnungen in der Bordwand und stießen sich ab. Auf dem Wasser begann das Boot zu wackeln und zu schaukeln.

Beide kicherten, als Greg beinahe das Gleichgewicht verlor. Dann setzte er sich auf die Ruderbank und begann, mit langen, kraftvollen Zügen zu rudern.

Er machte einen Schlag.

Dann ruderte er nur mit einem Arm, um das Boot in die Mitte des großen Sees zu steuern. Es wurde immer dunkler. Der Blutmond warf sein rotes Licht auf das Wasser und die Gesichter des jungen Liebespaars.

Ein weiterer Schlag.

Lena saß im Bug des Bootes und blickte in die kupferrote Kugel am Nachthimmel. Das leise gurgelnde Geräusch des Wassers war eigentlich entspannend.

Aber sie war nicht entspannt.

In ihrem Inneren kämpfte sie mit einer seltsamen Mischung aus Traurigkeit und Nervosität. Und da war noch ein drittes Gefühl, das eigentlich nicht da sein sollte, aber trotzdem in ihr aufstieg – *Erregung.*

Der nächste Schlag.

Sie sahen sich wissend an, während er ruderte. Sie beobachtete, wie sich sein durchtrainierter Körper bewegte, und fühlte seinen Blick auf ihrer Haut. Er wollte sie. Hier draußen, in der kühlen Herbstluft, wo sie völlig allein waren, umgeben von purpurrotem mondbeschienenem Wasser.

Noch ein Schlag.

Nach etwa zehn Minuten erreichte das Boot einen dunkleren Teil des Sees, der im Schatten einiger großer Kiefern lag. Greg hörte auf zu rudern, und das Boot trieb von allein weiter und zog leichte Wellen hinter sich her. Lena kletterte vorsichtig zu ihm auf die mittlere Bank. Er zog sie an sich und küsste sie. Zuerst ganz bedächtig. Nach und nach wurden die Küsse intensiver und leidenschaftlicher. Sie setzte sich auf ihn und schlang ihre Beine um seine Hüften. Seine Hände streichelten ihren Rücken, und ihr Herz schlug schneller. Als eine Hand begann, nach vorne und unter ihr Top zu wandern, stoppte sie ihn.

„Warte", flüsterte Lena.

„Was?"

„Ich dachte, ich hätte etwas gehört." Sie befanden sich nun in der Nähe des gegenüberliegenden Ufers, wo der Laufweg aus dem Wald führte und dem Verlauf des Ufers folgte.

„Was denn?", fragte Greg. Er lehnte sich vor und schaute in die von ihr angedeutete Richtung.

Beide starrten in den dunklen Schatten des Waldes.

Lena fuhr mit einer Hand unter ihr Top und unter ihren schweißnassen Sport-BH, bis sie das kleine, harte Plastikteil fand, das dort während der letzten zwei Stunden versteckt gewesen war.

„Ich dachte, ich hätte jemanden gesehen. Da drüben", erklärte sie.

Sie hielt es hinter ihrem Rücken versteckt, sodass Greg es nicht sehen konnte. Dann zog sie die Plastikkappe ab, und achtete darauf, die Nadel nicht zu berühren.

„Ich sehe gar nichts", meinte Greg. Lächelnd wandte er sich wieder zu ihr.

„Küss mich", forderte sie ihn auf.

Sie beugten sich vorsichtig zueinander, um nicht das Gleichgewicht zu verlieren.

Ihre Hände waren an seinem Hinterkopf. Er fühlte nur einen winzigen Nadelstich in seinem Genick. Aber er musste das Geräusch gehört haben. Das leise *Pssstt,* als der kleine, unter Druck stehende Behälter eine Dosis eines Lähmungsmittels in seinen Körper injizierte, die auch einen viel größeren und schwereren Mann fast augenblicklich umgehauen hätte.

Gregs Gesicht verzerrte sich. Und Lenas Herz raste euphorisch.

Ihre Augen weiteten sich erwartungsvoll. Sie hatte noch nie jemanden getötet und war unsicher gewesen, was für Gefühle eine solche Tat auslösen würde. Angesichts der Tatsache, wer er war und dass sie eine Beziehung gehabt hatten, hatte sie mit Traurigkeit gerechnet. Aber die Erregung, die sie nun durchflutete, war besser als jedes Hochgefühl, das sie je gehabt hatte. Gregs Nackenmuskulatur verspannte sich. Dann erstarrte der Rest seines Körpers, sein Gesicht wurde tiefrot und die Venen an seinem Hals traten hervor. Sie hatte immer noch ihre Beine um ihn geschlungen. Lena wusste nicht warum, aber sie strich ihm weiterhin liebevoll über den Rücken. Küssen tat sie ihn allerdings nicht mehr, denn sie wollte sein Gesicht beobachten, wenn das Leben aus seinen Augen wich. Sie war hin und her gerissen zwischen dem

Verlust ihrer bisher einzigen wirklich romantischen Beziehung, und der Aufregung darüber, endlich ihr Training anwenden zu können. Oder war die Aufregung anderweitig bedingt? Machte es ihr Spaß, zu töten?

„Schhh ... Schhhhh ...", flüsterte Lena.

Er sah sie verständnislos an. Die Krämpfe wurden jetzt stärker, und das Boot begann zu schaukeln. Um es zu stabilisieren, setzte sie beide Füße auf Boden. Dann packte sie seinen Arm und sein Knie und erhob sich mit all ihrer Kraft. Kaltes Wasser spritzte ihr ins Gesicht, als sein steifer, unbeweglicher Körper in den See stürzte. Sie konnte unverständliche Laute hören, die er zwischen seinen zusammengepressten Zähnen ausstieß. Einen Moment lang trieb er mit dem Gesicht nach oben auf dem Wasser – bis sie vom Boot aus nach ihm griff und ihn umdrehte. Kurz war noch ein groteskes Gurgeln zu hören, und dann: Totenstille.

Mit großen Augen starrte sie auf das Wasser. Als es vorbei war, lief eine einzelne Träne über ihr Gesicht. Sie hatte einen merkwürdigen Geschmack im Mund. Adrenalin. Einen Moment lang war ihr nach Schluchzen. Dann nach Schreien. Und plötzlich war sie ganz ruhig. Es war ein großes Opfer, aber sie hatte ihre Pflicht getan. Ein immenser Stolz überkam sie. Sie hatte sich bewiesen. Und nun würde sie eine von Jinshans Meisterschülerinnen werden.

Lena nahm die Ruder auf und begann, zum Bootshaus zurückzurudern, weg von der im Wasser treibenden Leiche. Auf halbem Weg warf sie die kleine Plastikspritze in den See.

*Gegenwart*

Lena verließ das Hauptgebäude und trat hinaus in den feucht-warmen Wind. Jetzt wehte es wirklich. Der tropische

Wirbelsturm hatte sie erreicht. Dem aufgeweichten Boden nach zu urteilen, hatte sie gerade einen sintflutartigen Regenguss verpasst. Sie eilte den Kiesweg hinunter.

Eine Minute später gab sie den Code in das Keypad ein und öffnete die Tür zum Kommunikationsgebäude. Innen angelangt, schlug ihr im engen Flur kühle klimatisierte Luft entgegen. Die Lüftungen der beiden Computer summten.

„Hallo?"

Keine Antwort. Natesh Chaudry und Major Combs waren die einzigen beiden Personen, denen sie Zugang zu diesem Gebäude gewährt hatte, und beide befanden sich derzeit im Hörsaal. Sie ging zum anderen Ende des Raums, tippte einen weiteren, längeren Code in das Zahlenfeld der Tür und betrat das Hinterzimmer des Kommunikationsgebäudes.

Die Wände dieses Raums waren bedeckt von Diagrammen und ausgeschalteten Monitoren. Es gab auch Funk- und Radargeräte. Sobald mehr Leute hier wären, würde dieser Raum als Leitstelle für die Flugsicherung dienen. Aber jetzt, während sie für Jinshan auf dieser Insel arbeitete, war dies ihre Unterkunft. Es gab einen Waffenschrank, ein Regal für ihre Kleidung, ein Bad mit Dusche und eine kleine Küche, die sie aber nur selten benutzte. Auf dem Betonboden lag eine Matte, nur unwesentlich dicker als eine Yogamatte. Das war ihre Matratze. Jeden Tag machte sie fünfundvierzig Minuten Gymnastik und dann noch einmal fünfundvierzig Minuten Kampfsportübungen. Sie lebte spartanisch.

Lena näherte sich der runden Metallluke, die sich in einer Ecke des Raumes befand und drehte das große Metallrad, das den Schließmechanismus steuerte. Zuerst ging es schwer, drehte sich dann aber immer schneller. Als die Falltür vollständig entriegelt war, öffnete Lena sie und betrat die darunter befindliche Leiter. Sie schloss die Luke hinter sich und setzte ihren Weg nach unten durch die etwa drei Meter lange Röhre fort. Sie war gerade groß genug, dass ein Mann mitsamt ein paar Vorräten durchpasste.

Der vertikale Schacht, den sie hinunterkletterte, mündete in einen runden Betontunnel. Sie war ihn erst zweimal abgegangen, war aber beide Male erstaunt gewesen, wie lang er war. Es dauerte ungefähr fünfzehn Minuten von einem Ende zum anderen. Fünfzehn Minuten, um die Insel zu überqueren – oder mitten durch sie hindurchzugehen, um genauer zu sein. Sie begann ihren Marsch durch den Tunnel und ignorierte den leichten Schmerz, der ihr signalisierte, dass die schwarzen Schuhe mit den niedrigen Absätzen nicht die richtige Wahl für diese Art von Spaziergang waren. Aber sie war in Kampfhandlungen an einigen der unwirtlichsten Orte dieses Planeten verwickelt gewesen. Sie konnte unbequeme Schuhe aushalten.

Der Tunnel war trocken und gut beleuchtet. Er wand sich mitten durch das dunkle Felsgestein der Insel. Es gab keine Türen oder Abzweigungen, nur die runde Betonröhre, soweit das Auge sehen konnte. Wie der Eingang zum Kommunikationsgebäude, so hatte auch die Tür am anderen Ende des Tunnels ein Zahlenfeld zur Eingabe eines Codes. Allerdings gab es hier keinen vertikalen Schacht, durch den man klettern musste, sondern nur eine große Metalltür. Lena tippte den Code ein und hörte das bestätigende Piepen, als sich die Tür entriegelte. Sie öffnete sich und gab den Blick auf eine lange, steile Treppe frei, die ins Nichts zu führen schien. Ihre Schritte hallten dumpf, als sie die Stufen erklomm.

Je höher sie stieg, desto lauter wurde das Stimmengewirr: Alle sprachen Mandarin. Sie vernahm auch eine zunehmende Kakofonie aus Computergeräuschen, Tastenanschlägen und Hightech-Kommunikation. Die Treppe beschrieb eine Kurve und mündete in einen höhlenartigen Raum mit gedimmtem blauem Licht, in dem ein Dutzend chinesische Militär- und

Geheimdienstmitarbeiter geschäftig ihrer täglichen Routine nachging. Mehrere saßen vor Bildschirmen, die eine Liveübertragung der Beratersitzungen auf der anderen Seite der Insel zeigten. Sie tippten wild auf ihre Tastaturen ein, machten Notizen und fügten Kommentare hinzu, die später sorgfältig überprüft werden würden. Andere überwachten Radar- und Funksignale an eine nahe gelegene Flotte chinesischer Marineschiffe.

Ein einsamer weißer Mann – der Amerikaner – kam mit ausgestreckter Hand auf Lena zu. „Lena Chou. Freut mich, Sie endlich kennenzulernen." Er betrachtete sie von oben bis unten. „Habt ihr Spaß da drüben?" Er war der Einzige im ganzen Raum, der Englisch sprach.

Lena ignorierte den Amerikaner und wandte sich an den Stützpunktleiter. „Was gibt es Neues?"

Ein kleiner, ernster Mann mit grauen Augen und rauer Stimme antwortete in Mandarin. „Ma'am, der aktuelle Wetterbericht zeigt im Vergleich zu heute Morgen kaum Veränderungen auf. Des Weiteren ist unser amphibisches Unterstützungsschiff nun in Helikopterreichweite, aber sie haben uns mitgeteilt, dass es für sie sehr schwierig wäre, bei diesem Wetter zu fliegen. Sie haben mich gebeten, Ihnen mitzuteilen, dass es klug wäre, Luftunterstützung nur im Notfall anzufordern, bis der Sturm vorübergezogen ist."

Lena runzelte die Stirn. „Ich verstehe." Sie betrachtete den Monitor, der den Hörsaal zeigte. „Ihre Männer müssen David Manning im Auge behalten. Ich glaube, er ahnt etwas. Er war in der ersten Nacht draußen. Ich denke, er hat den Helikopter gesehen. Beobachten Sie ihn sorgfältig."

Der Amerikaner hob seinen runden Kopf und fragte: „David hat etwas gesehen?"

Lena studierte das aufgedunsene Gesicht des Amerikaners. Sie konnte sich nicht erklären, warum man ihm gestattet hatte, die CIA auszuspionieren. In ihren Augen war er ein Schandfleck. Seine Illoyalität gegenüber seinem eigenen Land war verachtenswert, ungeachtet der Tatsache, dass er nun ihrem Land Loyalität versprach. Sie würde ihm eher die Kehle aufschlitzen, als sich in einer Kampfsituation auf ihn zu verlassen. Dieser Mann verkörperte alles, was an den Amerikanern schlecht war. Er war fett, faul, selbstgefällig und unausstehlich. Und am schlimmsten war, dass er keinen Funken Ehrgefühl besaß. Wenn sie darüber nachdachte, was sie selbst alles im Namen der Ehre und Pflichterfüllung geopfert hatte ... Dieser Kerl hatte keine Ahnung, was Opferbereitschaft überhaupt bedeutete.

Lena beschloss, trotzdem auf seine Frage zu antworten. „Ja. David Manning hat wahrscheinlich etwas gesehen."

„Was genau hat er gesehen?"

„In der zweiten Nacht hat er eventuell gesehen, wie Bill Stanley ausgeflogen wurde. Sie kennen Bill, denke ich. Ich glaube, Sie haben ihn heute Morgen hierher begleitet, korrekt?"

„Ja", antwortete Tom knapp.

„Nun, David könnte die Evakuierungsoperation beobachten haben. Und falls das stimmt, ist dadurch unsere Position auf meiner Seite der Insel wahrscheinlich gefährdet."

„Wieso wissen Sie nicht, ob er es gesehen hat oder nicht? Ich habe eben die Kameraaufnahmen aus Ihrem Kontrollzentrum gesehen. Können Sie nicht sehen, was da drüben vor sich geht?"

Lena seufzte. Dieser Mann war unter ihrer Würde. „Wir verfügen lediglich über eine Liveübertragung aus dem Hörsaal. Leider hatten wir nicht genug Zeit, um alles entsprechend vorzubereiten. Die Gelegenheit, diese Berater hier auf die Insel zu holen, ergab sich ziemlich unerwartet. Also haben wir dem Hörsaal die oberste Priorität eingeräumt. Unglücklicherweise ist dieser Raum also der einzige Bereich, der video-überwacht wird. Ich persönlich überwache den Status unserer Berater und melde mich alle paar Stunden bei der Einsatzstelle. Falls ich mich nicht melde, hat deren Leiter entsprechende Befehle."

Tom sah amüsiert aus. „Wirklich? Dann wird das jetzt wohl ein wenig brenzlig für Sie, nicht wahr? Denken Sie, Sie bekommen das allein in den Griff?"

„Ja, das denke ich. Aber ich bin nicht allein. Ich habe einen Assistenten an meiner Seite."

Tom hob fragend die Augenbrauen. „Nur einen?"

„Ja, nur einen."

„Wer ist es? Jemand von dieser Liste, die ich gesehen habe?"

Lena antwortete nicht. Stattdessen drehte sie sich um und verließ den Raum. Ein junger chinesischer Soldat mit einem Klemmbrett folgte ihr. Sie diktierte ihm im Gehen ihre Befehle, und er schrieb beflissen jedes Wort auf. Tom musste sich beeilen, um Schritt zu halten.

Sie gingen einen Korridor mit Metallgitterböden entlang, dann mehrere Treppen hinauf. Als sie den fünften Stock erreichten, schnaufte und keuchte Tom bereits. Lena hatte die Ausdauer einer Marathonläuferin. Sie verließen das Treppenhaus und passierten einen weiteren, langen Flur. Eine Seite des Ganges bestand aus demselben dunkelgrauen Beton, aus dem alle Gebäude auf dieser Insel errichtet worden waren. In die andere Wand waren lange Plexiglasfenster eingelassen, durch die man in eine riesige Höhle blickte. Lena blieb stehen und starrte hinaus auf ein Dutzend Männer mit Schutzhelmen, die dort arbeiteten. Einer trug eine Schweißermaske, und sein Schweißgerät versprühte Funken in alle Richtungen.

Es war ein spektakulärer Anblick, einer ihrer neuesten U-Boot-Bunker. Zwei nuklear angetriebene Jagd-U-Boote

würden hier Platz finden. Noch befanden sich im dunkel-
blauen Wasser allerdings keine Boote. Die Öffnung der Höhle
lag etwa 350 Meter tiefer und mündete neben dem Pier in den
Ozean. Lena hatte erfahren, dass in den letzten drei Jahren
mehrere Dutzend dieser geheimen Stützpunkte errichtet
worden waren. Die Qualität und Präzision, mit der das chinesische Militär arbeitete, erfüllte sie mit Stolz.

Lena betrachtete die Baustelle und fragte: „Sagen Sie mir,
Thomas, warum haben Sie Ihr Land verraten?"

Er wurde rote. „Nennen Sie mich Tom. Und Sie können
mich mal."

„Oh, Verzeihung – ich wollte Sie nicht beleidigen. Ich
möchte nur verstehen, was Sie dazu bewegt hat."

Tom verlagerte sein Gewicht und sah sie argwöhnisch an.
„Sie wollen wissen, warum? Das können Sie haben. Weil
Amerika nicht mehr ist, was es mal war. Ich war achtzehn
Jahre lang bei der CIA. Ich habe mir den Arsch aufgerissen
und mehr Zeit in irgendwelchen Drecksländern damit zuge-
bracht, Moskitos zu erschlagen und bösen Jungs beim Telefonieren zuzuhören, als mir lieb ist ... Die Bezahlung war
beschissen. Der Job noch beschissener. Nach der Sache mit
dem Irak zog der private Sektor rapide an. Und dort wurde gut
bezahlt. Also habe ich mich umorientiert."

Lena sah, wie sich seine Augen unruhig hin und her
bewegten, als er sein Leben rekapitulierte. Traurig war, dass er
sich diese Entscheidung wahrscheinlich nicht einmal ernsthaft überlegt hatte. Da war nicht viel Tiefgang, er war alles
andere als ein Denker. Er war nur eine Schachfigur. Das war
gut. Die Welt brauchte Schachfiguren. Aber diese hier verachtete sie.

„Und dann?", fragte Lena weiter.

Er sah sie an. „Im privaten Sektor wurde nach anderen
Regeln gespielt. Er wurde nicht vom Patriotismus, sondern

von Dollars angetrieben. Ich habe plötzlich klar gesehen. Das Spiel, das Sie und ich spielen, Lena, ist dasselbe, egal für welche Seite man spielt. Als ich in die Privatwirtschaft ging, erhielt ich Zugriff auf eine Menge Informationen. Manchmal hat unsere Firma sie an die Amerikaner verkauft, manchmal an andere Länder. Das Gute an der Privatwirtschaft ist, dass man sich schnell verändern kann. Konkurrenten bieten mehr Geld, damit man zu ihnen überwechselt und alles ausplaudert. Also kam ich zu dem Schluss, dass dieser ganze Loyalitätskram überbewertet wird. Ich habe für alle großen Unternehmen gearbeitet. Als Ihre Leute mich angesprochen haben, hatte ich gerade in einem kleinen Laden in Peking angefangen. Für mich war das nur eine weitere Gelegenheit. Ein anderer Wettbewerber, eine neue Gelegenheit. Das ist das Leben: eine Abfolge von Wahlmöglichkeiten und Kompromissen. Es gibt keine Loyalität. Kein Land oder Unternehmen wird sich um Sie kümmern. Die kümmern sich alle nur um sich selbst. Patrioten sind Idioten. Sie können ihre Flaggen und Orden behalten. Ich werde reich sein und für das Gewinnerteam spielen."

Lena hörte ihm emotionslos zu. Dieser Mann war wirklich ein Schwein. Mr. Jinshan hatte ihn überredet, diese Rolle zu übernehmen. Tom hatte ihnen geholfen, das stimmte. Ein Großteil seiner Informationen hatte dem Projekt in der Tat gute Dienste geleistet. Ohne ihn hätten sie niemals so viele Berater auf die Insel bringen können. Aber sie verachtete, wofür er stand. Begegnungen mit Amerikanern wie Tom ließen sie an ihre Sache glauben. Lena wusste, dass die Religion – und diejenigen, die an sie glaubten – als Sündenbock und Motivator für das gemeine Volk dienen würden. Aber für sie hatte dieser Krieg nichts mit Religion zu tun. Es ging nur um Stärken und Schwächen. Und dieser Mann war schwach. Schwach im Geiste, und schwach in seinen Überzeugungen.

Er folgte stets seiner Gier, hurte wahrscheinlich bei jeder sich bietenden Gelegenheit rum. Er opferte nichts und glaubte an nichts von wahrem Wert. Deshalb war er auch so fett. Amerika war fett geworden. Europa war fett geworden. Während ein Großteil der Welt verhungerte. Lena würde dabei helfen, die Fetten zurechtzustutzen und das Gleichgewicht wiederherzustellen.

Sie bedeutete ihm, näherzukommen. Er beugte sich ihr entgegen.

Sie flüsterte in sein Ohr: „Ich möchte, dass Sie wissen, wie dankbar wir für Ihre Dienste sind. Aber – falls Sie noch irgendwelche Zweifel daran haben sollten, was ich persönlich von Ihnen halte – ich glaube, dass Sie nichts weiter als eine hoch bezahlte Prostituierte sind."

Sie trat einen Schritt zurück und starrte ihm direkt in die Augen.

Toms Mund stand offen, sein Gesicht wurde rot. „Ich – ich habe Ihnen geholfen. Und Ihrem Land. Wie können Sie es wagen ..."

Er schäumte vor Wut, fügte aber nichts mehr hinzu.

Sie sah ihn ein paar Sekunden weiter regungslos an. Dann drehte sie sich um und ließ ihn einfach stehen.

Im Gehen rief sie ihm zu: „Kommen Sie, Thomas. Lassen Sie uns mit unserem Freund Bill plaudern."

---

Bills Zelle war quadratisch und maß etwa 2,5 mal 2,5 Meter. Sie war 4,5 Meter hoch. Und sie war fast stockdunkel. Der kleine Spalt unter der Tür, durch den etwas Licht vom Korridor hereinfiel, war die einzige Lichtquelle. Die ganze Zeit über spielten sie eine Art weißes Rauschen ab. Es begann, ihn in den Wahnsinn zu treiben. Er wusste nicht woher, aber sie schienen stets zu wissen, wann er dabei war, einzuschlafen. Denn genau dann drehten sie die Lautstärke auf. Es klang wie eine Kreuzung aus dem charakteristischen Rauschen eines alten analogen Fernsehers mit schlechtem Empfang und einer Biene, die direkt an seinem Ohr summte.

Schlüssel klimperten. Dann wurde die Tür geöffnet und das Licht von draußen blendete ihn vorübergehend.

Lena und der Amerikaner, der Bill von dem chinesischen Schiff eskortiert hatte, standen in der Tür.

Er kauerte sich zusammen, als er sie erblickte.

Lena lächelte ihn strahlend an. „Hallo, Bill."

Er antwortete nicht. Stattdessen fuhr er sich mit der Hand über die Bartstoppeln in seinem unrasierten Gesicht. Er war ein Wrack. Aus müden und wässrigen Augen blickte er Lena an. Sein Magen schmerzte vor Hunger, und er war unbeschreiblich erschöpft. Er wollte nichts mehr, als eine warme Mahlzeit und Schlaf.

Sie behandelten ihn hier genauso wie auf dem chinesischen Schiff. Auch dort hatten sie ihn die ganze Zeit über mit diesem Geräusch beschallt. Er wusste nicht, wie oft er etwas zu essen bekommen hatte, denn sie hatten ihm seine Armbanduhr gleich am ersten Tag an Bord abgenommen. Die ersten Nächte auf dem Schiff hatte er sich noch selbst bemitleidet. Er hatte geweint, Angst gehabt und seine Frau vermisst. Aber dann folgten ein paar Tage mit wenig Nahrung und noch weniger Schlaf, die sein Selbstmitleid hatten versiegen lassen. Er hatte angefangen, viel zu beten. Hauptsächlich für Essen.

Seine einzige und sporadische Verpflegung hatte aus ein bisschen Reis und Wasser bestanden. Normalerweise hatten sie bei dieser Gelegenheit auch gleich den Pisseimer geleert. Bill roch den Gestank schon gar nicht mehr.

Die Bootsfahrt an diesem Morgen war holprig und verwir-

rend gewesen. Er konnte nicht verstehen, warum der Amerikaner, Tom, ihnen half. Aber Bill war so erschöpft, dass er
kaum mit ihm gesprochen hatte. Es war das erste Mal, dass die
Chinesen ihn aus seinem Schiffsgefängnis herausholten, seit
der Helikopter ihn vor einer Woche dort abgesetzt hatte. Nach
der kurzen Überfahrt zu dieser Insel war er gleich wieder in
eine Zelle gebracht worden. Wenigstens schaukelte diese hier
nicht ständig hin und her. Auf dem Wasser war er seekrank
geworden.

„Hallo, Bill", wiederholte Lena mit schroffer Stimme.

Bills Lippen waren aufgeplatzt und er war heiser. „Was
wollen Sie? Lassen Sie mich endlich gehen?"

„Nein, Bill. Ich fürchte nicht. Niemand darf gehen.
Darum sind Sie hier. Weil Sie nach Hause wollten. Und weil
Sie etwas über unseren ARES-Zeitplan wissen, das die
anderen nicht wissen. Ich hätte Sie vielleicht überreden
können, Ihre patriotische Pflicht zu erfüllen und noch ein
paar Wochen auf dieser Insel zu bleiben. Aber ich konnte
nicht riskieren, dass Sie die anderen alarmieren, weil unser
Angriff schon viel früher stattfinden wird, als sie denken.
Wenn die anderen das spitzbekämen, würden sie unter
Umständen aufhören, zu kooperieren und all diese wunder-
baren Pläne zu schmieden. Und das können wir nicht
zulassen."

Bill saß auf dem Boden und schlang seine Arme um die
Knie.

„Bill, das wird schon wieder. Ich wollte nur vorbeikommen
und Hallo sagen. Schon bald werden Sie wieder mit den
anderen Beratern vereint sein. Ihre Arbeit wird weitergehen.
Und wenn Sie Ihre Arbeit gut machen, werden Sie auch gut
behandelt. Wenn Sie Ihren Job schlecht machen, werden Sie
schlecht behandelt. Ist das klar?"

Bill schniefte und sah zu ihr hoch. Dann wandte er sich an

Tom. „Sie haben mich heute auf dem Boot hergebracht. Sie sind Amerikaner, nicht wahr?"

Tom war in Gedanken immer noch bei seiner Unterhaltung mit Lena. „Ja", war alles, was er antwortete.

„Wie können Sie das Ihren eigenen Landsleuten nur antun?"

Lena sah Tom an und wartete interessiert auf dessen Antwort.

Tom ging in die Defensive. „Ich bin nicht der einzige Amerikaner, der ihnen hilft. Ich bin nicht einmal der einzige Amerikaner auf dieser Insel, der ihnen hilft. Es ist eine neue Weltordnung, Kumpel. Gewöhn dich besser daran."

„Wer sonst noch? Combs?", fragte Bill.

Tom warf Lena einen Blick zu. Keiner von beiden sagte ein Wort.

Bill brauchte auch keine Antwort. In seiner Zeit als Gefangener hatte er mehr als genug darüber nachgedacht. Er wusste, dass Combs Dreck am Stecken hatte. Seit er diesen übellaunigen, kahl werdenden Versager von einem Offizier zum ersten Mal gesehen hatte, war sich Bill sicher, dass er ein seltsamer Kerl war. Allein schon, wie er alle über sein Klemmbrett hinweg anstarrte und sich an seiner Machtposition aufgeilte ... In seiner Zelle hatte Bill realisiert, dass Combs genau die Art exzentrischer, einsamer Sonderling war, der Spionage betrieb, um zu beweisen, dass er besser war als alle anderen. Es war ganz offensichtlich, dass er sich ihnen allen überlegen fühlte.

Lena und Tom brauchten Bill nicht zu erzählen, dass der Major eingeweiht war. Er wusste es auch so. Und das bescheuerte Grinsen auf Toms Gesicht war die Bestätigung.

Tom lächelte und sah zu Lena hinüber. Sie lächelte nicht zurück.

„Sie werden Ihre Freunde früh genug wiedersehen", sagte

Lena. „Tom wird in Kürze zurückkommen, um ein paar Dinge mit Ihnen zu besprechen. Es geht um einige Details, die wir benötigen. Ich wollte Ihnen nur mitteilen, dass ich gute Ergebnisse sehen will. Bill – haben Sie mich verstanden?"

Bill nickte. Er würde versuchen, sich zu widersetzen. Aber wenn sie ihm etwas zu Essen anböten, würde er ihnen vermutlich alles erzählen, was sie hören wollten. Er war so unglaublich hungrig.

„Gut."

Lena und Tom verließen die Zelle und warfen die Tür mit lautem Krachen ins Schloss.

Sie machten sich auf den Rückweg zu dem Raum mit den vielen Monitoren.

# 10

"Alle Kräfte der Welt sind nicht so mächtig wie eine Idee,
deren Zeit gekommen ist."

—*Victor Hugo*

Es war bereits Mittag, als David endlich in der Lage war, mit Natesh und Henry allein in seinem Zimmer zu sprechen. Er hatte den ganzen Vormittag versucht, mit ihnen zu reden, aber da der Major und Natesh alle ununterbrochen zur Arbeit anhielten, hatte sich keine Gelegenheit geboten. Dass all diese grauenhaften Pläne so sorgfältig und präzise zusammengefasst wurden, machte ihn krank.

David hatte Henry und Natesh bedeutet, ihm in die Baracken zu folgen, bevor sie zum Essen in die Cafeteria gingen. Unterwegs hatten sie angefangen, ihn mit Fragen zu löchern, aber er hatte sie vertröstet, bis sich seine Zimmertür hinter ihnen schloss.

"Wir müssen heute noch etwas unternehmen", begann

David. „Während des Sturms. Ich war auf der anderen Seite der Insel. Ich bin heute Morgen rübergeschwommen."

„Du bist *wohin* geschwommen?", fragte Natesh.

„Hört mir zu. Ich habe *Bill* gesehen. Sie halten ihn gefangen. Ich hatte keine klare Sicht, aber ich bin mir ziemlich sicher, dass er gefesselt war. Da waren zwei asiatische Typen, die Maschinenpistolen geschultert hatten. Ich lehne mich jetzt etwas aus dem Fenster und sage, dass es wahrscheinlich Chinesen waren. Und ich habe den Kerl gesehen, der mich hierhergeschickt hat. Einer der Direktoren meiner Firma. Sein Name ist Tom Connolly. Er muss auf ihrer Seite sein. Ich meine, jetzt kann es doch keinen Zweifel mehr geben, oder?"

„Oh, mein Gott ...", stieß Henry hervor.

„Bist du dir sicher, dass sie es waren?", fragte Natesh.

„Hundertprozentig. Ich habe lange darüber nachgedacht. Falls das hier wirklich eine legitime CIA-Operation wäre, könnte Tom hier sein, um daran mitzuarbeiten. Dann hieße seine Anwesenheit gar nichts. Aber dass Bill auf dem Boot war – und wie er ausgesehen hat! Da stimmt überhaupt nichts. Lena hatte behauptet, sie hätte Bill zu seiner kranken Frau nach Hause geschickt. Jetzt wissen wir, dass das gelogen war. Und die Typen sahen alle aus wie Chinesen. Tut mir leid, aber ich kann dafür keine vernünftige Erklärung finden."

„Ich bin mit der Arbeitsweise der CIA nicht so vertraut", meinte Natesh, „aber wäre es nicht doch möglich, dass diese asiatischen Männer einfach nur CIA-Angestellte oder Auftragnehmer sind, und für Lena arbeiten?"

Henry runzelte nachdenklich die Stirn.

David sah skeptisch aus. „Natesh, ich denke, die seltsamen Begebenheiten häufen sich zu sehr. Klar. Vielleicht heuert die CIA ein paar Leute an, die aus dieser Region stammen. Aber dieses Boot sah aus wie die Beiboote, die auf Marineschiffen mitgeführt werden. Wenn ich wetten müsste, würde ich sagen, dass es von einem chinesischen Kriegsschiff stammt."

„Und was glaubst du, warum Lena und der Major uns heute so antreiben, damit wir fertig werden?", fragte Henry. „Denkst du wirklich, sie machen sich Sorgen, dass die Kommunikation ausfallen könnte? Oder ahnt Lena, dass wir ihr auf die Schliche gekommen sind? Ich glaube, sie will noch so viel wie möglich aus uns herausquetschen, bevor die Bombe platzt."

Der Wind heulte vor dem offenen Fenster. Die Palmen begannen, sich so zu wiegen, wie man es vom Wetterkanal kannte, wenn an der Golfküste Floridas ein Hurrikan tobte. Es regnete noch nicht sonderlich stark, aber die Wetterlage sah bedrohlich aus. Am Himmel türmten sich dichte schwarze Wolkenberge auf, an denen tiefer hängende graue Wolken-fetzen schnell vorbeizogen. Das Szenario erinnerte David an die Ruhe vor einem besonders heftigen Sommergewitter.

Durch die geschlossene Tür drangen gedämpfte Stimmen. Mehrere Berater waren auf dem Weg zum Mittagessen.

„Bist du dir wirklich sicher?", fragte Natesh. „Ich verstehe, dass das alles äußerst fragwürdig ist, aber vielleicht sollten wir Lena einfach darauf ansprechen?"

„Bist du verrückt?", fragte Henry. „Hast du nicht zugehört? Es waren *Asiaten* auf diesem Boot. Die erste Regel lautet, traue niemals einem Asiaten mit einer Maschinenpistole in der Hand. Und am besten sonst auch nicht."

Natesh räusperte sich. „Ähm, ich habe indische Wurzeln. Indien liegt in Asien."

„Ja, aber ich meine das *richtige* Asien. Sorry. Das sollte nicht beleidigend sein. Ich will nichts Negatives damit sagen – ich liebe Naan-Brot."

Natesh verdrehte die Augen.

David sah Henry kopfschüttelnd an. „Natesh, im Ernst. Es

ist sehr verdächtig, dass die beiden Männer Asiaten waren.
Lena ist ebenfalls Asiatin. Und sie halten Bill gefangen. Und
dieser Kerl, der dabei war, hat mich hierhergebracht. Ohne
irgendeine Erklärung."

„Lenas Englisch ist perfekt", antwortete Natesh. „Und
soweit ich weiß, gibt es viele asiatisch aussehende Amerikaner
im US-Militär und in der Regierung."

„Ich weiß. Aber willst du dein Leben darauf verwetten,
dass Lena und der Major wirklich im Auftrag der CIA hier
sind? Was passiert, wenn hinter allem wirklich China steckt,
so wie ich es mir denke? Was geschieht, wenn sie diese Pläne
ohne jede Vorwarnung in die Tat umsetzen? Wir haben ihnen
gesagt, wie sie Amerika am effektivsten angreifen können.
Jetzt sind wir in der Pflicht, diese Pläne zu neutralisieren,
indem wir unsere Leute warnen. Und Natesh – ohne dich
kriegen wir das nicht hin."

„Natesh, wir sind auf deine Hilfe angewiesen", bestätigte
Henry. „Du bist der Einzige, dem wir vertrauen und der
gleichzeitig Zugang zu den Computern hat. Niemand sonst
hat die Zugangscodes und die Fähigkeiten dazu. Und der
Major würde uns vermutlich einfach erschießen, sobald wir
ihn darauf ansprechen. Du musst zu einhundert Prozent auf
unserer Seite stehen. Du bist derjenige Teil unseres Plans, für
den es keinen Ersatz gibt."

„Natesh, Henry hat recht", sagte David. „Vertrau mir, das
hier ist keine Red Cell-Einheit, die von der CIA gesteuert
wird. Wir müssen realistisch sein. Das ist irgendeine Mission
eines ausländischen Geheimdienstes. Sie versuchen, an
geheime und äußerst sensible Informationen zu kommen und
Pläne für einen Angriff auf die Vereinigten Staaten zu
erstellen oder zu verbessern. Wir müssen sie aufhalten. Wir
können nicht länger hier rumsitzen und zugucken. Es ist zu
weit fortgeschritten. Der aufziehende Sturm verschafft uns

vielleicht ein Zeitfenster zum Handeln. Das haben sie selbst gesagt. Wie werden nur minimale Unterstützung vom Fest land bekommen. Das waren ihre Worte. Ich denke, das bedeutet, dass Lena und Major Combs und wer sich sonst noch auf der anderen Seite dieser Insel befindet, in den nächsten vierundzwanzig Stunden quasi auf sich gestellt sind."

Henry ging im Zimmer umher und sah nachdenklich an die Decke. „Also, was meinst du, Natesh?"

Natesh seufzte. Er sah aus, als ob er mit der Entscheidung zu kämpfen hatte. Sein Blick war auf die Wolken und das tosende Meer gerichtet. „In Ordnung. Ihr habt mich überzeugt."

David wirkte angespannt. Er schaute auf seine Uhr und sagte: „Okay, es ist Zeit, dass die Leute erfahren, was hier wirklich vor sich geht. Lasst uns die Truppe zusammentrommeln."

David sah von Brookes Fenster aus zu, wie Henry und Norman versuchten, sich gegen die Sintflut zu schützten, als sie zum Kommunikationsgebäude rannten und anklopften.

„Lena, machen Sie auf! Wir brauchen Hilfe. Brooke ist krank!", rief Henry.

Die Tür piepte und schwang auf. Der Major stand da, eine Hand an seiner Pistole. Er sah misstrauisch aus. Lena stand hinter ihm, die Hände auf die Hüften gestützt.

„Was ist das Problem?", fragte sie.

„Es geht um Brooke. Kommen Sie, schnell!", antwortete Norman. „Sie hat eine Art epileptischen Anfall oder so was. Jetzt kommen Sie schon!"

Der Major warf Lena einen unsicheren Blick zu.

„Natürlich, ich bin gleich da", antwortete Lena. „Ich hole den Erste-Hilfe-Koffer. Ich glaube, Dr. Creighton hat eine medizinische Ausbildung. Major, bitte gehen Sie schon mit. Ich komme nach."

Der Major nickte und folgte den beiden Männern. Sie joggten gemeinsam zurück zu den Baracken und die Treppe zum ersten Stock hinauf. Als sie Brookes Zimmer erreichten, war Combs außer Atem. Er schnaufte schwer und war völlig unvorbereitet, als er sich den fünf Männern der Red Cell-Einheit gegenüber sah, die ihn bereits erwarteten.

Nicht einmal, als sie über ihn herfielen, verstand er, was vor sich ging. Norman nahm die M9 an sich, während die anderen ihm einen aus Socken improvisierten Knebel in den Mund schoben. Dann fesselten sie seine Arme und Beine mit einem Gürtel. Innerhalb weniger Sekunden lag er bewegungs- unfähig auf dem Bett.

David Stand Schmiere. Er stand am Fenster und behielt alles im Blick, während er gleichzeitig versuchte, außer Sicht- weite zu bleiben, falls jemand heraufsah. Er wartete darauf, dass Lena auftauchte.

Eine Person schachmatt gesetzt, blieb noch eine übrig. Lena war hoffentlich bereits unterwegs. Von Brookes Zimmer aus hatte man freie Sicht auf den Weg, den Lena nehmen würde, um zu den Baracken zu gelangen. Dicke Regentropfen prasselten draußen auf den dunklen Boden.

„Siehst du sie schon?", fragte Norman angespannt.

„Noch nicht." David sah auf seine Uhr. „Was hat sie gesagt, als ihr mit ihr gesprochen habt?"

„Sie sagte, sie würde gleich nachkommen. Sie wollte nur noch den Erste-Hilfe-Koffer holen."

„Das dauert schon viel zu lange. Denkt ihr, sie hat etwas mitbekommen?"

Zwei qualvolle Minuten vergingen, bis er ihre Silhouette im Regen endlich ausmachen konnte.

„Da kommt sie", sagte David. „Und sie hat Dr. Creighton im Schlepptau. Okay, macht euch bereit."

Alle waren still. Ein Schweißtropfen lief über Davids Stirn. Seine Hände waren feucht. Er konnte seinen Herzschlag hören. Es schien eine Ewigkeit zu dauern, bis Lena endlich das Gebäude betrat. Insgesamt sieben Männer warteten auf sie. Sieben gegen eine. *Schauen wir doch mal, wie gut du bist, Lena.*

Schritte auf dem Gang. Norman stand an der halb offenen Tür und streckte seinen Kopf hinaus, damit Lena ihn sehen konnte. In seiner Hand, die sich im Raum befand, hielt er die M9, die er Major Combs abgenommen hatte. Der Gang war leer. Er war doch sonst nie leer. Sie wusste, dass etwas nicht stimmte. David war sich dessen plötzlich sicher.

„Brooke ist hier drin", sagte Norman. „Sie atmet nicht mehr."

Tatsächlich befand Brooke sich einem Zimmer gegenüber, zusammen mit mehreren anderen Teammitgliedern, die über die Situation Bescheid wussten. Sie hatten es insgesamt zehn Leuten erzählt. Denjenigen, von denen sie annahmen, dass sie ihnen vertrauen konnten. Natürlich bestand die Möglichkeit, dass jemand, der nicht eingeweiht war, vorbeikommen und alles vermasseln würde. Aber Henry und Natesh hatten beschlossen, dass es zu viele Probleme bereitete, es allen zu erzählen. Im Augenblick aßen noch etwa ein halbes Dutzend Berater in der Cafeteria zu Mittag. Sie hatten keine Ahnung, dass Lena im Begriff war, überwältigt zu werden.

David hörte Dr. Creightons Stimme fragen, was passiert sei.

„Kommen Sie, wir haben Brooke in diesem Zustand vorgefunden", erklärte Norman.

Major Combs hatte sich bislang still verhalten. Aber als Lena hereinkam, stieß er hinter seinem Knebel einen

dumpfen Laut aus. Genau als Lena die Türschwelle über-
schritt. Das Timing hätte nicht schlechter sein können.

Augenblicklich brach ein Tumult aus, alle schrien durcheinander, sodass David kaum erkennen konnte, was geschah.
Er hörte Norman rufen: „Schnappt sie!" Und dann begannen
buchstäblich Körper durch die Luft zu fliegen. David hatte
Kampfsportfilme gesehen. Er hatte damals an der Marineakademie sogar ein paar Judokurse belegt. Aber all das war nichts
im Vergleich zu dem, was er hier zu sehen bekam.

Lena war eine Künstlerin.

Ihre Bewegungen waren schnell und trotzdem zielgenau,
kraftvoll und anmutig. Es waren sieben Männer im Raum.
Acht, wenn man Dr. Creighton dazuzählte, der überrumpelt
und sprachlos inmitten des Gewirrs aus Fäusten und Glied-
maßen stand. Von den sieben Männern, die versuchten, Lena
zu überwältigen, befanden sich bereits drei am Boden. Einer
hielt sich seinen Hals, ein anderer seine Leistengegend. Der
dritte Mann, Norman, war bewusstlos zu Boden gegangen, als
er mit jemand anderem kollidiert war – David hatte nicht
erkennen können, mit wem. Als er stürzte, ließ er seine Pistole
fallen, aus der sich beim Aufprall ein Schuss löste. Der ohren-
betäubende Knall ließ alle auf der Stelle erstarren. Auf den
Schuss folgte ein Schrei, der in ein schmerzerfülltes Stöhnen
überging.

Lenas Blick richtete sich auf die am Boden liegende Waffe.
Sie sprang los, war aber zwei Sekunden zu spät.

Das war ihr einziger Fehler. Den Bruchteil einer Sekunde
schneller, und sie hätte den sieben Männern im Raum wahrscheinlich eine verheerende Niederlage beschert. Die vier, die
noch standen, erkannten ihre Absicht und warfen sich auf sie.
Durch eine Art göttliche Fügung schlitterte die Pistole bis
etwa fünfzig Zentimeter vor Davids Füße, der sich rasch
bückte und sie aufhob, bevor Lena sie erreichte.

Er ergriff sie mit beiden Händen und zielte damit auf Lenas wunderschönes Gesicht. Sie war auf allen vieren. David hätte schwören können, dass sie leise lächelte, bevor die drei anderen Männer auf sie fielen und sie fesselten.

---

Tom stand im hinteren Teil des Kontrollzentrums. So nannte er den Raum, in dem diese chinesischen Militärgeheimdienstler – oder zu welcher Organisation sie auch immer gehörten – die Amerikaner auf der anderen Seite der Insel beobachteten.

Er warf einen Blick auf seine Uhr. Es war 15 Uhr. Dann sah er sich im Raum um. Alle waren damit beschäftigt, auf Tastaturen herumzutippen oder auf ihre Monitore zu starren. Einige übersetzten eine Unmenge an Aufzeichnungen, die ihnen von Natesh und Major Combs früher an diesem Tag übermittelt worden waren. Andere kommunizierten mit den beiden chinesischen Kriegsschiffen, die circa 160 Kilometer nördlich der Insel lagen.

Es waren weniger Personen als zuvor. Die meisten von ihnen waren normalerweise mit der Überwachung der täglichen Teamsitzungen betraut. Aber da Mittagspause war, schenkten sie den Bildschirmen wenig Aufmerksamkeit. Die Nachmittagssitzungen sollten aber jeden Augenblick beginnen, und Tom beschloss, zuzusehen. Er wollte sehen, wie zwanzig Amerikaner Chinas Invasion der Vereinigten Staaten planten.

Einer der Monitore zeigte den großen Hörsaal. Es war eine Art Auditorium, mit vier aufsteigenden Sitzreihen und einem großen Plexiglasfenster, das sich über den oberen Teil der Rückwand erstreckte. Tom sah, wie die Berater nach und nach eintrafen.

Er sah sich um, aber niemand interessierte sich für den Monitor oder seine Person. Er nahm seinen Flachmann aus seiner Brusttasche, nahm seinen dritten Schluck in ebenso vielen Minuten und steckte ihn wieder zurück. Sollte Lena ihn ruhig beschimpfen – Mr. Johnnie Walker war immer auf seiner Seite.

Der klein gewachsene Stützpunktleiter betrat den Raum und sprach in Mandarin mit seinen Untergebenen. Er schaute auf denselben Monitor wie Tom und stieß etwas in Mandarin aus, für das Tom keine Übersetzung brauchte. Dieses Schimpfwort verstand man in jeder Sprache. Mehrere der anderen Männer blickten sofort zum Monitor und begannen, durcheinander zu rufen und wild auf ihre Tastaturen einzu-hämmern. Zwei zeigten auf den Monitor und schrien sich gegenseitig an.

Tom verstand die ganze Aufregung nicht. Er blinzelte und sah erneut hin. Die Auflösung war schlecht. Da die anderen Headsets trugen, konnte Tom nicht hören, was im Hörsaal gesprochen wurde.

Dann erkannte er plötzlich, was der Grund für den Trubel war: Lena und ein Mann in Uniform wurden gerade in den Raum getragen. Sie waren gefesselt. An Armen und Beinen gefesselt. *Heilige Scheiße. Irgendjemand sollte besser ganz schnell etwas unternehmen.*

Das Nächste, was Tom mitbekam, war, dass ein Mann am Satellitentelefon in Mandarin Zeter und Mordio schrie. Tom hatte keine Ahnung, was er sagte, aber es klang, als würde er ständig dasselbe wiederholen. Dann schnappte sich der Stütz-punktleiter einen an der Wand befestigten Hörer und begann hektisch zu reden, wobei seine Stimme über den Lautsprecher übertragen wurde. Eine Minute später rannten er und mehrere Dutzend Männer an Tom vorbei und die Treppe hinunter. Sie waren alle bewaffnet und sahen verängstigt aus.

Nachdem sie verschwunden waren, war der Raum beinahe leer. Ein junger Soldat saß noch vor seinem Monitor und tippte etwas. Es sah aus, als wäre er gerade in einer Art Chatraum. Vermutlich berichtete er dem chinesischen Oberkommando, was sich hier abspielte. Vielleicht sogar Jinshan persönlich? Nein. Typen wie er hatten Lakaien, die die Arbeit für sie erledigten. Tom hatte Jinshan getroffen. Der Kerl saß vermutlich mit einer fetten Zigarre im Mund in einem Whirlpool. Da würde Tom auch schon bald sein. Scheiß auf Lena.

Er sah sich erneut um, stellte fest, dass ihm weiterhin niemand Beachtung schenkte, und nahm noch einen verstohlenen Schluck aus seinem Flachmann. Dann widmete er sich wieder dem Monitor und sah, dass Lena und der Militäroffizier – es sah aus wie eine Uniform der Luftwaffe – gefesselt auf der Bühne neben dem Rednerpult saßen. Jetzt schienen alle Berater anwesend zu sein. Wie es aussah, gab es mehrere angeregte Gespräche. Aber Tom konnte nichts hören. Er hätte das Muttersöhnchen vor dem Monitor bitten können, den Ton einzuschalten, so wie man ein gutes Footballspiel lauter machen würde.

Scheiße. Football. Vermutlich würde er in der nächsten Zeit nicht viel Football zu sehen bekommen. Das war definitiv ein Nachteil an dieser ganzen Sache. Er stieß einen tiefen Seufzer aus. Tom hatte allmählich genug von diesen chinesischen Ärschen hier. Aber es würde noch einige lange Monate dauern, bis er es in dem neuen Amerika krachen lassen konnte. Er beschloss, mit dem Gefangenen zu reden. Bill. Vielleicht würde ihn das etwas aufheitern.

---

Ein paar Minuten später stand David auf der Bühne des Hörsaals vor Lena und dem Major, die auf Stühlen gefesselt waren. Dies war der beste Ort, um alle zu versammeln. Henry und er waren da einer Meinung gewesen.

Der Major hatte nicht aufhören wollen zu schreien, also mussten sie ihn weiterhin knebeln. Lena sagte kein einziges Wort. Sie bedachte alle nur mit einem eisigen Blick. Jeder im Raum war durchnässt von dem kurzen Weg hierher. Der Sturm war jetzt in vollem Gange.

David und Henry waren überrascht, wie einfach sich die anderen hatten überzeugen lassen. Es war eine Sache von ein paar Minuten. Sie hatten die anderen in kleinen Gruppen in Henrys Zimmer geführt und ihnen dort erklärt, was David beobachtet hatte. Einige waren anfangs skeptisch. Aber nach den vielen gemeinsamen Tagen auf der Insel kannten und vertrauten sie einander. Sie glaubten Davids Geschichte. Henry hatte ihren Plan umrissen und deutlich gemacht, warum sie schnell handeln mussten. Die erste der Gruppen setzte sich aus Militärs und Gesetzeshütern zusammen, also starken Männern, die wussten, wie man kämpfte. Hätte David geahnt, wie knapp die Sache mit Lena trotzdem ausgehen würde, hätte er mit dem Angriff auf sie vielleicht gewartet, bis sie alle Berater rekrutiert hatten.

Die zweite Gruppe bestand aus den Zivilisten der Red Cell-Einheit. Einige von ihnen bekamen erst jetzt die vollständige Erklärung für das geliefert, was vor sich ging. Dr. Creighton und Tess McDonald hatten sich zuerst vehement dafür ausgesprochen, Lena sofort loszubinden. Aber nachdem David ihnen von seinen Beobachtungen erzählt hatte, und sie in den Genuss von Lenas kaltem, schweigsamen Blick kamen, nahmen sie Abstand von diesem Ansinnen.

Henry wandte sich an David. „Die Menschen sind alle gleich, jetzt hat jeder hier Angst vor seinem eigenen Schatten. Wir müssen wissen, was wir nun tun sollen. David, das ist jetzt deine Show. Du musst das Kommando übernehmen. Erklär ihnen deinen Plan."

David nickte und stellte sich in die Mitte der Beratergruppe. Alle sprachen gleichzeitig. Einige waren hysterisch. Dr. Creighton und einer der Militärs versorgten die Schusswunde des Mannes, den es erwischt hatte, als die M9 auf den Boden gefallen und losgegangen war.

David erhob das Wort. „Seid jetzt bitte alle still!" Dann bedeutete er ihnen, näher zu kommen. Natesh und Henry waren an seiner Seite.

Sogar die Angestellten hatten sich eingefunden. Bislang war es gegen die Regeln gewesen, mit ihnen zu kommunizieren. Aber diese Regeln galten nun nicht mehr. Tess, die fließend Mandarin sprach, fand heraus, dass sie Hotelangestellte aus Macau waren. Man hatte sie vor zwei Wochen hierhergeschickt. Keiner von ihnen sprach Englisch. Während David sprach, übersetzte Tess für sie simultan.

David konnte die Augen aller Anwesenden auf sich spüren. Sie verlangten nach Antworten. Und er war situationsbedingt zu ihrem Anführer geworden. Selbst Natesh sah David erwartungsvoll an.

„Wie ihr nun alle wisst, ist dieser Ort nicht das, wofür wir ihn gehalten haben", begann David. „Bill wurde nicht nach Hause geschickt. Ich habe gesehen, wie Lena ihn vor ein paar Tagen in bewusstlosem Zustand in einen Helikopter gezerrt hat und –"

„Was? Warum zum Teufel hast du uns das nicht gleich gesagt?", wollte jemand wissen.

„Macht euch darüber jetzt keine Gedanken! Lasst ihn weiterreden", warf Norman aufgebracht ein.

„... und heute Morgen habe ich Bill erneut gesehen, als Gefangenen auf der anderen Seite der Insel. Dort gibt es ebenfalls eine Art Basislager. Ich würde vermuten, ein chinesischer Stützpunkt. Ich denke, wir sind alle von den Chinesen hierher gelotst worden als Teil einer – ich weiß nicht, wie ich es bezeichnen soll – als Teil einer Art Geheimdienstoperation. Sie wollen Informationen aus uns herausholen."

Es wurde ganz still im Raum und er sah in einige wütende Gesichter. Eine besonders heftige Windböe peitschte Regen gegen das große Fenster des Hörsaals. Ein paar seiner Zuhörer zuckten zusammen. Der Zyklon wurde immer stärker.

„Nehmen wir also an, dass es die Chinesen sind", fuhr David fort. „Wir wissen nicht, wie viel Zeit uns bleibt, bis sie uns holen kommen. Wir sollten uns hier umsehen und herausfinden, was uns zur Verfügung steht. Oberste Priorität hat die Kommunikation. Norman, du gehst mit Natesh zum Kommunikationsgebäude. Unsere beste Option ist es, dass Natesh sich in die Computer hackt und eine Nachricht an unsere Leute schickt, damit sie uns retten können."

„Verstanden", sagte Norman. Dennoch blieben er und Natesh stehen, um zu hören, was David noch zu sagen hatte.

„Brooke, du fängst an, Lena und Major Combs zu verhören." Er nickte mit dem Kopf in Richtung ihrer Gefangenen. Lena zeigte nach wie vor keinerlei Emotionen. Major Combs, der immer noch geknebelt war, hatte weit aufgerissene Augen und ein puterrotes Gesicht. Er sah aus, als hätte er einiges zu sagen, obwohl David vermutete, dass es nichts Angenehmes war.

„David", meldete sich Tess zu Wort. „Ich habe gerade mit den Köchen und Arbeitern gesprochen. Sie sagen, dass es unter der Küche einen gefüllten Vorratskeller gibt. Vielleicht können wir einiges davon gebrauchen. Er muss ziemlich groß sein, aber die Tür ist verschlossen, und sie haben keinen Schlüssel dazu."

„Ich habe einen Schlüssel", verkündete Norman. Er stand

neben Major Combs und riss den großen Schlüsselbund von dessen Gürtel. „Ich wette, einer davon passt."

„Okay, Henry. Würdest du mit Tess und ein paar anderen rübergehen und die Lage checken?", fragte David. „Seht nach, ob es dort irgendwelche Kommunikationsmittel oder Waffen gibt, mit denen wir uns verteidigen können."

Lena lachte.

Ein paar der Berater blickten sie verächtlich an.

„Wird erledigt", antwortete Henry. Er schnappte sich die Schlüssel und rannte einem der Angestellten hinterher.

„David. Ich denke, dass Norman und ich Lena mitnehmen sollten", meinte Natesh. „Ich bin zuversichtlich, dass ich mich in ihre Computersysteme hacken kann. Aber sie kennt wahrscheinlich einige Namen und Passwörter, die ich dafür brauchen werde."

„An wen willst du dich denn wenden?", fragte Brooke.

„Mein Unternehmen verfügt über ein verschlüsseltes E-Mail-System", erklärte Natesh. „Wenn ich meinen Angestellten darüber eine Nachricht schicke, werden sie sofort reagieren. Ich kenne sie. Sie werden herausfinden, was zu tun ist und umgehend handeln. Ich wüsste nicht, an wen mich wenden sollte, wenn ich es über einen Regierungskanal versuchte. Meine Leute werden das Problem sicher lösen und unsere Botschaft weiterleiten."

David nickte. „Klingt nach einem guten Plan. Vertraust du ihnen?"

„Ja. Sehr sogar", bestätigte Natesh.

„Okay. Lena ist gefesselt. Unser guter Norman hier sieht aus, als könnte er im Alleingang einen Truck stemmen. Denkst du, ihr beide werdet mit Lena fertig, wenn wir euch mit ihr in den Kommunikationsraum schicken?"

„Bestimmt."

David sah Norman an, der sich immer noch den Kopf an der Stelle rieb, wo Lenas Schläge ihn zuvor getroffen hatte.

„Dieses Mal habe ich das im Griff ", meinte Norman. „Außerdem habe ja Harolds Neunmillimeter. Und Lena ist gefesselt. Hoffentlich kann sie sich nicht gleich an die Passwörter *erinnern*, damit ich Gelegenheit habe, sie zum *Nachdenken* zu bewegen."

„In Ordnung. Alle anderen bleiben hier und behalten den Außenbereich im Auge. Wir wissen, dass sie ein paar kleine Boote und einen Helikopter haben. Seid wachsam und ruft mich, wenn ihr jemanden kommen seht." Etwa die Hälfte der Berater ging hinauf in die oberste Sitzreihe und verteilte sich am Panoramafenster.

Ein paar der Militärs übernahmen die Bewachung der Gefangenen.

Natesh ging mit Norman im Schlepptau los, wobei Letzterer Lena kurzerhand schulterte. Ihre Arme und Beine blieben gefesselt.

David gesellte sich zu Brooke und den Leuten vom Militär. Sie berieten sich gerade darüber, was mit dem Major zu machen sei.

„Okay, ich brauche eure Hilfe beim Verhör von Major Combs", erklärte David. „Versucht herauszufinden, was hier wirklich vorgeht, und was sie mit uns vorhaben. Außerdem sollten wir wissen, wie viele Leute sich auf der anderen Seite der Insel befinden und wie gut sie bewaffnet sind. Und versucht festzustellen, wie weit wir von einem besiedelten Gebiet entfernt sind. Auf der anderen Seite der Insel liegen ein paar Motorboote an einem Pier. Wenn wir fünfhundert Kilometer vom Festland entfernt sind, sind diese Dinger nutzlos. Vielleicht werden sie nur benutzt, um zwischen der Insel und ihren Schiffen hin und her zu pendeln. Aber falls es weniger als dreißig Kilometer bis zu einer bewohnten Insel oder dem Festland sind – selbst wenn es China sein sollte –, haben wir eine reelle Chance."

„Okay, ich werde mein Bestes geben", antwortete Brooke. „Was wirst du tun?"

Henry kam angerannt und hielt ihnen atemlos einen schwarzen Kasten entgegen, der aussah wie ein Handy aus dem Jahr 1989.

„Was ist das?", fragte David

„Dieses wunderbare Ding war das Erste, was ich im Keller entdeckt habe. Da unten gibt es allerhand Nützliches. Dutzende dieser Babys hier."

David besah sich die schwarze Metallbox mit der chinesischen Aufschrift. Er hatte keine Ahnung, was es bedeutete.

„Es ist ein HF-Funkgerät", erklärte Henry. „Damit könnten wir ein Schiff oder ein Flugzeug anfunken. Aber ich habe vor, damit MARS zu kontaktieren."

David sah ihn an, als sei er verrückt. „Du willst wen anrufen?"

„MARS. Das militärische Hilfsfunksystem unserer Streitkräfte."

„Nie davon gehört."

„Du warst in der Navy und hast nie davon gehört?"

„Ich war nicht lange in der Navy. Henry, wir müssen uns beeilen. Kommst du bitte zur Sache?"

„Das ist der coolste Verein auf dem Planeten. Es sind ganz normale Menschen wie du und ich. Sie hören den Amateurfunk ab und leiten Informationen an das Militär weiter. Wenn ich einen von ihnen erreiche, kann ich wahrscheinlich sogar telefonieren. Wenn ich mich richtig erinnere, ist die Frequenz dreiunddreißig Megahertz. Viele von den Jungs in Vietnam haben diese Technik benutzt, um zu Hause anzurufen. Der MARS-Funker hat das Gerät mit einem Telefon gekoppelt und den Anruf für sie getätigt. Manche machen das heute

noch so. Dieses HF-Funkgerät hat eine ziemlich große Reichweite, wenn die Bedingungen stimmen. Aber ich muss zuerst
die Antenne ausrichten. Sieht aus, als wäre sie in etwa fünf
Meter lang. Ich denke, ich gehe hoch zu den Baracken und
hänge sie dort aus einem Fenster."

David zweifelte an Henrys Beschreibung *eines ganz
normalen Menschen*, war aber von der Aussicht begeistert, mit
diesem Gerät kommunizieren zu können. „Das ist großartig,
Henry. Gute Arbeit."

„HF-Funkgeräte reichen wirklich weit", meinte Brooke.
„Wenn wir Glück haben, können wir mit jemandem in fast
tausend Kilometer Entfernung sprechen. Und wenn wir ein
Relais treffen ..."

Henry strahlte über das ganze Gesicht. „Exakt. Die MARS-
Jungs haben überall Relais installiert. Wenn ich jemanden in
die Leitung bekomme, kann ich eventuell einen Anruf tätigen
– oder dem Funker direkt sagen, was los ist und was er tun
soll."

David nickte. „Das sind großartige Neuigkeiten. Okay, geh
zu den Baracken und versuche, das Gerät einsatzbereit zu
machen."

„Ich könnte etwas Hilfe gebrauchen. Kannst du mir dabei
helfen?", fragte Henry.

David sah Brooke an. „Wirst du mit der Befragung des
Majors zurechtkommen?"

Brooke blickte auf die Militärs, die neben ihr standen. „Ich
habe tatkräftige Unterstützung. Ganz sicher bekomme ich das
hin."

David wandte sich wieder an Henry. „Dann werde ich
Henry begleiten und sehen, ob er das Funkgerät zum Laufen
bringen kann. Falls es Natesh nicht gelingt, über das Internet
Hilfe zu holen, erreichen wir vielleicht ein in der Nähe befind-
liches Boot oder Flugzeug. Da fällt mir etwas ein. Finde

heraus, ob der Major unsere GPS-Koordinaten kennt – Längen- und Breitengrade. Wenn Henry das Funkgerät in Gang bekommt und wir ein Notsignal absetzen können, werden diese Angaben entscheidend sein." David drehte sich zum Gehen um und fügte hinzu: „Und passt auf euch auf. Ich weiß nicht, wie viel Zeit uns bleibt, bis Lenas Freunde anrücken."

Brooke sah nervös aus. „Okay."

David und Henry verließen den Hörsaal und gingen in Richtung des Ausgangs. Auf dem Weg dorthin sahen sie Tess und einige Angestellte, die mit den Schlüsseln umhergingen. Sie öffneten alle bisher verschlossenen Türen. Hinter den meisten lagen Vorratsräume. Tess berichtete, dass es im ganzen Gebäude Kammern gab, die mit Batterien, Bauteilen, Werkzeugen und allerhand anderem Material vollgestopft waren. Alles in allem deutete es darauf hin, dass dieser Ort für wesentlich mehr Personen ausgelegt war.

Sie öffneten eine Tür zu einem der Vorratsschränke, und Henrys Augen begannen zu leuchten, als er den Inhalt sah. „Volltreffer", freute er sich. Seine Hände wanderten schnell über die Reihen von Plastikbehältern. Er schnappte sich eine Rolle Gewebeband und ein paar andere Dinge. Als er fertig war, drehte er sich zu David um und sagte: „Los geht's."

Die beiden Männer eilten zurück zur Wohnbaracke und hinauf in Henrys Zimmer. Währenddessen unterhielten sie sich. Henry hatte vor, an der Außenseite des Gebäudes ein etwa sechs Meter langes Kabel zu verlegen. „Ich werfe es dir durch das Fenster zu, und du befestigst es auf dem Boden. In circa zehn Minuten sollten wir senden können."

David schrie gegen den Wind an: „Okay, aber ich muss zuerst noch ein paar Sachen besorgen."

„Was brauchst du?"

„Duschvorhänge. Und ein paar Duschstangen."

„Wofür?"

„Nichts Besonderes. Nur für den Notfall."

„Wir haben einen Notfallplan? Ich habe mich schon mit unserem ursprünglichen Plan schwergetan, und dieser Kerl hat tatsächlich einen Ersatzplan."

„Lena war zu gelassen. Irgendetwas stimmt da nicht."

„Willst du mir von deinem Plan B erzählen?"

„Mach dir darüber jetzt keine Gedanken"

Henry platzte beinahe vor Stolz. „Duschvorhänge. Und ich dachte, ich wäre der einzige MacGyver in unserer Gruppe."

***

Brookes Erfahrung mit Verhören beschränkte sich auf ein paar Episoden 24 mit Jack Bauer, und die Befragung der größtenteils unmöglichen Freunde, die ihr ihre Schwester im Laufe der Jahre vorgestellt hatte. Sie wusste nicht genau, was sie tun solle, ging aber davon aus, dass sie es schnell lernen würde. Brooke ließ einen der Militärangehörigen Major Combs Knebel entfernen. Kaum dass er Luft bekam, gab Combs eine Litanei vulgärer Kraftausdrücke von sich, die ihr normalerweise die Schamesröte ins Gesicht getrieben hätten. Aber nicht heute.

„Sind Sie fertig?", fragte sie nur.

David hatte sie darum gebeten, das hier durchzuziehen. Sie hatte keine Zeit, sich über ihre Unerfahrenheit Sorgen zu machen oder in Selbstzweifel zu ertrinken. Das Team brauchte sie. Sie würde ihn einfach direkt nach den Informationen fragen, die sie benötigten. Falls Major Combs sich nicht kooperativ zeigte, könnte sie einen ihrer Helfer bitten, ihn physisch zu etwas mehr Entgegenkommen zu überreden. Diese Taktik kannte sie schließlich aus diversen Fernsehserien, und sie war zuversichtlich, dass sie auch hier Wirkung zeigen würden.

Der Brustkorb des Majors hob und senkte sich. Seine Augen waren blutunterlaufen, und er hatte mehrere kleine Schnitte und Kratzer im Gesicht. Andenken an den kurzen Kampf in der Baracke, den er schnell verloren hatte.

Brooke nahm auf dem Stuhl Platz, auf dem wenige Minuten zuvor noch Lena gesessen hatte, und setzte sich so, dass sie Combs ins Gesicht sehen konnte. Sie sah ihm direkt in die Augen und wartete geduldig ab. Endlich hörte er auf zu fluchen.

„Ich muss Ihnen ein paar Fragen stellen. Ich gehe davon aus, dass sie wirklich ein Offizier der Air Force sind. Oder es zumindest einmal waren. Wenn Sie noch einen Funken Ehrgefühl besitzen, dann sagen Sie mir bitte die Wahrheit, und zwar schnell."

Er sah sie entsetzt an. „*Natürlich* bin ich ein Offizier der Luftwaffe. Was zum Teufel soll das hier? Ihr Typen seid ja komplett verrückt geworden. Es gibt Protokolle, die eingehalten werden müssen. Lena obliegt die Aufsicht über diesen Stützpunkt, verdammt noch mal. Ich weiß nicht, wer für das alles hier verantwortlich ist, aber Sie müssen Lena sofort zurückholen. Das ist doch alles Wahnsinn!"

Brooke schüttelte mehrmals den Kopf. Seine Reaktion überraschte sie. Wollte er dieses Affentheater tatsächlich fortsetzen? Über diesen Punkt waren sie doch schon längst hinaus, oder nicht? Warum beharrte er weiterhin auf seine Tarnung?

„Was meinen Sie denn, warum Sie hier gefesselt sitzen? Sie *wissen* doch, was hier los ist. David hat gesehen, was sich auf der anderen Seite der Insel befindet. Wir wissen, dass dies hier keine amerikanische Operation ist. Wir *wissen* es. Das Spiel ist aus."

Er starrte sie an, als käme sie von einem anderen Planeten.

„Schauen Sie, Harold – wenn das ihr wirklicher Name ist. Wir möchten hier nur mit heiler Haut herauskommen. Ich weiß nicht, was Sie dazu gebracht hat, Ihr Land zu verraten –"

*„Wovon zum Teufel reden Sie da?"*

Er schrie so laut, dass die beiden hinter ihm stehenden Militärs zusammenzuckten. Sie stellten sich nun demonstrativ neben Brookes Stuhl, als wollten sie ihm zu Verstehen geben, dass er sich besser benehmen sollte. Brooke gefiel diese Geste, aber sie konnte den Gefühlsausbruch des Majors nicht wirklich einordnen.

Sie studierte ihn aufmerksam. Ja, sicher, sie hatte keinerlei Erfahrung mit Verhörmethoden. Aber der Mann schien die Wahrheit zu sagen. Das Unterfangen würde wohl länger dauern, als sie gehofft hatte ...

---

Lena und Natesh saßen auf den beiden einzigen Stühlen im Kommunikationsraum. Jeder Stuhl stand vor einem der beiden Computerterminals, die nicht weit voneinander entfernt aufgebaut waren. Lena war noch immer mit Gewebeband an Unterarmen und Waden gefesselt. Norman stand hinter ihnen und beobachtete sie aufmerksam. Draußen heulte der Wind. Alle paar Sekunden konnte Norman durch die schmalen Mauerschlitze Blitze zucken sehen.

Natesh tippte eifrig. Es war zwar Englisch, musste aber eine Art Code sein, denn für Norman sah es aus wie Kauderwelsch.

Sie waren keine zwei Minuten im Raum, als Lena anfing, zu reden. In der letzten Stunde hatte sie nicht ein einziges Wort gesagt. Jetzt schaute sie Norman an und aus ihr sprach die Zuversicht einer Person, die wusste, dass sie eigentlich schon gewonnen hatte.

„Sie werden schon bald hier sein." Ihre Stimme klang heiter. Spöttisch. Spielerisch.

Norman verlagerte sein Gewicht. „Wer? Woher wissen Sie das? Das Wetter ist ziemlich schlecht. Gibt es hier Kameras? Wissen die, dass wir Sie gefangen genommen haben?"

„Natürlich", antwortete sie.

„Wie viele sind es?"

„Mehr als genug", antwortete Lena. Wieder in diesem Tonfall. Sie hörte sich an wie eine Grundschullehrerin.

Natesh richtete seinen Blick für einen Moment auf seine Begleiter. Schweiß stand ihm auf der Stirn. Dann wandte er sich wieder dem Monitor zu und tippte noch schneller, falls das überhaupt möglich war.

„Natesh, wie läuft es? Machst du Fortschritte?", fragte Norman.

Natesh tippte weiter, während er antwortete: „Gib mir noch ein paar Minuten."

Norman sah wieder Lena an. „Wie werden sie herkommen?"

Sie grinste. „Gut bewaffnet."

Norman beäugte die Neunmillimeter in seiner Hand, die er Major Combs abgeknöpft hatte. „Nun, ich bin auch bewaffnet."

Lena lachte kurz auf und wurde dann wieder still.

Natesh bearbeitete die Tastatur wie ein Derwisch. Dann hob er auf einmal die Hände und drückte mit großem Elan eine letzte Taste. Er drehte sich zu Lena und Norman um und sagte: „Ich glaube, ich habe gerade eine Nachricht rausgeschickt. Gib mir noch ein paar Minuten. Ich will sehen, ob ich Zugriff auf ihre Server bekomme."

„Wessen Server?"

„Die Leute, denen wir die E-Mails geschickt haben. Vielleicht kann ich herausfinden, wer oder wo sie sind. Ich brauche nur etwas mehr Zeit. Und vielleicht auch ein Passwort."

Norman drehte Lenas Stuhl herum, sodass sie ihm zugewandt war. Er stand über ihr und kam ihr näher als nötig. Er steckte die 9 mm in ihr Holster und überprüfte, ob ihre Hände noch fest zusammengebunden waren. Das waren sie in der Tat. Von ihrem Drehstuhl aus blickte sie zu ihm auf. Ruhig. Nachdenklich vielleicht. Norman spürte, wie sein Herz klopfte. Er fragte sich erneut, wie viel Zeit sie noch hatten.

David ließ die zusammengerollten Duschvorhänge und die dazugehörigen Stangen auf den Fußboden in Henrys Zimmer fallen. Er nahm das Klebeband und begann, die Duschvorhänge damit zu einer Art großen Teppich zusammenzufügen. Er hoffte, dass er ihn nicht würde benutzen müssen. Aber die Stimme in seinem Kopf flüsterte immer noch. Er musste vorbereitet sein.

Irgendetwas fühlte sich nach wie vor falsch an. David hatte etwas übersehen; er wusste nur noch nicht, was es war.

„Okay, mein Freund. Ich bin soweit, dass du das Kabel draußen befestigen kannst", sagte Henry, als er ihn eintreten sah. „Ich werde es durch das Fenster hinunterlassen. Kann sein, dass du damit etwas herumlaufen musst, bis wir die richtige Position finden. Ich beobachte die Nadel. Wenn ich dir sage, dass der Empfang gut ist, nimmst du das Klebeband, um das Kabel irgendwo zu befestigen." Henry sah nicht einmal auf, während er sprach. Er hatte seinen Wecker zerlegt und war dabei, Drähte und Schaltkreise mit anderen Metallteilen zu verbinden.

„Verstanden. Ich gehe schon mal nach draußen. Ruf einfach, wenn du bereit bist.“

---

Brooke war aufgebracht. Sie hatte den Major jetzt zwanzig Minuten lang befragt, und er stellte sich immer noch dumm. Aber am schlimmsten war, dass sie allmählich daran zweifelte, ob er wirklich etwas wusste. Sie hatte bisher gedacht, dass sie Menschen gut einschätzen konnte. Combs reagierte genau so, wie die anderen reagiert hatten, als sie erfuhren, dass Bill auf der anderen Seite der Insel gefangen gehalten wurde. Er war wütend. Und er bestand weiterhin darauf, nichts darüber zu wissen. Außerdem war er anfangs auch fest davon überzeugt gewesen, dass Lena nichts damit zu hatte. Aber je mehr er davon hörte, was David beobachtet hatte, desto weniger sicher schien er sich zu sein.

„Sie hatten also jeden Tag Zugang zum Computerraum. Mit wem haben Sie da kommuniziert? Hat Lena Ihnen jemals gesagt, wer am anderen Ende der Leitung sitzt?“

„Wie ich schon gesagt habe, sie erzählte mir, es wären Mitglieder ihres CIA-Teams. Ich dachte, sie wären von Langley oder einem geheimen CIA-Rechenzentrum irgendwo auf der Welt aus mit uns verbunden.“

„Aber Lena hat Sie doch eine Handfeuerwaffe tragen lassen. Warum sollte sie das tun, wenn Sie gemeinsame Sache machen würden?“

„Gemeinsame Sache? Nehmen wir einmal an, Sie haben recht. Angenommen, Lena ist nicht die Person, die sie vorgibt zu sein. Ich meine, dann verstehe ich auch nicht, warum sie mich eine Pistole tragen lie–“

Dr. Creighton unterbrach ihn: „Weil sie für uns alle eine Illusion der Realität erschaffen wollte. Aus demselben

Grund hat sie uns diese Geheimhaltungsvereinbarungen
unterzeichnen lassen und die Sicherheitsausweise verteilt,
als wir ankamen. Major Combs eine Waffe zu geben, war ein
großes Risiko. Aber es trug dazu bei, dass wir glaubten, sie
sei eine vertrauenswürdige Mitarbeiterin der CIA, nicht
wahr?"

„Das ist doch verrückt", meinte Combs. „Ich hätte sie
erschießen können, wenn –"

„Aber Sie wären doch der Letzte, der etwas Derartiges
vermutet hätte", fiel ihm erneut Dr. Creighton ins Wort. „Und
da sie Ihnen so vertraut hat, haben Sie sich ihr gegenüber stets
loyal verhalten. Bis vor einer Stunde waren Sie noch ihr treu
ergebener Handlanger. Meine Hypothese ist, dass Lena dieses
Risiko einkalkuliert hat. Es hat doch auch alles bestens funktioniert, bis David heute Morgen beschloss, schwimmen zu
gehen."

Major Combs sah nun anders aus als noch vor ein paar
Minuten. Nicht mehr wütend, sondern ernüchtert und
traurig.

„Was können Sie mir darüber sagen, wie Lena diesen Helikopter hierher beordert hat?", fragte Brooke. „Oder das
tägliche Versorgungsflugzeug. Wie hat sie die ganze Logistik
koordiniert? Uns wurde gesagt, dass Sie ihr dabei helfen
würden."

Combs runzelte die Stirn. „Nein. Ich habe nur E-Mails von
diesen Computern aus verschickt und erhalten, mehr nicht.
Mit der eigentlichen Planung hatte ich gar nichts zu tun. Ich
war nur eine Informationsschnittstelle zwischen Lena und
den anderen. Die Hälfte der Zeit habe ich gar nicht verstanden, um was es da genau ging."

„Natesh sagt etwas anderes. Er sagt, dass Sie und Lena oft
gemeinsam in diesem geheimen Hinterzimmer im Kommunikationsgebäude waren. Seiner Meinung nach haben Sie und

Lena dort alles verborgen gehalten, was wir nicht sehen sollten."

Major Combs sah nun wieder aus, als würde er gleich explodieren. „Das ist Schwachsinn, einfach nur totaler Schwachsinn. Natesh ist ein Lügner. Er war derjenige, der immer hinten bei ihr war. Und das hat mich tierisch genervt!"

Brookes Augen wurden schmal. „Was?"

„Sie hat mich zum Verwaltungsoffizier gemacht, nicht ihn. Er sollte eigentlich nur dabei helfen, die Sitzungen durchzuführen. Aber als wir dann hier waren, war es nicht so, wie sie es versprochen hatte ..."

Brooke schüttelte angewidert ihren Kopf. Selbst jetzt, nachdem sich herausgestellt hatte, dass Lena sehr wahrscheinlich eine chinesische Spionin war, war Combs immer noch verärgert, weil sie Natesh mehr Aufmerksamkeit geschenkt hatte. Dennoch – was er über Natesh sagte, war sehr merkwürdig.

„Sie haben jeden Morgen im Computerraum private Gespräche geführt. Wenn ich reinkam, haben sie aufgehört, zu reden. Sie saß stundenlang in diesem Hinterzimmer, während Natesh und ich uns an die Computer gesetzt haben. Ich weiß nicht, ob sie das die vollen drei Wochen so geplant hatte. Als wir uns letztes Jahr trafen, sagte sie Natesh und mir –"

„*Stopp!*", unterbrach ihn Brooke.

Er sah sie erschrocken an. „Was?"

„Wollen Sie etwa sagen, sie hat sich mit Ihnen und Natesh bereits *letztes Jahr* getroffen?"

---

Norman beugte sich vor und legte seine Hände auf Lenas Schultern. Sein Gesicht war nur wenige Zentimeter von ihrem entfernt. „Ich möchte, dass Sie mir sagen, was sich auf der anderen Seite der Insel befindet, und wie viele Leute uns bald hier besuchen werden. Haben Sie das verstanden?"

Lena zwinkerte ihm zu. Fast sexy, oder trotzig. Norman wurde wütend.

Er holte aus, als wollte er sie schlagen. Mit funkelnden Augen lächelte sie ihn verwegen an. Kurz dachte er darüber nach, wirklich zuzuschlagen, brachte es aber nicht über sich. Norman konnte keine Frau schlagen, selbst wenn sie der Feind war. Sie war eine Frau, und er war dazu erzogen worden, niemals die Hand gegen eine Frau zu erheben.

Mit einem entnervten Schnauben schob er ihren Drehstuhl weg.

„Sind Sie frustriert?", fragte Lena. Ihre Stimme klang irgendwie aufreizend.

Norman antwortete nicht. Natesh tippte immer noch auf der Tastatur herum.

„Sie sollten Ihre Frustration loslassen. Keine Sorge, diese Situation wird schon bald bereinigt sein."

Norman knirschte mit den Zähnen. „Wie das?", fragte er.

„Meine Unterstützung wird demnächst eintreffen. Sie werden alle hier in Gewahrsam nehmen. Und ich werde wieder frei sein. Das wird passieren."

„Ach, wirklich?"

„Zweifellos."

Norman ging zu ihr und ging in die Knie. Sein Gesicht war erhitzt. Er war aufgebracht genug, um Dinge zu tun, die er normalerweise nicht tun würde. Am liebsten hätte er seine Waffe gezielt an ihre Schläfe gehalten. Stattdessen nahm er die Pistole aus dem Holster und drückte sie seitlich gegen ihren Kopf.

Lena schloss die Augen und holte Luft. Ein tiefer, lustvoller Atemzug. „Stehen Sie auf so was?"

Natesh sah ihn an. „Norman, bleib cool."

„Sagen Sie mir, wie viele Leute sich auf der anderen Seite dieser Insel befinden", forderte Norman.

Lena drehte ihren Kopf, sodass der Lauf der Waffe direkt auf ihre Stirn gerichtet war. Dann liebkoste sie die Mündung mit ihren Lippen. Normans Gesichtsfarbe vertiefte sich zu Dunkelrot.

„Mehr als genug, das versichere ich Ihnen."

„Werden sie bei diesem Wetter Helikopter losschicken? Können diese Kerle auf der anderen Seite uns mit ihren Booten erreichen? Wie werden sie herkommen? Wissen sie, dass wir Sie gefangen halten? Wie viel Zeit haben wir noch?"

„Entspannen Sie sich, Mr. Shepherd", sagte Lena ruhig. „Vertrauen Sie mir, es gibt absolut keinen Ausweg für Sie und die anderen Mitglieder der Red Cell-Einheit."

„Hören Sie endlich auf, es so zu nennen. Es war niemals eine Red Cell. Das war alles nur vorgetäuscht. Zeitverschwendung."

„Eine Finte vielleicht, aber definitiv keine Zeitverschwendung. Glauben Sie mir, die Informationen werden uns sehr nützlich sein."

Norman verlor endgültig die Kontrolle. „Du *Schlampe*. Ist das deine Vorstellung von Ehre? Denkst du wirklich, dass das richtig war? Leute zu entführen und eine friedfertige Nation anzugreifen? Ich schätze, du bist Chinesin, richtig? Warum zum Teufel sollte China uns überhaupt angreifen wollen? Gehört euch Typen nicht sowieso schon die Hälfte unseres Landes? Verkauft ihr uns nicht schon genug? Was wollt ihr denn noch?"

Lena starrte ihn an. Ein leichtes Lächeln umspielte ihre Lippen.

Natesh lehnte sich zu Norman hinüber. „Beruhige dich, Norman. Ich bin fast fertig."

Norman wandte sich ihm zu. „Wie lange dauert das denn noch?", schrie er.

Im selben Moment hörte er ein lautes reißendes Geräusch.

Normans Blick schoss zu Lena. Sie hatte es irgendwie geschafft, das Klebeband zu zerreißen, das um ihre Unterarme gewickelt gewesen war.

Ihre Hände griffen nach der Pistole und versuchten, sie ihm zu entreißen. Sie war unglaublich schnell. Sie rangen um die Waffe, wobei Norman versuchte, die Mündung auf den Boden zu richten. Er bemühte sich verzweifelt, seinen Finger an den Abzug zu bekommen, aber Lena blockierte ihn.

Mit ihrer freien Hand packte sie sein Hemd und verlagerte ruckartig ihr Gewicht, sodass sie mitsamt dem Stuhl umfiel. Die Wucht riss Norman ebenfalls zu Boden.

---

Natesh war von seinem Stuhl aufgesprungen und stand nun verunsichert und mit offenem Mund da. Als er Norman so auf dem Boden liegen sah, konnte man in seinen Augen eine leise Panik erkennen.

Lenas Beine waren immer noch an den Waden zusammengeklebt, aber nun saß sie auf Norman. Sie hatte sich von ihrem Stuhl befreit und kniete auf seiner Brust. Eine ihrer Hände blockierte immer noch den Abzug der Pistole. Die andere, freie Hand bewegte sich schneller als alles, was Natesh je gesehen hatte. Es war das Letzte, was Norman jemals sehen sollte. Ihre Finger mit den langen Fingernägeln wurden plötzlich zu Waffen, die wie Blitze in seine Augen fuhren. Von Schmerzen erfüllt drehte Norman seinen Kopf weg und ließ die Waffe los. Stattdessen hielt er sich nun schreiend seine blutenden Augen.

Die Pistole fiel scheppernd auf den Betonboden, aber Lena beachtete sie nicht.

Mit beiden Händen drehte sie Normans Kopf zurück, sodass er nun direkt zur Decke des Raums blickte. Mit einem kräftigen Schlag prallte ihre Faust auf seinen Adamsapfel. Dabei gab sie einen kehligen, animalischen Laut von sich. Ihre Faust war hart, und ihre Knöchel trafen ihn wie ein Hammer. Der harte Steinboden unter Norman bedeutete, dass sich die geballte Wucht direkt an seinem Kehlkopf und seiner Luftröhre entlud. Er riss seine blutverschmierten und zerkratzten Augen auf und griff mit seinen Händen instinktiv an seinen Hals, als er verzweifelt versuchte, zu atmen.

Sobald sie sah, dass seine Augen wieder geöffnet waren, attackierte Lena diese erneut. Sie stieß gleichzeitig mit den Zeige- und Mittelfingern beider Hände zu und bohrte ihre Finger tief in das weiche Gewebe. Die Augenhöhlen sackten etwa einen Zentimeter ein, und Lena hörte nicht auf, an den Augäpfeln zu reißen und diese zu quetschen. Dunkles Blut strömte über Normans Gesicht, während er aufheulte.

Lena rollte von ihm herunter und setzte sich neben die Pistole auf den Boden, während Natesh sie beobachtete.

Die Tür, die zu Lenas privater Unterkunft führte, öffnete sich. Natesh sah Dutzende chinesische Soldaten in den Raum blicken. Lena drehte sich zu ihnen um. Trotz des blutigen Chaos auf dem Boden blieben sie, wo sie waren. Offenbar warteten sie auf ihren Befehl.

Lena wandte sich wieder Natesh zu. „Ich sehe, du hast den Notruf abgesetzt."

***

„Vor einem Jahr", erklärte Combs, „haben wir uns in Kalifornien getroffen. In der Nähe der Edwards Air Force Base, wo ich gearbeitet habe. Ich sollte aus dem Dienst ausscheiden. Zwar wollte ich die Air Force nicht verlassen, aber sie wollten mich nicht länger haben. Ich wurde nicht befördert und quasi rausgedrängt. Eine Zwangsversetzung in den Ruhestand, sagten sie. Dann hat mir mein Vorgesetzter erzählt, dass im Rahmen eines Sonderauftrags eine Stelle zu besetzen wäre, die mir ein weiteres Jahr in der Luftwaffe verschaffen könnte. Das fand ich gut. Eine Woche später traf ich mich mit Lena und Natesh, und sie haben mir alles über diesen Job erzählt. Das Ganze sollte zwölf bis achtzehn Monate dauern. Sie brauchten eine Menge Daten. Mein Vorgesetzter hat mir dabei geholfen. Wir haben an allen Air Force-Stützpunkten an der Westküste IT-Sicherheitsaudits durchgeführt. Dadurch haben wir ganz einfach Zugang zu den Informationen erhalten. Diese Operation war streng geheim. Damals dachte ich, Lena und Natesh seien externe Dienstleister, mit denen man gut zusammenarbeiten konnte. Sie erzählten mir erst kurz vor unserer Anreise auf die Insel, dass Lena von der CIA ist."

Brookes machte große Augen. „Moment, Sie sagen also, dass Sie, Lena und Natesh in den letzten zwölf Monaten Zugriff auf Regierungscomputer an der ganzen Westküste hatten?"

„Ja, warum?"

„Wie lange hatten Sie denn schon geplant, auf diese Insel zu kommen?"

„Die ganze Zeit. Bis vor ein paar Wochen wussten wir aber nicht, wo genau diese Insel liegt. Alles hat sich beschleunigt, als die Chinesen ARES in die Finger bekommen haben. Aber es war klar, dass man uns irgendwo hinschicken würde. Sie sagten, sie bräuchten mich, um die Cybersicherheit hier zu überprüfen und als Verwaltungsoffizier zu fungieren."

„Haben Sie denn nichts mitbekommen oder mit irgendjemandem gesprochen, seit Sie hier sind?, fragte Brooke ungläubig. „Die ARES-Codes wurden erst vor wenigen Wochen in den Satelliten entdeckt. Und auch die Operation, während der unser CIA-Agent in Schanghai getötet wurde, lief erst seit ein paar Wochen. Der Grund, warum wir auf dieser Insel sind, ist, dass Lena und Mitglieder unserer Regierung vor wenigen Wochen angeblich von einem chinesischen Invasionsplan erfahren haben. Wenn Sie und Natesh also schon seit zwölf Monaten mit Lena kooperieren, dann steht das in direktem Widerspruch dazu, dass wir erst vor Kurzem etwas über die chinesische Invasion herausgefunden haben."

Combs sah verwirrt aus. Brooke erkannte, dass er kein Verräter war. Er war nur ein Idiot. Vielleicht hatten sie ihn genau deshalb ausgewählt.

Tess rief von ihrer Position am Fenster des Hörsaals aus aufgeregt: „Brooke, Natesh kommt zurück. Er ist allein, und er rennt."

## 11

„Gewalt zieht stets moralisch Minderwertige an.“

—*Albert Einstein*

*Zwei Jahre zuvor, San Francisco*

Natesh fuhr mit seinem Tesla Model S direkt vor den Eingang eines der exklusivsten Restaurants von San Francisco. Er warf die Schlüssel dem Mann vom Einparkservice zu und schlenderte durch die sich drehende Glastür. Neben der Restaurantleiterin wartete eine zierliche Chinesin im Business Look auf ihn.

„Bitte hier entlang, Mr. Chaudry“, sagte Letztere.

Er folgte ihr die Treppe hinauf in den ersten Stock des Restaurants, der eine Art Galerie war. Der Duft von frischem Brot und gegrilltem Fleisch stieg ihm in die Nase. Die Frau führte ihn zu den Tischen direkt am Geländer, von denen aus man das voll besetzte Erdgeschoß überblicken konnte. Auch in der dortigen Bar gab es nur noch Stehplätze. Hier oben jedoch waren fast alle Tische bereits abgeräumt. Natesh bemerkte, wie ein Manager einen Hilfskellner wegscheuchte, der einen Tisch in ihrer Nähe abwischen wollte. Seine Begleiterin brachte ihn zu dem einzigen Tisch, der noch eingedeckt war, und er setzte sich. Die Chinesin stand etwa drei Meter von ihm entfernt und wartete.

Natesh wandte sich an sie. „Entschuldigen Sie, Miss. Wissen Sie, wann er hier sein wird?"

Sie hob einen Finger und berührte ihr Ohr mit der anderen Hand. Offenbar bekam sie gerade eine Durchsage per Funk. Sie hatte ein kleines Gerät im Ohr, so wie die Agenten des Secret Service, die den Präsidenten beschützten.

Natesh sah zum Eingang des Restaurants, durch den gerade ein halbes Dutzend Männer in schwarzen Anzügen eintrat und danach sofort ausschwärmte. Mehrere von ihnen hielten sich ebenfalls eine Hand ans Ohr. Security.

Der erste Stock befand sich gut sechs Meter über dem Erdgeschoß des Restaurants. Es war ein großer, offener Raum, von dessen immens hoher Decke bunte Glasornamente herabhingen. Die Jazzband, die im unteren Bereich spielte, hörte man hier oben nur gedämpft. An der Bar wimmelte es vor Leuten, und Kellner und Kellnerinnen bewegten sich geschäftig durch die illustre Menge, während sie gekonnt Essen und Getränke balancierten. Es war viel los. Und trotzdem – als der Mann, der Mr. Cheng Jinshan sein musste, den Raum betrat, blickte er sofort nach oben, genau zu dem Platz, an dem Natesh saß.

Einen Moment später stand Jinshan vor seinem Tisch im ersten Stock. Er war ein älterer Herr, sah aber sehr fit aus. Jinshan hatte stechende Augen, hervorstehende Wangenknochen und dicke Runzeln auf der Stirn. Sein Anzug sah sehr teuer aus, ebenso wie seine Schuhe. Sein Gefolge begleitete

ihn die Treppe hinauf, zerstreute sich aber, als Jinshan den
Tisch erreichte. Natesh stand auf, und sie gaben sich die
Hand. Jinshan sprach Englisch mit einem starken Akzent. „Es
freut mich, dass wir uns kennenlernen. Ihr Ruf eilt Ihnen
voraus. Sie haben mit Ihrem Unternehmen ausgezeichnete
Arbeit geleistet, Natesh. Sie können sehr stolz darauf sein."

Natesh war es gewohnt, mit seinen Kunden Essen zu
gehen. Es war Teil seines Jobs. Aber für gewöhnlich war *er*
derjenige, der alles arrangierte und sich vor dem Treffen über
sein Gegenüber kundig machte. Er wusste wenig über Jinshan. Mehr, als dass er sehr reich und ein sehr erfolgreicher
Geschäftsmann war, war in der kurzen Zeit nicht herauszufinden gewesen. Es gab überraschend wenig persönliche
Informationen über ihn im Internet. Dieses Treffen hatte
einer von Jinshans Angestellten erst vor wenigen Stunden mit
ihm vereinbart. *Mr. Jinshan ist geschäftlich in der Stadt. Er
möchte Sie treffen. Wir werden Sie in ein paar Stunden anrufen
und Ihnen die Uhrzeit und den Ort nennen. Halten Sie sich bereit.*
Es war eine klare Angelegenheit: Wenn einer der drei mächtigsten Männer Asiens ihn sprechen wollte, ließ er alles
andere stehen und liegen.

„Vielen Dank, Mr. Jinshan", antwortete er.

„Bitte entschuldigen Sie die Kurzfristigkeit meiner
Anfrage. Aber meine Berater sorgen stets für einen vollen
Terminkalender. Also werde ich gleich auf den Punkt
kommen, wenn es Ihnen nichts ausmacht."

„Selbstverständlich, Mr. Jinshan. Wie kann ich Ihnen
behilflich sein?"

Jinshan lächelte höflich. „Wo sehen Sie sich selbst in den
nächsten fünf Jahren? Was ist Ihre Vision für Ihr Unternehmen und für sich selbst?"

*Kein Vorgeplänkel. Er kommt gleich zur Sache.* Natesh stellte
ihm seine Pläne kurz vor. Er erzählte von seinem Wunsch, die

Bereiche Beratung und Produktinnovation zu verändern. Große Unternehmen hatten die Mittel, Natesh und seine Mitarbeiter die Fähigkeiten dazu. Er hatte einige der besten Innovatoren der Welt angeheuert und wollte neue Industriezweige erschaffen und andere erneuern.

„Erschaffen und erneuern, sagen Sie. Das sind zwei unterschiedliche Worte. Aber Menschen in Ihrer Branche benutzen sie oft gemeinsam, nicht wahr?"

„Ja, ich denke, das ist wohl so", antwortete Natesh.

„Natesh, ich habe eine Frage an Sie. Und ich möchte, dass Sie mir ehrlich antworten. Ich habe Ihre Akte gelesen. Und darin Dinge gesehen, die mich neugierig gemacht haben. Meine Frage ist: Verspüren Sie eine starke Loyalität zu den Vereinigten Staaten?"

Natesh öffnete den Mund, um zu antworten, aber es kam nichts heraus. Er hatte einen geschäftlichen Vorschlag erwartet. Vielleicht eine Gelegenheit für seine Beratungsfirma, mit einem von Jinshans Unternehmen zu arbeiten. Diese Frage kam komplett unerwartet.

Jinshan sprach weiter: „Sie wurden in Indien geboren und lebten dort, bis Sie zehn Jahre alt waren. Sie sind amerikanischer Staatsbürger. Ihr Vater lebt immer noch in Indien, aber Ihre Mutter ..."

Erste Bedenken stiegen in Natesh auf. Warum sollte sich dieser Mann über Nateshs Eltern informieren? „Ich bin mir nicht sicher, ob das wirklich relevant ist", brachte er hervor.

„Aber das ist es."

„Nun, ich fühle mich nicht wohl bei dem Gedanken."

Jinshan blickte über seine Schulter hinweg die chinesische Frau an, die Natesh zuvor zum Tisch geführt hatte. Sie befand sich außer Hörweite, eilte aber sofort herüber, als sich ihre Blicke trafen.

„Bitte bringen Sie uns eine Flasche Wein. Und lassen Sie

den Küchenchef wissen, dass wir bereit für das Abendessen sind." Sie nickte und eilte davon.

Dann wandte er sich wieder an Natesh. „Entspannen Sie sich, Natesh. Es ist mir egal, was Ihre Eltern vor langer Zeit in Kaschmir getan haben. Für mich zählt nur, dass Sie die Geisteshaltung haben, nach der ich suche. Und Sie sind nicht Ihre Eltern."

„Meine Eltern waren – sehr politisch", erklärte Natesh.

„Und Sie?"

„Ich nicht."

„Was motiviert Sie dann? Woran glauben Sie?"

Natesh lachte nervös. Dieser Mann wollte es ziemlich genau wissen. „Ich glaube an mich selbst. Und ich glaube an die Macht des logischen Denkens."

„Und was motiviert Sie?", fragte Jinshan erneut. „Warum arbeiten Sie so hart? Was möchten Sie tun? Was erschaffen? Was möchten Sie werden?"

Nateshs Gedanken überschlugen sich. „Ich bin erst siebenundzwanzig. Ich denke, ich habe noch viel Zeit ..."

„Das können Sie mir nicht erzählen. Ich glaube nicht, dass Sie sich keine Gedanken über all das gemacht haben. Männer wie wir gehen nicht ziellos durchs Leben. Wir erobern. Nun, was ist Ihr Ziel?"

Nathesh war vollkommen aus dem Konzept. „Ich – ich glaube, ich wollte schon immer ein Vordenker im Technologiebereich sein. Jeden Tag kreieren wir neue Ideen für Unternehmen. Und diese nutzen unsere Ideen, um einen Mehrwert für sich selbst zu schaffen. Ich würde all diese Ideen gerne unter die Lupe nehmen und eine oder vielleicht zwei entdecken, die wirklich groß sind. Dann würde ich gerne mein eigenes großes Technologieunternehmen aufbauen. Ich möchte daraus eine dieser gewaltigen Firmen machen, die die Welt prägen."

„Also wollen Sie Macht?"

„Ja."

„Sie möchten die Entwicklung und den Wandel der Welt kontrollieren?"

„Ja, wenn ich ehrlich sein soll, schon."

„Das sollen Sie. Ich habe nichts dagegen einzuwenden."

Natesh errötete. „Nun, Ihr Ruf bewahrheitet sich. Ich habe gehört, dass Ihre Bewerbungsgespräche eher wie Verhöre sein sollen."

Jinshan lachte. „Ich führe keine Bewerbungsgespräche."

„Ist es nicht das, was wir hier gerade tun?"

Der ältere Mann schüttelte den Kopf. „Nein. Bewerbungsgespräche sind reine Zeitverschwendung. Ich habe entschieden, Ihnen den Job zu geben, bevor wir uns getroffen haben. Meine Nachforschungen sind bereits abgeschlossen. Nun muss ich Sie noch davon überzeugen, dass meine Arbeit und meine Ziele Ihres Einsatzes würdig sind."

„Und was hat das mit meiner Loyalität Amerika gegenüber zu tun?"

„Sind Sie denn Amerika gegenüber loyal?"

Sie unterbrachen das Gespräch, als der Wein kam. Eine zweite Kellnerin platzierte eine Platte mit selbst gebackenem Brot und Käse in der Mitte des Tisches.

Natesh kam zu dem Schluss, dass dieser Mann eine Loyalität den USA gegenüber wahrscheinlich eher als negativ betrachten würde – oder dass sie ihm gleichgültig wäre. Wenn er ehrlich war, so verspürte Natesh keine besonders überschwänglichen patriotischen Gefühle für die Vereinigten Staaten. Jetzt ging es nur darum, ob seine Antwort die zukünftige Beziehung zu diesem Kunden vertiefen oder ihr eher schaden würde.

„Nein. Ich bin Amerika gegenüber nicht besonders loyal eingestellt. Es ist nicht mehr als willkürlich gezogene Grenzlinien und ein Regelwerk, dem die Menschen sich beugen. Beides wird sich mit der Zeit verändern", erklärte Natesh.

„Natesh, was wäre, wenn ich Ihnen erzählte, dass diese Linien und Gesetze sich schon sehr bald verändern würden? Was, wenn sich die ganze Welt in den nächsten Jahren drastisch verändern würde? Und was, wenn ich Ihnen eine wichtige Rolle bei der Gestaltung und Steuerung dieses Veränderungsprozesses anbieten würde?"

Natesh war sich nicht sicher, was er von diesem Mann halten sollte. Man konnte sehen, dass er ein ungewöhnlich intelligenter und entschlossener Mensch war. „Ich denke, das würde von den Details abhängen, Mr. Jinshan. Wenn ich auf ein neues Problem stoße, ist das Erste, was ich mich frage: Was sind meine Optionen?"

Jinshans Gesicht bekam noch mehr Furchen, als er zum ersten Mal an diesem Abend wirklich lächelte. „Es freut mich, dass Sie das fragen. Denn genau darüber wollte ich mit Ihnen sprechen."

Natesh blickte über das Geländer auf das belebte Restaurant unter ihnen. Helles Licht erleuchtete die Bar. Kellnerinnen in eleganten, tief ausgeschnittenen schwarzen Kleidern manövrierten sich durch die Tische und servierten der Elite San Franciscos hochpreisige Speisen.

Natesh nahm einen Schluck Wein. „Ich höre mir gerne an, was Sie zu sagen haben."

Jinshan betrachtete ihn. „Beantworten Sie mir folgende Frage: Nehmen wir an, Sie hätten ein Unternehmen aufgebaut und würden beginnen, die Welt zu verändern; so, wie Sie es bereits tun. Wann wäre es genug für Sie? Wann wären Sie satt?"

Natesh dachte darüber nach. Er hatte sich Varianten dieser Frage bereits hundertmal gestellt.

„Es wäre wohl niemals genug."

Jinshan deutete mit dem Finger auf ihn und grinste. „Genau deswegen halte ich Bewerbungsgespräche für eine Zeitverschwendung. Ich erkundige mich im Vorfeld einer Entscheidung stets ganz genau über meine geplanten Investitionen – besonders, wenn es um Investitionen in Menschen geht. Ich wusste, dass ich mit Ihnen die richtige Wahl getroffen habe, noch bevor wir überhaupt miteinander sprachen."

„Vielen Dank."

„Natesh, Lebenshunger ist nichts, wofür man sich schämen sollte. Manche Menschen bezeichnen es vielleicht als Gier. Aber das passt nicht ganz zu Ihrer Aussage ..."

Nateshs instinktive Antwort wäre gewesen, dass er nicht gierig war. Es war die natürliche Reaktion auf eine solche Anschuldigung. Aber an Jinshans Tonfall konnte er erkennen, dass es keine Anklage sein sollte.

Jinshan fuhr fort. „Ehrgeiz würde es wohl besser beschreiben. Das ist es, was viele der Männer und Frauen antreibt, auf deren Schultern diese Welt ruht. Aber warum haben Sie Ambitionen? Wenn Sie einmal tiefer graben, werden Sie erkennen, dass es um zwei Dinge geht: Kontrolle und Angst. Menschen wollen die Kontrolle haben. Denn sie haben Angst davor, was passiert, wenn sie ihnen genommen wird."

Natesh schmierte sich etwas Brie auf eine Scheibe Baguette und hörte zu, während er kaute.

„Glauben Sie an Gott, Natesh?"

Natesh rutschte nervös auf seinem Stuhl herum. Was sollte er darauf antworten? Er beschloss, die Wahrheit zu sagen.

„Nein, das tue ich nicht", sagte er.

„Gut. Es ist mir egal, warum das so ist. Aber der Grund, warum die Menschen Gott fürchten, ist, dass sie denken, er hätte die Kontrolle über ihr Leben."

Natesh kaute weiter, unsicher, wie er reagieren sollte. Diese Unterhaltung nahm zum zweiten Mal eine unerwartete Wendung. Dennoch faszinierten ihn Jinshans Ideen.

„Nicht an Gott zu glauben, ist ziemlich befreiend. Wenn es keine göttliche Macht gibt, die Ihr Schicksal lenkt, warum sollten dann nicht Sie selbst die Kontrolle über Ihr Schicksal haben? Und wie würde *wahre* Kontrolle aussehen?"

Natesh war sich nicht sicher, ob er darauf antworten sollte.

Jinshan nippte an seinem Wein. Er betrachtete die Decke und sprach weiter. „Wenn Sie nicht an Gott glauben, und in Ihrem Leben trotzdem Großartiges erreichen, dann wird Ihnen schließlich klar, dass *Sie* ein Gott sein können."

Natesh war sprachlos. Worauf wollte dieser Mann hinaus?

„Natesh, ich werde Ihnen etwas erzählen. Und ich möchte, dass Sie alle Zweifel und Fragen, die in Ihnen aufkommen, zurückhalten, bis ich mit meinen Ausführungen fertig bin. Ich habe mich schon vor langer Zeit für Sie entschieden. Wenn ich fertig bin, müssen Sie sich entscheiden, ob Sie sich mir anschließen wollen. Es ist ein einmaliges Angebot."

„Okay", brachte Natesh heraus.

„Über die Jahre habe ich viele Kontakte zur chinesischen Regierung geknüpft. Und darüber hinaus auch viele Kontakte zu Regierungen auf der ganzen Welt. Mein Netzwerk besteht aus Politikern, Geschäftsleuten, Militärs und auch Geheimdienstlern. Wichtig ist, dass ich meine Finger sozusagen überall im Spiel habe." Er lächelte. Natesh konnte erkennen, dass er stolz auf seine Vernetzung war.

„Das ist sehr beeindruckend."

„Ich musste mit meinen Unternehmen jedes Jahr auf höchstem Niveau Wettbewerber in Schach halten. Die erwähnten Kontakte helfen mir, Information zu sammeln und Hürden zu überwinden, die meinen Erfolg behindern könnten. Und meine Unternehmen haben sich gut gemacht, sogar sehr gut, wie Sie wissen. Aber jetzt ist es an der Zeit, die Ernte einzufahren."

Natesh hob fragend seine Augenbrauen.

Jinshan fuhr fort. „Einige meiner Kontakte – die sehr gut darin sind, solche Dinge vorherzusagen – haben mir verraten, dass Chinas Wirtschaftswachstum nicht nachhaltig ist. Ich weiß, dass sagen die Leute bereits seit Jahren. Aber dieses Mal glaube ich, dass sie richtig liegen. Was also bedeutet das für mich? Es bedeutet, dass es an der Zeit ist, den nächsten Schritt zur Erreichung meiner Ziele zu machen. Es ist Zeit für einen gewagten Schachzug. Im Laufe des nächsten Jahres wird China einen neuen Präsidenten bekommen. Ich werde ihm an die Macht verhelfen. Unsere Wirtschaft wird schon vorher ins Schwanken geraten, und der neue Präsident wird dem Volk einen Ausweg versprechen. Aber – *es gibt keinen Ausweg*, Natesh. Nicht in der heutigen Welt. Sie haben Wirtschaftswissenschaften studiert. Was sagt Ihnen ein Aktienkurs, der in schwindelerregende Höhen schießt? Dass es eine Gegenbewegung geben und die Aktie irgendwann abstürzen wird. Dasselbe geschieht in viel größerem Ausmaß mit Volkswirtschaften weltweit. Sie expandieren und schrumpfen in endlosen Zyklen, wobei manche extremer sind als andere. Ich fürchte, der Nächste wird ziemlich heftig ausfallen."

„Also verkaufen Sie Ihre Unternehmen?", fragte Natesh.

Jinshan schüttelte den Kopf. „Nein, sicher nicht."

„Was dann?"

„Ich werde China in eine globale Expansion führen. Und ich möchte, dass Sie dabei sind. Ich möchte Ihnen die Kontrolle geben, nach der es Sie so verlangt. Sie werden nicht nur Unternehmen führen. Sie werden ganze Länder formen. Sie werden Entscheidungen über alle Aspekte des Lebens von ganzen Völkern treffen. Und wissen Sie was? Es wird den Menschen sogar helfen. Sie werden die Kontrolle und Macht bekommen, die Sie sich schon Ihr ganzes Leben lang wünschen. Und diesmal wird es keine Bürokratie oder politische Grabenkämpfe geben, die den Fortschritt behindern. Die Massen, die gescheiterte Demokratien und korrupte Regierungen gebildet haben, werden endlich das Wachstum und die Führung erhalten, zu der sie allein niemals in der Lage gewesen wären. Sehen Sie sich die Geschichte an. Sehen Sie, was das römische Imperium unter der richtigen Führung erreicht hat. Sehen Sie, was Kangxi aus der Qing-Dynastie gemacht hat.

„Natesh, ich beobachte Sie bereits seit geraumer Zeit. Ich möchte, dass Sie mir dabei helfen, ein neues Reich zu regieren, das unseren Globus eint und eine Ära des Friedens und des Wohlstands bringt, wie sie die Welt noch nie gesehen hat. Große Männer stellen sich diese Frage seit ewigen Zeiten: Was ist erstrebenswerter? Geld oder Macht? Lassen Sie mich Ihnen bei der Antwort helfen. Die Antwort lautet Macht. Und Kontrolle gibt uns Macht. Und ich biete sie Ihnen an, wenn Sie mit mir zusammenarbeiten."

Natesh musste sich anstrengen, damit ihm die Kinnlade nicht herunterklappte. War das hier real? Er wusste nicht, was er dazu sagen sollte. Sein Verstand war geneigt, das Gehörte als verrücktes Geschwafel eines exzentrischen, alten Milliardärs abzutun. Oder war Jinshan tatsächlich zu solchen Dingen fähig?

„Und wie?", stammelte Natesh.

„Sagen Sie mir, Natesh. Was wissen Sie über die Politik meines Landes, wenn es um das Thema Nachwuchs geht?"

„Die Ein-Kind-Politik? Nicht viel. Ich denke, das ist ziemlich selbsterklärend. Natürlich habe ich Gerüchte gehört ..."

„Fahren Sie fort. Nehmen Sie keine Rücksicht auf mich."

Natesh schaute verlegen auf den Boden. „Nun, ich habe

Gerüchte gehört, über Abtreibungen und sogar Tötungen von Neugeborenen, um das Gesetz einzuhalten."

Jinshan lächelte höhnisch „Das sind nur die westlichen Medien, glauben Sie mir. Die Ein-Kind-Politik, wie Sie es nennen, war eine großartige Errungenschaft. Sie dient als Beispiel für die herausragenden Resultate, die wahre Anführer erzielen können, wenn sie den Mut aufbringen, richtungsweisende Entscheidungen zu treffen. Wissen Sie, wie viele arme, arbeitslose Seelen die Straßen bevölkern würden, wenn wir dieses Gesetz nicht erlassen hätten? China würde erdrückt werden von verhungernden Kriminellen. Stattdessen haben wir den ganzen überflüssigen Unrat eliminiert, aus der Gesellschaft herausgeschnitten wie ein Krebsgeschwür. Aber so etwas kann nur umgesetzt werden, wenn diese Anführer die dafür notwendige *Autorität* besitzen. Heute können wir das. Stellen Sie sich nur vor, welche Verbesserungen wir für die globale Menschheit erreichen könnten. Und in diesem neuen globalen Imperium, das ich erschaffe, werden wir die Fähigkeiten haben, solche Entscheidungen zu treffen."

„Was meinen Sie mit *Fähigkeiten*?"

„Das Internet. Ihr Spezialgebiet. Meins auch, um ehrlich zu sein. In China habe ich viele Jobs. Einige in der Privatwirtschaft, andere in eher öffentlichen Funktionen. Eine meiner Aufgaben ist die Beratung unserer Regierung im Bereich Cyberspace. Natesh, ich kann die Informationen kontrollieren, die über eine Milliarde Menschen sehen. Wenn ich will, dass sie hören oder sehen, dass der Himmel pink ist, dann werden sie genau das hören oder sehen. Wenn ich möchte, dass sie kein CNN mehr sehen, dann wird der Kanal verschwinden."

„Zensur?"

„Mehr als nur Zensur. Die totale Kontrolle über Informationen. Und damit auch die Macht, Meinungen zu bilden. Um erfolgreich zu sein, braucht wahre nationale Autorität heutzutage diese Form der Macht. In einer derart vernetzten Welt ist eine Regierung ohne diese Art der Kontrolle stets dazu verdammt, ein Sklave derjenigen zu sein, die sie besitzen. Wenn ich möchte, dass das chinesische Volk liest, dass Amerika einen großen Cyberangriff erlitten hat und dort deswegen monatelang die Stromversorgung ausfällt, dann werden die Chinesen das lesen. Wenn ich sie lesen lassen will, dass wir unsere brüderliche Pflicht erfüllen und Amerika militärische Hilfe zukommen lassen müssen, dann werden sie es lesen. Wenn sie lesen sollen, dass eine wachsende Gruppe radikaler amerikanisch-christlicher Terroristen unschuldige Chinesen ermordet hat, werden sie das lesen. Und wenn ich will, dass sie glauben, dass die Lösung darin besteht, uns zu erheben und zu verteidigen, indem wir in die Vereinigten Staaten einmarschieren – dann ist es *genau das*, was sie glauben werden."

Nateshs Puls raste. „Das klingt schon etwas unmoralisch."

„Sie können meine Moral infrage stellen, aber nicht die Logik dahinter. Oder meinen Einfluss. Oder meine *Macht*. Und das ist es, was ich Ihnen hier anbiete – uneingeschränkte Macht. Wie Sie Ihnen kein anderer Mensch auf Erden bieten kann. Momentan verdienen Sie Ihr Geld mit einem Spiel. Geschäftemachen ist ein unterhaltsames Spiel. Aber es ist nicht das Spiel, auf das es ankommt. Staatsmänner würden sagen, dass Politik das wahre Spiel ist. Und sie haben recht. Denn dort liegt die wahre Macht. Unternehmen können von Politikern über Nacht zerschlagen werden."

Natesh war vom Wein leicht beschwipst. „Und Diktatoren können über Nacht gestürzt werden."

Jinshan sah auf die Menschenmenge im Erdgeschoß hinab. „Das stimmt. Aber um in *diesem* Spiel – dem Spiel der Nationen – zu gewinnen, müssen Sie willens sein, jede Option auszuüben. Und an diesem Punkt habe ich einen Vorteil, denn ich kann Logik über Ethik stellen. Sie sagten, Sie glauben nicht an Gott. Nun, ich auch nicht. Wenn es keinen Gott gibt, wer verhindert dann die Kriege, die die Welt zerstören könnten? Wer verhindert, dass Volkswirtschaften zusammenbrechen, wenn ein Wall Street-Makler einen Fehler macht? Wer wird denn die Menschheit vor sich selbst schützen? Auf diese Fragen gibt es schon immer dieselbe Antwort. Die großen Herrscher der Geschichte waren stets die Männer mit der Vision, den Fähigkeiten und der Autorität, die Welt zu gestalten. *Sie* haben große Ambitionen. *Sie* haben große Stärke. *Sie* haben einen großartigen Intellekt. Und *ich* habe *Sie* dazu auserwählt, bei der Gestaltung dieser Welt mitzuwirken."

„Ich fühle mich geschmeichelt", sagte Natesh. „Aber Sie haben mich gerade erst kennengelernt, Sir. Wie können Sie wissen, dass ich dafür geeignet bin? "

„Ich weiß es einfach."

Natesh hielt inne und trank einen weiteren Schluck Wein. „Woher wissen Sie, dass ich Sie nicht enttäuschen werde?"

„Das werden Sie nicht."

Natesh schüttelte den Kopf. „Ich habe Bedenken."

„Zweifellos erwecken manche der Dinge, die ich gesagt habe, Ihre Besorgnis. Der vor uns liegende Weg wird viele Opfer und harte Arbeit erfordern. Aber das liegt Ihnen im Blut. Bevor ich Ihnen weitere Details gebe, beantworten Sie mir bitte die folgende Frage: Wählen Sie Macht oder Reichtum?"

*Gegenwart*

Brooke sah vom Rednerpult zu Tess hinauf. „Natesh rennt hierher?"

„Ja", betätigte Tess.

„Allein?"

„Ja, er sollte jetzt schon im Gebäude sein. Ich kann ihn nicht mehr sehen."

Brooke bewegte sich umgehend zur Tür, die zum Flur und damit zum Eingang des Gebäudes führte. Sie wusste nicht genau, was sie ihn fragen würde, aber es war klar, dass sie ihn mit den Anschuldigungen konfrontieren musste. Was Major Combs gerade ausgesagt hatte, ließ ihren Moderator in einem recht zweifelhaften Licht erscheinen. Und es warf ernste Fragen zu Dingen auf, die Natesh erzählt hatte. Sie mochte ihn, ja. Er machte einen ehrlichen Eindruck. Aber wenn er hinsichtlich seiner Bekanntschaft mit Lena und deren Dauer gelogen hatte, was war dann noch alles erfunden? Warum sollte er sie diesbezüglich überhaupt anlügen? Und warum kam er nun allein zurück? Warum sollte er Norman und Lena allein im Kommunikationsgebäude zurücklassen?

Brooke drehte den Türknauf der Hörsaaltür, aber er bewegte sich nicht. Perplex packte sie den Knauf fester und versuchte mit aller Kraft, ihn zu drehen. Dann rüttelte sie daran. Die Tür war abgeschlossen. Der einzige Zugang zu diesem Raum war von außen verschlossen worden. Sie zog noch einmal am Knauf. Erst jetzt bemerkte sie, dass er keinen Mechanismus zum Ent- oder Verriegeln hatte. Dieser musste sich auf der anderen Seite befinden. Man konnte diese Türe also nur von außen zuschließen? Sie schaute durch das kleine in die Tür eingelassene Glasfenster.

Natesh starrte sie vom Korridor aus an. Sein Gesichtsausdruck war leer.

Verwirrt rief sie ihm zu, er solle sofort die Tür aufschließen. Die anderen im Raum hörten ihre aufgebrachte Stimme und kamen herübergelaufen. Dann hörten sie einen entsetzten Schrei vom Fenster. Brookes Blick schoss nach oben, wo sich einige der Berater an ein Fenster drängten.

„Was ist denn los?", rief Brooke.

Sie konnte Tess kaum verstehen, so panisch war sie. „Sie kommen. Es sind so viele."

Brooke blickte erneut durch das kleine Fenster in den Flur hinaus. Natesh stand da und sah sie an. Sein Blick war ernst, so hatte sie ihn noch nie gesehen.

Das Letzte, was sie sah, bevor er sich umdrehte und von der Tür wegging, war, wie er mit seinen Lippen lautlos ein paar Worte formte: „Es tut mir leid."

## 12

„Worum es im Krieg geht, ist nicht, für sein Vaterland zu sterben, sondern dafür zu sorgen, dass der andere Bastard für sein Vaterland stirbt."

—*General George S. Patton*

Tom Connolly öffnete die Zellentür und sah hinein.

Bill lag auf dem dreckigen Steinboden und sah entsetzlich aus. „Sind Sie dieses Mal allein?"

„Ja, nur ich."

„Was wollen Sie?", fragte Bill.

Tom musste beinahe würgen, als ihm der Gestank der Zelle in die Nase stieg. Es roch nach menschlichen Exkrementen und verfaultem Essen. „Ich dachte, ich sehe mal nach Ihnen. Vielleicht brauchen Sie ja was?"

Bill blinzelte. Er klang heiser und erschöpft. „Mit Ihrer Hilfe bin ich hierher verfrachtet worden, und jetzt machen Sie sich Sorgen um mein Wohlergehen? Lena sagte, dass Sie zurückkommen würden, um mich zu befragen. Wahrscheinlich sind Sie also deshalb hier."

Tom wandte den Blick ab. Er stand noch immer in der Tür und überlegte, wieder zu verschwinden. Vielleicht war das Ganze eine schlechte Idee gewesen. Was machte er überhaupt hier? Waren er und Bill die einzigen Amerikaner auf dieser Seite der Insel? Bald würden Weitere ihrer Landsleute hergebracht werden. Allerdings drohte ihnen das gleiche Schicksal wie Bill …

„Also, warum haben Sie das getan?", fragte Bill. „Was denken Sie, was die mit Ihnen vorhaben? Ihnen einen Orden für besondere Dienste anstecken, oder was? Wo wollen Sie denn hin, wenn das hier vorbei ist?"

„Was haben Sie da gesagt?" Tom ballte seine Fäuste.

Bill spuckte auf den Boden. „Ich gehe davon aus, dass sie Ihnen etwas versprochen haben."

„Ja, das haben sie. Und es waren ziemlich große Versprechungen", antwortete Tom.

„Und Sie fühlen sich wohl dabei? Ihre Seele auf diese Weise verkauft zu haben?"

„Ich werde es überleben."

„Sind Sie da sicher? Wohin soll die Reise denn gehen? Für mich sieht es aus, als wären Sie hier, weil Sie sonst nirgendwo hinkönnen. Und Sie fangen an, es zu bereuen."

„Ich bereue gar nichts."

Bills Stimme klang noch rauer als zuvor: „Was also werden die mit Ihnen machen? Sie zurück nach Amerika schicken? Wo Sie dann leben wie ein Pascha?"

Tom wusste nicht, warum er ihm überhaupt noch zuhörte, aber er war leicht angetrunken und wollte sich gerade nicht bewegen. „Das ist der Plan."

„Nun – Ihre *Untergebenen* werden Sie verachten, wenn sie erfahren, was Sie getan haben. Irgendwie werden sie es herausfinden. Und selbst wenn sie Sie nicht umbringen, was machen Sie, wenn Sie eines Tages das schlechte Gewissen überkommt?"

Tom starrte ihn mit versteinerter Miene an. Bill lag immer noch auf dem Boden, ungewaschen und abgekämpft. Und trotzdem sah er stärker aus, als Tom sich fühlte.

„Zur Hölle mit Ihnen", fuhr er ihn an.

„Oh, ich komme in den Himmel, mein Freund. Da ist schon ein Platz für mich reserviert. Ich habe ein gutes und ehrenwertes Leben geführt. Ich habe eine Frau und eine Familie, die mich liebt, und Erinnerungen an ..." Bills Stimme versagte. „Ich bin zufrieden mit dem, was ich aus meinem Leben gemacht habe. Werden Sie dasselbe sagen können, wenn Ihre letzte Stunde geschlagen hat?"

Tom starrte ihn an und nahm einen weiteren Schluck aus seiner Flasche. „Hier drin stinkt es nach Scheiße."

Er drehte sich um, verließ die Zelle und knallte die Tür hinter sich zu. Langsam ging er den leeren Korridor hinunter. Fast alle chinesischen Soldaten waren unterwegs zur anderen Seite der Insel. Es war niemand in der Nähe.

Tom erreichte eine der Stahltüren, die hinaus zu den Docks und zum Strand führten, öffnete sie und trat ins Freie. Regen und Wind peitschten sofort auf ihn ein, aber es kümmerte ihn nicht. Er brauchte eine Zigarette.

Seine Augen mit einer Hand gegen den Starkregen abschirmend, lief er um das große Betongebäude herum, das er eben verlassen hatte. Nachdem er mit feuchten Fingern mühsam eine Zigarette aus dem Päckchen gefummelt hatte, versuchte er ein paar Mal vergeblich, sie anzuzünden. Wind und Regen machten das Unterfangen beinahe unmöglich. Vor sich hin fluchend gelang es ihm schließlich doch. Er nahm einen tiefen Zug, bevor die Zigarette zu nass war und wieder ausging. Tom schnippte sie in die Luft, wo sie vom Wind erfasst wurde und kurz danach auf dem nassen Sand landete. Erneut holte er seinen Flachmann heraus, nahm einen Schluck und ging hinunter zum Strand. Er war inzwischen bis auf die Haut nass und beschloss, sich einen Platz neben den Motorbooten zu suchen. Ein Drink an einem Strand während eines tropischen Wirbelsturms. *Das würde ihn schon auf andere Gedanken bringen.*

Bill hatte ja keine Ahnung, wovon er redete, dieser Idiot ...

Henry warf das Antennenkabel aus dem Fenster. Es entrollte sich wie beabsichtigt an der Fassade des Gebäudes und David versuchte, es zwei Stockwerke weiter unten aufzufangen. Es goss jetzt wie aus Kübeln. Der höllische Wind erschwerte das Unterfangen, das Ende des Kabels zu fassen zu kriegen. Jedes Mal, wenn David dachte, dass der Sturm endlich nachließe, erwischte ihn der nächste Regenschauer oder eine starke Windböe.

Henry hatte ihm erklärt, dass die Sende- und Empfangsfrequenz umso niedriger sei, je länger sie die Antenne machten. Und je niedriger die Frequenz, desto größer die Reichweite. Das war jedenfalls die Idee. David hoffte, dass es funktionierte.

Henry schrie aus dem Fenster seines Zimmers: „Zurück! Etwa eineinhalb Meter zurück! Okay. Halt. Bleib stehen. Ich versuche, etwas zu senden."

„Okay, sag Bescheid, falls –"Der Rest ging im Sturm unter.

Der Wind blies gerade so heftig, dass David das Geräusch zunächst nicht wahrnahm.

Es begann als dumpfes Summen. Als ob Millionen von Bienen auf ihn zukamen. David sah zum Berg hinauf, dessen Gipfel kaum noch zu erkennen war. Als der erste große Helikopter unter den niedrig hängenden Wolken in Sicht kam und dicht über den grünen Baumkronen hinwegflog, konnte David nicht anders, als ihn zu bewundern. Er war wie ein riesiger dunkelgrauer Drachen aus Stahl, viel größer als jener, der neulich nachts auf der Piste gelandet war.

Je näher er kam, desto lauter wurden seine Rotoren, bis das rhythmische, schnelle Klopfgeräusch den Wirbelsturm schließlich übertönte. Die gewaltige Maschine flog mit einer Präzision und Anmut, die David gleichzeitig fesselte und erschreckte. Dann tauchten dahinter zwei weitere Hubschrauber auf, die ebenfalls den Berghang hinunterzu-stürzen schienen, als wären sie Teil einer gigantischen Achterbahn.

David schaute zum Fenster hinauf. Henry erschien und betrachtete das Schauspiel mit offenem Mund. Dann trafen sich ihre Blicke. Sie wussten beide, was das bedeutete: keine Zeit mehr für eine HF-Übertragung. Das letzte Fünkchen Hoffnung, das David noch gehabt hatte, war in dem Moment dahin, als er den großen roten Stern am Heck des ersten Heli-kopters erspähte.

David schrie: „Henry, bring die zusammengerollten Duschvorhänge mit. Wir treffen uns am Eingang der Baracke."

Glickstein nickte hektisch und verschwand vom Fenster.

David rannte um das Gebäude herum, stieß die Eingangstür auf und kauerte sich dahinter zusammen. Durch das hohe vertikale Glaselement, das sich rechts neben der Tür befand, hatte er das Gelände im Blick.

Die Baracke befand sich auf einer leichten Anhöhe ober-halb des Hörsaalgebäudes, das wiederum oberhalb des Kommunikationsgebäudes und der Cafeteria lag. Und darunter in Richtung Meer war die Start- und Landebahn. Er beobachtete, wie sich die drei Helikopter durch den Sturm pflügten und zum Landen ansetzten. Die Nasen der drei

Stahlbiester neigten sich dramatisch nach oben, bis sie endlich langsamer wurden und kurz über der Landebahn schwebend verharrten. Durch die Bewegung der Rotoren entstanden heftige Regenwasserwirbel, die sich rund um die Helikopter ergossen.

David war klar, dass die geraden angekommenen Truppen mindestens zehn Minuten benötigen würden, um ihre Position zu erreichen. Noch länger, wenn sie zuerst am Hörsaalgebäude halt machten. Gut. Das verschaffte Henry und ihm etwas Zeit. Vielleicht könnten sie noch schnell zum Hörsaal rennen und die anderen einsammeln, während ...

Jenseits des Kieswegs, unter den sich wild biegenden Palmen, kam Natesh in Sicht. Er stand allein auf dem offenen Gelände zwischen dem Hörsaalgebäude und der Kommunikationsbaracke. Was machte er da? Warum war er im Hörsaal gewesen? Dann erschien Lena und stellte sich neben ihn. Warum war sie nicht gefesselt?! Sie legte eine Hand auf Nateshs Schulter und sprach ihm ins Ohr. Dann sah sie in Richtung des Hörsaalgebäudes und winkte mit dem ganzen Arm.

Sie kamen in Scharen. Dutzende Bewaffnete in schwarzen Kampfanzügen rannten an Lena und Natesh vorbei in Richtung des Hörsaals. Diese Männer kamen nicht aus den Helikoptern. Sie strömten aus dem Kommunikationsgebäude. David beobachte fassungslos, wie Natesh allein dorthin zurückkehrte, während Lena den Soldaten folgte.

Davids Gedanken überschlugen sich. Natesh. Er musste ihr geholfen haben. Das war die einzig mögliche Erklärung, warum beide so ruhig mit den chinesischen Truppen sprachen. David machte sich große Vorwürfe, weil er ihm vertraut hatte. Er hatte Zugang zum Computerraum. Natürlich war er auf Lenas Seite. Er hatte auf David einfach nicht den Eindruck gemacht, der Typ für so etwas zu sein. Wie dumm von ihm. David wollte schreien, aber er hatte keine Zeit für Reue.

Er beobachtete, wie unten auf der Landebahn weitere Truppen aus den Helikoptern sprangen. Zwei der Männer krümmten und übergaben sich neben der Landebahn. Es musste ein unruhiger Flug gewesen sein. Der Rest der Soldaten rannte in vollem Tempo den Pfad hinauf in Richtung der Gebäude.

Henry hastete die Treppen hinunter und schleppte die unhandliche Rolle aus Duschvorhängen, Gewebeklebeband und Metallstangen.

„Wie schlimm ist es?", fragte Henry, während er sich zu David gesellte und aus dem Fenster spähte.

„Ziemlich schlimm. Wir müssen uns beeilen. Henry, wie gut kannst du schwimmen?"

„Ich kann paddeln wie ein Hund. Na ja, also – nicht so gut", gab Henry zu.

„Okay, hier ist der Plan. Du hast weniger als zwei Minuten Zeit, um so viel Essen und Wasser wie möglich in einen Kissenbezug zu stopfen. Bring so viel du kannst. Und Rasierklingen und irgendetwas, mit dem wir fischen können. Scheiße, ich weiß auch nicht – lass dir was einfallen. Wir müssen hier verschwinden. Ich werde uns ein Boot besorgen. Keine Ahnung, wie weit wir damit fahren müssen, aber richte dich lieber auf das Schlimmste ein. Ich habe mindestens vierzig bewaffnete Männer da unten gezählt, und ich weiß nicht, wie lange sie brauchen, bis sie hier sind. Wir dürfen keine Zeit verlieren. Ich werde der anderen Seite der Insel einen erneuten Besuch abstatten. Da habe ich Boote gesehen. Wir haben noch ein paar Stunden Tageslicht. Ich denke, wir sollten es bei Nacht mit einem ihrer Motorboote versuchen. Wenn wir weit genug von dieser Insel wegkommen, können wir versuchen, die Duschvorhänge als Segel zu benutzen, falls uns das Benzin ausgeht."

Henry lachte nervös. „Ich sag's ja, MacGyver." Dann drehte er sich zu den Gebäuden um. „Was ist mit den anderen?"

„Das Beste, was wir jetzt für sie tun können, ist, von hier zu verschwinden und andere über die Sache hier zu informieren."

Henry nickte und begann die Treppe hinaufzulaufen. Dann drehte er sich um und sagte: „Hey – wo treffen wir uns eigentlich?"

„Folge dem Stacheldrahtzaun in Richtung Osten, bis du das andere Ende der Landebahn erreichst. Versteck dich im Dschungel, bis du mich zurückkommen siehst. Halte Ausschau nach mir. Ich werde *einen* Anlauf machen, mit dem Motorboot zu landen. Wenn du mich siehst, rennst du los und kommst an Bord. Da wir in dem Moment verwundbar sein werden, versuche ich das genau ein einziges Mal. Wenn ich dich nicht sehe, haue ich ab."

„Wie kommst du an das Boot?"

„Weiß ich noch nicht", antwortete David.

„Oh. Guter Plan."

„Um ehrlich zu sein: Selbst wenn ich es bei dem Seegang mit einem Boot zurückschaffe, ist es recht wahrscheinlich, dass wir bei dem Sturm ertrinken werden."

Henry nickte mit weit aufgerissenen Augen. „Ah. Ich verstehe. Gut. Wir sehen uns später." Damit rannte er wieder die Treppe hinauf.

David schaute aus dem Fenster und sah, wie die chinesischen Truppen mit ihren Maschinenpistolen im Anschlag in das Gebäude mit dem Hörsaal huschten. Lena und Natesh waren beide nicht zu sehen. Niemand sah in Davids Richtung. Er holte tief Luft, öffnete die Tür und rannte von der Baracke in Richtung Zaun. Dann bog er rechts ab und sprintete auf

dem schmalen Pfad zwischen dem Zaun und dem Dschungel
den Hügel hinauf.

Das Adrenalin pumpte durch seinen Körper, als er über
das unebene Gelände rannte. Ein Baldachin aus nassem Laub
bedeckte den Pfad. David legte kurz den Kopf in den Nacken,
und Wassertropfen landeten auf seinem Gesicht. Sie fühlten
sich in der warmen Luft kühl und erfrischend an. Hier ging
weniger Wind, denn der Weg war auf beiden Seiten durch den
hohen Regenwald geschützt. Je weiter er sich vom Stützpunkt
entfernte, desto dichter wurde die Vegetation, was ihm nur
recht sein konnte. Je dichter der Dschungel, desto besser war
er versteckt. Er rannte, so schnell er konnte, und unterdrückte
den Impuls, anzuhalten und sich umzusehen. Erst heute
Morgen war er um die halbe Insel geschwommen, und sein
Körper erinnerte ihn nun bei jedem Schritt daran. Seine
Oberschenkelmuskeln und Kniesehnen schmerzten bereits,
und er hatte es noch nicht einmal bis zum Strand geschafft.
David verbannte den Schmerz aus seinem Kopf. Endlich hatte
er den Scheitelpunkt des Hügels erreicht. Hier knickte der
Zaun scharf nach rechts und erstreckte sich bergab in Rich-
tung des Ozeans.

Während er weiterlief, ging David die jüngsten Ereignisse
gedanklich noch einmal durch. Er versuchte, sich damit von
den immer größer werdenden Schmerzen in seinen Beinen
abzulenken. Er dachte daran, wie sie Lena und den Major
überwältigt hatten. Dann an die Helikopter, die über dem
Berg erschienen. Natesh, wie er inmitten der Horde chinesischer Soldaten stand. War der junge Mann tatsächlich einer
von ihnen? Ein Teil von David konnte nicht glauben, dass
Natesh sie verraten hatte. Aber das Gespräch zwischen ihm
und Lena, das er vorhin beobachtet hatte? Die Truppen?
Doch, er musste davon ausgehen, dass Natesh sie alle und ihr
Land hintergangen hatte.

Er war nicht mehr sicher auf dieser Insel. Sein Überleben war nicht mehr garantiert. Zumindest nicht, wenn er gefangen genommen wurde. Er hoffte inständig, dass die Boote am Steg auf der anderen Seite der Insel noch da waren. David wusste nicht, wie weit er und Henry in einem dieser kleinen Festrumpfschlauchboote kommen würden, aber es war wahrscheinlich ihre einzige Chance. Wie weit waren sie vom Land entfernt? Die Aussicht, irgendwo auf See zu verdursten, gefiel ihm ganz und gar nicht. Und wenn sie Festland erreichten, welches Land wäre das dann überhaupt? China? Was würde geschehen, wenn sie mit ihrem Boot einfach in Hongkong anlegten?

Jeder Schritt den Hügel hinunter brachte David näher an sein Ziel. Die Wellen waren aufgrund des starken Windes ziemlich hoch. Viel höher als noch vor ein paar Stunden. Die Brandung war auch aus ein paar Hundert Metern Entfernung deutlich zu hören. Immerhin hatte es aufgehört zu regnen, und hier und da blitzte ein Stück blauer Nachmittagshimmel durch die tief hängenden schwarzen Wolken. Das Meer sah allerdings noch immer sehr stürmisch aus.

David wollte nicht auf See sterben, egal ob durch Ertrinken oder Dehydrierung. Aber wenn er die Insel nicht verließ, würde er früher oder später in einer Zelle enden. Und vielleicht auch umkommen. Er dachte an seine Angehörigen, seine Freunde, seine Heimat. Auch als er sich dem Übergang vom Dschungel zum sandigen Gelände neben der Landebahn näherte, kreisten seine Gedanken noch immer um seine Familie. Die Sorge um Lindsay und seine beiden Mädchen drohte ihn zu zerreißen. Aber er musste das vorerst verdrängen. Das vorliegende Problem erforderte höchste Konzentration.

Wenn es ihm nicht gelang, seine Leute zu informieren, würde Amerika wohl niemals erfahren, was hier geplant wurde. Es würde keine Vorwarnung geben. Dieser Gedanke trieb ihn an. Er musste die Menschen warnen. David glaubte fest daran, dass ein chinesischer Angriff auf die Vereinigten Staaten bevorstand. Und die Red Cell-Einheit hatte den Chinesen geholfen, wichtige Informationen zu sammeln, die diesen Angriff noch wirkungsvoller machen würden.

Sein Herz raste. Er blieb stehen, als die Vegetation lichter wurde. Über das offene Gelände musste er sprinten. Er betete, dass ihn niemand sehen würde. Wenn er es bis ins Wasser schaffte, würde er auch auf die andere Seite der Insel und zu den Docks gelangen, ohne entdeckt zu werden. Das Problem waren die Wellen. *Eins nach dem anderen.*

Mit langen Schritten sprintete er los. Während er die lange, nasse Landebahn überquerte, schaute er nach rechts. Die drei Helikopter sahen verlassen aus. Keine Anzeichen von den chinesischen Soldaten.

David erreichte den Strand, riss sich die Laufschuhe von den Füßen und ließ sie in der Nähe der Landebahn liegen. Im Wasser würden sie ihn nur behindern, und er musste so schnell wie möglich sein. Seine Augen weiteten sich, als er die tosende Brandung direkt vor sich sah. Gestern waren es noch malerische, türkisfarbene Wellen gewesen. An diesem Morgen waren sie zwar bereits größer gewesen, aber nichts im Vergleich zu dem, was sich ihm nun bot. Die gewaltigen Brecher waren ein Sinnbild für die Stärke der Natur. Es war laut und einschüchternd. Die Wellen schienen keinem bestimmten Muster mehr zu folgen, sie rollten unregelmäßig und heftig an das Ufer.

Von dem Stacheldrahtzaun, der hier vor Stunden noch sanft ins Meer abfiel, war mittlerweile nur noch ein verbogenes und zerbrochenes Metallgewirr übrig. Man konnte bei dem Seegang nicht erkennen, an welchen Stellen der Zaun noch intakt war. Das machte David Angst. Er musste den

Überresten ausweichen, aber der starke Seegang würde das beinahe unmöglich machen.

Er kam sich vor wie ein Feuerwehrmann, der ein brennendes Gebäude betrat. Sein Instinkt sagte ihm, stehen zu bleiben. Die Gefahr war zu groß. Erneut dachte er an seine Familie und die Kollegen der Red Cell-Einheit, die wahrscheinlich bereits verhaftet worden waren. Er dachte daran, was passieren würde, wenn China die von ihnen erstellten Pläne für einen Überraschungsangriff auf die Vereinigten Staaten verwenden würde.

Er atmete ein paar Mal tief durch, biss die Zähne zusammen und marschierte in die Brandung.

Als ihm die Wellen gegen die Brust klatschten, tauchte er ein und begann zu schwimmen. So schnell er konnte, schwamm er im Freistil hinaus aufs offene Meer. Wenn sich besonders große Wellen vor ihm auftürmten, versuchte er, unter ihnen durch zu tauchen. Der eine oder andere Brecher erwischte ihn trotzdem, aber schließlich war er weit genug vom Strand entfernt, um nach links in Richtung der anderen Inselseite abzubiegen.

Er war gerade dabei, die scharfkantigen Überreste des Zauns zu umrunden, als ihn eine Welle unvorbereitet traf. Das Wasser schloss ihn ein und zog ihn mit sich. David überschlug sich mehrmals unter Wasser, verlor die Orientierung und schluckte eine Menge Salzwasser. Er musste seine ganze Kraft aufbieten, um wieder an die Oberfläche zu kommen. Als er es endlich geschafft hatte, traf ihn eine weitere Woge und spülte ihn erneut in Richtung Strand. Er hatte bei vollem Krafteinsatz fünf Minuten gebraucht, um so weit hinauszuschwimmen, und nun warfen ihn zwei Wellen so weit zurück und in Richtung des Ufers – und des Stacheldrahts.

Hustend kam David zum zweiten Mal an die Oberfläche. Gierig sog er den Sauerstoff in seine Lungen und tat, was er konnte, um über Wasser zu bleiben. Er spuckte Meerwasser und riss erschrocken die Augen auf, als er das scharfe, glitzernde Metall sah, dass aus dem Meer ragte. Die Strömung zog ihn schneller zum Stacheldraht, als er dagegen anschwimmen konnte. Er versuchte, parallel zum Strand zu schwimmen. Vielleicht konnte er so –

Mit einem Mal hatte er das Gefühl, als würde sein linker Arm gleichzeitig erfrieren und verbrennen. Es war, als hätte jemand mit einem Eiswürfel eine gerade Linie von seiner Schulter zu seinem Ellenbogen gezeichnet, nur um gleich darauf ein Streichholz anzuzünden und diese Linie in Brand zu setzen. Die scharfen Metallstacheln hatten gerade seinen Arm aufgeschlitzt, als ihn eine weitere Woge näher an den Strand spülte. Er war hilflos. Und wurde panisch. Würde er sich gleich wie ein Fisch an einem Haken im Zaun verfangen?

Dann riss ihn die nächste Wellenbewegung vom Stacheldraht los und trug ihn an den Strand. David landete unsanft im schwarzen Sand. Aber immerhin auf der Seite des Zauns, die er angepeilt hatte.

Den Strand selbst gab es eigentlich nicht mehr. Das Meer hatte ihn sich einverleibt. Die Wucht der Wellen drückte das Wasser an den Palmen vorbei bis in den Dschungel hinein. David stand schwerfällig auf und betrachtete den tiefen Schnitt in seinem Arm. Die Wunde blutete stark, aber er hatte nichts außer seinem T-Shirt, um sie provisorisch zu versorgen. Er stapfte am Rande des Dschungels entlang und musste immer wieder anhalten, wenn eine weitere Welle kam und den Waldboden überflutete. David riss ein Stück seines Shirts ab und presste es auf die Wunde, während er weiter in Richtung der Gebäude und der Docks ging, wo er hoffte, ein Boot stehlen zu können.

Dabei fragte er sich, was wohl mit den anderen Beratern der Red Cell-Einheit geschehen sein mochte. Er hatte nicht einmal versucht, sie zu retten. Schnell verdrängte er seine Schuldgefühle. *Es ging nicht anders.* Er hoffte, dass Henry am Treffpunkt sein würde, wenn er mit dem Boot kam. *Falls* er mit dem Boot kam. Das war mehr als unsicher. Was würde er bei den Docks vorfinden? Als er die Boote am Pier gesehen hatte, war das Meer viel ruhiger gewesen. David war im College oft segeln gewesen. Jeder, der sich jemals um ein Boot gekümmert hatte, wusste, dass man es während eines Sturms nicht festgemacht im Wasser ließ. Wohin würden sie die Boote also bringen? An Land? Würden die Boote bewacht sein? Nein. Dazu gab es keinen Grund. Sie befanden sich schließlich auf einer abgelegenen Insel. Und niemand würde sich bei diesem Sturm im Freien aufhalten, oder?

Zehn leidvolle Minuten später hatte David seine Antwort.

Er erreichte den Strand neben dem diesseitigen Stützpunkt. Ungefähr zweihundert Meter von den Gebäuden und den Docks entfernt sah er die Boote liegen. Jemand hatte sie an den Strand außer Reichweite des Wassers gezogen, ganz wie David es vermutet hatte. Es waren zwei Stück, beide mit Außenborder. Aber er hatte sich getäuscht, als er dachte, niemand wäre bei diesem Wetter draußen. Er sah eine Person.

Tom Connolly. *Unglaublich.* Was machte er hier draußen?

Keine dreißig Meter entfernt saß der Amerikaner im Sand und stierte auf den Ozean. Er hatte die Knie an seine Brust gezogen und nahm hin und wieder einen Schluck aus einem Flachmann. David hielt sich in sicherem Abstand innerhalb des tropischen Dickichts. Hier war er vor Blicken geschützt und konnte trotzdem weiter ein Auge auf Tom haben. David musste sich ihm irgendwie von hinten nähern, wenn er seinen Plan erfolgreich umsetzen wollte. *Was hieß denn überhaupt erfolgreich?* Was war denn sein Plan, nun, da er es mit Tom zu tun hatte? David hatte keine Waffe. Könnte er im Ernstfall jemanden mit bloßen Händen umbringen? Zum Teufel, könnte er überhaupt jemanden umbringen? Er verdrängte den Gedanken. Jetzt war keine Zeit zum Grübeln. Jetzt musste er handeln.

Je näher David seinem Landsmann kam, desto nervöser wurde er. Würde Tom ihn entdecken?

David schlich durch den regennassen Dschungel. Er befand sich nun direkt hinter seinem Landsmann. Als er sich ihm näherte, begann es wieder zu schütten. Davids Sorge, dass Tom aufstehen würde, um dem Regenguss zu entkommen, erwiesen sich als unbegründet. Stattdessen legte der nur den Kopf zurück und ließ die Regentropfen auf seine Augenlider prasseln. Was zur Hölle machte er da?

Davids Arm blutete zwar nicht mehr so stark, tat aber immer noch sehr weh. Er suchte den Boden nach einer Waffe ab. Ein Stock, eine Kokosnuss – irgendetwas musste sich doch finden lassen. David war verzweifelt. Ein verzweifelter Mann wusste sich auch ohne Waffe zu helfen, oder nicht? *Ein verzweifelter Mann konnte töten, wenn er es musste, oder nicht?* Endlich fand er einen Stein, der in etwa die Größe einer Orange hatte.

David kroch aus dem Dschungel in Richtung des Stelle, an der Tom saß. Er warf einen Blick nach links zu den Betonbauten, die dem fensterlosen Kommunikationsgebäude ähnelten. Sie lagen circa fünfzig Meter entfernt und waren in dem starken Regen nur unklar auszumachen. Trotzdem musste er sich versichern, dass er nicht beobachtet wurde. Keine Menschenseele war zu sehen. Konnte es sein, dass all die Soldaten von hier gekommen waren? Befanden sich immer noch Menschen in diesen Gebäuden, die ihn erspähen konnten? David konnte jedenfalls nirgendwo Fenster sehen, die in Richtung Strand gingen. Aber eigentlich spielte es keine Rolle. Das hier war seine einzige Chance.

David machte einen weiteren Schritt auf Tom zu und

umklammerte den Stein dabei fest mit seiner verschwitzten Hand. Er beschloss, dass es am besten sei, nur einen einzigen, tödlichen Schlag zu führen. Kein Gerede. Keine Zweifel an Toms Schuld. Nur ein beherzter Schlag gegen seinen Kopf. Jegliche Zweifel an dieser Vorgehensweise wurden von Davids Wut erstickt. Wut darüber, dass Tom ihn aus seinem Zuhause und aus seiner Familie gerissen hatte. Wut darüber, dass Tom sein Land verraten hatte. Kurz kam ihm der Gedanke, Tom zu fragen, warum er es getan hatte. Aber selbst das schien ihm sinnlos. Nein, nicht sinnlos, aber eine Zeitverschwendung. David hatte eine Mission zu erfüllen. Jedes Abweichen von dem direktesten Weg, sich und Henry von dieser Insel zu bringen, war eine Gefahr für diese Mission.

David trat näher an Tom heran, der immer noch auf das Meer hinausblickte. Jetzt war er noch zwanzig Schritte entfernt. Das laute Tosen der Wellen überdeckte das leise Knirschen seiner vorsichtigen Schritte im Sand. Tom nahm einen weiteren Schluck aus seiner Flasche. Ein Geruch stieg David in die Nase. Rum. Vermutlich war Tom betrunken.

Er musste ihn mit einem einzigen Schlag außer Gefecht setzen. Er musste mit seinem guten rechten Arm so weit ausholen, wie er konnte, und Toms Schädel mittels einer einzigen, zielgenauen Bewegung eine schwere Verletzung beibringen. Der Stein musste durch den Knochen ins Gehirn eindringen, um ihn zu töten oder zumindest kampfunfähig zu machen. Erst dann konnte David das schwere Motorboot durch den Sand ins Wasser ziehen. In der Hoffnung, dass keine bis an die Zähne bewaffneten Chinesen aus den Gebäuden stürmten.

David musste jetzt alles Überflüssige aus seinem Kopf verbannen. Seine Schwester, die Marinefliegerin, nannte das abschotten. War er wirklich fähig, diesen Mann zu töten? Wäre er in der Lage, dieses schwere Boot allein zu ziehen?

Würde er seine Frau jemals wiedersehen? Würde Henry am Treffpunkt sein, oder würden ihn dort bereits die Chinesen erwarten? All die Fragen, all die Emotionen – David schob sie in eine mentale Schublade und schloss sie ab.

Noch zehn Schritte.

Jeder Schritt kam ihm wie in Zeitlupe vor. Davids Herz hämmerte in seiner Brust, als er den schweren Stein über seinen Kopf hob. Seine Sinne waren geschärft. Er konnte den Sand und sogar kleinste Muschelstücke unter seinen Fußsohlen spüren. Tom rührte sich nicht, als David sich genau in seinem Rücken anschlich. Was machte er da? Warum saß er hier inmitten des Sturms und betrank sich?

Noch fünf Schritte.

Die Arme noch immer um seine Knie geschlungen, blickte Tom geradeaus. Alle paar Sekunden setzt er den Flachmann an.

Noch zwei Schritte.

Jetzt schüttelte Tom den Flachmann, um zu prüfen, wie viel noch darin war.

Und als Nächstes ließ er sich einfach nach hinten in den nassen Sand fallen. Diesmal waren seine Augen geöffnet und er starrte in die Luft.

Ihre Blicke trafen sich.

David erstarrte, den Stein hoch über seinem Kopf erhoben. Tom stand unbeholfen auf und fixierte ihn. Es regnete so stark, dass sie beide unablässig blinzeln mussten. Sie standen sich in Lauerstellung gegenüber, während im Hintergrund die strahlend weiße Gischt auf den schwarzen Sand spitzte.

Tom sah auf den Stein, dann wieder zu David. Er lallte mehr, als dass er sprach. „Wills' du mich damit erschlagen?" Er lachte. Seine Augen waren gerötet und huschten wild umher. Er wankte, ließ seinen Flachmann in den Sand fallen und hob seine Fäuste, als wäre er bereit für einen Boxkampf.

David hielt den Stein fest und nahm ebenfalls einen sicheren Stand ein. „Warum haben Sie das getan?", fragte er.

Tom schnaubte. „Ach verdammt, ich habe diese Frage langsam satt. Was macht es schon für einen Unterschied, warum ich es getan habe?"

David warf einen kurzen Blick auf die Gebäude und sah dann wieder zu Tom.

„Wie konnten Sie Ihr Land verraten?"

„Was fällt dir ein, über mich zu richten?", grunzte Tom. „Wärst du an meiner Stelle gewesen, hättest du dasselbe getan." Er blickte in Richtung Dschungel. „Wie zum Teufel bist du hierher gekommen?"

David machte einen Schritt auf seinen Widersacher zu, der das nicht zu bemerken schien.

„Denkst du, dein Land ist dir gegenüber loyal?", fragte Tom. „Es gibt keine Loyalität. Nicht gegenüber Unternehmen. Nicht gegenüber Ländern oder Nationen. Nicht gegenüber Ehefrauen. Nicht gegenüber einem Volk. Es gibt Geld und Macht. Und dann gibt es dich. Das ist alles. Du willst wissen –"

Davids erster Schlag saß. Mit einer Aufwärtsbewegung trieb er Tom den Stein in den Magen. Als dieser keuchend vornüber kippte, hob David den Stein ein zweites Mal und schmetterte ihn gegen Toms Schläfe. Er konnte spüren, wie der schützende Schädelknochen nachgab. Da, wo der Stein getroffen hatte, entstand eine leichte Einbuchtung. Tom ging zu Boden, und aus seiner Wunde begann Blut zu strömen.

David ließ den Stein fallen, packte Tom mit beiden Händen und begann, ihn in Richtung Ozean zu zerren. Er ignorierte, dass seine Armwunde wieder aufplatzte und erneut zu bluten begann. Es gab Wichtigeres. Er zog Toms schweren Körper und hinterließ dabei eine tiefe Furche im Sand. Immerhin bewegte sich der Kerl nicht und machte keine Geräusche. David hielt ihn für tot, bis sie das Wasser erreichten.

Denn als Salzwasser über Toms Gesicht schwappte, fing dieser doch an, sich zu wehren. Er trat und schlug wild um sich.

Aber all seine unkoordinierten Versuche, wieder auf die Beine zu kommen, waren vergeblich: Er war betrunken und zu schwach, und David hatte den besseren Hebel. Als er ihn unter Wasser drückte, ruderten Toms Arme verzweifelt durch die Luft. Sein Gesicht war nur knapp unter der Wasseroberfläche und David konnte die weit aufgerissenen Augen seines Widersachers sehen.

Die Unterströmung war unfassbar stark. Sogar im flachen Uferbereich musste David seine ganze Kraft aufbringen, um nicht das Gleichgewicht zu verlieren und umzufallen, während er den zappelnden Tom unter Wasser hielt. Sein ganzer Körper schmerzte und seine Schnittwunde hörte nicht auf zu bluten. Er spürte, wie er anfing wegzusacken, als nach und nach der Sand um seine Füße herum weggespült wurde.

David sah Tom in die Augen, als dessen Kampf zu Ende ging. Er nahm den Moment deutlich wahr, als Tom den Atem nicht mehr anhalten konnte, und das Meerwasser begann, in seine Lungen zu strömen. Dann war es vorbei. Toms Augen drehten sich nach oben, und er hörte auf zu zucken. David drückte ihn noch ein paar weitere Sekunden unter Wasser, nur um sicherzugehen. Er durfte nichts riskieren. Er zählte bis zehn und konnte keinen Widerstand mehr spüren. Tom war nur noch ein nasser, schlaffer Mehlsack mit Haut und Knochen. Ein toter Verräter.

Es war seltsam. David spürte keine Reue. Er ließ den Leichnam los und übergab ihn dem Meer. Dann drehte er sich um und sprintete zurück an Land.

Die Boote lagen auf einer Art primitivem Bootshänger.

Wahrscheinlich wurden sie normalerweise von einem Schlepper gezogen. David hoffte, dass er stark genug sein würde, um eines davon allein zu bewegen. Gott sei Dank hatte der Trailer Räder. Allerdings waren diese durch Unterlegkeile gesichert. So schnell es ging, rannte er um das Boot herum, um sie einzeln zu entfernen. Dann endlich schob er das Boot in Richtung Wasser. Immer wieder warf er einen Blick über seine Schulter, aber abgesehen von Toms leblosem Körper war weit und breit niemand zu sehen. Letzterer war zum Spielball der Wellen geworden und schon 30 Meter weiter getrieben.

Als das Boot mit dem Bug voran endlich das Wasser erreichte und von diesem umspült wurde, löste es sich von seinem fahrbaren Gestell. David drückte mit aller Kraft weiter gegen das Heck und achtete sorgfältig darauf, den Bug gerade durch die ankommenden Wellen zu steuern.

Es war ein Vorteil, dass er sich mit Wasserfahrzeugen auskannte. Er war quasi auf einem Schiff großgeworden und vier Jahre lang als Mitglied des Segelteams der Naval Academy die Ostküste hoch und runter gesegelt. Glücklicherweise war die Brandung an dieser Stelle des Strandes nicht so schlimm. Die Wellen brachen sich weiter draußen an einem Riff in ungefähr einhundert Metern Entfernung. So konnte er das Boot relativ ruhig halten, während er immer tiefer ins Meer watete.

Nach etwa 30 Metern reichte ihm das Wasser bis zur Brust und er beschloss, ins Boot zu klettern. David zog sich hoch und warf ein Bein über den aufblasbaren Schlauch, der als Bordwand diente. Dann kämpfte er sich langsam hinein. Es war ein kleines Boot. Vielleicht fünf oder sechs Meter lang. Wenn die Wellen weiter draußen wirklich sechs Meter hoch waren – wie Major Combs berichtet hatte –, dann würden er und Henry wie Puppen herumgeschleudert werden.

*Henry.* Er musste sich beeilen. Die Abenddämmerung setzte langsam ein.

David beeilte sich, den Außenbordmotor ins Wasser zu lassen. Nachdem dieser hörbar eingerastet war, drückte David zweimal den Pumpball des Benzinschlauchs und zog den Choke. Er betete, dass der Motor ohne Probleme anspringen würde und zog kräftig am Anlasser. Nach einem rasenmäher-ähnlichen Stottern erwachte der Motor zum Leben. David ergriff das Steuerrad und drückte langsam den Gashebel nach vorn.

Henry hielt sich wie verabredet am äußersten Rand des tropi-schen Gebüschs versteckt, da, wo die asphaltierte Fläche begann. Er sah auf seine Uhr. Beinahe 18 Uhr. Es war eine volle Stunde vergangen, seit David zur anderen Seite der Insel aufgebrochen war. Der Regen hatte aufgehört. Wenn die Soldaten nach ihnen suchten, wie lange würde es wohl dauern, bis sie hier anrückten?

Nachdem David gegangen war, hatte Henry sich zwei leere Kissenbezüge geschnappt und sie mit allem gefüllt, was ihm sinnvoll erschien: Wasserflaschen, Obst und Snacks, die er in den Zimmern der Berater gefunden hatte. Jemand hatte eine ganze Schachtel Müsliriegel aus der Cafeteria mitgehen lassen. Henry packte sie ein und fühlte sich kurz, als hätte er im Lotto gewonnen. Was konnten sie sonst noch gebrauchen? Einer Eingebung folgend nahm er einen Wecker, warf ihn gegen den Spiegel im Bad und rollte eine der Scherben vorsichtig in ein Handtuch ein. Vielleicht konnten sie damit das Sonnenlicht reflektieren und Lichtzeichen geben. Henry konnte keine Sonnencreme finden, dafür aber schwarze Schuhcreme. Dann mussten sie eben die auftragen. Er hatte keine Ahnung, ob das funktionieren würde, aber er folgte einem Impuls und nahm sie mit.

Während er im Dschungel wartete, kam ihm der Gedanke, dass er mit der schwarzen Schuhcreme im Gesicht schwieriger zu sehen sein würde. Es wäre eine gute Tarnung. Wie bei Rambo – nur, dass Rambo niemals so verdammt verängstigt dreinsah wie er gerade.

Henry trug auch immer noch das HF-Funkgerät mit sich herum und hatte bereits mehrfach und auf allen Frequenzen versucht, einen Hilferuf abzusetzen. Ohne Erfolg. Natürlich musste er die Lautstärke weit herunterregeln und die Antenne auf dem Boden auslegen, was sicher nicht ideal war. Er beschloss, das Antennenkabel mit dem Klebeband so hoch oben wie möglich an einer Palme zu befestigen.

Henry prüfte den Pfad zum Hügel hinauf, auf dem er gekommen war. Niemand in Sicht. Dann sah er nach rechts zur Landebahn. Sie war ebenfalls leer, mit Ausnahme der drei Helikopter, deren Rotorblätter im heftigen Wind wackelten.

Wenn seine Uhr stimmte, war es jetzt 18:10 Uhr. Hoffentlich würde David bald hier sein. Wenn er es nicht schaffte, dann ... Henry wollte sich nicht ausmalen, was geschehen würde, wenn er sich letztlich den Chinesen stellte.

Das Funkgerät war auf eine der MARS-Frequenzen eingestellt. Er versuchte es erneut. David würde sicher bald hier sein. Zumindest hoffte er das.

„An alle MARS-Stationen, an alle MARS-Stationen. Hier ist Hotel Golf. Können Sie mich hören, kommen!"

Henry legte sein Ohr auf den Lautsprecher und lauschte. Nichts. Er seufzte.

„... kommen ... Hotel Golf, hier MARS-Sender sieben-drei. Wiederhole: Habe verstanden ... abgehackt ... over ..."

Henrys Herz machte einen Luftsprung. Er hielt den Sendeknopf gedrückt und sagte: „MARS sieben-drei, hier

Hotel Golf. Erbitte sofortige Verbindung zu folgender US-Telefonnummer ... Pause ... Vorwahl ..."

Henry konnte sich Telefonnummern nicht wirklich gut merken. Und es kam schließlich nicht jeden Tag vor, dass er auf die Verbindung zu einem HF-Funkfreak angewiesen war, um sein Leben zu retten und eine Invasion der Vereinigten Staaten zu verhindern. Für einen kurzen Moment überlegte er, dem unbekannten Funker einfach mitzuteilen, was hier vor sich ging. Aber der würde das vermutlich als schlechten Scherz abtun. Nein, er musste jemanden anrufen, den er kannte. Henry seufzte, als ihm klar wurde, wer das sein würde. Seine Ex-Frau. Er gab die einzige Nummer durch, die er auswendig konnte. Sein Gegenüber wiederholte sie und wies ihn an, zu warten.

Henry redete sich ein, dass sie sich für ihn einsetzen würde. Nach allem, was geschehen war, gab es immer noch eine Verbindung zwischen ihnen. Henry hegte weiß Gott keinen Groll gegen Jan. Eigentlich sollte es ihr doch genau so gehen? Sie waren jung gewesen. Und sie sollte den Grund für die Scheidung mittlerweile doch verarbeitet haben. Und auch die Tatsache, dass er nach der Trennung mit zwei ihrer Freundinnen ausgegangen war. Verdammt, sie hatten doch auch tolle Zeiten miteinander verbracht. Zumindest glaubte Henry das. Jan war eine kluge und vernünftige Frau. Sie würde verstehen, wie wichtig das war und sich entsprechend verhalten und handeln.

Auf ein statisches Knistern folgte schließlich der vertraute Klingelton. Sekunden später wurde Henry Zeuge der Unterhaltung zwischen der Frau, mit der er seit fünfzehn Jahren nicht mehr gesprochen hatte, und einem noch pubertär klingenden Amateurfunker von wer weiß woher.

„Ma'am, mein Name ist Ron Jacobson, und ich bin ein MARS-Funker. Ich wurde gebeten, Sie mit –"

Henry hatte keine Zeit für Funker-Etikette. Er konnte nicht warten, bis dieser junge Kerl ihr erklärt hatte, dass man nach jedem Satz „Over" sagen musste. Also platzte er dazwischen. „Jan, hier ist Henry." Er hielt kurz inne. „Henry Glickstein. Hör zu, du musst mir einen Gefallen tun. Ich weiß, dass ich mich schon länger nicht mehr gemeldet habe, aber du musst jemanden für mich anrufen –"

Henry hörte ihre Stimme, „… nein, ich werde kein R-Gespräch von diesem untreuen Arschloch annehmen –"

„Jan, jetzt warte mal. *Hör mir zu*! Ich bin in ernsten Schwierigkeiten." Henry versuchte, seine Stimme zu kontrollieren. Am liebsten hätte er sie angeschrien, aber er wusste nicht, wie weit seine Stimme durch den Dschungel getragen wurde. Immerhin war es im Augenblick etwas weniger windig.

„Sagen Sie diesem Idioten, dass er mich ganz normal mit seinem Handy anrufen soll. Wo steckt er überhaupt? Im Gefängnis? Ist es deshalb ein R-Gespräch? Sagen Sie ihm, dass er meinetwegen da drin verrotten kann."

„Hier spricht MARS-Funker –"

„Verdammte Scheiße, Jan! Hör mit eine Sekunde zu!" Henry sprach so laut, wie er es sich angesichts der Umstände traute. Sein Blick wanderte pausenlos zu dem Pfad, um nach den Chinesen Ausschau zu halten. „Ich bin in ernsten Schwierigkeiten!"

Statisches Rauschen.

„Hotel Golf, hier MARS-Funker sieben-drei, over."

Henry verdrehte die Augen. „*Was ist?*"

„Hotel Golf, hier MARS-Funker sieben-drei. Pause. Ich muss Ihnen leider mitteilen, dass der Empfänger des Gesprächs den Anruf beendet hat, over."

Henry wollte schreien. Diese Frau sollte sein buchstäbliches Ende sein.

Er dachte gerade darüber nach, was er dem MARS-Funker

antworten sollte, als er es sah. Ein floßähnliches schwarzes Boot hüpfte über die Wellen und hielt direkt auf die Stelle zu, die er mit David vereinbart hatte. Henry drehte sich noch einmal um –

Da, oben auf dem Pfad. Etwa zweihundert Meter entfernt. Es waren mindestens sechs von ihnen. Schwarze Uniformen. Maschinenpistolen im Anschlag. Sie kamen langsam näher und suchten offenbar nach etwas – oder nach jemandem.

Henry erstarrte. Er fühlte sich plötzlich so unglaublich sichtbar. Mitten im dunkelgrünen Dschungel trug er ein weißes T-Shirt und eine graue Hose. Er musste rennen. Sein Blick fiel zurück auf Davids Boot. Er musste *jetzt* rennen. Er betrachtete das HF-Funkgerät mit dem noch immer an der Palme befestigten Antennenkabel. Die Männer kamen näher. Er ließ das Funkgerät fallen.

Henry schnappte sich die Kissenbezüge mit den Vorräten und hievte die große, schwere Rolle aus Duschvorhängen über seine Schulter. Dann lief er zum Strand – so schnell er unter der ganzen Last konnte. Alle paar Sekunden sah er auf, um zu prüfen, ob David noch auf ihn zukam.

Das Boot flog praktisch auf den Strand und blieb im Sand stecken. David schaute sich hektisch um. „Hey! Komm her, schnell. Wirf das Zeug rein. Wir müssen das Boot umdrehen und dann nichts wie los."

„Da oben auf dem Pfad", stieß Henry atemlos hervor, „da kommen Soldaten." Sie mussten kämpfen, um das Boot zu wenden. Der Außenborder war aus und hochgeklappt, damit der Propeller keinen Schaden nahm.

Henry sprang ins Boot und ließ auf Davids Anweisung hin den Motor an, während dieser das Boot seitlich hielt und so lange schob, bis die Schraube wieder ins Wasser eintauchte. Erst dann kam er an Bord, und Henry schob den Gashebel nach vorn. Kurz darauf übernahm David das Steuer und brachte sie aufs Meer hinaus.

Hinter ihnen ertönte ein Schuss.

Sie drehten sich zum Strand um, wo ein halbes Dutzend Männer in schwarzen Uniformen in ihre Richtung sprintete. Einer hatte sich bereits hingekniet und zielte auf sie. David sah das Mündungsfeuer. Dann hörte er ein Zischen, als die Kugel an ihnen vorbeiflog, gefolgt von einem weiteren Knall.

„Heilige Scheiße, bring uns hier weg!", schrie Henry.

David gab Vollgas. Als das Boot über die hohen Wellen schoss, spritzten dicke, weiße Schaumkronen und salziger Sprühnebel über den Bug. Henry legte sich flach ins Boot und hielt sich an den Edelstahlklampen fest. Der Bug traf eine größere Welle, und das Boot stellte sich so steil auf, dass David fürchtete, sie würden umkippen. Aber dann senkte sich der Bug wieder und sie schlugen hart auf dem Wasser auf. Glück gehabt. Sie entfernten sich immer weiter von ihren Verfolgern und dem Strand. David steuerte nach links, um sie um die Insel herum zu manövrieren und damit außer Sichtweite zu bringen.

Hinter ihnen ertönten weitere Schüsse, aber der Abstand war groß genug; außerdem schaukelte das Boot derart hin und her, dass keine Kugel auch nur in ihre Nähe kam. Plötzlich wurde es still, und David drehte den Kopf. Die Soldaten rannten in die andere Richtung, zweifellos um Bericht zu erstatten und Verstärkung zu holen.

„Sind sie weg?", fragte Henry.

David blickte auf Henry herab, der immer noch auf dem Boden kauerte. „Was ist mit deinem Gesicht passiert?"

Henry winkte ab. „Nur Schuhcreme. Rückwirkend betrachtet ein suboptimaler Lösungsansatz für ein größeres Problem."

„Hast du das Gewebeband dabei?"

Henry wühlte in einem der Kissenbezüge, fand es und reichte es David. Dieser riss ein langes Stück davon ab und deckte damit die Schnittwunde an seinem Arm ab.

Während sie mit dem Wellengang auf und abstiegen, überlegten sie, wie sie ihr behelfsmäßiges Segel aus Dusch-vorhängen, Duschstangen und Klebeband aufstellen wollten.

„Ich denke, das kriegen wir hin", sagte Henry.

Sie machten eine kurze Inventur und waren hoch erfreut, als sie im Boot ein Notfallkit mit einer primitiven Angelaus-rüstung und einem Wasseraufbereiter fanden. Mit etwas Glück würden sie es tatsächlich bis zum Festland schaffen oder von einem vorbeifahrenden Schiff aufgenommen werden.

Sie fuhren immer noch parallel zum Strand auf die andere Seite der Insel zu. „Wir müssen jetzt Kurs auf die offene See nehmen", erklärte David. „Sonst riskieren wir, von den Leuten auf dem anderen Stützpunkt entdeckt zu werden."

Henry schaute hinaus auf den Ozean. Schaumgekrönte Wellenkämme, soweit das Auge reichte. Er nickte. „Sieht aus, als würde es aufklaren. Vielleicht lässt der Seegang auch wieder etwas nach. Wir müssen es ja versuchen, oder? Es ist unsere einzige Chance, jemanden zu informieren."

„Ja, unsere einige Chance."

David drehte das Steuerrad nach Steuerbord, und ihre Reise über das offene Meer begann.

## 13

„Entweder du bleibst im Nichtschwimmerbecken, oder du wagst dich ins offene Meer."

—*Christopher Reeve*

David hielt die Plastikflasche hoch und ließ die letzten Tropfen Wasser in seinen trockenen Mund fallen. Es war eine der letzten Wasserflaschen. Er saß da, lauschte dem leisen Plätschern des nun ruhigen Ozeans am Rumpf und fragte sich, wie weit sie es wohl schaffen würden.

Sie waren erst zwei Tage unterwegs und hatten schon fast kein Wasser mehr. Zuerst hatten er und Henry geplant, ihre Vorräte mit Regenwasser aufzufüllen. Aber seit der Sturm vorübergezogen war, hatten sie nichts als blauen Himmel gesehen.

David hatte die Idee, sein T-Shirt zum Filtern von Salzwasser zu verwenden, aber Henry versicherte ihm, dass das nicht funktionierte. Stattdessen baute er gerade eine Art Zelt aus den übrigen Duschvorhängen, damit das Kondenswasser in die leeren Flaschen ablaufen konnte. Aber das würde sehr lange dauern, und sie hatten nicht wirklich viel Zeit. Sie brauchten schon bald Nachschub. Es war heiß, sehr heiß. Die Nahrungsvorräte konnten sie noch über ein paar Tage strecken, nicht aber das verbleibende Wasser.

David sah zu Henry hinüber. Es schien ihm besser zu gehen als am Tag zuvor, obwohl er immer noch etwas grün war im Gesicht. Aber zumindest musste er sich nicht mehr übergeben. Er sei nicht zum Matrosen gemacht, hatte er gebetsmühlenartig wiederholt. Ihre erste stürmische Nacht auf See war sowohl beängstigend als auch körperlich strapaziös gewesen.

Der gewaltige Sturm hatte das kleine Boot umhergeworfen wie ein Spielzeugschiff. Sie hatten kaum Kurs halten können, weil Motor und Ruder immer wieder aus dem Wasser kamen, als sie auf den gigantischen Wellen auf und ab surften. Nachdem sie das offene Meer erreicht hatten, hatte David ihre Vorräte in einer kleinen am Boden verankerten Kiste an der Backbordseite verstaut. Die nächsten zehn Stunden hatten sie damit verbracht, sich zu übergeben und krampfhaft festzuhalten. Derart riesige Brecher hatte David noch nie zuvor gesehen. Sie waren mindestens sechs Meter hoch.

In dieser Nacht hatte er viel gebetet. Es gab Momente, in denen er nicht glaubte, dass sie überleben würden. Und es gab Momente, in denen er nicht sicher war, ob er das wollte, so elend war ihm. Aber die Gedanken an seine Frau und seine Familie spendeten ihm Trost, und er betete weiter. Trotzdem fühlte er sich schuldig, weil er Gott nur in Zeiten der größten Not anrief.

Erst am Morgen nach dem Sturm, als sich die See beruhigt hatte und die Sonne am Horizont erschien, konnten sie sich endlich etwas ausruhen. Bis sie die Helikoptergeräusche hörten.

David hatte sie zuerst wahrgenommen und seinen Kopf vorsichtig über den Rand des Bootes gestreckt. Erschrocken hatte er registriert, dass die Insel immer noch zu sehen war. In weiter Ferne zwar, aber die Umrisse hatten sich am Horizont noch deutlich abgezeichnet. Es musste dieselbe Insel sein, denn er hatte sehen und hören können, wie die drei Helikopter abhoben und in Formation nach Süden flogen.

Sie waren viele Kilometer entfernt und stellten eigentlich keine Gefahr für die beiden Männer dar. Dennoch wartete David, bis die Fluggeräte außer Sichtweite waren, bevor er den Motor startete und sie weiter von der Insel wegbrachte. Er hatte kein Kielwasser erzeugen wollen, das man aus der Luft eventuell hätte ausmachen können. Der Ersatzkanister, den sie an Bord gefunden hatten, reichte lediglich für zwei weitere Stunden Fahrt bei voller Motorleistung.

Jetzt mussten sie sich treiben lassen und hoffen, dass der Wind ihr selbst gemachtes Segel blähen würde. Weder Henry noch David wusste, in welche Richtung sie segeln mussten, um am schnellsten an Land zu kommen. Sie hatten sich auf Westen geeinigt. Angesichts des Klimas und der Tatsache, dass der Flug von Kalifornien aus neun Stunden gedauert hatte, waren sie beide der Meinung, dass sie sich irgendwo im Südpazifik befanden. Wahrscheinlich in der Nähe von Südostasien. Westen war weder besser noch schlechter als die anderen Himmelsrichtungen. Aber nach Südamerika, also Richtung Osten, würde es wohl länger dauern.

„Was macht die Wasseraufbereitung?", fragte David.

Henry hatte ein Stück Gewebeband in seine Fasern zerlegt und befestigte damit nun die Ringe eines Duschvorhangs an dem metallenen Handlauf, der ringsum auf der aufblasbaren Bordwand verlief. So entstand ein kleines Zelt als Schattenspender, das Henry mit einer der Duschstangen in der Mitte abstützte. An jeder Ecke stand eine leere Wasserflasche, in der Hoffnung, dass sich etwaiges Kondenswasser dort sammeln würde.

„So gut wie fertig", antwortete Henry. Sein Gesicht war sonnenverbrannt. Er sah müde aus. „Weißt du, es ist weniger die Hitze hier draußen, als die Luftfeuchtigkeit ..."

David versuchte zu lächeln, aber seine Gesichtsmuskeln gehorchten ihm nicht. „Ja, klar."

„Sieh mal", sagte Henry. „So sollte es funktionieren."

„Sieht gut aus. Der Schatten ist höchst willkommen." David lehnte sich so weit wie möglich unter das Zelt, ohne das Steuer loszulassen.

Henrys Lippen waren aufgesprungen. Sein Hals und seine Schultern waren von der Sonne verbrannt und warfen bereits Blasen. David konnte sich vorstellen, dass er auch nicht besser aussah.

Sie hatten das Segel gesetzt, sobald das Benzin ausgegangen war. Die Takelage war Henrys Entwurf. Handwerklich war er sehr begabt, das musste David ihm lassen. Er hatte aus dem Seil des kleinen Ankers, einigen Duschstangen und den zusammengeklebten Duschvorhängen etwas gezaubert, das wie ein Klüver aussah. Mit denselben Teilen hatten sie danach das Ruderblatt vergrößert. Es war eine recht grobe Arbeit, aber es erfüllte seinen Zweck. Der Wind blies konstant aus einer nicht gerade günstigen Richtung, aber David bemühte sich redlich, sie in Richtung Westen zu steuern.

Henry legte die Sachen weg und sagte: „Okay, schließen wir eine Wette ab. Schaffen wir es an Land, werden wir von einem Schiff gerettet oder verdursten wir? Was meinst du?"

„Vergiss nicht die Haie."

„Klar. Guter Punkt. Also wettest du auf die Haie? Ich denke, wir werden wohl eher verdursten. Aber –" Er hielt inne und erstarrte, als er nach Westen blickte. Er sprach auf einmal schneller. „Um ehrlich zu sein, ich möchte meine Wette noch abändern. David, sieh mal. Ich sehe etwas."

David beugte sich vor und blickte in die Richtung, in die Henry zeigte. Am Horizont war etwas Dunkles zu erkennen.

„Siehst du das?", fragte Henry. „Gleich rechts neben dem Segel. Ich glaube, es ist ein Schiff."

David war derselben Meinung, auch wenn er nicht erkennen konnte, um welche Art Schiff es sich handelte. Es wäre ein kleines Wunder, hier draußen tatsächlich auf jemanden zu stoßen. Und ein noch größeres Wunder, wenn sie entdeckt und gerettet würden.

„Ich könnte ihnen mit der Spiegelscherbe ein Zeichen geben", schlug Henry vor.

„Warte."

„Das haben wir doch schon besprochen. Wir waren uns einig, wenn wir *irgendetwas* sehen ..."

David blinzelte und versuchte, Details auszumachen. Ein Mast, Radar, Fischernetze – irgendetwas, dass ihm einen Hinweis darauf gab, ob es sich um Freund oder Feind handelte. „Bist du sicher, dass wir nicht doch warten wollen, bis wir wenigstens wissen, ob es sich um ein Kriegsschiff handelt?", fragte David.

„Ich *bin* sicher. Diese Gelegenheit dürfen wir uns nicht entgehen lassen", meinte Henry. Er hielt eine leere Wasserflasche hoch. „Bettler können es sich nicht erlauben, wählerisch zu sein." Er kratzte sich am Hals, wo sich die Haut schon schälte.

David biss sich auf die Unterlippe, und betrachtete erst seine leere Wasserflasche und dann wieder die dunkle Silhouette am Horizont. Selbst wenn sie Signale geben würden – das Schiff war so weit entfernt, dass sie vermutlich niemand bemerken würde.

„Okay. Aber wenn es ein ziviles Schiff ist, müssen wir an den Plan denken."

―――――

Nathan stand an Deck und hörte einen der Männer von der Brücke aus etwas rufen. Es klang nach Byron, seinem nichtsnutzigen Neffen. Mein Gott, was war jetzt schon wieder los? Ihre Eismaschine spielte seit einer Woche verrückt. Sie konnten nicht fischen, und es war noch eine zehntägige Fahrt nach Darwin. Zehn Tage oder zehn Jahre – es machte keinen Unterschied. Ohne Eis konnte man keine Fische lagern. Kaum hatten sie das Ding hundertfünfzig Kilometer westlich der Philippinen endlich repariert, stellten sie ein Leck in einem Hydraulikschlauch fest, wegen dem sie die Schleppnetze nicht mehr vernünftig einholen konnten. Also wieder nichts mit Fischfang. Das Schiff musste endlich gründlich gewartet werden. Nathans Chefingenieur hatte ihn darüber informiert, dass sie so schnell wie möglich zum Hafen zurückkehren mussten. Zurück ins verdammte Darwin.

Nathan kletterte die Leiter zur Brücke hinauf, um zu sehen, was sein idiotischer Neffe da plapperte. Als er dort ankam, sah Byron gerade durch sein Fernglas. Natürlich hatte er den Gurt wieder nicht um den Hals gelegt, wie es ihm beigebracht worden war. Er war ganz aus dem Häuschen.

„Nathan, da gibt uns jemand Zeichen! Sieht aus wie ein Hilferuf. Schau mal."

Nathan runzelte die Stirn. Was zum Teufel redete er da? Sie waren mitten im Pazifik. Ziemlich weit weg vom Land. Nathan konnte nicht glauben, dass außer ihnen noch jemand in diesen Gewässern unterwegs war. Er nahm Byron das Fernglas aus der Hand. Auch der Chefingenieur kam gerade die Leiter hoch. *Wunderbar. Holen wir doch die gesamte Crew hier rein.* Eine einmonatige Sightseeingtour und kein einziger Fisch im Kühlraum.

Nathan holte das Ding im Wasser näher heran. War es ein Rettungsfloß? Oder ein kleines Boot? Nein, es sah aus wie eines dieser Kontrollboote, die man in der Nähe eines Marinestützpunktes finden konnte. Aber es war mit Planen abgedeckt, und zwei Männer kauerten darunter im Schatten. Einer von ihnen reflektierte das Sonnenlicht mit einem Gegenstand und gab ihnen so ein Signal. Das also hatte Byron entdeckt. Besser war das, denn hier draußen war im Umkreis von Dutzenden von Kilometern keine Menschenseele. Deswegen war es einer von Nathans Lieblingsplätzen. Und jetzt trieben diese beiden Arschlöcher auf ihrem komischen Marinefloß mitten durch seine geheimen Fanggründe. Er seufzte. Dann würde er sie wohl retten müssen.

„Ruder fünf Grad nach Steuerbord. Und jemand muss McCormick wecken. Sagt ihm, dass er heute Krankenschwester spielen muss."

---

Sieben Stunden später trommelte Nathan mit den Fingern auf den Metalltisch in seiner Kabine. Die beiden Typen, die sie gerettet hatten, saßen ihm gegenüber. Die Tür war geschlossen.

Sie waren ein trauriger Anblick mit ihrer sich schälenden Haut und den aufgesprungenen Lippen. McCormick hatte sie untersucht und ihnen reichlich zu trinken gegeben. Sie hatten geduscht und trugen nun zu große Klamotten, die ihnen die Crew geliehen hatten. Noch immer tranken sie pausenlos Wasser. Als hätten sie Angst, dass es ausgehen könnte.

Nathan holte tief Luft und stieß sie durch die Nase wieder aus. Was sollte er davon halten?

„Nur, damit ich das richtig verstehe. Sie beide haben für die US-Regierung an einem Geheimprojekt gearbeitet, über das Sie mir nichts erzählen können. Schwer bewaffnete *chinesische Kriminelle* sind hinter Ihnen her. Und Sie denken, dass ich uns alle in Todesgefahr bringen würde, wenn ich per Funk oder auf andere Weise verbreitete, dass ich sie eingesammelt habe. Trifft das den Kern der Sache?"

Henry nickte energisch.

David erklärte: „Ich weiß, das klingt sehr ungewöhnlich, aber –"

Nathan hob die Hand. „Ungewöhnlich ist es, zwei Amerikaner mitten im Pazifik aufzugabeln. Was Sie mir hier erzählen, klingt wie eines dieser verrückten Bücher, die mein Neffe ständig liest."

David und Henry tauschten einen nervösen Blick aus.

Der Kapitän schloss die Augen, als er weitersprach. „Trotzdem, diesmal war auf See alles anders als sonst. Normalerweise habe ich viel Glück. Ich fange viele Fische. Aber dieses Mal war der Wurm drin. Vielleicht wendet sich mein Glück wieder, wenn ich euch beiden helfe, hm?"

Henry nickte, er konnte schon wieder lächeln.

„Aber – woher weiß ich denn, dass Sie beide nicht selbst in kriminelle Machenschaften verstrickt sind? Woher weiß ich, dass Sie keine Drogenhändler oder gar Mädchenhändler sind? Oder sonst irgendwelche krummen Dinger drehen?"

„Ich wünschte, das wäre zutreffend", sagte Henry.

Nathan runzelte die Stirn.

Henry ruderte zurück. „Ich meine – Also, was ich eigentlich sagen wollte, ist, es wäre schön, wenn das unser einziges Problem wäre. Also nicht noch zusätzlich. Ich meine eher, anstatt unseres aktuellen Problems. Das Problem, dass – dass, diese raffinierten kriminellen Chinesen hinter uns her sind."

David kam ihm zur Hilfe. „Also, was er sagen will, ist, dass wir in großen Schwierigkeiten stecken, aber nichts verbrochen haben. Bitte, wir brauchen wirklich Ihre Hilfe. Wir müssen nur an einen sicheren Ort gelangen, ohne dass jemand davon erfährt. Bitte glauben Sie mir, wenn ich Ihnen versichere, dass Henry und ich andernfalls inhaftiert werden könnten. Oder Schlimmeres. Und Sie und Ihre Männer könnten ebenfalls darin verwickelt werden."

„Und was genau soll das sein? In das wir hineingezogen werden könnten?"

„Das dürfen wir Ihnen nicht sagen", antwortete David.

Nathan schnaubte.

Er sah die beiden an und schüttelte den Kopf. Es gefiel ihm nicht, dass sie die Karten nicht auf den Tisch legten. Aber diese Amerikaner schienen tatsächlich harmlos zu sein. Nathan kannte das Meer und er kannte die Menschen. Und diesen beiden konnte er vertrauen, davon war er überzeugt.

„Ich muss dafür sorgen, dass meine Männer nicht zuhause anrufen und irgendetwas ausplappern. Es scheint, als würden diese Kids heute alles, was sie tun, sofort per SMS oder sonstige Apps verbreiten. Was anderes interessiert die gar nicht mehr. Hängen alle immer nur an ihren Handys und texten."

Die beiden Männer sagten nichts.

„Der beste Weg wäre wohl, jegliche Telefon- und E-Mail-Kommunikation zu unterbinden, bis wir wieder in Darwin sind. Das wird meinen Männern gar nicht gefallen. E-Mails können nur von meinem eigenen Computer aus gesendet werden, und ich habe zwei Satellitentelefone in meiner Kajüte eingeschlossen. Ich werde mit dem Ingenieur und meinem Neffen Byron reden. Sie sind die einzigen Mannschaftsmitglieder, die Zugang zu meinem Quartier haben. Der Ingenieur ist ein guter Mann. Er wird das verstehen. Und mein bescheuerter Neffe wird tun, was ich ihm verdammt noch mal sage. Was soll ich meinen Leuten erzählen? Über Ihre Situation?"

„Was Sie für richtig halten", antwortete David. „Wir werden Ihnen nicht im Weg sein und helfen, wo wir können. Wir müssen nur sicher an Land kommen." David zögerte kurz. „Und es wäre am besten, wenn niemand erfahren würde, in welchem Hafen Sie uns absetzen."

„Na ja. Wir sind ja keine Fähre", antwortete Nathan. „Wir haben Kurs auf unseren Heimathafen in Darwin. Ich muss direkt dorthin, um das Schiff reparieren zu lassen. Wir können Sie unterbringen und verpflegen, aber ich kann keine Zeit mit Zwischenstopps vergeuden. Mein Arbeitgeber würde mir in den Arsch treten."

„Wie lange brauchen wir bis dorthin?", fragte David.

„Zwölf Tage, falls an diesem Mädchen nicht noch mehr kaputtgeht. Sie hat in letzter Zeit ganz schön rumgezickt."

Henry sagte: „Entschuldigung, aber reden wir immer noch über das Boot?"

David sah enttäuscht aus.

„Sie haben es wohl eilig?"

„Das ist schon in Ordnung. Vielen Dank", sagte David.

Nathan trommelte erneut mit den Fingern auf dem Tisch herum. „Wenn es darum geht, Sie unbemerkt abzusetzen, hätte ich eine Idee. Ich habe einen Freund, der auf einem Schlepper fährt. Er würde Sie bestimmt mitnehmen, ohne Fragen zu stellen."

„Vielen Dank, Captain. Sie haben keine Ahnung, wie viel wir Ihnen zu verdanken haben", erklärte David.

„Nun, wie gesagt, vielleicht stellt sich dafür bei mir wieder das Glück ein. Wenn nicht, dann kommen Sie, um mich zu retten, wenn *ich* einmal da draußen auf dem Wasser treibe, okay?"

David und Henry verließen die Kapitänskabine und gingen die Treppe hinunter in Richtung Kombüse. Durch ein ovales Fenster konnten sie sehen, dass es draußen inzwischen dunkel war. Sie setzten sich in eine der Sitznischen mit Tischen, an denen die Crew ihre Mahlzeiten einnahm.

„Es entwickelt sich doch ganz gut", meinte Henry.

„Für *uns* ..."

„Machst du dir Sorgen um die anderen auf der Insel?"

„Du etwa nicht?"

„Doch, natürlich. Aber wie du mehrmals gesagt hast, ist dies der beste Weg, ihnen zu helfen. Es hätte wenig Sinn, so weit gekommen zu sein, um dann doch noch geschnappt zu werden."

„Ja, ich weiß, dass wir das Richtige tun. Aber wenn ein Helikopter kommt, können wir uns nicht verstecken. Kein Sturm mehr, der uns Deckung gibt. Es fällt mir immer noch schwer, Menschen quasi im Stich zu lassen. Und noch schwerer ist es, den Kapitän nicht zu bitten, mir sein Telefon zu leihen, damit ich meine Frau anrufen kann."

„Du könntest sicher kurz mit ihr sprechen, aber das wäre vielleicht das letzte Telefonat, das du je führst. Und das könnte auch sie in Gefahr bringen", gab Henry zu bedenken.

„Weil sie unsere Position orten könnten?"

„Yep."

„Ich möchte nichts mehr, als sie anzurufen."

„Lass es lieber. Das ist besser für uns alle. Ich weiß, dass das Scheiße ist."

„Ja, hast ja recht. "

„Was hattest du noch mal über Transponder auf Schiffen gesagt?"

„Lenas Männer haben gesehen, wie wir mit dem Boot abgehauen sind", erklärte David. „Vielleicht geht sie davon aus, dass wir mittlerweile ertrunken sind. Vielleicht aber auch nicht. Aber wenn sie hinter uns her ist, könnten sie es kaum einfacher haben: weil wir zwölf Tage lang auf einem kommerziellen Fischkutter festsitzen. Dieses Schiff hat einen Transponder. Wie jede andere Marine der Welt, verfolgt auch die chinesische Marine alle Transponder, um zu sehen, wo genau die kommerziellen Schiffsrouten verlaufen. Falls die chinesische Version der NSA unser Telefonat über das Satellitentelefon abfangen würde, könnten sie uns problemlos orten und in Nullkommanichts einen dieser Helis oder ein Kriegsschiff vorbeischicken. Wenn wir aber den Transponder ausschalten, macht uns das beinahe genauso verdächtig. So oder so, sie hätten es leicht, uns zu finden."

„Also, wie lautet dann der Plan?", fragte Henry.

„Jetzt wissen wir, dass wir unterwegs nach Australien sind. Warst du schon mal da?"

„Nein. Nur einmal auf den Galapagos-Inseln."

„Das ist nicht weit weg, wird uns aber vermutlich nicht helfen. Jedenfalls können wir telefonieren, sobald wir dort sind."

Henry wurde ernst. „Nehmen wir an, sie überwachen alle möglichen Leute, bei denen wir uns melden könnten. Also Familie, Arbeitgeber, vielleicht sogar Nummern der Regierung oder von Nachrichtensendern. Die NSA hat Spracherkennungsprogramme, die abgehörte Anrufe nach Wortmustern scannen und Stimmen oder Wortkombinationen herausfiltern können; anhand derer werden dann automatische Marker gesetzt, auf die dann Mitarbeiter angesetzt werden. Dasselbe gilt für den E-Mail-Verkehr, aber da ist die Stichwortsuche natürlich noch einfacher."

„Sind wir sicher, dass China die Fähigkeiten dazu hat?", fragte David.

„Basierend auf dem, was wir auf der Insel gelernt haben, gehe ich stark davon aus."

„Woher wissen wir, dass sie nicht bereits auf uns warten, wenn wir in Darwin anlegen?"

„Das wissen wir nicht. Aber wenn sie wissen, dass wir auf diesem Schiff sind, warum holen sie uns dann nicht einfach hier ab? Es gibt doch kaum Zeugen. Ich denke, wenn wir es nach Darwin schaffen, können wir uns ziemlich sicher sein, dass Lena und die Chinesen nicht wissen, dass wir dort sind. *Bis* wir versuchen, mit jemandem zu kommunizieren."

„Darwin ist relativ weit von China entfernt. Also haben wir ein gewisses Zeitfenster, bevor sie dort nach uns suchen kommen. Was wird Lena also tun, wenn sie erfährt, dass wir dort sind?"

Henry dachte nach. „Ich vermute, sie wird ein paar Schergen losschicken, um uns zu schnappen – oder Schlimmeres. Nehmen wir an, ein Flug von dort nach China dauert etwa sechs Stunden. Plus zwei Stunden, die das chinesische SWAT-Team benötigt, um ein- und auszusteigen und uns in Australien aufzuspüren. Das dürfte zeitlich ungefähr hinkommen. Das verschafft uns einen Puffer von acht Stunden ab dem ersten Telefonat bis zum Eintreten einer ernsten Gefahrenlage."

„Also muss es gleich beim ersten Telefonat klappen. Wen sollen wir anrufen?", fragte David.

„Mein Vorschlag wäre, mehrere Regierungsstellen anzurufen", erwiderte Henry. „Wir wissen, dass es undichte Stellen und chinesische Spione innerhalb verschiedener Bundesbehörden gibt. Wir müssen auf jeden Fall mehrere Leute informieren. Wir dürfen uns nicht auf eine Person festlegen, falls sie diejenige ist, die uns verrät. Ein Agent würde die Informationen einfach zurückhalten und sofort Lena benachrichtigen. Das wäre dann unser Ende."

David nickte. „Du hast recht. Ich glaube, ich kenne jemanden in meiner Firma, dem ich vertrauen kann. Einen

Kerl namens Lundy. Wir arbeiten schon seit Jahren bei In-Q-Tel zusammen. Ein guter Mann. Familienvater und absolut integer, soweit ich weiß. Ihn könnten wir einweihen. Aber damit wäre die Botschaft noch nicht so breit verteilt, wie du es angedacht hast. Wenn wir acht Stunden Zeit haben, dann lass uns meinen Freund anrufen und ihm kurz das Nötigste mitteilen. Wir bitten ihn, Leute von der CIA, dem Pentagon und wer sonst seiner Meinung nach noch an dem eigentlichen Anruf teilnehmen sollte, zusammenzutrommeln. Wir geben ihnen eine Stunde, um sich in einem Raum zu versammeln. Lundy hat die notwendigen Verbindungen, um das zu organisieren. Er arbeitet eng mit der CIA zusammen und hat Kontakte zu diversen Regierungsbehörden. Dann rufen wir diese Gruppe an, und geben ihnen die Einzelheiten durch."

„Damit setzen wir sehr viel Vertrauen in deinen Freund."

„Ich weiß. Aber ich sehe keinen anderen Weg. Irgendwo müssen wir ja anfangen."

Henry legte die Stirn in Falten. „Könnten wir nicht einfach zur Presse gehen? Oder zur Polizei in Darwin?"

„Wie lief noch mal das Gespräch mit deiner Ex-Frau?", fragte David mit leicht ironischem Unterton.

„Nicht gerade ideal. Hätte besser sein können."

„Warum hat es nicht geklappt? Was denkst du?"

„Weil sie ein gehässiges, nachtragendes Miststück ist?"

„Nein. Es lag daran, dass du keine Glaubwürdigkeit und keine Vertrauensbasis aufbauen konntest. Und selbst wenn sie dir geglaubt und vertraut hätte, hätte sie nicht gewusst, was sie tun soll. Unser erster Anruf muss an jemanden gehen, der uns und dem, was wir sagen, vertraut, und die entsprechenden Maßnahmen ergreift. Wir können nicht ohne Ausweise zur Polizei gehen und denen was von einer chinesischen Invasion erzählen. Genauso wenig können wir an die Presse wenden. Die Wahrscheinlichkeit, dass sie uns für verrückt erklären und wir von Lenas Handlangern geschnappt werden, bevor wir etwas Sinnvolles unternehmen konnten, ist einfach zu groß. Es ist zu riskant. Wir haben nur eine Chance, und die müssen wir nutzen."

Henry knackte mit den Knöcheln. Dann nickte er. „Der Plan mit den zwei Telefonaten könnte funktionieren. Ich mache mir nur Sorgen, dass die chinesische Version der NSA sich in unser zweites Telefonat hacken könnte. Aber vielleicht kann ich das verhindern."

„Was ist mit dem chinesischen SWAT-Team, das acht Stunden später hinter uns her sein wird? Wir können telefonieren und unsere Leute warnen, aber wie schützen wir uns selbst?", fragte David.

„Wir müssen die ersten beiden Anrufe auch nutzen, um für unsere persönliche Sicherheit zu sorgen. Wenn wir die richtigen Leute an der Strippe haben, können die sicherlich veranlassen, dass uns die Australier beschützen. Oder sie können uns in die US-Botschaft bringen lassen. Keine Ahnung, wo die ist. Wahrscheinlich in Sydney. Ich muss mir unbedingt eine Karte anschauen."

„Was ist, wenn das chinesische SWAT-Team früher eintrifft?"

„Vielleicht fällt mir noch etwas ein, wie wir uns mehr Zeit kaufen können. Lass mich darüber nachdenken."

„Okay. Wir haben ja noch ein paar Tage, um unseren Plan zu verfeinern, bevor wir im Hafen ankommen. Jetzt müssen wir nur beten, dass die Chinesen nicht herausfinden, wo wir sind – oder wohin wir unterwegs sind."

„Mit etwas Glück denken sie, dass wie in diesem Sturm auf See umgekommen sind. War ja auch beinahe so."

„Das Glück ist eine launische Geliebte." Mit dieser weisen Erkenntnis beschloss David ihr Gespräch. Hoffentlich war die Geliebte ihnen gut gesonnen.

Zwei Stunden später lag Byron in seiner Koje. Er hatte gerade
das zweite Buch einer neuen Science-Fiction-Reihe zu Ende
gelesen. Es handelte von Tausenden von Menschen, die in
einer düsteren Zukunftswelt unter der Erde lebten. Ihre Tage
bestanden aus endloser körperlicher Arbeit und purer Lange-
weile, was ihn sehr an die Arbeit für seinen Onkel hier auf
dem Fischkutter erinnerte.

Seit sie auf See waren, hatte Onkel Nathan ihm jede Nacht
die Hundswache zugeteilt. Es gab nichts zu tun, außer regelmäßig Steuerrad, Kompass und ihren Kurs zu kontrollieren,
bevor er sich wieder seinen Büchern widmen konnte, um die
restliche Zeit totzuschlagen. Er liebte es, zu lesen. Manchmal
kamen sie etwas vom Kurs ab, aber der Pazifik war groß, und
so weit auf offener See gab es nur wenige Riffs, um die er sich
Sorgen machen musste.

Byron sah auf seine Uhr. Es war 22 Uhr. In zwei Stunden
musste er wieder seinen Dienst auf der Brücke antreten. Die
Mittelwache ging von Mitternacht bis sechs Uhr morgens. Es
war so langweilig auf der Brücke. Die Zeit schien unendlich
langsam zu vergehen. Ätzend. Er musste sechs grauenhafte
Stunden lang das Ruder übernehmen, navigieren und nach
Schiffen Ausschau halten.

Byron entschied, dass er dringend das nächste Buch der
Reihe für seine heutige Wache herunterladen musste. Das
Problem war nur, dass Nathan ihm verboten hatte, den
Computer zu benutzen, bis sie wieder im Hafen waren. Das
alles ergab für Byron keinen Sinn. Nathan stellte jeden Tag
noch mehr Regeln auf. *Geh nicht an den Computer, lies nicht im
Dienst.* Unsinnige Regeln. Es war genau wie bei diesem unter-
irdischen Volk in seinem Buch.

Es würde doch niemandem schaden, wenn er einmal

nachsah, ob Nathans Kajüte leer war. Er brauchte ja nur ein paar Minuten, um sich einzuloggen und das nächste Buch herunterzuladen. Lautlos wie ein Fuchs. In seinen Flip-Flops ging er zu Nathans Kajüte und warf einen Blick hinein. Keine Spur vom Kapitän. Er musste auf der Brücke oder auf Deck sein und seine Kontrollrunde machen.

Byron schlich sich in den Raum und loggte sich in den Computer ein. Gute Satellitenverbindung. Das Internet war extrem langsam, aber das eBook hatte ja nur eine geringe Dateigröße. Er schloss sein Lesegerät per USB-Kabel am Computer an und klickte sich durch die Optionen, bis der Download begann. Die verbleibende Zeit wurde angezeigt: sechs Minuten.

Hm. Etwas länger als er gehofft hatte. Hoffentlich würde Nathan nicht auftauchen und ihn auf frischer Tat ertappen.

Während er wartete, öffnete Byron ein weiteres Browserfenster und loggte sich in sein Facebook-Konto ein. Er fragte sich, ob Wendy ihm zurückgeschrieben hatte.

Seine Erfahrungen auf See hatte er ihr bereits mehrfach geschildert. Er schrieb lange Passagen, in denen er Einzelheiten aus seinem Alltag berichtete und betonte, dass ihre Beziehung durch die Trennung nur noch stärker wurde. Das war jedenfalls seine Meinung. Für gewöhnlich waren ihre Antworten sehr knapp. Nun ja, es hatte *eine* längere Nachricht gegeben, in der sie ihm mitgeteilt hatte, dass sie nur Freunde waren, und dass er das endlich einsehen sollte. Um ehrlich zu sein, meistens antwortete sie gar nicht. Aber das lag vermutlich nur daran, dass sie eine sehr rationale Person war.

*Hm.* Wendy hatte ihm seit sieben Tagen nicht mehr geschrieben. Byron sah nach, wie viele Nachrichten er ihr in dieser Zeit geschickt hatte. Siebzehn. *Hm. Ziemlich viele.* Er wollte nicht verzweifelt klingen. Besser war es, ihre Posts einfach nur zu liken und ihr somit zu zeigen, dass er an sie

dachte ... Oder sollte er ihr doch noch eine allerletzte Nachricht schicken? Er würde ihr schließlich nicht mehr schreiben
können, bis sie wieder zuhause waren. Byron beschloss, sich
auf eine sachliche Schilderung seines Tageswerks zu
beschränken. Was konnte er ihr erzählen? *Natürlich, die
Rettung.* Er musste Wendy doch mitteilen, wie er im Alleingang zwei Amerikaner gerettet hatte, die auf dem Meer
herumgetrieben waren. Schnell tippte er die Nachricht und
drückte auf *Senden*.

Byron checkte die Buchdatei. Download abgeschlossen.
Fantastisch. Jetzt konnte er den nächsten Teil während seiner
Nachtschicht lesen. Er loggte sich aus und verließ den Raum.
Als er sich vorstellte, wie beeindruckt Wendy von seiner
Geschichte sein würde, konnte er sich ein Lächeln nicht
verkneifen.

---

*Sechs Tage später, auf der Insel*

Lena stürmte derart aus dem Kontrollraum, dass die
Soldaten und Kommunikationsspezialisten gerade noch aus
dem Weg springen konnten. Der Stützpunktleiter und Natesh
mussten sich beeilen, um Schritt zu halten, als sie die Leiter
hinunterstieg.

„Was hat Jinshan gesagt?", fragte Natesh.

Sie warf ihm einen strengen Blick zu. „Er war nicht glücklich. Vielleicht müssen wir unseren Zeitplan anpassen. Alles
beschleunigen."

„Wie sehr beschleunigen?"

„Beträchtlich."

„Was genau bedeutet das für uns?"

Sie blieb abrupt stehen, sodass die beiden Männer in
ihrem Schlepptau beinahe übereinander stolperten. „Das

bedeutet, dass ihr beide die Dinge hier allein fortführen müsst", antwortete Lena. „Ich werde an anderer Stelle gebraucht." Sie sah den Leiter der Basis an. „Denken Sie, Sie bekommen das hin?"

Der Gefragte nickte. Lenas Gefangennahme hatte ihn komplett überrumpelt. Sie war bei dieser Operation viele Risiken eingegangen, weshalb sie ihm verzeihen konnte, dass er nicht schneller reagiert hatte. Aber zwei Gefangene mit einem Motorboot von der Insel entkommen zu lassen – das war *unverzeihlich*. Sie ging weiter den Flur hinunter.

Während sie sprach, hielt sie nur mit Natesh Blickkontakt. „Er macht sich Sorgen wegen der beiden Geflohenen. Er denkt, dass sie die Amerikaner alarmieren könnten."

„Manning und Glickstein?"

„Gibt es denn noch *andere*, von denen ich wissen sollte?" Sie warf dem Stützpunktleiter einen ungehaltenen Blick zu.

Natesh sah nachdenklich aus. „Ist es nicht sehr unwahrscheinlich, dass sie den Sturm überlebt haben?"

„Offensichtlich nicht", antwortete Lena.

„Was meinst du damit?"

„Jinshans Cyberkrieger glauben, dass David Manning und Henry Glickstein vor einigen Tagen von einem australischen Fischkutter aufgegriffen wurden."

Beide Männer sahen geschockt aus. Das machte Lena nur noch wütender. „Natesh, sag mir, was ist das Hauptziel der Iran-Operation?"

„Einen militärischen Konflikt zwischen dem Iran und den Vereinigten Staaten vom Zaun zu brechen."

„Und um das zu erreichen, greifen wir ein Ziel im Iran an und stellen eine Verbindung zu den USA her. Korrekt?"

„Korrekt."

„Und wie sieht diese Verbindung aus? Ich kann morgen in den Iran reisen und eine hochrangige Person umbringen. Das ist nicht das Problem. *Die Verbindung* macht mir Sorgen. Es braucht schon etwas mehr Zeit und Aufwand, um den Angriff als eine amerikanische Aktion zu verkaufen."

„Ich verstehe", sagte Natesh.

Lena blieb vor einem Raum stehen, auf dessen Tür *medizinische Versorgung* stand. Sie hielt diese auf und bedeutete den beiden Männern, einzutreten. „Nach euch."

Im Inneren befanden sich ein paar fahrbare Krankentragen und allerlei medizinische Vorräte und Geräte. Alles wirkte unbenutzt. Ein Medizintechniker in einem grünen OP-Kittel beugte sich gerade über einen schwarzen Leichensack, der auf einem Metalltisch lag.

Der Mann war erst vor Kurzem angekommen. Einer der vielen Dutzend Militärs, die nun die Insel bevölkerten. Seit die Amerikaner gefangen genommen worden waren, hatten sich die Flüge auf die Insel verdreifacht. Das Eiland wurde geradezu von Soldaten, Waffen, Treibstoff und Vorräten überschwemmt. Die U-Boote wurden in der nächsten Woche erwartet.

Lena schmunzelte über Nateshs Reaktion, als der Medizintechniker den Reißverschluss des Leichensacks öffnete. Der junge Mann wurde sehr blass. Wahrscheinlich hatte er noch nie eine Leiche gesehen. Nun, es würde nicht die Letzte sein.

„Wo hat man ihn gefunden?", fragte sie den Stützpunktleiter.

„Ma'am, er wurde etwa einen Kilometer südlich von hier am Strand angespült."

„Wie ist das passiert?"

„Er ist ertrunken. Die Wellen –"

„*Das sehe ich.* Ich meine, wie konnte es passieren, dass er ertrunken ist?"

„Ma'am, das muss sich zugetragen haben, als wir – also,

die Mehrheit meiner Männer und ich – wir waren fast geschlossen auf der anderen Seite der Insel, um die Berater festzusetzen", erklärte er stammelnd. „Er muss während des Sturms nach draußen gegangen und zu dicht an die Brandung gekommen sein. So hohe Wellen entwickeln einen starken Sog. Vielleicht wurde er hineingezogen."

Lena betrachtete die aufgedunsene, graue Wasserleiche aus der Nähe. „Das bezweifle ich. Sagen Sie mir, war das etwa zu der Zeit, als David Manning und Henry Glickstein eines unserer Motorboote gestohlen haben?"

Der Stützpunktleiter sah auf den Boden. „Ich denke schon."

Lena wandte sich an Natesh. „Was meinst du, Natesh?"

Auf seiner Stirn bildeten sich langsam Schweißperlen „Ich halte es für sehr wahrscheinlich, dass das eine vorsätzliche Gewalttat war. Und dass sie mit dem Diebstahl des Bootes und der Flucht dieser beiden Männer zusammenhängt."

Lena nickte. „Da stimme ich dir zu." Sie wollte sich gerade den Stützpunktleiter vornehmen, aber Natesh sprach weiter.

„Lena, ich – ich denke, das könnte uns eine Gelegenheit bieten", meinte Natesh.

„Wie das?"

„Wir brauchen eine Verbindung zwischen den USA und dem Iran", erinnerte Natesh. „Tom hat einmal für die CIA gearbeitet. Selbst nachdem er in die Privatwirtschaft gewechselt war, hat er öfters auf Vertragsbasis für US-Geheimdienste gearbeitet. Jinshans Netzwerk hatte ihn bei In-Q-Tel untergebracht, aber das weiß niemand außer uns …"

Ihr Grinsen wurde breiter. „Ich verstehe. Ein interessanter Vorschlag."

„Danke."

„Ich muss die Insel schon bald verlassen", sagte sie. „Natesh, ich möchte, dass du den Druck auf die Berater

Schritt für Schritt erhöhst. Beschleunige die Informationsgewinnung. Ich werde dir unseren neuen Zeitplan dann mitteilen. Wenn du Hilfe brauchst, um die Berater entsprechend zu
*motivieren*, wendest du dich an unseren bewaffneten Freund
hier."

Natesh sah zögerlich aus. Er kannte diese Menschen
persönlich und sollte sie nun mit Gewalt gefügig machen?

„Wenn ihr mich jetzt entschuldigen würdet? Ich muss
noch einen Anruf tätigen, bevor ich die Insel verlasse."

---

*Nationales Zentralbüro und Innovationszentrum der Interpol,*
*Singapur*

Philippe Shek betrachtete das Foto auf seinem Schreibtisch, das in seiner früheren Heimat Südfrankreich aufgenommen worden war. Er war in der Nähe von Nizza geboren
und aufgewachsen. Und er vermisste diesen Teil der Welt.
Interpol hatte ihn die letzten paar Jahre in Singapur stationiert. In ihrem Innovationszentrum. Philippe war sich nicht
sicher, warum man die Polizeiarbeit überhaupt erneuern
musste. Man spürte das kriminelle Element auf und brachte
es hinter Gitter – normalerweise jedenfalls. Manchmal gab es
auch Grauzonen und Deals, die man eingehen musste. Aber
für gewöhnlich sperrte er die Typen ein.

Sein Handy summte. „Shek. Ja, ich bleibe dran."

„Hallo, Philippe", sagte eine weibliche Stimme. Eine
Stimme, die er seit Jahren nicht gehört hatte. Ein Schauer lief
ihm über den Rücken.

„Lena. Schön, mal wieder von dir zu hören."

„Ich habe eine Bitte."

„Natürlich, schieß los."

„Ich werde dir zwei Namen schicken. In ein paar Tagen

wird man diese Männer als Terroristen suchen. Ich habe die Information, dass sie nach Darwin, Australien, unterwegs sind. Das ist eine heikle Angelegenheit. Ich wäre dir dankbar, wenn du dich persönlich darum kümmern würdest."

„Sie *werden* gesuchte Terroristen sein? Also sind sie das heute noch nicht?", vergewisserte er sich.

Sie antwortete nicht. Bei allen Deals, die Philippe mit Lena machte, erzählte sie ihm stets nur das, was sie für notwendig erachtete. Genau so war es auch heute. „Ich möchte, dass du sie festnimmst", sagte sie stattdessen. „Lass sie eine Weile verschwinden. Und was besonders wichtig ist: Sorge dafür, dass sie ein paar Wochen lang mit niemandem sprechen."

Philippe stand auf, schloss die Tür zu seinem Büro und setzte sich wieder. Dann sprach er leise weiter. „Wann werden sie denn ihren Terroranschlag verüben?"

„Ich stelle den Kontakt mit jemandem her, der dir die Details erklären wird. Du kannst in Kürze mit seiner E-Mail rechnen. Die Dinge werden sich recht schnell entwickeln. In ein paar Tagen wird das die Schlagzeilen weltweit dominieren. Ich möchte, dass diese Männer verhaftet werden, sobald sie in Darwin ankommen. Hast du verstanden?"

„Ja. Natürlich."

„Es ist zwingend erforderlich, dass sie für ein paar Wochen mit niemandem Kontakt aufnehmen. Begründe es mit dem Gesetz oder der Gerichtsbarkeit. Tu, was auch immer nötig ist. Sie müssen für ein paar Wochen weggesperrt werden. Ohne jede Kommunikation. Kannst du mir dabei helfen?"

Er machte sich Notizen. „Das kriege ich hin. Interpol ist sehr gut darin, alles möglichst komplex zu gestalten. Ich kann sicher einrichten, dass sie allein in einer Zelle sitzen. Wirst du mich berühmt machen, Lena?"

„Für eine kleine Weile. Ja."

„Und –"

„Und du erhältst dasselbe Honorar wie immer."

Philippe lächelte. „Dann sollte ich jetzt wohl besser in ein Flugzeug steigen."

„Danke, Philippe. Wir bleiben in Kontakt."

Sie legte auf.

Philippe trat aus seinem Büro und wandte sich an seine Sekretärin. „Würden Sie mir bitte einen Flug nach Darwin buchen? So bald wie möglich."

Sie nickte und griff zum Telefon.

Zurück an seinem Schreibtisch öffnete er sein E-Mail-Programm. Die Nachricht von Lenas Kontakt war bereits eingegangen. Während er den Inhalt las, wurden seine Augen immer größer.

---

*Darwin, Australien*

David und Henry gingen über die Gangway aus Aluminium und betraten zum ersten Mal seit mehr als zwei Wochen wieder festen Boden. Nicht mehr bei jedem Schritt zu wanken, fühlte sich seltsam an. David, der ebenso wie Henry unter die Bartträger gegangen war, warf über seine Schulter einen Blick auf den Schlepper. Dessen Kapitän, Nathans Freund, stand auf der Brücke und tippte sich als Gruß an den Hut.

David nickte. Es war eine zusätzliche Vorsichtsmaßnahme, nicht mit dem Fischkutter anzulegen. Eine, die Henry und David als umsichtig empfunden hatten.

„Nett von Nathan, uns etwas Geld für ein Mittagessen und ein Taxi zu borgen", stellte Henry fest. Er warf einen Blick auf seine Rolex und seufzte. „Ich werde diese Uhr vermissen.

Wenn wir sie verkauft haben, brauche ich einen starken Drink."

„Wir sollten wahrscheinlich erst die Anrufe erledigen, bevor wir anfangen zu trinken."

„Natürlich. Zuerst zum Pfandhaus, dann Handys kaufen, ein Hotel suchen, telefonieren und dann die Happy Hour. Ich frage mich, ob wir ein Hotel mit Poolbar finden. Weißt du, ob man sich in Australien oben ohne sonnen darf?"

David lächelte schwach. Der Stress machte ihm zu schaffen. Heute würde sich vieles entscheiden. Und er musste mehr als nur einen Anruf tätigen. David war endlich kurz davor, wieder die Stimme seiner Frau zu hören. Sie wissen zu lassen, dass er in Sicherheit war. Dass sie bald wieder zusammen sein würden. Er würde Lindsay und seine dreijährige Tochter Maddie in die Arme schließen. Und er würde endlich wieder seine Jüngste, Taylor, in den Armen halten und sich über ihr zahnloses Lächeln freuen. Er wünschte sich nichts sehnlicher als das. Es schien zum Greifen nah. Nur noch ein wenig länger …

Knapp zwei Kilometer von der Stelle entfernt, an der sie der Schlepper abgesetzt hatte, stand Philippe auf einem ähnlichen Dock und rauchte eine Zigarette. Er beobachtete einen blau-weißen Fischkutter, der sich seinem Liegeplatz näherte. Das Schiff machte vor der großen „19" fest, die auf einem Balken am Liegeplatz angebracht war. Es war der richtige Steg. Keine anderen Fischkutter weit und breit. Dieser hier musste es sein. Von ihm aus war die E-Mail gesendet worden.

Philippe warf die Zigarette auf den Boden und trat sie mit seinem Schuh aus. Dann ging er auf den Fischkutter zu. Zwei der Männer legten gerade die Landungsplanke aus. Gleich

würden sie das Schiff verlassen. Der Manager des Fischerei-
unternehmens hatte Philippe erzählt, dass sie mehrere
Wochen auf See gewesen waren. Eine lange Zeit. Aber die
Größe und Qualität der Thunfische seien die weite Reise wert,
hatte er ihm versichert.

„Ist Ihr Kapitän zu sprechen?" Philippe hielt seine Marke
hoch. „Interpol."

Ein junger Mann Anfang zwanzig rief: „Onkel Nathan,
Interpol ist hier!"

Ein braun gebrannter Mann um die fünfzig, der Latzhose
und Stiefel mit Stahlkappen trug, kletterte die Leiter herunter
und streckte seine Hand aus. „Ich heiße Nathan und bin der
Kapitän. Wie kann ich Ihnen helfen?" Er sah nervös aus.

„Guten Tag, Kapitän. Ich bin Philippe Shek von Interpol.
Ich würde gerne einen Augenblick mit Ihnen und Ihrer
Mannschaft sprechen."

Shek hielt sein Handy hoch, damit Nathan den Bildschirm
sehen konnte. „Erkennen Sie die Männer auf diesen Fotos?"

Nathans Gesicht wurde rot. Hinter ihm sagte Byron: „Hey,
Nate, das sind doch die Typen, die wir gerettet haben! David
und Henry."

Philippe grinste. „Und wo könnten die beiden sich wohl
gerade aufhalten? Immer noch an Bord? Kann ich mit ihnen
sprechen?" Er sah den Pier hinunter zu den zwei schwarzen
Limousinen. Seine Männer warteten auf seinen Befehl. Philippe zog es vor, diesen Teil selbst zu übernehmen. Das
erweckte weniger Misstrauen.

„Tut mir leid, aber darf ich fragen, um was genau es hier
geht?", fragte Nathan. Er sah auf die Waffe in Philippes
Holster.

„Ich fürchte, dass die Details vertraulich sind. Sind diese
Männer an Bord? Ich möchte nur mit ihnen reden und ihnen
ein paar Fragen stellen."

Nathan sah zu Byron hinüber und dann wieder zu Philippe. Er sah aus, als hätte er ein schlechtes Gewissen.

---

Henry nahm die Hälfte des Geldes, das Nathan ihnen gegeben hatte, und stopfte es in seine Hosentasche. Er hatte sich ein paar Straßen vom Pier entfernt von David getrennt und ein Taxi zu einer Art Jahrmarkt unter freiem Himmel genommen.

Der Markt war reizend. Es gab frisches Obst und Gemüse in Körben. Dazu Souvenirs für Touristen und verschiedene Handarbeiten von einheimischen Künstlern. Die Sonne schien, und Henry ließ sich den warmen Wind um die Nase wehen. Er hatte sich noch nie so frei gefühlt. Es war beinahe Mittagszeit, und er war ziemlich hungrig. Ein Mann verkaufte Hähnchenspieße vom Grill. Henry holte das kleine Bündel Geldscheine heraus, und drehte sich beim Geldabzählen weg, damit es niemand sehen konnte. Dann bezahlte er die Spieße und genoss sein Essen. Es war köstlich.

Das Pfandhaus befand sich eine Straße vom Marktplatz entfernt. Sein erstes Ziel. Eigentlich das Zweite, wann man das Hühnchen mitzählte, was Henry nicht tat. Hier gab es fast alles, von Armbrüsten über Laternen bis hin zu Schmuck und Juwelen, die unter Glas ausgestellt waren. Der Besitzer sah chinesisch aus, was Henry unter den gegebenen Umständen beinahe dazu veranlasst hätte, kehrtzumachen und den Laden wieder zu verlassen. Aber der Taxifahrer hatte ihm versichert, dass dies das einzige richtige Pfandhaus in ganz Darwin und Umgebung war – was auch immer das bedeuten mochte. Henry beschloss, seine ethnischen Vorurteile zur Seite zu schieben. Nathan hatte ihnen fünfzig australische Dollar gegeben, was sehr nett war, sie aber nicht sehr weit bringen würde.

„Ich würde Ihnen das hier gerne verkaufen", sagte Henry und zog seine sehr teure Platinuhr vom Handgelenk.

Der Chinese hinter der Theke beäugte die Uhr. „Darf ich sie mir näher anschauen?" Er sprach mit australischem Akzent, was Henry lustig fand.

Er gab dem Mann die Uhr. „Wie viel möchten Sie dafür?", fragte der Pfandleiher.

„Nun, ich habe dafür siebzehntausend US-Dollar bezahlt. Also würde gerne in etwa so viel dafür bekommen."

„Nein, geht nicht." Er sah aus, als müsste er überlegen, was er als Nächstes sagen sollte. „Die ist nicht echt."

„Was soll das heißen, sie ist nicht echt? Das ist ein Original, Kumpel." Henry hasste Pfandhäuser. „Machen Sie mir einfach ein Angebot, damit wir das schnell über die Bühne bringen können."

Der Chinese sah düster drein und sagte dann: „Ich gebe Ihnen dreitausend australische Dollar."

Henry hätte ihn am liebsten erwürgt. „Nein, fünfzehn", entgegnete er.

Der Mann verdrehte die Augen und zog einen Taschenrechner hervor. Er tippte wild darauf herum, als ob dabei irgendetwas Neues herauskommen würde. Dann sah er Henry an und machte ein Gegenangebot: „Fünftausend."

Henry legte den Kopf schief und sah sich im Laden um. Da hinten gab es Pistolen. *Hm.* „Benötigt man hier für Handfeuerwaffen einen Waffenschein?"

Der Chinese sah sich in seinem leeren Laden um. Dann beugte er sich vor. „Kommt auf den Preis an."

„Wie wäre es, wenn Sie eine dieser Pistolen da drüber auf Ihr Angebot drauflegen?"

Ein paar Minuten später verließ Henry das Pfandhaus mit fünftausend australischen Dollar und einer kleinen Leinentasche, in der sich eine Pistole und genügen Munition befand, um ihn laut dem Pfandleiher „sicher durch die raueren Gegenden des Northern Territory" zu bringen.

Als er danach ein Elektronikgeschäft zwei Straßen weiter anpeilte, war Henry ziemlich zufrieden mit dem Kauf. Jetzt brauchte er Handys. Henry betrat „Darwin Cellular" an der Edmunds Street. Er kaufte drei Smartphones ohne Simlock und spazierte dann drei Blöcke weiter in Richtung des Hotelviertels.

Henry schlenderte durch die Drehtür des Norvoel Hotels. Kapitän Nathan hatte ihnen ein paar der besten Hotels genannt. Aus den Gesprächen mit der Crew hatten sie ableiten können, welche Hotels direkt nebeneinanderlagen. Die meisten Häuser an der Strandpromenade überblickten das tiefblaue Wasser der Fannie Bay. Henry las den Namen auf einer Broschüre in der Hotellobby. Fannie. Verrückte Australier. Sie waren irgendwie schrullig, fast, als wären sie die Kanadier der südlichen Hemisphäre, nur zäher. Vermutlich, weil sie ständig mit irgendwelchen Krokodilen kämpfen mussten. Er hoffte, dass er und David diese Angelegenheit mit den Chinesen bald hinter sich bringen konnten, damit er Gelegenheit hatte, ein paar Australierinnen kennenzulernen. Es gab bestimmt viele hübsche Frauen im Northern Territory. So wie die Dame an der Rezeption.

„Kann ich Ihnen helfen, Sir?", fragte sie. Guter Teint. Nettes Lächeln. Wunderbarer Akzent. Sie würde doch sicher gerne einen reiferen amerikanischen Gentleman heute Abend an die Bar begleiten.

„Wie geht es Ihnen? Ich hatte gehofft, hier ein Zimmer im Erdgeschoss zu bekommen. Eines, das auf die Peel Street hinausgeht."

„Natürlich. Aber ich bin sicher, wir können Ihnen noch etwas Besseres anbieten. Sehen Sie, wir sind gerade unterbelegt und –"

Henry bedeutete ihr mit erhobener Hand, zu innezuhalten. „Nein, nein. Mir reicht ein Zimmer im Erdgeschoss. Mit Sicht auf die Peel Street, wenn möglich. Haben Sie da etwas Passendes für mich?"

Sie sah verwirrt aus und antwortete: „Sicher haben wir das. Ein Economy Queen-Zimmer im Erdgeschoss würde dann einhundertneunundreißig Dollar kosten. Ich bräuchte dann nur Ihren Ausweis und eine Kreditkarte."

Henry zuckte zusammen. *Hier kommt der schwierige Teil.* Er sah sich um und stellte sicher, dass sie niemand beobachtete. „Eigentlich hatte ich gehofft, meinen Aufenthalt hier etwas vertraulicher zu gestalten. Wenn Sie verstehen, was ich meine. Sehen Sie, ich bin – Privatdetektiv. Tragen Sie mich einfach unter Merriweather ein. Dr. Alphonso Merriweather. Nur eine Nacht, bitte. Und wenn wir auf meinen Ausweis verzichten können, will ich Ihnen ein schönes Trinkgeld für Ihren außergewöhnlichen Service zukommen lassen." Henry sah ihr in die Augen, als er dreihundert Dollar über die Rezeption schob.

Sie zögerte und sah sich kurz um. „Natürlich, Dr. Merriweather. Ich denke, das können wir machen." Sie errötete und begann zu tippen.

Als alles erledigt war, nahm Henry die Schlüsselkarte für sein Zimmer, ging aus dem Haupteingang und um die Ecke, bis er die richtige Tür im Erdgeschoß des Nebengebäudes fand. Er zog die Karte durch das Lesegerät und betrat den Raum. Anschließend packte er zwei der Handys aus, schloss die Ladekabel an und legte sie auf den kleinen Beistelltisch. Nachdem er sich in einen Sessel hatte sinken lassen, nahm er sich ein paar Minuten Zeit, um die Telefone einzurichten. Er lud auf beiden Handys die benötigte App herunter und probierte sie aus.

Nach getaner Arbeit verließ Henry das Hotel und ging

über die Straße zum Hotel Mantra, einem weiteren Touristen-
hotel an der Strandpromenade. David wartete bereits in der
Lobby.

„Irgendwelche Probleme, weil du keinen Ausweis
hattest?", fragte Henry.

„Überraschenderweise nicht, nein. Die Australier
scheinen ziemlich diskret zu sein, wenn man ihnen einen
entsprechenden, finanziellen Anreiz bietet."

„Der Besitzer des Pfandhauses war dafür recht knausrig.
Aber ich habe uns noch eine kleine Versicherung besorgt." Er
hielt die Tasche auf, damit David die Pistole sehen konnte.

„Nett. Ich habe ein Zimmer im fünften Stock. Lass uns
raufgehen. Wir sollten uns möglichst wenig zeigen."

## 14

„Die Hälfte der Lügen, die sie über mich erzählen, sind nicht wahr."

—Yogi Berra

Sie warteten mit ihrem Anruf bis 21 Uhr. Das hieß, es war 8 Uhr morgens an der amerikanischen Ostküste. David ging davon aus, dass Lundy zu dieser Zeit bereits im Büro sein würde. Das Warten war nervenaufreibend. Henry aktivierte die App auf dem verbliebenen Smartphone und legte es auf den einzigen Tisch im Raum.

„Bist du bereit?", fragte David.

„Ich bin bereit, aber ich rede ja nicht. Die Frage ist also, bist *du* bereit?"

David atmete tief durch. „Ja, ich glaube schon. Es hilft ja nichts."

David wählte die Nummer, die er online gefunden hatte.

Es dauerte einen Moment, dann meldete sich eine weibliche Stimme: „In-Q-Tel, mit wem darf ich Sie verbinden?"

„Hallo, ich hätte gerne Mr. Chuck Lundy gesprochen. Könnten Sie mich bitte zu ihm durchstellen?"

„Wen darf ich melden?"

„Sagen Sie ihm ..." Er zögerte. „Sagen Sie ihm, dass David Manning in der Leitung ist. Ich arbeite ebenfalls für In-Q-Tel."

David wartete auf eine Reaktion der Rezeptionistin. Falls ihr der Name bekannt war, ließ sie es sich nicht anmerken. „Natürlich, Mr. Manning. Einen Moment, bitte."

Es dauerte beinahe eine volle Minute, bis wieder etwas passierte.

„Hier spricht Chuck. *David*, bist du es wirklich?"

Davids Stimme klang erfreut und gestresst zugleich. „Chuck. Schön, deine Stimme zu hören. Bitte hör mir sorgfältig zu. Ich könnte in Gefahr sein. Ich muss dir einige Dinge erzählen, und ich habe nicht viel Zeit. Ich werde etwa zwei Minuten sprechen, und dann rufe ich dich in circa einer Stunde wieder an. Wenn ich das mache, muss ich mit hochrangigen Vertretern der folgenden Behörden sprechen: CIA, Pentagon, FBI, Außenministerium. Kannst du das arrangieren?"

„*David, wo bist du?* Deine Familie ist krank vor Sorge. Weiß Lindsay, wo du bist?"

David blickte zu Boden und seufzte. Henry hatte ihm geraten, das Gespräch so knapp wie möglich zu halten. Je länger sie sprachen, desto wahrscheinlicher war es, dass die Chinesen den Anruf zurückverfolgen konnten – wenn sie tatsächlich mithörten. „Chuck. Es geht hier um Leben und Tod. Ich muss jemanden informieren, und zwar die Vertreter der eben genannten Organisationen. Bitte hilf mir. Kannst du das für mich tun?"

„Klar, David. Was immer du brauchst – " Er klang verblüfft.

„Ich werde dir jetzt etwas erzählen und möchte, dass du es aufschreibst. Hast du einen Stift?"

„Moment – ja, bin soweit. Schieß los."

„Okay, unterbrich mich bitte nicht, schreib einfach alles auf, was ich sage. Chuck, vor ungefähr drei Wochen wurde ich von Tom Connolly an einen bestimmten Ort gebracht. Er sagte mir, es ginge um eine gemeinsame Red Cell-Einheit des Verteidigungsministeriums und der CIA. Was legitim wäre, da sie mich für diese Art Projekte unter Vertrag genommen haben. Aber diese Red Cell-Einheit war *nicht* echt. Tom hat für die Chinesen gearbeitet. Irgendwie ist es ihnen gelungen, eine Red Cell der US-Regierung zu aktivieren. Ich glaube, dass Tom ihnen auch dabei geholfen hat, ARES in die Hände zu bekommen, die Cyberwaffe, die wir beide für In-Q-Tel evaluiert haben ..."

David sprach zwei Minuten ohne Pause. Er gab Lundy so viel Information, wie dieser seiner Ansicht nach brauchte, und dazu die Namen aller Gefangenen auf der Insel, an die er und Henry sich erinnern konnten. Dann berichtete er Chuck vom Plan der Chinesen, die USA anzugreifen, dem geplanten Täuschungsmanöver im Iran, von ARES, und über Spione, die bereits die US-Regierung infiltriert hatten. Zu guter Letzt erwähnte er noch Bill, die chinesischen Truppen, die Helikopter und Lena Chou.

„David, mein Gott – ist das wirklich alles passiert?", fragte Chuck, nachdem David fertig war.

„Ja, leider. Chuck, du bist der erste Mensch, den wir anrufen. Wir brauchen jetzt deine Hilfe."

Henry hielt zwei Finger hoch und flüsterte David zu: „Technisch gesehen ist er die zweite Person, die wir anrufen. Aber meine Ex-Frau ist vermutlich eine Kommunistin."

David ignorierte Henry. „Du musst jetzt so schnell wie möglich handeln, Chuck. Kontaktiere die CIA, damit wir mit ihnen sprechen können. Ich weiß, dass du dort durch die Arbeit gute Kontakte hast. Rede nur mit Leuten, denen du vertraust. Wie müssen die anderen Amerikaner auf der Insel retten, falls sie noch dort sind. Und wir müssen die Pläne stoppen, falls sie bereits mit ihrer Umsetzung begonnen haben.“

Aufgrund der Entfernung gab es immer wieder leichte Zeitverzögerungen. Dann sprach Chuck: „Okay David, ich habe alles klar und deutlich verstanden. Ich werde mich sofort an die Arbeit machen. Hey, wo seid ihr zwei denn überhaupt? Wir schicken ein Team raus, um euch so schnell wie möglich abzuholen.“

David und Henry sahen sich gegenseitig an. Henry nickte. „Wir sind in Darwin, Australien“, antwortete David.

„Australien? Wie seid ihr denn dahin gekommen? Okay, wie ist deine Telefonnummer? Ich rufe dich zurück.“

„Chuck, ich rufe dich unter dieser Nummer in einer Stunde zurück. Sorry, aber ich muss jetzt auflegen. Bitte sorge dafür, dass Vertreter aller genannten Behörden in der Leitung sind, wenn ich mich wieder melde. Falls dir noch jemand einfällt, der dabei sein sollte, dann gib ihm Bescheid. Bis dann.“

„Wird gemacht, David. Bis später.“

„Warte!“

„Was?“

„Noch eine Sache ... Hast du mit Lindsay gesprochen? Ist sie okay?“

„Es geht ihr gut, David. Ich habe gestern mit ihr gesprochen. Sie ist verärgert, dass sie noch nichts von dir gehört hat, aber es geht ihr gut.“

David schloss erleichtert die Augen. „Danke, Chuck.“

David legte auf und reichte Henry das Telefon.

„Okay. So weit, so gut", meinte Henry.

---

Philippe saß auf der Rückbank der schwarzen Limousine. Bei der Befragung der Matrosen des Fischkutters war nur wenig Hilfreiches herausgekommen. Lediglich die Bestätigung, dass die beiden Verdächtigen um die Mittagszeit herum in Darwin abgesetzt worden waren.

Er wollte lieber nicht daran denken, was Lena tun würde, wenn es den beiden gelänge, zu kommunizieren, bevor er sie verhaften konnte. Er wusste nicht, was Lena geheim halten wollte, aber er hatte miterlebt, was Männern passierte, die sie enttäuscht hatten. Keinesfalls wollte er dieses Schicksal teilen.

Sein Handy vibrierte in seiner Tasche.

„Hier ist Shek."

Eine Männerstimme. „Manning hat telefoniert. Wir sind dabei, die exakte Geoposition des Anrufers zu ermitteln. Die erste Einschätzung ist, dass er sich in der Nähe der Kreuzung Daly Street und Strandpromenade aufhält."

Philippe rief dem Fahrer zu: „Daly und Strandpromenade. Fahren Sie."

Der Mann am Telefon sprach weiter. „Sie müssen ihn schnell finden. Ms. Chou möchte, dass ich Ihnen eindringlich vermittle, dass die Uhr tickt. Sie sagte auch, dass niemand die Anwendung tödlicher Gewalt verurteilen würde."

Philippe verzog das Gesicht. „Verstanden. Aber – das liegt nicht in meinem normalen Zuständigkeitsbereich."

Eine kurze Pause trat ein. „Sie werden unter Berücksichtigung des Risikos angemessen entschädigt werden."

Der Mann legte auf, und Philippe steckte das Handy zurück in seine Tasche. Der Wagen bog scharf rechts ab und beschleunigte.

„Rufst du sie jetzt an?"

„Denkst du, es ist sicher?", fragte David.

„Keine Ahnung. Aber wir haben ja bereits einmal telefoniert. Ich bezweifle, dass die Anzahl der Gespräche einen Unterschied machen wird. Entweder wissen sie von uns und unterbrechen die Verbindung, oder eben nicht."

„Ich *muss* sie anrufen. Ich mache das jetzt."

„Ruf sie an. Aber versuche, nicht mehr als ein paar Minuten zu sprechen, wenn es sich vermeiden lässt." Henry war ungewöhnlich ernst, als er das sagte.

„Ich hab's kapiert."

David nahm das Handy vom Tisch und holte tief Luft. Seine Handflächen schwitzten. *Es geht ihr gut*, sagte er sich immer wieder. Dann wählte er die Nummer.

Es klickte kurz, dann klingelte das Telefon. Davids Herz schlug ihm bis zum Hals. Die Aussicht, nach all dem Erlebten endlich wieder die Stimme seiner Frau zu hören, ließ ihn schwer atmen.

Dann meldete sich der Anrufbeantworter. *Verdammte Scheiße.*

Er versuchte es erneut, aber der Anruf ging wieder direkt auf die Mailbox. Nach zwei weiteren Versuchen beschloss er, eine Nachricht zu hinterlassen. Henry saß auf dem Stuhl am Fenster und registrierte Davids Frustration. Er drehte sich taktvoll um und sah aus dem Fenster auf die Straße.

David kamen beinahe die Tränen, als er die Nachricht aufsprach. „Lins. Ich bin es, David. Ich liebe dich, Schatz." Er schniefte und wischte die erste Träne fort, die ihm über die Wange lief. „Hör zu, ich möchte, dass du weißt, dass ich okay bin. Ich liebe dich. Bitte sag den Mädchen, dass ich sie liebe und so vermisse. Ich – hatte Schwierigkeiten in den letzten

Wochen. Ich denke, ich habe es bald überstanden, aber mehr möchte ich am Telefon nicht dazu sagen." David überlegte, ihr das Hotel und seine Zimmernummer oder ihr die Handynummer für einen Rückruf zu geben, entschied sich aber dagegen. Die App, die Henry installiert hatte, bedeutete, dass sie seine Handynummer sowieso nicht wählen konnte. „Ich rufe bald wieder an."

Er legte auf, schnäuzte sich und wich Henrys Blick aus.

„Tut mir leid", sagte Henry.

David nickte. „Du sagtest, SMS und E-Mail würde nicht funktionieren, richtig?"

„So, wie ich das Handy eingerichtet habe, nicht. Sorry. Vorerst nur ausgehende Anrufe."

„Möchtest *du* jemanden anrufen?"

Henry nahm das Handy und tippte eine Nummer. Kurz hielt er sich das Telefon ans Ohr, dann sah er auf den Bildschirm und drückte auf den roten Knopf, um das Gespräch zu beenden. Er schnaubte. „Mailbox."

„Willst du keine Nachricht hinterlassen?"

„Nein. Das war meine Tochter. Wir haben schon eine Weile nicht mehr miteinander gesprochen. Sie ist die Einzige, die ich wirklich anrufen muss." Henry gab ihm das Telefon zurück. „Willst du es noch bei jemand anderem versuchen?"

David nahm unschlüssig das Handy wieder entgegen.

„Ich gehe mal runter in die Lobby und sehe nach, ob ich ein paar Getränke für uns finde", erklärte Henry und verließ das Zimmer.

David kannte nur noch wenige Telefonnummern auswendig. Er versuchte es bei seiner Schwester. Es klickte, und er wurde zur Voicemail weitergeleitet. Sie war im Einsatz, oder? Wahrscheinlich würde sie seine Nachricht erst nach Wochen oder gar Monaten abhören. Er legte auf.

Dann rief er seinen Bruder Chase an, obwohl er wusste, dass dieser nie ans Telefon ging. David hinterließ auch hier eine Nachricht. „Chase, hier ist David. Ich …" Als er Chuck Lundy angerufen hatte, hatte er sich jedes Wort vorher zurechtgelegt. Nun fiel ihm nichts ein, was er seinem Bruder sagen sollte. Sollte er ihm alles auf die Voicemail sprechen? Wusste er überhaupt, dass David unterwegs war? Doch, er musste es wissen. Als David sich nicht gemeldet hatte, hatte Lindsay garantiert Victoria kontaktiert, ungeachtet der Anweisung, seine „Geschäftsreise" geheim zu halten. Und Davids Schwester Victoria, die so verantwortungsbewusst war, würde umgehend Chase informiert haben.

„Es geht mir gut. Bitte sage Lindsay, dass ich sie liebe. Ich habe sie leider nicht erreicht, und – ich weiß nicht, wie es bei mir jetzt weitergeht. Also lass sie bitte wissen, dass du von mir gehört hast und dass ich okay bin und sie liebe." David sah auf die geschlossene Zimmertür. „Hör zu, ich stecke in Schwierigkeiten. Es sind ein paar üble Dinge passiert. Und es wird vielleicht noch schlimmer. Wahrscheinlich ist jemand hinter mir her, und ich –"

Dir Tür ging auf, und Henry kam mit einem Sechserpack Bier herein.

„Ich rufe dich bald wieder an", sagte David und betrachtete das Handydisplay. Er hatte knapp über eine Minute telefoniert. Dann drückte er auf *Beenden*.

„Willst du eins?", fragte Henry.

David schüttelte den Kopf. „Nein, danke. Nicht jetzt."

Henry sprang aufs Bett, griff nach der Fernbedienung und schaltete den Fernseher ein.

„Warum machst du dir keine Sorgen?"

Henry sah ihn an. „So verhalte ich mich, wenn ich mir Sorgen mache." Er öffnete das erste Bier, schloss die Augen und nahm einen großen Schluck. „Ah. Aber manchmal muss man es einfach auf sich zukommen lassen."

„Wir sollten einen Plan machen; einer von uns sollte immer die Straße beobachten."

Henry schaute gebannt auf den Fernseher. Eine Seifenoper. Er schien zufrieden.

„Henry."

„Ja." Er nahm einen weiteren Schluck, wandte seinen Blick jedoch nicht vom Fernseher ab.

David seufzte. „Ich übernehme die erste Schicht." Dann sah er auf seine Uhr. In vierzig Minuten mussten sie Lundy zurückrufen.

---

Philippes Wagen bog kurz vor dem Hotel in die Peel Street ein. Er blickte auf die Adresse, die man ihm gerade auf sein Handy geschickt hatte.

„Das muss es sein."

Er schrieb eine Nachricht. BEREIT.

Einen Augenblick später kam die Antwort. WARTEN SIE AUF WEITERE BEFEHLE. NOCH CA. 10 MINUTEN.

„Gehen wir rein?", fragte der Fahrer.

„Bald", antwortete Philippe.

---

David setzte sich an den Tisch und sagte: „Okay, bringen wir das hinter uns."

Henry war nun am Fenster und nippte an seinem zweiten Bier. Halbherzig beobachtete er das Hotel auf der anderen Straßenseite. Die Fernbedienung hatte er immer noch in der

Hand, und alle paar Sekunden warf er einen kurzen Blick auf den Fernseher. *Wenigstens hat er ihn auf stumm geschaltet,* dachte David.

Er wählte die Nummer.

Es klingelte ein paar Mal, dann meldete sich eine ernste Stimme: „Spricht dort David Manning?"

„Ja, hier ist David."

„Und ist Henry Glickstein bei Ihnen?" Henry sah David jetzt an.

„Ja, das ist er."

„Gut. Meine Herren, Mr. Lundy hat sich vor etwa einer Stunde in meinem Büro gemeldet und mich von der Situation unterrichtet. Mein Name ist Bob Crowley. Ich arbeite für die Central Intelligence Agency."

„Ist Chuck auch in der Leitung?"

„Ich bin hier, David."

„Könnten sich die anderen Gesprächsteilnehmer bitte auch kurz vorstellen?"

Sechs weitere Männer stellten sich vor. Es waren Vertreter der Justiz- und Außenministerien, der Heimatschutzbehörde und der drei Teilstreitkräfte des Militärs.

„Okay, vielen Dank", sagte David. „Lassen Sie mich Ihnen dieselben Informationen geben, die ich Chuck gegeben habe."

David wiederholte, was er Lundy bereits geschildert hatte, dieses Mal allerdings etwas ausführlicher. Als er fertig war, begann Crowley ihn mit Fragen zu bombardieren.

„David, bitte verstehen Sie meine Art der Befragung nicht falsch. Ich möchte niemanden beschuldigen, sondern lediglich verstehen, was hier vor sich geht."

„Okay."

„Gab es einen Plan für einen Angriff des Irans auf die Vereinigten Staaten?"

„So in etwa. Der Plan war, einen Anschlag im Iran zu inszenieren und die Iraner dadurch zu einem Gegenangriff auf die USA in der Golfregion zu provozieren. Dann sollten verschiedene Angriffe auf amerikanischem Boden folgen, um einen groß angelegten Krieg mit dem Iran zu entfachen. Die Mitglieder der Red Cell-Einheit entwarfen die Pläne so, dass der Iran für all diese Angriffe verantwortlich gemacht werden würde. Schließlich sollte noch ein umfassender Cyberangriff auf die USA ausgeführt werden, der in Wirklichkeit von China ausginge. Aber alles würde auf den Iran als Drahtzieher hindeuten."

„In Ordnung, und dieser Cyberangriff wäre auf ARES gestützt, korrekt?"

„Das ist richtig."

„Können Sie demnach bestätigen, dass alle Beteiligten, einschließlich Sie selbst und Henry Glickstein, an der Planung von Angriffen auf die Vereinigten Staaten mitgewirkt haben?"

David runzelte die Stirn. „Sobald uns klar war, was da ablief, haben wir versucht, uns zurückzuhalten."

„Ich verstehe, David. Noch einmal, ich weise Ihnen keine Schuld zu. Ich möchte nur verstehen, wie unsere Leute benutzt worden sind. Also, Sie beide und die anderen Mitglieder dieser Red Cell-Einheit waren daran beteiligt, Angriffe auf die Vereinigten Staaten und ihr Militär zu planen?"

David warf Henry einen Blick zu und fragte sich, warum das so wichtig war. „Ja, Mr. Crowley, das ist korrekt."

„Und diese Frau", er hielt kurz inne, als würde er auf seine Notizen blicken, „namens Lena. Sie hat die Teilnehmer entsprechend ihrer Fachgebiete ausgewählt und danach, was sie zur Planung von Angriffen auf die Vereinigten Staaten beitragen konnten."

„Das ist richtig. Aber Bob, ich glaube, wir sollten uns darauf konzentrieren, wie wir die Amerikaner retten können, die immer noch auf der Insel gefangen gehalten werden."

„Absolut, Dave. Eine letzte Frage noch. Sie sind der Experte, wenn es um ARES geht, ist das korrekt?"

„Ja, das stimmt", antwortete David.

„Okay. Danke, David."

„Ich würde auch gerne einige Fragen stellen, wenn das in Ordnung ist", sagte David und versuchte, nicht irritiert zu klingen.

„Natürlich, fragen Sie nur."

„Geht es meiner Frau gut? Ich konnte sie bislang nicht erreichen."

Lundy meldete sich zu Wort. „David, ich habe vor weniger als einer halben Stunde mit ihr gesprochen. Sie ist gerade auf dem Weg in unser Büro, um sich kurz über die Situation zu informieren. In Anbetracht der Umstände konnten wir ihr nicht alles am Telefon erklären." David fragte sich, ob Lundy vielleicht zur selben Zeit bei ihr angerufen hatte wie er, und sein Anruf deshalb auf die Voicemail weitergeleitet worden war.

„Danke, Chuck. Ich weiß das zu schätzen. Nun zu den Amerikanern auf dieser Insel –"

Bob unterbrach ihn. „David, wir können über diese Leitung nicht in Details gehen. Aber seien Sie versichert, dass wir beabsichtigen, all diese Amerikaner innerhalb von achtundvierzig Stunden in unsere Obhut zu nehmen. Das ist wahrscheinlich schon mehr, als ich Ihnen sagen darf, aber ich möchte, dass Sie heute Nacht gut schlafen können. Jeder in diesem Raum setzt sich voll und ganz dafür ein, unsere Leute zurückzuholen."

David verspürte eine riesige Erleichterung. Henry hatte ein breites Lächeln auf seinem Gesicht.

„Was ist mit ARES und dem chinesischen Angriff? Sie planen, die gesamte Kommunikation des Landes lahmzulegen. Und noch viel mehr. Ich habe Ihnen bislang nur die Grundlagen des Plans mitgeteilt. Und es soll chinesische Agenten innerhalb der US-Regierung geben. Wir wissen es nicht genau, aber –"

„David, noch einmal: Die Männer in diesem Raum sind die Guten. Sie kennen uns nicht, aber Sie kennen Lundy. Und er kann sich für uns alle verbürgen. Immer mit der Ruhe. Nachdem wir nun wissen, was vor sich geht, können wir unsere besten Leute darauf ansetzen. Das US-Cyber-Kommando hat die ARES-Programme bereits auf vielen unserer Satelliten identifiziert und damit begonnen, ihren Aktivierungsmechanismus zu neutralisieren. Und ich werde mich persönlich um die Menschen kümmern, von denen wir gesprochen haben."

Henry streckte David seine Hand entgegen, um ihn abzuklatschen. David schlug halbherzig ein.

Crowley fuhr fort: „Sie beide haben es geschafft. Ihre Warnung kam rechtzeitig. Ich möchte mir gar nicht vorstellen, was andernfalls geschehen wäre. Und da wir Sie beide als Zeugen haben, können wir die internationale Staatengemeinschaft zu einer angemessenen Bestrafung der Verantwortlichen drängen. Ich wäre gerne der Erste, der Ihnen nach Ihrer Rückkehr ein wohlverdientes Bier ausgibt."

Ein paar der Männer klatschten am Telefon. Henry hob sein Bier und prostete dem Handy zu.

„Wie steht es um unsere Sicherheit in der unmittelbaren Zukunft? Wo sollen wir hingehen? Wir machen uns Sorgen, dass Lena Chous Leute uns auf der Spur sind."

Philippe erhielt die Nachricht, auf die er gewartet hatte. BEFEHL AUSFÜHREN. MANNING UND GLICKSTEIN ERGREIFEN. TÖDLICHE GEWALT JETZT EMPFOHLEN. DIESE NACHRICHT NACH DEM LESEN LÖSCHEN.

Er löschte die Nachricht, stieg aus und ging auf das Hotel zu.

„Wartet hier", sagte er zu den Männern im Auto.

Philippe nahm seine Pistole aus dem Holster und war bereits an der Zimmertür, bevor die Männer im Auto erkannten, was er vorhatte. Er zielte auf das Schloss und drückte ab. Zwei laute Schüsse hallten durch die Straße. Ein paar überraschte Schreie erklangen aus der Nähe. Er hörte seine Männer kommen, zweifellos, um ihn zu unterstützen, ungeachtet seiner Anweisung. Philippe musste sich beeilen, wenn er das hier durchziehen wollte.

Die Tür vibrierte noch und stand einen Spalt breit offen. Er trat kräftig dagegen und sie flog ganz auf. Philippe rannte mit gezogener Waffe in den Raum.

David hörte die Schüsse draußen.

Henry sprang auf, lief zum Fenster und winkte David zu sich. Zwei Limousinen parkten am Straßenrand vor dem Hotel gegenüber. Genau vor dem Zimmer 142, in dem Henry die Handys platziert hatte, die als Relaisstation für das dritte Telefon dienten.

Henry rannte zurück zum Handy, das auf dem Tisch lag und beendete das Gespräch.

„Was machen wir jetzt?", fragte David

„Wir rufen sie mit diesem Telefon zurück, dieses Mal ohne das Relais. Die App, die ich auf den anderen beiden Handys installiert habe, sollte sie auf eine falsche Fährte locken. Aber jetzt müssen wir dieses Handy hier verwenden und können unsere Spur nicht mehr verwischen. Wir rufen sie jetzt gleich zurück und vereinbaren eine Zeit und einen Ort für ein Treffen. Dann lassen wir dieses Handy hier und hauen ab. Denn sie werden den Anruf zurückverfolgen, sobald wir wählen."

„Okay. Los geht's."

Henry tippte auf dem Handy herum und beendete die Weiterleitung zu den beiden Telefonen auf der anderen Straßenseite. Dann wählte er die Nummer und legte das Handy wieder auf den Tisch.

„Hier ist Lundy."

„David hier. Wir haben ein Problem. Gegenüber sind Männer, die geschossen und dann ein Zimmer gestürmt haben, das wir als Ablenkung angemietet hatten. Ich habe keine Zeit für weitere Erklärungen. Wir müssen diesen Ort verlassen. Ich nenne Ihnen einen Treffpunkt. Wann können Sie uns abholen lassen?"

Bobs Stimme meldete sich erneut: „Ja, David. Wir werden Sie holen. Unsere Leute werden bald vor Ort eintreffen. Nennen Sie uns den Treffpunkt, und wir sammeln Sie ein und bringen Sie an einen sicheren Ort."

David fuhr mit seinem Finger über die Karte, bis er etwas Passendes fand.

Henry stand immer noch am Fenster und beschrieb, was er sah: „Sie verlassen das Zimmer. Zwei Autos sind voll besetzt. Scheiße, einer von ihnen läuft über die Straße direkt auf unser Hotel zu."

„Lundy, du sagtest, meine Frau ist auf dem Weg zu euch?"

„Ja, David. Sie wird bald hier sein."

„Rede mit ihr. Frag sie nach dem Namen ihrer Lieblingstante. Wir werden in einer Stunde in der Straße mit diesem Namen sein."

„Ja, verstanden", antwortete Lundy.

David beendete das Gespräch.

Henry machte das Licht aus. „Wohin gehen wir jetzt?"

„Beatrix Street."

Henry schnappte sich die Tasche mit der Pistole. David packte die Karte ein.

So schnell sie konnten, rannten sie aus dem Zimmer und zum Treppenhaus. David war sich nicht mehr so sicher, dass ein Zimmer im fünften Stock sinnvoll war. Während sie die Treppen hinunter hasteten und ins Schwitzen kamen, versuchte er sich auszumalen, was sie unten wohl erwartete. Glücklicherweise führte die Tür im Erdgeschoß zu einem leeren Parkplatz auf der Rückseite des Gebäudes, in einiger Entfernung von den schwarzen Limousinen.

Henry und David versuchten, möglichst unauffällig auszusehen, als sie die Hauptstraße entlang liefen und in die erste Seitenstraße in Richtung des Treffpunktes einbogen.

„Was machen wir, wenn diese Typen in den schwarzen Autos bereits in der Beatrix Street auf uns warten?", wollte Henry wissen.

David dachte kurz darüber nach. „Nun, ich schätze, dann musst du die neue Waffe aus dem Pfandhaus ausprobieren."

„Verstehe." Henry betrachtete seinen jüngsten Kauf, der immer noch in der Tasche auf einer Schachtel Munition ruhte. Dann hielt er David die Tasche hin. „Vielleicht möchtest du sie lieber nehmen. Ich habe wenig Erfahrung mit Schusswaffen. Und möglicherweise solltest du auch in Betracht ziehen, sie zu laden."

Philippe betrachtete die entladenen Handys auf dem Beistelltisch und fluchte.

Der Aufregung draußen wurde immer größer, bis sich zwei ihm unbekannte Männer in Anzügen an seinen Leuten vorbeischoben. Einer hielt eine Dienstmarke hoch.

„Sind Sie Philippe Shek?"

Philippe betrachtete das Abzeichen. *ASIO*. Australiens Inlandsnachrichtendienst. Wenn man so wollte, eine Art Kombination aus FBI und CIA.

„Das bin ich."

„Würden Sie uns bitte begleiten? Wir würden uns gerne mit Ihnen unterhalten", sagte der ASIO-Agent.

Fünfundvierzig Minuten später stand David neben dem Telefonmast in einer kleinen Straße in einem Wohnviertel. Es war nun beinahe 23 Uhr. Außer ihnen war niemand mehr unterwegs. Eine sanfte Brise wehte durch die Kokospalmen, die die Straße säumten. Henry versteckte sich hinter einer von ihnen und versuchte, sich unsichtbar zu machen.

Ein weißer Mercedes-SUV mit der seitlichen Aufschrift POLIZEI bog in die Straße ein und kam auf sie zu. Davids Brust schnürte sich zusammen, als sich das Fahrzeug näherte. Wenigstens war es keine der schwarzen Limousinen, die sie zuvor gesehen hatten. Ein gutes Zeichen. Seine Finger legten sich um den Griff der Pistole in der Tasche. Er machte sich bereit für alles, was nun geschehen konnte.

Der Geländewagen hielt direkt vor ihm an. Das Fenster der Beifahrerseite öffnete sich und gab den Blick auf einen Mann frei, der einen Ausweis hochhielt. David konnte die Worte *Australian Security Intelligence Organisation* erkennen.

„Mein Name ist Wilson. Ich arbeite für die ASIO. Sind Sie David Manning?" Er sprach mit australischem Akzent.

David, der nicht wusste, was er sonst sagen sollte, umklammerte die Waffe und fragte: „Wer hat Sie geschickt?"

„Bob Crowley und Ihr Freund Lundy. Ich kann sie Ihnen ans Telefon holen, aber ich würde es vorziehen, wenn Sie zuerst einsteigen, damit wir Sie nach Larrakeyah bringen können."

„Wohin?"

„Das ist ein Armeestützpunkt, etwa zehn Minuten entfernt. Dort haben wir für Sie einen sicheren Ort arrangiert. Ich weiß nicht genau, was hier vor sich geht, aber offensichtlich sind Sie beide ziemlich wichtig und in Gefahr. Mein Job ist es, Sie so schnell wie möglich in Sicherheit zu bringen. Wenn Sie nun bitte einsteigen würden. Und bringen Sie auch den Mann hinter der Palme mit. Glickstein, nehme ich an?"

David seufzt erleichtert auf und rief Henry zu: „Komm schon, Henry. Steigen wir ein."

David rutschte auf die Rückbank, und Henry setzte sich neben ihn. Wilson griff aus dem Fenster und stieß die Tür zu. Dann gab er Gas.

Wilson übernahm das Wort. „Meine Herren, Mr. Crowley bat uns, Ihnen mitzuteilen, dass wir vorerst mit Ihrem Schutz betraut sind. Wie bereits erwähnt, bringen wir Sie zum Stützpunkt Larrakeyah, wo Sie über Nacht bleiben werden. Dort werden Sie in Sicherheit sein. Wir postieren bewaffnete Wachen vor Ihrer Unterkunft und werden Sie dann morgen früh verlegen."

Er streckte seine Hand aus. „Es macht Ihnen doch nicht aus, wenn ich die Waffe in der Tasche an mich nehme, nicht wahr? Wir müssen Sicherheitskontrollen passieren, und dort könnte die Waffe unangenehm auffallen."

Henry sah David an und zuckte mit den Achseln. David gab Wilson die Tasche mit der Pistole und fragte: „Was ist mit den Männern, die hinter uns her waren?"

„Wir haben sie bereits identifiziert. Das Problem wird schon bald gelöst sein. Sie haben von ihnen nichts mehr zu befürchten." Er lächelte. „Sie können sich entspannen, meine Herren." David sah, wie der Fahrer Wilson einen Blick zuwarf.

Henry klopfte David auf den Rücken. „Puh. Wir haben es tatsächlich geschafft", flüsterte er. Dann ließ er sich in den Sitz sinken und schloss die Augen. Er sah aus, als wäre ihm eben eine fünfzig Kilogramm schwere Last von den Schultern genommen worden, die er die letzten beiden Wochen mit sich herumgeschleppt hatte.

David dachte wieder an seine Frau und seine Kinder. „Haben Sie ein Telefon?"

„Sicher. Soll ich Lundy anrufen?", fragte Wilson.

„Eigentlich hatte ich gehofft, mit meiner Frau sprechen zu können."

„Geht klar. Wir sind schon fast an der Basis. Lassen Sie mich Sie zuerst in Ihre Unterkunft bringen, dann können Sie telefonieren."

„In Ordnung."

Der SUV wurde langsamer und blieb vor einer Sicherheitsschranke stehen. Helle Lichtstrahlen drangen in das Auto. David blinzelte, als ein Mann in beiger Militäruniform von Fenster zu Fenster ging und mit seiner Taschenlampe hereinleuchtete. Der australische Fahrer sagte: „Nun kommen Sie schon. Wir haben hier wichtige Fracht an Bord. Lassen Sie uns passieren." Er hielt dabei eine Marke hoch, damit der Mann sie prüfen konnte. Der Wachmann las den Ausweis und winkte sie durch.

Vor einem kleinen, einstöckigen Gebäude hielt der Wagen schließlich an. Es war so klein, dass es David an ein größeres Mobilheim erinnerte. Um das Gebäude herum waren weitere Mercedes-Geländewagen geparkt. Neben jedem standen bewaffnete Soldaten. Es mussten mehr als ein Dutzend

Männer sein, die David und Henry beim Aussteigen beobachteten. Nun, hier konnte man sich durchaus sicher fühlen.

Mobile Scheinwerfer waren aufgestellt worden. Die Art, die bei nächtlichen Straßenbauarbeiten zum Einsatz kam. Andere Gebäude waren nicht zu sehen. David konnte aber die Geräusche eines Yachthafens hören, das metallische Klappern von losen Schiffsteilen, die beim Schaukeln des Bootes gegen etwas Hartes prallen.

Henry folgte den beiden Australiern ins Gebäude. David blieb einen Schritt zurück. Sein Kopf schmerzte, und er hatte Hunger. Wilson erklärte ihnen, dass sie am nächsten Morgen an einen anderen Ort geflogen werden würden.

Im Gebäude trafen sie auf zwei weitere Männer, die sich an einem großen Holztisch gegenübersaßen. Beide drehten sich mit einem seltsamen Blick zu ihnen um. Ein Flachbildschirm in der Ecke des Raumes war auf einen vierundzwanzigstündigen Nachrichtenkanal eingestellt. Er lief ohne Ton. David erhaschte einen Blick auf dem Nachrichtenticker an der Unterseite des Bildes. Es ging um den Iran.

„Vielen Dank, Mr. Wilson", sagte einer der Männer am Tisch. Er sprach mit europäischem Akzent.

„Gern geschehen", antwortete Wilson. „Mr. Shek, soll ich sie jetzt fesseln?"

„Ich denke, das wäre der richtige Zeitpunkt, ja."

David fühlte, wie Wilson seine Arme packte und nach hinten zog. Dann klickten die Handschellen.

Henry wand sich und rief: „Was soll das?" Aber der Mann, der sie gefahren hatte, legte auch ihm Handschellen an.

David sah sich hektisch im Raum um, er verstand nicht, was los war. Dann bemerkte er die dicken, schwarzen Eisengitter hinter sich. Als sie das Gebäude betreten hatten, waren sie ihm nicht aufgefallen. Jetzt schon. Sie waren in einem dieser alten Gefängnisse, wie man sie aus John Wayne-Filmen kannte. Die Hälfte des Raumes diente als Büro für den Sheriff, die andere als Gefängnis. Diese Typen hatten sie festgenommen! Nicht gerade die übliche Vorgehensweise, wenn man jemanden beschützen wollte. Aber ziemlich typisch für Leute, die einen verschwinden lassen wollten.

Die Männer erzählten Henry irgendetwas. Es klang, als würden sie ihnen ihre Rechte vorlesen. Aber David bekam nichts davon mit. Er konnte nichts hören. Stattdessen starrte er nur ausdruckslos auf den geräuschlosen Fernseher. Die Untertitel wurden eingeblendet.

*„Wir können Ihnen jetzt die Namen der beiden Amerikaner nennen, die als bewaffnet und gefährlich gelten. David Manning und Henry Glickstein halten sich vermutlich irgendwo in Australien oder auf den Philippinen auf. Eine weltweite Fahndung wurde eingeleitet. Behörden berichten, dass es Aufzeichnungen gibt, in denen sich die beiden Männer für den Diebstahl von US-Militär-Cybertechnologie und deren Verkauf an den Iran verantwortlich erklären. Sie waren mutmaßlich auch an der Planung von Anschlägen gegen die Vereinigten Staaten beteiligt. Es ist noch nicht bekannt, ob dieser Vorfall in Zusammenhang mit anderen wichtigen Nachrichten steht, die uns heute aus dem Iran erreichen.*

*Hier nun eine Eilmeldung über die Vorfälle im Iran. Ein hochrangiger, iranischer Politiker und seine Frau, die Angaben zufolge die Nichte des iranischen Staatsoberhauptes war, wurden bei einem Angriff getötet. Die iranische Regierung hat mitgeteilt, es lägen unwiderlegbare DNA-Beweise vor, die die amerikanische Regierung mit diesem Anschlag in Verbindung bringen. Als Hauptverdächtiger gilt Tom Connolly, der laut iranischen Quellen für die CIA arbeitet und hinter dem grausamen Angriff stehen soll, der mehr als zwei Dutzend Todesopfer gefordert hat. Das US-Außenministerium hat den Angriff scharf verurteilt, bislang aber noch keine offizielle Stellungnahme bezüglich der angeblichen DNA-Beweise abgegeben.“*

„Mr. Manning, haben Sie verstanden, was ich gesagt habe, Sir?“, fragte ihn der Mann mit dem europäischen Akzent.

David nickte, aber er hatte gar nichts verstanden. Henry schrie, er wolle sofort einen Anwalt sprechen.

„Mr. Manning, Ihnen werden nach internationalem Recht terroristische Handlungen zur Last gelegt. Sie haben die Tat gestanden. Möchten Sie eine Erklärung abgeben?“

David war wie betäubt. „Ich – ich möchte mit meiner Frau sprechen.“

„Es tut mir leid, das ist im Augenblick nicht möglich. Bitte folgen Sie mir.“

Die Australier halfen, Henry und David in die Zelle zu schieben. Es gab eine Holzbank, zwei kleine Schaumstoffmatratzen und eine frei stehende Toilette. Eine Rolle Klopapier lag auf dem Boden daneben. Eisenstangen an drei Seiten. Eine Betonwand auf der anderen.

Der Europäer sagte: „Mein Name ist Philippe Shek und ich arbeite für Interpol. Sie beide befinden sich nun in meinem Gewahrsam. Sie dürfen mit niemandem sprechen, außer mit mir. Alles, was sie sagen, kann vor Gericht gegen Sie verwendet werden.“ Dann verließ er das Gebäude und wählte währenddessen eine Nummer auf seinem Handy. Zwei der Australier blieben am Tisch sitzen und sahen fern. Sie machten den Ton lauter.

Draußen angelangt, sprach Philippe in sein Handy.

„Ausgezeichnete Arbeit, Philippe", lobte ihn Lundy. „Lena hatte recht mit Ihnen."

„Kein Problem, Mr. Lundy."

Bob Crowley meldete sich. „Mr. Shek, können Sie uns versichern, dass die beiden in den nächsten Wochen mit niemandem kommunizieren können? Dies ist sehr wichtig für uns. Sollten Sie irgendwelche Zweifel daran haben, müssen wir härtere Maßnahmen in Erwägung ziehen, um dieses *Kommunikationsproblem* zu lösen."

Dann sprach wieder Lundy. „Was Mr. Crowley damit sagen möchte, ist –"

„Ich habe perfekt verstanden, was Mr. Crowley sagen möchte", fiel im Philippe ins Wort. „Ich habe schon früher mit Lena zusammengearbeitet. Ich versichere Ihnen, dass ich zu einhundert Prozent zuverlässig bin. Auf dem Rückweg in die Vereinigten Staaten muss ich die beiden durch mehrere Länder transportieren. Manning und Glickstein werden interniert und über mehrere Wochen unerreichbar sein, denn es wird in vielen dieser Länder Probleme mit der jeweiligen Gerichtsbarkeit geben. Insbesondere, wenn weitere Strafanzeigen hinzukommen."

„Hervorragend. Das sollte reichen, Philippe."

---

Die zwei australischen Wachen konnten den Blick nicht von den Nachrichten abwenden. Genau wie David und Henry.

*Iranische Behörden behaupten, dass die Waffen für den Anschlag sowohl von israelischen als auch von amerikanischen Herstellern stammen.*

Die Überschrift ganz unten lautete MASSAKER IM IRAN. Die kleinere Schlagzeile lautete US-AMERIKANISCHER CIA-AGENT IMPLIZIERT.

David wandte sich flüsternd an Henry. „Das sollte doch alles frühestens in einem Jahr geschehen. Ich meine, das wurde ja erst vor ein paar Wochen geplant. Es kann doch nicht sein –"

Die Nachrichtensprecherin sagte: „*Der Iran behauptet, Informationen zu haben, die den US-Geheimdienstagenten Thomas Connolly mit der Tat in Verbindung bringen, bei der viele Iraner brutal ums Leben gekommen sind. Im Wagen befanden sich ...*" Die Moderatorin las mehrere iranische Namen vor, die David nichts sagten, und fügte hinzu: „*Die Mutter der beiden Kinder ist die Nichte des Ayatollahs, Irans oberstem Führer, und die Ehefrau eines hochrangigen iranischen Politikers. Sie hatte zuvor einen iranischen Marinestützpunkt besucht, um ein neues U-Boot zu taufen, das ...*"

„Das haben sie wegen uns gemacht", meinte Henry.

„Wie meinst du das?"

„Verstehst du das nicht? Sie haben den Angriff auf den Iran vorgezogen, weil wir entkommen sind."

David schüttelte den Kopf. „Wir können es immer noch jemandem sagen. Wir haben Lundy gewarnt. Das wird sich alles aufklären. Sie haben uns gesagt –"

Henry schüttelte den Kopf. „David, es ist vorbei. Wenn sie die Sache mit dem Iran vorgezogen haben, werden sie auch die Umsetzung der anderen Angriffspläne beschleunigen. Unsere Glaubwürdigkeit ist erschüttert. Wir sind jetzt Terroristen. Sie haben uns auf Band, wie wir zugeben, einer fremden Regierung Informationen über ARES verschafft und Angriffe auf die Vereinigten Staaten geplant zu haben. Wir können niemanden mehr warnen. Lundy und Bob und all die anderen, die in der Leitung waren – ob sie wirklich die waren, für die sie sich ausgaben oder nicht – sie müssen auf Lenas Seite sein. Es ist vorbei. Wir haben verloren."

David schlug die Hände vors Gesicht. „Was geschieht jetzt?"

Die Nachrichtensprecherin fuhr fort: „*Mittlerweile liegen uns noch weitere Berichte über weitreichende GPS-Ausfälle vor. An mehreren der größten Flughäfen in den USA dürfen die Flüge nicht mehr starten. Wie lange man für die Fehlerfindung und -behebung benötigt, ist ungewiss ...*"

„Jetzt schauen wir dabei zu, wie sie unsere Kriegspläne in die Tat umsetzen", erwiderte Henry resigniert.

## STRATEGIE DER TÄUSCHUNG:
### Die Architekten des Krieges, Band 2

Eine chinesisches Komplotte zur Zerstörung der US-Wirtschaft.

Die wachsende Gefahr eines Krieges mit dem Iran.

Der Kampf eines Mannes, um Amerika zu beschützen und seinen Bruder zu retten ...

Bei einem Zwischenfall, dessen Umstände noch ungeklärt sind, versenkt ein Zerstörer der US Navy ein iranisches Patrouillenboot im Persischen Golf. Während die Spannungen zwischen den beiden Ländern immer größer werden, kontaktiert ein iranischer Politiker heimlich die CIA. Seine erschreckende Enthüllung deutet auf eine Verwicklung Chinas hin.

Chase Manning ist ein knallharter Ex-SEAL, der für die Special Operations Group der CIA im Nahen Osten arbeitet. Er wird damit beauftragt, die Wahrheit hinter den iranischen Behauptungen aufzudecken, bevor es zu spät ist. Während er der Wahrheit langsam näherkommt und dabei gegen tödliche Attentäter bestehen muss, entdeckt Chase, dass sein eigener Bruder, David Manning, das Herz dieser Verschwörung zu sein scheint.

AndrewWattsAuthor.com

# EBENFALLS VON ANDREW WATTS

Die Bücher sind für Kindle, als Printausgabe oder Hörbuch erhältlich. Um mehr über die Bücher und Andrew Watts zu erfahren, besuchen Sie bitte:
AndrewWattsAuthor.com

# ÜBER DEN AUTOR

Andrew Watts machte 2003 seinen Abschluss an der US Naval Academy und diente bis 2013 als Marineoffizier und Hubschrauberpilot. Während dieser Zeit flog er Einsätze zur Bekämpfung des Drogenhandels im Ostpazifik sowie der Piraterie vor der Küste des Horns von Afrika. Er war Fluglehrer in Pensacola, FL, und war an Bord eines im Nahen Osten stationierten Atomflugzeugträgers mitverantwortlich für die Führung des Schiffs- und Flugbetriebs.

Andrew lebt heute mit seiner Familie in Ohio.

Das sagt Andrew:

Ich hoffe, *Die Architekten des Krieges* haben Ihnen gefallen! Die ersten Entwürfe entstanden während meines letzten Einsatzes auf dem Flugzeugträger USS Enterprise im Jahr 2012. Inzwischen ist daraus eine Reihe mit mehreren Bänden geworden, die über Hunderttausend Mal verkauft wurde und es auf die USA Today Bestsellerliste geschafft hat. Das Abenteuer wird mit jedem Buch spannender!

**Registrieren Sie sich auf**
**AndrewWattsAuthor.com/Connect-Deutsch/**
**um Benachrichtigungen über neue Bücher zu erhalten.**

Printed in Poland
by Amazon Fulfillment
Poland Sp. z o.o., Wrocław

82155756R10207